ARNO SCHMIDT

ROSEN & PORREE

STAHLBERG

© 1959 Stahlberg Verlag GmbH, Karlsruhe
(Goverts Krüger Stahlberg Verlag GmbH, Stuttgart)
Alle Rechte vorbehalten
Umschlagentwurf Klaus Dempel, Stuttgart
Satz J. Fink, Stuttgart
Druck Gutmann & Co., Heilbronn
Printed in Germany
ISBN 3 7740 2245 3

ARNO SCHMIDT · ROSEN & PORREE

Seelandschaft mit Pocahontas
9

Die Umsiedler
73

Alexander oder Was ist Wahrheit
125

Kosmas oder Vom Berge des Nordens
183

Berechnungen I
283

Berechnungen II
293

SEELANDSCHAFT
MIT
POCAHONTAS

I

Rattatá Rattatá Rattatá. / Eine Zeitlang hatten alle Mädchen schwarze Kreise statt der Augen gehabt, mondäne Eulengesichter mit feuerrotem Querschlitz darin: Rattatá. / Weiden im Kylltal. Ein schwarzer Hund schwang drüben die wollenen Arme und drohte unermüdlich einem Rind. Gedanken von allen Seiten: mit Flammen als Gesichtern; in schwarzen Mänteln, unter denen lange weiße Beine gehen; Gedanken wie leere sonnige Liegestühle: rattatá. / Rauchumloht Gesicht und Haar: diesmal strömte er aus einer kecken Blondnase, 2 gedrehte Fontänen, halbmeterlang, auf ein Chemiekompendium hinab (aber kleingeschlafen und fade, also keine Tunnelgedanken). / Rattatá: auf buntgesticktem Himmelstischtuch, bäuerlichem, vom Wind geblaut, ein unsichtbarer Teller mit Goldrand. Das ewige Kind von nebenan sah zuerst das weiß angestrahlte Hochhaus in Köln: »Ma'a kuckma!«

»Die Fahrkarten bitte« (und er wollte auch noch meinen Flüchtlingsausweis dazu sehen, ob ich der letzten Ermäßigung würdig sei). Die Saar hatte sich mit einem langen Nebelbaldachin geschmückt; Kinder badeten schreiend in den Buhnen; gegenüber Serrig (»Halbe Stunde Zollaufenthalt!«) dräute eine Sächsische Schweiz. / Trier: Männer rannten neben galoppierenden Koffern; Augenblasen argwöhnten in alle Fenster: bei mir stieg eine Nonne mit ihren Ausflugsmädchen ein, von irgendeinem heiligen Weekend, Gestalten

9

mit wächsernem queren Jesusblick, Kreuze wippten durcheinander, der suwaweiße Gürtelstrick (mit mehreren Knoten: ob das ne Art Dienstgradabzeichen iss?). / Die Bibel: iss für mich 'n unordentliches Buch mit 50 000 Textvarianten. Alt und buntscheckig genug, Liebeslyrik, Anekdoten, das ist der Ana, der in der Wüste die warmen Quellen fand, politische Rezeptur; und natürlich ewig merkwürdig durch den Einfluß, den es dank geschickter skrupelloser Propaganda und vor allem durch gemeinsten äußerlichen Zwang, compelle intrare, gehabt hat. Der ‹Herr›, ohne dessen Willen kein Sperling vom Dache fällt oder 10 Millionen im KZ vergast werden: das müßte schon ne merkwürdige Type sein – wenn's ihn jetzt gäbe! / Aber dies Kylltal war schön und einsam. In Gerolstein, Stadt siegfriedener Festspiele, Recken hingen mit einer Hand an Speeren, schlief auch ein Bahnmeister auf seinem Schild, gekrümmt, man sah eben noch . . . . lste . . . . / »Elle est«: »Elle est«: schlugen die Ventile der Lokomotive drüben. / Magische Quadrate (wo alle Seiten und Diagonalen dieselbe Summe ergeben, schon recht!): aber gibt es auch ‹Magische Würfel›? (Interessant; später näher untersuchen). – Der Prospekt von Cooperstown: Heimat des Baseballs *und* James Fenimore Coopers (Was ne Reihenfolge! Und immer nur Deerslayer und Pioneers erwähnt. Ganz totgeschwiegen wurde das Dritte im Bunde, Home as found, wo er die Yankees so nackt geschildert hat, daß es heute noch stimmt, und das ja auch prächtigst am Otsego spielt: wenn der aus dem Grabe könnte, was würde der Euch Hanswürschten erzählen!) / Das bigotte Rheinland: selbst der Wind hat es eiliger, wenn er durch Köln kommt. Aber der Anschluß klappte: fette Jünglinge schritten in mestizenbunten Kitteln über die Bahnsteige; sorgfältiger Kuß eines geschminkten Paares; im Nebenabteil erklärte er einen Kurzroman: »Oh, Fritz, nicht hier! – Oh, Fritz, nicht! – Oh, Fritz! – Oh!« / Ruhrgebiet: glühende Männer tanzten sicher in sprühenden Drahtschlingen; während ner Bahnfahrt schlafen können iss ne Gottesgabe (also hab ich se natürlich nich!). Wieder hingen ihr, sie fuhr bis Münster mit, die Rauchzöpfe aus den Nüstern, über die durchbrochene Bluse hinab, in den dunklen Schoß, vom Kopf bis aufs riuhelîn (also jetzt Heinrich von dem türlîn, Diu Crône; ebenso gut wie unbekannt, und mir den weitgerühmten mittelhochdeutschen Klassikern durchaus ebenbürtig, prachtvoll realistisch zuweilen, geil und groß). / Ein vorbeischießendes Schild ‹Ibbenbüren›: erschienen Flammenpanzer zwischen seidenroten Mauern, und ich wieder mitten drin als VB der Artillerie: Schlacht im Teutoburger Walde, 1945 nach Christie. Licht flößte oben dahin, in Langwolken. / Hellsehen, Wahrträumen, second sight, und die falsche Auslegung dieser unbezweifelbaren Fänomene: der Grundirrtum liegt immer darin, daß die Zeit nur als Zahlengerade gesehen wird, auf der nichts als ein Nacheinander statthaben kann. ‹In Wahrheit› wäre sie durch eine Fläche zu veranschaulichen, auf der Alles ‹gleichzeitig› vorhanden ist; denn auch die Zukunft ist längst ‹da› (die Vergangenheit ‹noch›) und in den erwähnten Ausnahmezuständen (die nichtsdestoweniger ‹natürlich› sind!) eben durchaus schon wahrnehmbar. Wenn fromme Ausleger nun gleich wieder vom »gelungenen Nachweis einer unsterblichen Seele« träumen, ist ihnen zu bedeuten, sich lieber auf die Feststellung zu beschränken, daß Raum und Zeit eben wesentlich komplizierter gebaut sind, als unsere vereinfachenden (biologisch ausreichenden) Sinne und Hirne begreifen. / Wände mit braungelbem Lichtstoff bezogen: der Künstler hat nur die Wahl, ob er als Mensch existieren will oder als Werk; im

zweiten Fall besieht man sich den defekten Rest besser
nicht: man hektokotylisiert ein Buchstück nach dem andern,
und löst sich so langsam auf. / Lieber schon mit dem Koffer
nach vorn gehen!: surrten Nebligkeiten vorbei, dunkel-
graues Schattenzeug; nur die Bahnhöfe wußten schon Licht.
(Und das Münzkabinett des Nachthimmels).

II

Fledermausstunde I (abends ist II) und die Klexogra-
phien der Bäume. Das blasse Katzenauge des Mondes
zwinkerte noch hinterm Schornstein, ansonsten prächtig
klar und leer. Trotz der Müdigkeit war mir recht flott
und akimbo im Gemüt, und ich fing an, aber bürgerlich
rücksichtsvoll und nur mir hörbar, zu flöten, Girl of the
Golden West, cantabit vacuus, wer müßig geht, hat gut
pfeifen; als Scherenschnitt mit Aktentasche in einer Sche-
renschnittwelt. Und dies also ist Diepholz (kritisch vorm
Stadtplan): Lange Straße, Bahnhofstraße, Schloß, ähä.
Zwei Bauchfreundinnen stöckelten vom Tanz nach Hause
und trällerten schwipsig die Schlager. Baulichste Schön-
heiten: nischt wie quadratisches Fachwerk und ‹Gott
segne dieses Haus›, aber sehr sauber, das muß man
sagen, auch feines Ziegelpflaster. Ein Büro der SRP und
ich verzog bedenklich die kalte Gesichtshaut: nich für
1000 Millibar! (befühlen: wächsern, mit Ohren, die Gur-
gel sandpapierte bereits wieder). Im Grau die Büchertitel
kaum zu entziffern, trotz Scheibennase und Lupenaugen:
? – ? – ah, Schmidtbonn, Pelzhändler, gut!: Zerkaulen
oh weh und brr! Die plumpe Wasserburg, scheunenmäßig
wehrhaft, auf dem Graben Entengrütze, alle Wetterhähne sahen gespannt nach Osten: immer diese Ver-
gangenheiten! Erste Geräusche (und ich schielte eifer-

süchtig): ein verschlafenes Bauernmädel, umringt von belfernden Milchkannen; der Arbeiter, der prüfend sein Rad besichtigt, Tretlager und Gangschaltung; fern im Norden loses Gewebe aus Schall: ein Zug (Taschenuhr: grundsätzlich: 10 nach 4). Der große See schien zarten Qualm und Wolkenkeime zu senden; aber der Himmel blieb noch immer unbeteiligt.

Fledermäuse erschienen noch schnell mit schwarzen Markttaschen und feilschten zwischen Venus und Jupiter, so nahe, daß man es knacken hörte, wenn sie ihre harten Insekten schlachteten. Und endlich wurde auch das hölzerne Wartesälchen geöffnet (nachdem ich die Touropa-Plakate nun wirklich kannte!: »Ja, 'n Helles.«). / Der Frühzug in Richtung Osnabrück sammelte dunkelblaue Arbeiter und höhere Schulkinder; und mittenhinein plapperte endlich von außen das Motorrad: ? : ! : »Erich!!«: Malermeister Erich Kendziak: ein Rest roter Haare im Nacken, sonst kahl wie Ihr Bekannter; jedenfalls war er es, unverkennbar, und wir grinsten, 6 Fuß überm Erdboden, rissen uns auf altdeutsch die Hände aus: »Oba 2 Bier!«, und sahen uns dann, das erste Mal wieder nach gut 8 Jahren, genauer durch: – –: »Mensch, Du wirst ooch schonn grau!«, und ich parierte die Verbindlichkeit unverzüglich: »Leidestu immer noch so stark an vapeurs?«; wir stießen munterer an, und er verbrannte sogleich etwas Tabak zum Wiedersehen: »Roochstu immer noch nich wieder?« (Und ich mußte den Kopf senken: nee, 's reichte immer noch nich: »Wenn ich ma wer' 200 Eier im Monat haben!«). Dann ganz schnell die ersten Kriegserinnerungen: die schnellfingrigen Polen; das flohreiche Hagenau; Norwegen mit seinen gottlosen Granitpolstern: »Haste ma wieder was von Ee'm gehört?«; in halb Europa gab es keine

Stelle, wo uns nicht Silbergeränderte zusammengebrüllt hatten: »Oba!«. / Er schwitzte jetzt schon hinter seiner Autobrille, in seiner Lederjacke: »Sieht aber fantastisch aus!« lobte ich, und er nickte überlegen: »Leute, die Dich in' Hintern treten möchten, müssen damit immer noch zugeben, dassde vor ihn' stehst!: Fuffzehn Geselln hab ich im Augenblick arbeiten, Spezialist für größere Flächen, da kommt schonn was ein!« (bekümmerter): »Bloß pollietisch mußte im Augenblick ganz vorsichtich sein – na, ich geb Je'm recht: und wähln tu ich doch, was ich will!« (und vertraulich-neugierig, ganz wie früher, im Flüsterton des Dritten Reiches): »Was hälstn Du davon?«. Ich zuckte die Achseln; war kein Grund, das vor ihm zu verbergen: »Auf Landesliste Gesamtdeutsche Volkspartei; im Kreis SPD: Wer mich proletarisiert, muß damit rechnen, daß ich ooch noch Kommune wähl'!« und er knallte entzückt die flache Hand auf den Tisch: »SPD iss zwa ooch nich mehr, wasse wa: wolln ooch schonn ‹uffrüsten›: Kinder, wo sind die Zeiten hin, wo se im Reichstag jede Heeresvorlage ablehnten?! Aber 's bleibt ja weiter nischt übrich; denn CDU – lieber fress ich 'n Besen, der 7 Jahre«: »Aber Herr Kendziak!« mahnte ich preziös, und er zeigte geschmeichelt die Zähne: »Oba«!. / »De Ostzone?: Meine Schwester iss drüben,« berichtete er: »und meine kleene Nichte: die Briefe müßt'e ma lesen!: den' gehts nie schlecht! Sekretärin isse: ham sich vorjes Jah alles neue Möbel gekooft; *und* 'n Stückel Land mit 'n Wochenendhaus druff – sonne Wohnlaube eben für sonntags. Ja nie Alles glooben: mögen die drüben schonn Fuffzich Prozent lügen: für den Rest komm' unsre uff! Iss ja nich mehr feierlich, wenn De abends vom NWDR das Gelalle ‹Hier spricht Berlin› hörst!« / (Überlegene westliche Kultur??: Nanu!!: Wo hat sich Goethe denn schließlich niedergelassen: in der

Bundesrepublik, oder in der DDR he?! Von wo nach wo
floh Schiller? Und Kant hats in Kaliningrad so gut gefallen,
daß er sein ganzes Leben lang nicht rausgekommen iss!) /
Dann Familienstand: »Das Wölfel?!: Hachdu, der zerwetzt
schonn alle 14 Tage 'n Paa Schuhe beim Fußball!« (War
Erichs Sohn von der verstorbenen Frau). — Wieder heiraten? Er sah mich fromm an: »Da wär ich ja nich wert,
daß Gott mir 's Weib genomm' hat!: Du warst ja überhaupt
noch nie verheirat': erst bistû dran! — Kellner!« Und erinnerte sich bei der Abrechnung schon wieder: »Was haste
damals immer gesagt?: »Es ist unnatürlich, daß ein Dichter
für seinen Cocacola bezahlen soll« — Neenee: Lassen Se gutt
sein: aber geem Se 'ne kleene Rechnung: ‹Für Frühstück›
und der Ober nickte, weise, gütig lächelnd: Friede den Hütten, Krieg den Finanzpalästen! / Draußen: Papierhell und
leer: das Zeichenblatt des Himmels. Geräte aus klarem Dunst
darauf: 1 rotes Lineal, 1 grauer Winkelmesser; links unten
die blitzende Reißzwecke: »NSU mein Lieber: genau wie
früher!« und winkte verständig ab: »verstehst ja doch nischt
davon.« Wrumm, wrummwrumm: ein stolzer Blick zu mir
hinter, Meister im Daumensprung,: wrumm na?!! / So früh
waren eigentlich nur erst die Fernlastzüge unterwegs, und
wir wiegten uns bürgerlich räsonabel um die Ecken. Die
breite Reichsstraße 51 wurde allerdings eben schwer aus-
gebessert, und rotweiße Hürden sperrten zehnmal Dreiviertel der Fahrbahn; brüllen: »Äu-ßerst-merkwürdich!!«
(dazu hatte ihn nach eigenem Geständnis seine Frau erzogen: dies statt des ihm früher allzu geläufigen »Verfluchte
Scheiße« zu sagen; aber Eingeweihte wußten, was er
meinte!). Hübsch, das völlig ebene Land, Gras und Moor,
sehr geschickt mit Nebeln aller Art verziert, breite stille
Gräben, sowjetischrote Wolkentransparente im Osten, bis

zum Kilometerstein 44,6 am Scheidewege: »Tja?...«. Wir standen. / Ein anderes Motorrad heulte von hinten vorbei (aber bedeutend weniger regelmäßig als wir vorhin, und Erich betrachtete verächtlich die Marke): »Also sehn wa uns erstama Lembruch an« und wir prasselten wieder vorwärts. / Lembruch: das Neue Kurhaus, modern mit Stromlinie und flachem Dach: »Die Dinger wer'n doch immer tankstellen-ähnlicher!«: »Sint ja ooch welche.« – Eine Wiese mit zahl-losen Zelten (beschliefen natürlich noch alle die wehrlose Erde; vornehme Affen mit Autos, arme mit Fahrrädern: »Könn' ihr plattes Gesicht nich oft genug sehn!«). Aber vom gelbgrünen Deich der erste Anblick des Sees: hellblau und zitternd vor Frische; im Südwesten sah man kein Ufer, Dal-ladda, dalladda (Alde Leude wärn äm ginsch!). Und auch Erich wies stolz drüber hin: na, wer hat'n entdeckt und Dich eingeladen?! Leider waren die Bänke noch klitschnaß vom Tau (und die 10 Fennje fürs Fernrohr schmiß ich diesmal). / Wieder eine große Wiese, ein Restaurant dahinter, und der Besitzer suchte uns hiermit zum Bleiben aufzumuntern: heute Abend kämen noch 200 Zelte her! Das gab allerdings den Ausschlag: »Komm bloß raus hier, Erich! Die andere Seite, sagtest Du?«. Er stand sehr da, unschlüssig, nichts als Skrupel auf dem Gesicht: einerseits wollten wir 'n bissel Ruhe; andrerseits sah er im Geist endlose Zeltreihen voll blanker Mädchen, die ihn, den Geldmann, unterwürfig an-äugelten: »Stehste da wie Karl der Nackte! Äußerst merk-würdich!« und wir bürgerten verdrossener vor uns hin, wieder zum Motorrad: 7 Uhr 50. – »Eene Möglichkeit iss drü-ben: aber da iss gaa nischt los!« / Schon die Straße sah wirk-lich doll aus: halbrund gewölbt die Teerdecke : ? : »Das iss der Moorgrund,« erklärte er, noch immer ungehalten: »sackt nach beeden Seiten ab: iss 'n ganz blödes Fahren!« Drüben floß ein Zug flink durch Wolluft und Felderglanz, stutzte kurvenscheu, pfliff erstaunt auf und verschwand Vorbehalte murmelnd in sich selbst. Erich wandte um 160 Grad in die warzige Dorfstraße, schon schien uns die Sonne ins Gesicht, das leinölfarbene Schild ‹Dümmerlohausen›, wrumm-wrumm: halten: ein hübsches, ziemlich neues Gebäude, groß und sauber: ‹Holkenbrinks Pensionshaus›, Blumen um die Fenster, ein Garten: »Sieht gar nich dumm aus?!« (hoffnungsvoll). »Ich kenns,« sagte Erich kurz: »hab schonn ma uff Geschäftsreise hier übernachtet. – Blaib aber sitzen; ich frag,« und ging hinein. Umsehen: alles Bauernhäuser; Sprüche am Balken, und Namen wie Enneking, Schockemöhle, Kuhlmann; ein dicker brauner Hund tummelte wild gradaus, heraus aus dem Haus, auf mich zu: »Wissu rainkomm', Tell?!« und auch Erich erschien wieder in der gleichen Tür. »Na, que tal?: Iss was frei? –« (Es war was frei!).

III

Die Eine: 6 Fuß groß; weißgelb geringelt im zaundürren Wespenkleid, ‹Wie die Alten den Tod gebildet›; endlose Armstöcke, tiefbraune, knieten vor ihr auf dem Tisch; scheinbar Verlobungsring; Busen zumindest zur Zeit nicht feststellbar. Bussardig hakte die Nase aus dem Irokesenprofil; der ungefüge, fast lippenlose Mund; randlose Brillengläser ritten vor knallrunden Augen: »Hatschi!« (und das sah allerdings trostlos aus und wackelsteif, wie wenn Backsteingotik nieste oder ein Hochspannungsmast). / Die Andere: klein und bauerndrall; rotgestickter Mund in talggelbem Slawengesicht; Finger lagen unordentlich um die Tasse, hell und krumm wie Hobelspäne; und aus dem fetten Vokalgemische sprudel-

ten lustig die harten »r«: »Ah, Pieronje bei Gleiwitz«
erkannte Erich angeregt die Nationalität. Das höllenfar-
bene Mädchen bog den schlanken Stielleib hinüber,
Augen belichteten uns kurz, die Kleine wischelte ein-
schlägig; und auch Erich fiel eben unnötigerweise aus der
Rubrik ‹Oberschlesisches Liebesgeflüster› noch ein:
»Warum nimmstu Fin-gärr?: Nimm doch IHN!«

Auch drinnen wars propper; alle Klos mit Wasserspülung
(dazu die Illustrierte: Professor Baade hatte entdeckt, daß
sich Miß Leavitt in bezug auf die Entfernung der $\delta =$ Ce-
pheiden geirrt hätte; und ich griff, wieder ein abgerissenes
Eckchen klüger, befriedigt nach dem vermessingten Kettchen). / Unten schon das Werbefrühstück: Kartoffelsalat mit
Würstchen; richtige gute Butter zum Brot. Und Bohnen-
kaffee?: Potz Knack-, Schlack-, Blut- und Leberwurst! (Für
uns, Vierzehntagsgäste, zwar extra angerichtet; aber immerhin!). »Neenee; Verpflegung iss in Ordnung hier!« entschied
Erich energisch: »Volle Pangsion 8 Mark pro Kopf und
Tag – – alassmann: ich zahl schonn –« (›Geben is seeliger
denn Nehmen‹) »und absetzen kann ichs ooch noch!« vertraute er mir an. / Die S–prache in Oldenburg wie in alter
Zeit (die Wirtsfamilie näherte sich, Einer löste immer die
Andere ab): die Leute konnten kein »sch« am Wortanfang
aussprechen! Entweder sagten sie ssön oder Skule, sslimm
und Gesellschaft. »Die Vögelsammlung kannste später an-
sehn. – Aber kuck ma da!« und wies unauffällig mit der
Stirn: / : also die andern Sommerfrischler abmalen: ein nie-
seliger dürrer Fünfziger (allerdings mit seltsam leichtfer-
tiger roter Troddelmütze!); ein Ehepaar: kriegsversehrter
Arm, sie klein und ganz bunte Kuh. »Nee die nich!«: / Sie
war wirklich erstaunlich häßlich. Zuerst. Und Erich stand

gar nicht an, seinem Schock Worte zu leihen: »Höchstens
aus anatomischem Intresse« meinte er bedrückt und sah
mich bittend an:?. Aber ich hatte mich bereits wieder gefaßt, und suchte mir stur das Aparte heraus: – – hm – –:
hm! Erich manschte schon mit den Augen in seiner strammen Maruschka, pavillon und culasse, da gab es für ihn gar
kein Schwanken: »Also du das Nachtgespenst? –«: »Ja, was
denn sonst?!« und das kam so aufrichtig, daß er doch einen
Augenblick unsicher wurde, noch einmal verblüfft taxierte –
–: »Wie alt schätzt du? – Ungefähr!«. Achselzucken: »Mitte
20? –« (war schwer; konnte auch Ende sein. Gebügelte Hosen hätt ich anhaben mögen: so bescheiden dieser Wunsch
auch war, das Schicksal erfüllte ihn wieder nicht). »Du mußt
ja ooch den meisten Mut haben: bist ja Untroffzier gewesen!« ratifizierte Erich befriedigt die Teilung der Inter-
essensfären; dann räusperte er sich markig und ging, alter
Routinier, ans Werk (und seine Bockssprünge standen ihm
charakteristisch zu Gesäß): laute Unterhaltung mit der Wirtin, warmes Männerlachen: »O Geld spielt keene Rolle!!«
(dabei 1000 Watt hinüber, und unsere beiden Dornröschen
knisterten leiser miteinander). Auch das Fremdenbuch
brachte der neugierige Alte, und wir lasen erst einmal behaglich darin, mit langen bedeutenden Fachmannsblicken zu
den hold Errötenden und unbeteiligt Tuenden, aber s war
enttäuschend leicht; Geburtsort Rybnik O.S.: »Bitte: Anne-
marie Waniek: hier hastu ihm, der Radio –« zu Erich. (Also
hieß mein Glück Selma. Wientge, geboren 1930, beide An-
gestellte Richtung Osnabrück; eben sah man den bretternen
Rücken fatal deutlich, und auf meinem Gesicht malte sich
wohl tiefer Zweifel, denn selbst Erich bemerkte es und
lachte vor Wonne wie ein Frosch). / »Falsche Namen?? –:
Aber nur! Fallsde Eene anknallst! Und Ausweise verlangt

niemand hier.« So behielten wir denn lediglich die Vornamen bei; so ––– (»Du: ich bin Landmesser!«: »Ich bleib Malermeister!«). Dann ließen wir das Buch unwiderstehlich offen am Tischrand liegen; erhoben uns zu voller Länge, wölbten die Brust und so weiter, neigten einen verbindlichen Guten Morgen: Lächeln, mit tiefen Blicken in die betreffenden zugewiesenen Augenpaare: damenhaft sah s beiseite und dankte gekonnt gleichgültig, durch uns hindurch – – (ah: ein Augenzipfelchen wehte doch noch hinterher!: »Mach schnell; se gehn ooch zum See!«). / »Vergiß dein' Foto nich!«. Aber das Leitungswasser schmeckte schlecht, wie nur je in Flachländern, sumpfig. ‹Geständnisse einer Hotel-Waschschüssel›. Der unvermeidliche 1890er Kleiderschrank: »So was haste früher bloß bei Großherzogs gesehn, in der gutten Stube!«. Am Fenster: ein flaches Dach davor, rechts von uns wehte noch eine Gardine, und Erich, alter Baukletterer von Beruf, begab sich hin und lugte ehern hinein:?, nickte erfreut: »Da wohn' se!«. Kam zurück: »Mensch: iss ja wie'n separater Eingang!« und fixierte fröhlicher die neuen Plattfußeinlagen. (Unten pumpte er sich dann noch 'n Riesenstrohhut von der Wirtin, warnte vergeblich: »Wirst schonn an mich denken!«, und sah drin aus, gerissen und ehrbar, wie 'n Farmer aus Connecticut).

IV

»Sie heißen Selma: ich hab' sofort aufgepaßt!« gestand ich. Das Wasser, stark wie ein blauer Stoff, lag uns als Hüfttuch an. »Im Gästebuch, als wir uns eintrugen«; auch die Schultern waren ganz mager. Sie öffnete unbeholfen den großen Mund, lachte dann schrillend, wurde noch ziegelfarbener, und vertraute dem See an: »Wir auch. Aber Sie sind Joachim, ja?!« und atmete befriedigt. Schaumkraut der Wolken. Ich holte so tief Luft, daß sie fasziniert auf meine Brust sah, an der sie entlang gehen konnte, wie an einer gelben Mauer: »Wir fahren zusammen!« behauptete ich, und sie nickte zaghaft und eifrig (gab sich aber auch pro forma einen trotzigen Ruck). Enten starteten wie Klipperflugzeuge. Beide ohne Badekappe. Wir lachten töricht, und spielten vor Verlegenheit mit dem Wasser. Auch fiel mir ein: Schilfschlingen im Haar; die Gestalt traurig und steif; schwärzlich sichelförmige Flossen; in der Linken ein Seegewächs; lachsrote zarte Fiederkiemen als Blume hinter jedem Ohr: das sah sehr hübsch und ukulele aus. »Wir wollten uns erholen«, vertraute sie mir noch unschuldig an.

So mild war die Luft, daß man hätte Kremschnitten damit füllen können; Blütenstaub der Ferne lag über den Dammer Bergen (»Hach! Du hasta vorher de Karte angesehn!« Erich; und knurrte unzufrieden: scheußlich diese Gebildeten!); eine Kastanie wiegte bedächtig die gepuderte Perücke. – Die Häuser: »Könnten ooch wieder ma gestrichen wer'n«, urteilte Erich unbestechlich; nur zwei fanden seinen Beifall: ein schneeweißes, und eins mit Wasserglas: »Iss zwar teuer; aber sehr solide«. Mit Binsen gedeckt: »Arme Feuerversicherung!«. / »Gelobt sei Jees' Kristus: wohin gehste denn?«: »Nach Buttermilche in Ewichkeit Ahm'« (zwei Kinder, scheinbar Flüchtlinge; ich kannte mal einen, der antwortete auf »Grüß Gott« grundsätzlich »Wenn d'n siehst«; war 'n feiner Mann). Tja, Münsterland ist stockkatholisch, historisch bedingt, (und Immermanns Oberhof für den Kenner sozialer Verhältnisse ein schlechter Witz. Anderes Tema.) / : Ein Kiebitz mit schwarzem Brustschild und Federkrönchen lief schreiend gradaus. Ein dürres altes Weib zwergte übern Weg, krumm wie 'n Fiedelbogen, weiße Fusseln an einem Ende, hantierte plärrend vorm Kruzifix: »Die darf nu genau so gut wählen, deren Stimme wiegt genau so viel, wie die von meinetwegen Ollenhauer: iss das richtig?!«: »Adenauer würd' ›Ja‹ sagen.« (Aber mal ernsthaft: allgemeines und gleiches Wahlrecht ist Unsinn: zumindest müßte Jeder erst 'ne geschichtlich-geographische Prüfung ablegen; und mit 65 Jahren das Wahlrecht, aktiv wie passiv, überhaupt erlöschen!). / Wind sprang schnarrend die prächtige Pappelchaussee herunter und stolzierte Grimassen aus Staub. Ein Maicomobil: »Sieht soweit ganz smart aus, was?«. Vor der Jugendherberge schritt es rüstig, unter Pfadfinderhüten: haháha: auch wir Christen sind fröhlich! / Am See: erst ein Bäcker (auch mit Eis und Brausen); schon sah man weiße Wolkenkorallen; junge Burschen nahmen allerlei heldische Stellungen ein, vor halbwüchsigen Geliebten; Greise trugen an schnöden Speckwänsten; schnurrbärtige Matronen stampften auf Beinkegeln – aber doch sehr wenig, im ganzen vielleicht zehn, und sechs davon unter den Sonnenschirmen des Strandcafé Schomaker jun. Ich: »Das geht noch zu ertragen«; Erich: »Keen Betrieb hier!«. / »Kommkomm: rück die Peseten raus!«: 20 Mark Bootsmiete die Woche, und Erich sah ihn schärfer an:?! –: »Na, wern schonn einich werden!« behauptete er kühn. Dann studierte er, ganz Nichtschwimmer, besorgt die Karte am Eingang: »Ertrinkungsgefahr!«, die Naturschutzgebiete, und zwingend rote Rechtecke: »Hier!: Sieh dirs ruhich ooch an: da iss anläßlich des Deichbaues ausgebaggert und 5 Meter Tiefe: pass ja uff!« (Und besorgter: »Äußerst merkwürdich!«; ich mußte tatsächlich mit hintreten und mir ernsthaft die Stellen einprägen; grade, daß er nich abfragte!). / Das Paddelboot: weiß, mit flotter, kalkblauer Stromlinie und innen zinnoberrot; herausnehmbare Rückenlehnen; ein Holzpritschelchen als sportlich magerer Sitz (»Morgen nehm ich ma 'n Kissen mit!«). / »Aba intressant die Binseninseln, was?!«. Seerosen weiß und gelb. »Lauf brünieren lassen, daß a nich in der Sonne blitzt!« fügte er, alter Frontsoldat, hinzu, und zog die Badehose noch tiefer, wahrscheinlich um keinerlei Zweifel aufkommen zu lassen, daß er männlichen Geschlechtes sei. »Ruhch ama!«: ein Düsenjäger johlte weit vor seinem Schall her: ein erschrockener Entenruf, die Binsen wackelten, und weg war der dünne Hals mitsamt dem bunten Bubikopf: Haubentaucher!: »Haste das gesehn?!« / »Nanu?!«: — ein Schrei übers Wasser: »Mensch, das sindse doch! —«. Aber da schien — — na, ich rief erstmal beruhigend und bootsknechtig hinüber und spannte die Arme: !, !, !, ! / »Annemie iss schlecht geworden!« und die Augen liefen ihr ängstlich im hageren Gelehrtengesicht herum —: — sofort stand ich neben ihr im Wasser, und nahm ihr die fette schlotternde Kleine ab: »Sie halten's Boot fest. —: Erich!:« und er faßte unaufgefordert tiefer unter die breiten Arme, während ich, Oberkommandierender, in jeder Hand eine strotzende Popohälfte, gratuliere Erich, keuchend hochstemmte:! —: ! Selma schob bereits der Freundin feiste Füße übern Bootsrand, und hob dann bei mir mit an, (wobei unsre Schultern sich sachlich aneinander preßten: »Du fährst zurück, Erich, und bringst 'n neues Boot im Schlepptau mit! Avanti!« / Wir drehten einträchtig der Sonne den Rücken (im Wasser stehend, und das Wasser schwankte) und der klopstockische Vorname stand ihr gar nicht. »Wie lange sind Sie schon hier?« 8 Tage warens. »Und noch?«: »Bis Freitag früh.«: »Ach!!: Da haben wir so wenig Zeit!« (Reuevoll: »Ja!« und ansehen). »Ich glaubs nich«, sagte sie düster: »ich seh

23

doch aus – wie ne Eule?!« und wartete verzweifelt auf Widerspruch, hoffnungslos, mit ungeschickt verzerrtem Mund und hagestölzernen Augen. Ich faßte ihre Hände unter Wasser und verbot ihrs mit dem Kopf: kein Wort mehr gegen – »Pocahontas« sagte ich leise (und sie horchte mißtrauischselig den fremden Silben nach; halblaut erklären.). / Wir schwammen meist Seite: Beinlatten scherten, Flossenfüße, die Arme griffen kompliziert durcheinander (aber einer immer als Sporn voraus): »Wollen wir schon 'n Stück entgegen?« / Ich im Boot, sie im Wasser (hat noch Angst?): »Wielangekannichtáuchänn?!« (und ich mußte gleich auf die Uhr sehen: sie steckte den Kopf (mit dem schwarzen spitzen Binsendach) mutig ins Wasser, die Beine angelten meist halb in der Luft, immer noch – – schnaufte flußpferdig, piepste: »Ja?!« – an sich 27 Sekunden, gibt der Kavalier fünfe zu: »32!«, dazu anerkennend und betroffen nicken; (und sie freute sich, atmete noch herrlich tief, und hielt schon wieder Umschau nach neuem Fürwitz: tatsächlich: ich mußte sie hinterm Boot herziehen!). / »Nich mein' Rücken ansehen!: Mir stehn doch überall die Knochen raus!« und flehend: »Ich will hinten hin!« (murmelte noch mehr; aber kommt nicht in Frage: uraltes Bootsgesetz!). / Die zarten mageren Beine; das Genick köstlich frisch geschoren; ein lieber Kerl (wenn ihr bloß manchmal das Gesicht im Nacken stände!). Mit dem Steuerbordauge Erichs Boot beobachten: Die verschwanden grade lachend nach links: »Komm' Sie: Einkremen!«: sie tunkte schüchtern einen langnageligen Finger in meine dunkelblaue Niveaschachtel, rieb sichs auf den linken Oberarm, und saß dann verlegen damit da: »Mehr doch!«. / Aber nein: »Jetzt will ich paddeln!«: »Moment noch!«, und ich legte mich erst tiefer in Deckung – so! –: nun konnte sie ihre abenteuerlichen

Moulinets übers Boot schlagen, mit dem Bihänder (und wir kamen wirklich langsam an der Schilfkulisse vorbei, eppoi si muove!). / Ein Haubentaucher mit zwei Jungen: sie erstarrte, Hände an der Paddelstange, winkte heftig mit den Schultern: ruhich!: lautlos trieben wir näher – – ein Pfiff: sie tauchten alle gleichzeitig. Hände und Gerät sanken ihr langsam aufs Boot; Flüsterschmachten: »Ach iss das süüüß!« / Manchmal stießen unsere Paddel aneinander, und sie lachte verschämt zurück und wurde noch eifriger, bis ich sie endlich überreden konnte, und das Ding lang links neben uns aufbewahrte. / Lichterloh schrie der Raubvogel, und packte mit Krallen und Zähnen die Wasserscheibe. »Mit Zähnen –?« wandte sie betroffen ein. Jener kreiste korsaren wieder hoch, und ich winkte im Beobachten der Unpoetischen ärgerlich ab; gab dann allerdings zu: »Na ja; wenig Vögel haben Zähne.«: »Wenig –?« wiederholte sie zähe und ungläubig (kannte mich also noch nicht lange, und ich mochte grade jetzt keine Vorträge halten, resümierte also: »Ja. Wenige.«).

V

Eine Wiese von Stimmen (darüber dreifaches Lehrerinnengemuhe, à la »Falls jemand noch ne Frage hat«): »...und das hier iss die Beckessine. Oder Himmelsziege: weil sie immer so meckert«: Holkenbrink der Alte, mit einem Rütchen in der zähen Hand; selig sind die Bastler, denn sie werden – – naja: eben selig sein! Vorn traute sich ein helles spindelförmiges Händchen in die Luft, fing vor Erregung an zu zappeln, fingerschnipsig: »Brandente!«: »Richtich!«. Kleine Jungen, resolute roundheads, mit nichtsnutzig langen Beinen. Die Mädchen miauten

25

vor Vergnügen, und dazu ihre dünnen Waschkleider, Schöpflinhaagen, die ganze Kollektion. Kranich, Reiher, Seeadler. Haarfarben von Weiß bis Schwarz, auch das seltene Sandgelb und Rot. Dohlenkrähenelstern. (»Gibts denn nich bald was zu schpachteln?!«: Erich; aber die Wirtin, Messerbüschel in den Händen, wies nur resigniert auf den letzten Autobus): ein ganzes Rudel appetitlicher Fünfzehnjähriger, die meisten gingen sofort austreten. Alle Fleischfarben, pickliger Kalk bis marmorierte Sülze; Busen for beginners, schön hellbraun paniert mit Dümmersand: »Nain. –: Nain – –: Auch nich! – – –: Die Trauerseeswalbe!!«. (Verführung Minderjähriger: strafschärfend sollten dabei wirken: Nachtzeit (wieso das?); Unkenntlichmachung; falsche Angaben über Namen und Wohnung, ähä; Flucht; Rückfall; gemeinschaftliche Ausführung von drei oder mehr Personen, hier stutzte ich schon; Verweigerung der Werkzeuge...?? – Dann erst entdeckte ich, daß ich in die Forstdiebstähle geraten war, und stellte den Band entmutigt zurück: im StGB soll sich ma Eener durchfinden!). Endlich warfen die Fliegen vom Stubendienst ihre Motoren wieder an.

»Heut Mittag gibts Blumänn-kohl!« verkündete Annemie strahlend, und auch mein Meerwunder lauschte zufrieden, baute ein rotes Zelt aus ihren Händen, und machte ein paar aparte Bewegungen: dünnste Golddrähte hieltens hinter den geschnörkelten Ohrentrichtern, über der Nasenwurzel ritt ein breiter Goldsattel. / Dann kamen die drei Autobusse mit den Schulklassen, und wir warteten aufs Essen. Erich bot ergeben Zigaretten an, die gute Fox: erst seiner Zarewna: und auch Selma nahm eine, um in der Eleganz nicht dahinten zu bleiben; sie würgten zierlich am Rauch und setzten sogleich die dazugehörigen Weltdamengesichter auf.

»Nee. Lassma!« und er lauschte interessiert: »Weeste: mein
Vater, der war immer ganz verrückt uff Vögel: der hat sich
als Arbeiter extra 'n Doppelglas gekooft, bloß damit er se
besser beobachten konnte!« Die Vitrine in der Ecke mit den
Steinzeitgeräten. / »Warum komm' ei'm Lehrer jetzt so
furchbar albern vor?«: »Weil man jetzt ihr formelhaftes,
dabei dünkelvolles Wesen unbefangen überblickt.« / Die
Frau des Steuerinspektors drüben schlug beiläufig eine Man-
del plumper Kreuze über sich, die finnige Stirnwulst, das
blaue schlagflüssige Kleid (Und schmatzte dann doch, daß
ihr Gott erbarm! Erich, durch seinen Kartoffelknebel: »Obs
ihr so besser schmeckt?«). / Der alte Holkenbrink, Mitte 70,
noch mit dem Zeigestock in der Hand: Ja, eingedeicht war
der Dümmer neuerdings, und der Wasserstand schwankte
kaum; ja, man kann auch quer durchgehen: »wir habens ma
gemacht: mit zwei Booten nebenher.« Und im Winter fror
er zu: »Ich meine Erinnerungen skreiben?« (ich hatte's vorgeschlagen): »O da würd ich wohl – hach: 14 Tage zu brauchen!«: »Sagen Sie mal: ebensoviel Monate: dann komm'
Sie der Sache näher!« und er staunte ungläubig, voll bejahr-
ter Ungeduld. – Das Wetter?: »Ou nain! Hoit früh wa sche
ga kain Nebel: da s-timmpwas nich!« und wackelte mißbilligend. »Nu, vielleicht kommt der Nebel noch«, sagte ich
gefällig und leichtfertig; aber er sah mich s-treng und
durchdringend an: verfängt bei mir nicht mehr, Alterchen!
Wer sein bissel Scheiß so ernst nimmt, ist für mich nur noch
komisch! / »Wir legen uns auch etwas hin!« verriet Annemie. »Also dann los: huschhusch in die Buntkarierten!« /
Oben im Spiegel besehen: Mund verbiegen, Nase kräuseln,
mit Eckzähnen ratlos spotten (auf einem Buchumschlag hinten: 12 vom Dichter selbst geschnittene Gesichter). Nochmal: Nee!: war nischt mehr los mit mir! Stoppelig, rappelig,

geknittert, unbeherrscht: was war ich für ein Kerl mit 18 gewesen, Barrenhandstand und Expressionismus, Körperfeuer und Gesang (und jetzt: alle Verschlüsse undicht: »Du, Erich?«: »Hnn?!«: »Fühlst Du Dich eigentlich schon alt, Erich?«: »Nee.«. Er schnitzte riesige Stufen in den Brotlaib, fraß militärgeschwind: Ananas, Wurstbüchsen, Edamer; vertraulich: »Weeste, wenn man als Kind so hat hungern müssen, und jetzt später wieder: da wird ma zum Tier im Fressen!«). / Ein Kopfkissen wie ein Findling: so stand ich lange und dösig im Bett vorm Hemd (ogottnee: th' other way round; jetzt wirds aber Zeit für mich!). Auch er bettete sein pensives Haupt; wir drehten uns die gestreiften Rücken, Erich mußte natürlich laut fortzen, »Vorsicht: Feind hört mit!« (und es rasselte noch aus ihm, endlos, wie 'ne nasse Kette). – »Leiden eigentlich Wale an Blähungen?« (mit der Gargantualust des Volkes an physischer Großleistung). »Na Du kannst doch ooch nich klagen!« schlug ich vor; und er kicherte stolz. (Aber unter uns: ich wußte's tatsächlich nicht, ob Fische überhaupt. Im Brehm stand natürlich nichts darüber; ma 'n Spezialisten fragen. – Aber ein finsteres Bild war's schon: 1000 Meter tief der blaugefühllose Riese, und die zimmergroße Gasblase wriggelt hoch!). / Im Zahnputzglas entstand ein schwingender Summerton, schnarrendes fading, aus dem Wasserkrug antwortete unwillig der zweite Störsender: Fliegen. (Dower Traumsalat). / Windschiefe Wolken? Schwül? (Also nochmal entleeren; Hände waschen; frisch mit Wasser füllen). Die Bäume gaben sich, aufpassen, Zeichen mit grauen Ästen, wegen dem gelben Schein überm Horizont: »Na? Riskieren wir's, Fräulein Wientge?!«

VI

Im bleiernen Wolkenkolosseum (das überall goldene
Risse kriegte): auf den lindgrünen Wiesenscheiben schno-
ben die Bauern, rannten Gabeln in rundrückiges Grum-
met, hoben es stolpernd über die steilen Strohhüte, breitbeinig und nervös wie ihre sehr braunen Pferde: Rum
rum rumpum! Wir duckten uns unter den Nackenschlä-
gen der Fallwinde, lange Staubwimpel an den Füßen.
Nebenan in Selmas Bluse begann es bauschig zu ringen;
der Rock schlüpfte ihr von hinten zwischen die Beine,
entzückend kerbte sich das stürmische Gesäß; ihr Haar
kippte nach vorn und wollte auch wetterfahnen. Terem-
temtem!: die Pappeln wurden hellgrau und zitterten am
ganzen Leibe. Ein Handwagen knatterte heran auf ge-
kräuselten Rädern von Staub: »'N Stück laufen?«: sofort
bezogen sich ihre Sepiawaden mit festeren Sehnen, am
schrägen Oberkörper galoppierten zweie winzig voraus,
und ich mußte nur zusehen, daß ich mitkam: »Bloß bis
zur Ecke – zu'n Bäum'!« Und nicht nur das, auch Milchkannen lümmelten unterm amputierten Christus, aber
immer flott weiter, und tatsächlich hatte sie beim Gast-
haus erst 2 Tropfen am Arm: »Mein lieber Mannhh!«.
Es riß quer in der gellenden Schwärze, alle Blumen warfen sich aufs weggewandte Gesicht, Wasser stürzte aus
dem Schlitz, handhoch spießten die Silbernadeln aus dem
Pflaster: »Mein-liebermann!!«

Pferde weideten vor ihren unruhigen Schwänzen her, Bäue-
rinnen radelten in weißgestärkten ‹Schlatthüten›, und auch
mich stach die Bremse: knatsch! fiel weich ab: »So ein
Biest!«. Das Laub hing schlapp die Äste entlang, wie alte
Girlanden; auf einem flammte es gelb auf, wir erstarrten,
und eine harte hohe Stimme schrie etwas von kommenden

Blitzen, wandte sich um, und verschwand wieder in der
schwülen Oberwelt: ??: »'N Pirol. Sieht man selten!«. / Eine
Brennessel: aber es hätte genau so nur ein weiterer Schritt
von ihr sein können. Sie sah sich stolz um: ?! und wir be-
lohnten uns Tapfere mit Augen. / Unser Boot: Nummer S 5:
»Und bitte ne Büchse mit, zum Wasserausschöpfen! – Ja-
ganzrecht: was heute früh der Herr mit den roten Locken
bezahlt hat!« Die Wellchen sprangen am Holz hoch, tol-
patschig, wie kleine graue Katzen. »Die Schulkinder sind
auch alle da!«. / Hinaus. Noch weiter. (Und in Lee der
letzten Schilfinsel wenden: so!). Dann ins Wasser klettern
(ich sprang kühn hinaus) und wir umkreisten die leere Holz-
schale und bewachten sie gut. – »Wolln ma sehn, wie weit
wir rannkomm'«: an den Haubentaucher, und wir griffen
uns lautlos hin, 50 Meter, 30, zwan-zig – na – –: und war
weg mit quäkigem Schrei; atemlos: »Das hätt' man knipsen
müssen!«. / Ich trat vor sie hin und zog sie tiefer in die Flut
(drüben am Landungssteg wollten grade die Kinder ab-
segeln): »Pocahontas!« Sie verstand bald, zögerte rundum,
– – –, zeigte überraschend durchtrieben: – ! – (und dann
tauchten wir ganz ein, und gaben uns den ersten Kuß unter
Wasser: »Komm ins Boot«). / Die Sonne brandmarkte uns
scharlachne Oberschenkel (mein feines Haargespinst drum
sah jetzt hellblond aus). Immerhin: alte behaarte Wolken-
männchen wälzten sich lässig am Horizont und rülpsten
monochrom. Noch selten. –: »Halt ma an!!«: eine Hummel
trieb hilflos im Wasser und machte schwächliche Beinchen;
sie ‹rettete› sie sorgsam und setzte sie vorn aufs Holz: »Da
kann sie trocknen!«. / »Jetzt mußt Du Deinen Kopf her-
geben!« und sie gehorchte überhastet und machte alles
falsch, stieß auch ein Paddel in den See und kletterte lange;
bis sie dann auf dem Rücken vor mir lag, den schweren

Kopf auf meinem blauen Höschen. Arme streicheln, Augen küssen (aber sie gingen sofort ängstlich wieder auf, und beargwöhnten, ob auch alles genügte), im Haar wandern, »Ich mach Dich doch ganz naß«, und kam mit der Schläfe auf etwas Härteres zu liegen (Augen sofort zu!) und zitterte beherrscht: : und wir klebten die Lippen aufeinander, bis wir fast ohnmächtig wurden. / Die Schlammbeißer schnappten unruhig: »Einmal noch ganz weit rausfahrn!« / »Ain Pa'lbooooot!!«: Kindergeschrei, und unzählige Hände ruderten im See; einem Bootsmann fiel die fesche weiße Mütze hinein und er brüllte beschämt. Die Wolken im Südosten knurrten und machten träge Buckel gegen den Wind, der sie von hinten stieß. Das Wasser ergraute. »Komm lieber Richtung Heimat« »Och 'n büschen noch!«. (Aber der Mann am Steuer begann auch schon, sich umzusehen, und ging sachte über Stag: hinten kollerte das Wolkenfaß wieder ein Stückchen näher: Binsen faßten sich an den Rispen und ringelreihten kurz ums Boot: »Neenee. Komm mit!«). / Die Bäume hupten und gebärdeten sich, als wollten sie in Staub aufgehen, Wind machte Kopfsprünge, und die Büsche jazzten verzerrter in ihren Mauerecken. Ein plumper Wolkensack schleifte quer übern Himmel, riß immer wieder, daß die grobe Jute faserte und die Messingbleche rausschlitterten: »Aber jetzt los Du!«

VII

Welt der Zeichen: das sandsteinerne des Mondes; die ähnlichen Dreiecke der Giebel; tausendfüßig schritt die Allee; trübten Laternen die reine Schwärze, schliffen Grillen, wieder schimpfte ein Hund hinter uns her. Anne-

mie sang dahin, auf weichen großblättrigen Lotterlip-
pen, verbuhlte Arithmetica: 1 Nacht im Mai, 2 Gitarren
am Meer, 3 Musketiere; und so verschwand das verjazzte
Geschöpf sordino in der haltlosen Dämmerung, vor uns,
am Ericharm. Welt der Zeichen: unsere brilligen Scheiben lehnten sich aneinander, ihr Nasenschnabel hakte
fest, die Hände knoteten um mich herum (Mond trieb
da als Brander zwischen Wolkenfregatten), ihre Zähne
kniffen sehr: – – und dann tappten wir weiter über die
weißen Kegelschnitte. Zurück. Schwarzhäutige Häuser;
ein Auto murmelte vorbei; »Hastu vorhin die rote Wol-
kenschlange gesehen?«

»O neulich gabbs Schönäss: so kleine Schüsselchen, für die
Schnitte zu essen: Sallaat!« und die glatten Augen schwankten ihr vor Vergnügen im Gesicht; Annemie; hatte sich auch
die Zehe heute früh gestoßen und griff guttural klagend
danach : ! . Ich schlug die Probe nach altem salischem Recht
vor: ob das Stück des zerschlagenen Knochens so bedeutend
war, daß es, über die Heerstraße auf einen Schild geworfen, noch hellen Klang gab; wurde aber von der ganzen
Runde entrüstet abgelehnt. Aus Rache hörte ich sie halblaut zu Erich sagen: »Issd Sellmaa verrlobt!: erbt mal 30
Morrgen Lant, und da iss sich Inspektorr mutig rrangegan-
gänn!« und lachte schadenfroh. / »Oh : : 'n richtiges Nordlicht?!« (Selma ehrerbietig); aber wir winkten nur schwer-
mütig ab: für jedes Nordlicht ne Mark, Du, da könnten wir
14 Tage länger bleiben! (Und als hors d'oeuvre hatte's noch
Hinlegenaufmarschmarsch und erfrorene Zehenkanten gegeben: »Geht bloß mit Euern Nordlichtern weck!«; wir
tranken grimmig am Bier, und hoben zürnende Brauen:
die Erinnerungsserie hätte ooch wegbleiben können! Aber
spazieren gehn wir noch 'n Stück, jawoll!). / »Der Dümmer

32

stöß die Gewidder ap!« belehrte der Alte gewichtig: »die gehn fass alle rechts unn links vobei!« (Und Tell zitterte sehr beim fernen Wetterleuchten: »Der iss in Hamburg geboan. In den Bombennächtn: unn da kann er das nich ap!« Also selbst die Tiere!). / Sie faltete die Hände hinterm Kopf und machte sich aus den Ellenbogen eine schicke große Flügelhaube. / »Wieso ‹Pocahontas›??«: »Ne indianische Prinzessin!« wie beiläufig; und die Dicke bekam sofort neidische Falten, wisperte mit Erich, und Beide lachten schmetternd aus zerknülltem Augenfleisch: »Na lasse man« entschied er gutmütig: »für uns genügt ‹Annemie› ooch, was?« prägte die Hand herablassend in ihr geblümtes Rückenfett, und ich registrierte abwesend, wie sie, noch flinkere Leute, mit den Augen aneinander gerieten; also blieben auch wir etwas zurück, ich nahm sie in die Hände, sie, rötlich und duftend, nach knirschendem Abend, und nasser unterer Erde, nach Wurzelzeug und Seligsuppengrün, fern klang eine Kreissäge, und wir erstickten uns mehrere Male, bis sie sich ins Licht barg. / »Aaach!!« und sie hatte doch als Erste das Storchennest am First entdeckt: unbeweglich silhouettierte Adebar, auf einer Beinstange, und ich mußte solange warten, bis er einmal nachdenklich geklappert hatte: »Denk doch ma: 2 Junge sind vorjes Jahr gegen die Hochspannung geflogen: tot!!« und bat sehr um Mitgefühl. (Am Baum hier ein Zettel, den auch Erich, immer Geschäftsmann, studiert hatte: warum soll ich weiser sein? ‹Fohlenverkauf beim Baron Frydag›: 's iss doch immer falsch!). / Drinnen erst mal die Abendnachrichten (und Erich kommentierte sie gratis): Die Amerikaner kreisten unbefangen weiter ein, andererseits rätselten die Westmächte, was Moskau mit seiner letzten Note wohl wieder meine: »Iss doch ganz klaa: entweder EVG oder Wiedervereinigung; Beedes gipts nich!«.

Theodor Blank hatte diskrete Einzelheiten, hinreißende Interieurs, über das schmucke neue Heer durchblicken lassen: »Wenn der Deutsche nich pausenlos die Knute uffm Hintern spürt, iss 'm nich wohl« hat schonn mein Vater immer gesagt!« Wahlrummel: Eener kam mit Gott an; der vorsichtig mit 'm Hakenkreuz; der pries Rußland: »Selbstverständlich sind die Gewerkschaften SPD: solln se etwa für Krupp sein?!«. Deutscher Evangelischer Kirchentag (und diesmal verfinsterte ich m'ich); drehten auch schon wieder ‹lustige› Militärschwänke: der Knecht singt gern ein Freiheitslied des Abends in der Schenke: »Na de Russen wern schonn helfen!« (Oh Erich: irret Euch nicht! Und falls wirklich: ist es nicht traurig genug, daß wir selbst nicht gescheut sind?). (Dann noch Sportnachrichten; und es wurden wortreiche Schätzungen gewagt, wer demnächst am schnellsten uff'm Hintern den Berg runterrutschen würde, oder so ähnlich; scheue Recht und tue nie was). / Aber jetzt lief Erich zu ganz großer Form auf: die Wirtin kam, der König rief: – (und Annemie, glänzenden Leckernäschens, sicherte sich gleich den vergoldeten Sektkorken: zum Vorzeigen; später, im Geschäft, konnte er der Handtasche entkommen, vor den neidischen Kolleginnen: so haben wir im Urlaub gelebt! – Albernes Paketel.). »Na?: Das iss 'n Säftel; was?!«./ Durcheinander: »Seit 200 Jahren, Du: Tatsache!«. Sie wurde so eifrig, daß sie mit dem Arm zu zeigen anfing: der reichte weit, und Annemie drückte ihn empört von ihrer Nase weg: »Ach, entschuldige.« Nahm ich also das älteste davon, »Hannoversches Hof- und Staatshandbuch« Jahrgang 1839. »Na, soll ich?: noch ist es Zeit....«: »Nein sieh nach!« also blättern: ...., ...: Seite 386: tatsächlich: J. H. Wientge, Copiist und Pedell beim Consistorium zu Osnabrück! (Kann man die restlichen 80 Jahre also auch glauben!). Und sie lachte mit ungeschlachtem Mund (aber feinen Lauten!!). »Meine Ahnän...« fing jetzt auch Annemie vornehm an, aber Erich winkte schon gähnend ab: »Trinkfest und arbeitsscheu, ich weeß. Und immer Appetit »auf derr Liebä«!«. Wir lachten gefällig: Selma kameraden und bieder, Annemie pfiffig und bauerngeil, ladies first, dann ich leicht amüsiert aber abwehrend, Erich (als Initiator) geschirrig und hoch böcksern. / Landmesser? Gewiß. »Spezialist für Karten: Preußisches Doppelbild!« wußte Erich vornehm und nicht unwitzig; aber ich erklärte es willig meiner Interessierten: »Gut vermessen? Sind auf der ganzen Erde nur: Deutschland (bin ich nu'n Patriot?!) und England; die Kleinen noch: Hollandbelgienöstreich: aus! Die stolzen USA sollen erst noch lernen, was 'ne 25 000er Karte iss.« / »Am Himmel weessa ooch Alles!«, nuntius sidereus, und forderte irgendein eindrucksvolles Fänomen. »Morgen Abend findet eine ungewöhnlich lange Venusbedeckung statt,« erwiderte ich flegmatisch. »Aber Herr Bo-mann!« kreischte Erich jungfräulich und sittichen; allgemeines Gelächter; Gelehrtenlos; also iss scholarship wenigstens zu was gut; Gundling. (Die beiden Mädchen waren zusammen Stenotypistinnen in derselben Berufskleiderfabrik): »Zeit schlafen jetzt: morgen iss auch noch 'n Tag!«

VIII

Sie lief, schlenkrig verfolgt von ihren Kleidern, grillenschlank, meine braune Zikade. Kam in Gottesanbeterin-Stellung auf mich zu, legte mir die scharfen Vorderbeine über die Schultern, und versuchte lange, mich zu verzehren. Mit Händen; mit Zähnen. Dann schaukelten die

Aktentaschen außen neben uns. Ringelblumen machten
Lachsaugen durch Zäune, zuerst nur zwei, dann standen
sie förmlich Spalier vor Neugierde, eine steckte sofort
den Kopf unter Selmas Rock, daß ich entrüstet pustete:
das überlaß ma in Zukunft gefälligst mir, werter Luteo-
lus! Sie fragte gleich, und nickte dann mehrmals hoch-
befriedigt ob solcher Eifersucht: so soll es sein! –
»Kumma das weiße Haus!«. Das?: sogar eine Villa, mein
Kind! Und es war raffiniert einfältig, dick mit ergrauten
Binsen gedeckt, kunstvoll narbiger Verputz, vorn drei
Bogen als Loggia, große Fenster mit gelben Butzen-
netzen; Hecke, kleine Rasenfläche, ein verträumtes Klö-
chen –: »Na, Du? –: Dreißigtausend bestimmt!«. Auch
Georginen, getuschte, bandierte und Bizarden; und sie
war zutiefst ernüchtert: cha, wenn man so was hätte,
Mädchen!! (Gehörte dann, wie billig, auch einem Biele-
felder Fabrikanten, und stand natürlich 350 Tage im
Jahr leer! Wenn man zum See geht links, kurz bevor die
Pappelallee anfängt).

Selma also, wie gesagt ganz in verlupptem Organdy, mitten
im Sonnengepralle, und faßte mich steif an beiden Händen;
wir nestelten die Finger ineinander, auch mein Herz trabte
überraschend an, und endlich ließen wir alle Oghams und
Futharks beiseite, und sagtens uns frei heraus: wie hübsch
wir wären, undsoweiter. Ihr Rock tänzelte schon vorweg,
schlug wohl auch ein schickliches Rad, und schien überhaupt
recht unternehmungslustig, der Rock. / Langes schlankes
Gebell machte Bogen; und dann tanzte ein heller Hund aus
dem Hoftor, immer vor dem dick trabenden Gespann her.
Überall fesselten die Bauern Pferde vor ihre Wagen, und
die Müden ließen es in edler Resignation geschehen: »Die
verlieren auch nichts, wenn sie aussterben!«. Oben Walm-

dächer, unten Katzentürchen, schwarze oldenburger Schweine
röchelten angeregt, und mir fiel Graf Anton Günther ein,
der große Marstallhalter; und sein Apfelschimmel, der ‹Kranich›: »9 Ellen war der Schweif lang, die Mähne 7«, und
sie tadelte es als unpraktisch: zugegeben; jedenfalls sprangen unsere Stimmen uns munter voraus. / »Was machstu’n
im Werk?«: »Nuu –« sie wiegte nachdenklich »soo – An-
gebote schreiben; mit Stoffmustern.« In Osnabrück also;
hatte auch dort gelernt. »Was liestu gern?«. Sie sah mißtrauisch herüber, suchte sichtlich nach dem Gewichtigsten;
zauderte ––: »Gustav Freytag, Verlorene Handschrift.« Hm.
Nicht übel. Aber sie wollte den Eindruck unbedingt ver-
tiefen: »Einer bei uns liest immer Kant!« berichtete sie ehrerbietig. »Dann muß er verrückt sein!« entschied ich: »Du
glaubst es nicht?!: Paß auf: ….« (und ich machte sofort die
alte Probe: welche Stelle steht im Kant, und was iss Mist?:
a.) »Eine Einheit der Idee muß sogar als Bestimmungs**grund**
a priori eines Naturgesetzes der Kausalität einer (gewissen)
Form des Zusammengesetzten dienen«; oder b.) »Die Kausalität einer (gewissen) Form des Zusammengesetzten **muß**
einer Einheit der Idee sogar als Bestimmungsgrund a priori
eines Naturgesetzes dienen«? Sie senkte die Stirn und antwortete nicht mehr). / Zwei Mandolinen kicherten nervös
auf der Terrasse. Zur bunten Eistüte gab es frischen Nordost, und der Rock wollte sie gleich ungestüm nach mir hin-
ziehen, gut der Rock; aber der karierte Waffelteig zerbarst
eben unter ihren großen Zähnen, und da umschlang sie mich
drüber hinweg mit Augen, schweigend, den Mund voll eisi-
ger Süßigkeit. / Sattellos auf dem Bug: ritt Pocahontas, mit
klebenden dünnen Haaren und blauem Lippenschlitz.
Patschte ihn mit beiden Händen, stützte sich ab, und lachte
mich noch aus dem Wasser an. Madreporisches Gewölk. /

Reinklettern: sie stand tiefatmend neben mir am Bootsrand (ich drin), so daß wir uns bequem anbeten konnten: – – aber nun gab ich ihr kritisch die Anweisungen: »Geh vorn hin.« »Und ganz mit den Armen übers Boot fassen!«; sie gehorchte blindlings. »Jetzeinbeinübernrandlegn – –« es erschien endlos glatt und wasserüberzogen: »Mit einem Bein stehst Du noch? . . .« Nicken, heftig; die Augen hingen an meinem Mund (ihrer offen, fast mitflüsternd). Jetzt lehnte ich mich weiter nach Backbord – noch weiter – auch das Paddel bereit – –: verflucht: fing der Kahn doch wieder an zu drehen! Also: »Lassnomalos!«: links energischst durchziehen, nochmal – halt, kleiner Schlag rechts –: so; jetzt kamen die Wellen wieder von vorn: »Nochma jetzt!«. / Dann saß sie strahlend und triefend vor mir: »Trocken' Dich sofort ab. Und ziehn Pullover an; der Wind iss zu frisch.« Sie nickte dankbar und strich die Arme ins Handtuch; Gesicht. Nacken; Pause. Beine, Beine: Pause. Sie ließ die Augen flüchtig nach mir herum reisen, aber ich blieb unerbittlich. – »Sieht uns auch bestimmt Niemand?« bat sie noch einmal kläglich. Bitte: Binsen rundum, Blaues oben Blaues unten, nur ein Vogel strich mit heischerem Protest links ab: da griff sie endlich nach dem Knopf auf der Schulter, langsam, der weite Weg Graf Isolan – – und das andere Handtuch mußte immer in Reichweite bleiben: »Vorsichdu!«: ein Binsenschnitter mit hochbeladenem Kahn, weit drüben: er betrachtete uns hoheitsvoll und bauerndoof – bis sie dann atemlos im blauen Pulli flach dalehnte, gestriegelt und hoch entdeckungslustig. / Schon schoß ein Fingerzeiger vor: »Kuckmada!« – –: ich sah nur die fernen Zinken der Pappelallee nach Lembruch – vielleicht das Schilf, an dem die kurzen grünen Wimpel durcheinander züngelten? »Nein: die Wolken da!«, ah, die Wolken; und wir würdigten sie aus-

38

führlich nach Morgenfarben und -formen: eine Fusslige, eine Beulige, eine Aufgepustete, eine Ballonannemie, eine gereckte Dünne: lustig flattern, Wolkenmädchen, Deine Wasserstoffbänder! Sie maulte erst ein bißchen (weil die leinene Gestalt gar so endlos war), ließ sich aber ganz leicht versöhnen, mit Augen, Mund und Händen, sperrte sich immer noch, weil's gar so schön war; immer noch – jappte zweimal auf, und fing sich befriedigt meine Finger (während das Boot selbständig kreiselte und schlappte). / Auf dem Oberarm die feine Blindpressung ihrer Pockennarben: –: sie suchte gleich meine und küßte sie auch eifrig. / Zwei langhälsige Vögel tanzten zusammen oben im Licht; die Binsen schauerten nach vorn; ich nahm abwesend wieder das Paddel hoch und mahlte langsam glitzerndes Wasser. »Rasch essen, und dann wieder her, ja?!«. Der See winkte uns mit tausend blauen Händchen nach.

IX

Tucketucketucketucke: »Ein Motorboot soll's auf dem Dümmer geben.« (abfällig). Sie schlang sich das graue Wasser ein paarmal ums Handgelenk, ehe sie murmelte, wie eine Stimme aus dem See; ließ auch die Finger lange nebenher treiben, daß jeder sein feines Kielwasser zog. – – Zur Rechten flimmerte's wie Gestade: Bäume aus Rauch geblasen; das Dunsttrapez eines Daches; Schatten wollten unter Gasfontänen: aus heißer Grauluft die Idee einer Küste. Seelandschaft mit Pocahontas. – – »Du!« – – Sie warf die Mahagoniseile rückwärts hoch, mir um den Hals: »Ja! Schnell!«; schnürte fester zu: ! –, richtete sich auf, und fing wild verworren an zu paddeln, unermüdlich eckig, dem Glasqualm entgegen.: Dem Glasqualm entgegen!!

Leicht bedeckt aaach: da hatten unsere glühenden Häute
etwas Ruhe (und manchmal traf es uns doch). / Die Wasser-
jungfer, beide Hände am Bootsrand, schwamm aufrecht nebenher, und sah traurig und gedankenlos herein (lutschte
auch dazu zwei Pfund Mirabellen, die ich ihr einzeln rein-
stecken mußte: langer Leib, von Rohrleitungen durchzogen,
Ventile klappten, bunte Säfte liefen in ihr herum, purpurnes
Fleisch mit Elfenbein besetzt und steifen Schwarzgrannen:
»Und jetzt tauchen? Na Du?! Willst wohl auch 'n ‹Fund›
machen?!« Aber sie war nicht aufzuhalten). / Dies brachte
sie heraus (mit einem Arm gründelnd, sich am Boot hinab-
drückend), und bot mir Alles dar: eine Qualle knirschender
grüner Wasserpflanzen; ein gekrümmtes schweres Hölzchen
(so schwer, daß es nicht mehr schwamm, nanu?!); eine
Handvoll seidenschwarzen Schlammes – aber hier waren
zwei Teichmuscheln drin: die erste tot, also weg. Die zweite
wehrte sich kräftig gegen Öffnen und Neugierde: »Kuck ma
hier!« und Biologieunterricht: Mantelrand, Spinner, Bart:
»Komm jetzt rein.«. / Treiben: ihre Finger schrieben rastlos
meinen Namen ins Wasser, ums ganze Boot, stips wieder
der i-Punkt drauf, also irgendein Undinentrick, bis ich ihr
dergleichen verdächtige Praktiken untersagte. Aber das hatte
lediglich den Erfolg, daß sie jetzt sofort das Wassermärchen
hören wollte (wahrscheinlich noch was dazulernen, he?!);
murmelte sympatisch zur Katastrofe, restlos überzeugt, oh
diese Männer!: »Dabei hieß die Undine in Wirklichkeit Eli-
sabeth von Breitenbauch, 7.5.1780 in Minden geboren, hei-
ratete 14.5.1800 den Herrn von Witzleben, hatte 3 Kinder
mit ihm, und starb endlich, längst Witwe, am 27.5.1832 in
Halle. Fouqués große Liebe. Übrigens spielt die ganze Af-
färe am Steinhuder Meer drüben« schloß ich hastig: kritzelte
die Emsige nicht schon wieder an Steuerbord?! »Spiegel-

schrift!« erklärte sie kalt und hexenheiter, und ich schloß
vorsichtshalber die Augen (als ich sie dann wieder auf-
machte, war schon der ganze See voller Kringel und Unter-
streichungen: vorwurfsvoll: »Siehstu!«). Aber das bunte
Geschöpf lächelte nur ungerührt, und hieß mich paddeln;
fing auch in neu erwachter Lust bald selbst mit an: »Ma
sehn, wie lange wir bis rüber brauchen!«. / (Halbe Stunde
nebmbei) und armes Lembruch: immer noch nischt wie
Zelte, Bootsgewimmel, faules, Deutscher und Britischer
Yachtklub, Hochbetrieb im Kurhaus, und am Anleger wie
verabredet Annemie und Erich. »Na, Ihr?« fragte er gütig
und scheinheilig, pfiff kurz »Im Wasser haben wir's gelernt«; ich drohte ihm mit Augen, er lächelte verrucht und
dumm, gin mit juice, wie nur er es konnte, bückte sich
auch zu mir: ».......!«, ich zuckte ärgerlich: man verstand
bloß immer »Beene«? (Ah, auch das Zeichen zur Abwehr
des malvagiocchi: weiß genug!). Dann rief er noch über die
Schulter: »Wir komm' ers morgen früh wieder: Lembruch
bei Nacht!«, und auch Annemie wußte viel von einem Preis-
tanz: »Viel Spaß!«: »Dasselbe!«. / Sie hatte sich stillschwei-
gend eine Blase innen am Daumen gepaddelt, und wurde
sehr gewürdigt: »Mußt aber den Daumen dann mit *über*
die Stange legen: versprichst Du's?!«: »Mm« ihre knöcher-
nen Finger versuchten mein Ohr. / Auf der Wasserplatte.
Grauhitze. Ich hörte auf und legte es quer vor mich hin, so
lang lief das Boot aus. Der Horizont hatte uns in seiner
flachen Schachtel. Vor mir lehnte stumm eine ellenlange
Rote, die knochigen Knie in Kopfhöhe, das Kinn auf der
Brust. Große Schwalben strichen so dicht vorbei, als sei
unsere Stelle leer, und wir schon nicht mehr vorhanden.

X

Wieder blitzte es die Schatten aus unserer Bleikammer: über der Stuhllehne dünne nackte Schläuche, das Dreieck und ein rosa Doppelschüsselchen. Ich ruhte nicht eher, bis im Sitz noch die zwei winzigen Söckchen lagen, darunter dann die braunen Sandalen: »Was hastu für 'ne Größe?« Sie stöhnte verzweifelt: »Frag nich....«; dann so gebrochen: »Dreiunvirzich!«, daß ich sofort hineilte und ihr Trost zustreichelte: »Pocahontas! – !«. (Nur mit einer roten Hüftfranse aus dunkelgrünen Wäldern treten. Müßte Sie. Sie suchte ein bißchen in ihrem Koffer: – –, holte ein Kopftuch heraus und probierte es schüchtern: – –, machte den abschließenden Knoten an der Seite: – – ?. Stand still mit hängenden Armen: ernst pfählte und hager die endlose Hüfte rechts aus den harlekinenen Stoffzungen, war also ihre linke Seite, und wartete ergeben und sehnsüchtig bis ich sie nannte und erlöste: »Pocahontas!« – Ein roter Samtfleck kam aus ihren Lippen, wurde schnitzelspitz, drängte unbeholfen, und schlüpfte mir dann tief in den Mund . . .).

Warten. Ein Raschel drüben. Ich pfiff einmal matt die schalldichten Wände an: die Tonröhre prellte flach ab, und ich stand wieder alberner im Gelben. Als zuvor. Leeres Korridorgehirn, hölzerne Augen, Scharniere dran. Im Ledergetäfel der Minuten. – – – (Dann wenige Tappe und sie warf sich eilig durchs Fenster). / Ich küßte auch in den konkaven Mirabellenbauch. Unsere Flüster durchirrten sich; unsere Hände paarten: sich! Ich mußte erst das rote Gitter ihrer Arme durchbrechen, Fingergezweige zurückbiegen, ehe ich die Tomate mit den Lippen am dünnen kurzen Stiel faßte, daß sie sehr meuterte, vil michel ungebäre, und verschluckte sie dann ganz, daß sie süß empört aufwollte (aber

ja nicht konnte); so schrie sie nur einmal schwächlich und
lüstern; dann klemmte wieder die mächtige Schenkelzange.
(Wir ritten sausend aufeinander davon: durch haarige Mär-
chenwälder, Finger grasten, Arme natterten, Hände flogen
rote Schnapphähne, (Nägel rissen Dornenspuren), Hacken
trommelten Spechtsignale unter Zehenbüscheln, in allen
Fußtapfen schmachteten Augen, rote Samtmuscheln lippten
am Boden, kniffen mit Elfenbeinstreifen aus denen Buchstaben schimmerten, Flüster saugten, Säfte perlten, abwechselnd, oben und unten.) / Eine Büchse Milch aufstechen und
abwechselnd lutschen. Auf'm Rücken liegend: das schmeckte
wie kondensiertes Mondlicht, und dazu Feigenpudding aus
den kleinen US-Döschen. / Sonnenbrand: Arme und Beine,
meine, waren nur rosenrote Feuerrohre mit abgesengten
Nervenenden. Wir wimmerten beim Waschen, und zitterten vor Fieber, wenn unsere Härchen sich streiften. Also:
Einkremen! / Einkremen (und ganz leicht massieren mit feinen Duftfetten): das Fingergespinst, die beinernen Arme,
»hfhfhf-hforsichth!«, die runde Rippenharfe, zwei weiche
Kupferknollen, Kupferknollen; Kupfer – knollen – –. Die
Bauchschale mit dem hohen Beckenrand, die steife Bein-
deichsel: »hfhfhf-aaachch!«. (Dann aufs Gesicht wenden,
PTO, Gott war das lange Bündel schwer!): Nackenwadi,
Schultertafeln, Gesäßknorren, die schmächtigen Kehlen der
Kniee; aufrichten: nochmal Achseln und Schlüsselbeinpar-
tie: –; zuletzt Stirn und Nasenrücken: »Aaach!«. (Dann aber
gleich drohend: »So: jetz bistû dran!«). / Beim Hemdchen
anziehen: sie stand weitgebärdig da, wie Orion (den leichten rosa Nebel allerdings in Händen, weit überm Adler-
kopf): meine rote Alpha-Riesin! Sie merkte, daß ich dachte,
und ich mußte es sofort sagen. Brummte fast verdrossen:
lautlos renkte weiter das Sternbild.

43

XI

Der Fernfahrer aß sehr schnell und künstlich, skalpierte Wurstecken mit scheußlich huronischer Technik, schnipste sich auch die bleiche Pellentrofäe vorschriftsmäßig in Gürtelgegend; der Mund lästerte von Staat und grobem Wetter: die Katastrofe trat ein, da hieß der mächtigste König Eisenkauer, nach ihm regierte sein Dalles, immer abwechselnd (oben drei kalaharische Fussel, gelbe, Oranje & Transvaal; auf der linken grünlichen Schulter ein Regenlicht, fensterglänzend und traurig). / Mondbazillus, Wolkenhefe, und Pocahontas summte ein helles heiseres Lied zum Geräusch der Nacht. (Hinter der Haustür quietschte sie dann unnötigerweise wie ein Gemisch aus Hahn und Henne. Entschuldigte sich aber sofort reuig: es wäre so plötzlich gekommen. Also werden wir das exerziermäßig üben: ! – –? aber jetzt hielt sie geschult still. : ! ! – –? nur Tiefatmen. : ! ! ! – –: »Siehstu es geht Alles! Wenn man nur etwas guten Willen mitbringt!«. Sonder Not und ohn Gefahr übern Hof so kam das Paar).

Tell, losgebunden, raste selig allen Windstößen und Katzen nach, schnauzte vergnügt, und sie dddrängte furchtsam näher: »Obs noch regent?«. Je nun: verbogener Mond trieb auf gelben Lichtwellen (hinten bollwerkten aber schon die Wolken, und er riß mühsam eine Silberbresche nach der andern hinein. Sie hielt einfach die Hand davor, daß ihr Gesicht oben im Schatten hing, und ich durfte ein bißchen darin herum küssen). / Ein Textilreisender, behutsam, schwarzer Ölscheitel, fahles Antlitz, spitzes Gehirn: »Der hat dem Chauffeur drinnen noch gefehlt!« (Sprach auch das f so blasebalgig und überzeugt, daß man es nur noch mit ph wiedergeben konnte; sein Hut: ein Matterhorn, von einer Art Nürburgring umgeben). Sie berichteten, wie Vertreter tun, von den Merkwürdigkeiten ihrer Mägen: »Also nach 10 Uhr abends: kei-nen-Bissen-mehr!«: »Professor Berger – aus Bonn – sagte: in phier Monaten sind Sie 'n Totermann!«, sah stolz rum, ob wir auch atemlos lauschten, und strich sich mit der Fingerschere den Stumpen aus dem rosa Maul: »‹birnenphörmich› behauptete er; der Chefarzt ‹konisch› –«, er hielt beteuernd seinen Bauch, in dem sich jenes Darmgeschwür befunden hatte, mit beiden Händen hin (aus deren einer Rauch loopte. – Dann kamen Sauereien an die Reihe, bis die Wirtin huchte und lila floh. – Aber Eins hab ich von ihm gelernt – von weitem nur, versteht sich! –: im oldenburgischen nennen die Schneider den Lappen, mit dem sie zum Bügeln einsprengen, »Swienhunn«; auch der leidige Chauffeur bellte gottlob drüben neben der Theke). / Speckkuchen und süßes Malzbier (kaufte ich;: »Ach Du!«). Aber diese Speckkuchen!: »Also mir iss das zu fett!!«. Aß die sparsame Selma Alles allein, trotz meines Kopfschüttelns (und eben kamen auch Nachrichten, Ansager mit ausgestopfter Stimme, die Silben rappelten wie Bauklötzchen, begann wie immer, deutsch devot, mit »Bundeskanzler Doktor Adenauer«, wie der geschlafen hatte, und war tragisch amüsant, wie sich die doowen Evangelischen so für die Gegenreformation mit einspannen ließen. Dann »Kommentar der Woche«, Doktor Walter Maria Guggenheimer, und ich nicke beifällig: klarer Kopf! Und eine rechte Erfrischung auf all die andern Jesuitenschüler. »Ich?: Atheist, allerdings!: Wie jeder anständige Mensch!«. / »Schnell noch 'n paar Postkarten schreiben«, stöhnte sie, verzweifelt ob der verlorenen Zeit, sah flehend an der Zimmerdecke nach, kratzte auf jede bloß eckig »Gruß Selma«, und sah mich selig an: »Fertich!«

»Gleich rüber bring'.«: eine Büroausrüstung wie in Soll und Haben: »Seit 25 Jahn hab' ich die Posts-telle!«. Eine Katze mit nationalem Gesicht, schwarzweißrot: »Die Dreifarbigen sinn die Besten!« beteuerte der Alte erfahren: »Die bringt Ratten. Bald jeden Tach: das tut nich Jede!« (und streicheln ließ sie sich auch). »Tja; der ‹Seespiegel› heiß' es immer, wär sche preußisch?!« (bauernschlau; geheimnisvoll): »Viel-leich wenn Oldenburg ma wieder sebständich wird .....«. Zeigte auch stolz Zeitungsausschnitte: auf einem war er so-gar abgebildet, inmitten seiner Vogelsammlung. Ein Buch ‹Günther Schmieder, Gott weiß den Weg›: »'n Romaan von' Dümmer: taucht aba *gaa* nichts!«, und ich schlug miß-trauisch auf: »...wie eines atmend Fischleins Kiemen.....« owehoweh! (Im Leben kann man höchstens 100 Autoren richtig kennenlernen, mehr Zeit hat man nicht; also darf man sich sprachliche Dickhäuter wie den hier gar nicht er-lauben, hebe Dich hinweg!). / Aber hier waren Vorzeit-funde, recht interessant, trotz des knickebeinigen Kreuzes auf dem Umschlag und ‹Reichsamtsleiter› Reinerth: »Das gehen wir uns morgen ansehen, Du!«. (Was der Alte aller-dings ständig von Pfahlbauten faselte, war blanker Unsinn, obwohl der Feuersteindolch in der Vitrine schön genug da-lag). / Wetter?: der Mond zeigte nur noch undeutlich seine Tätowierungen. »Komm rüber zu mir. – Durchs Fenster.« / Wir stöhnten, rotglühende Gestalten aus soundsovieltem Höllenkreis; selbst das Waschen war eine eigene Qual: wenn das kalte Wasser dran kam, hätte man bibbern mögen vor schmerzlichem Gelächter. Sie, flehend: »O nich spiegeln!« (heißt wohl: in den Spiegel sehen): »ich erschreck immer so!«. Versuchte aber trotzdem schüchtern ihre schwarze Kunst: mit Haaren, mit Augen. Dann die rote, und ich legte ihr einen Armhinterhalt; den sie aber sofort sah, angriffslustig hineinstürzte, und ich mußte tatsächlich erst jedes ihrer zähen Otternglieder einzeln bändigen, ehe sie sich nach Belieben bogen (auch so ringelten sie sich noch alle Augenblicke um mich Laokoon: »Du hast es selbst so gewollt!«)./ »Hastn hier Alles mitgebracht?«: ein Brillenfutteral, Leder, rotgenarbt; eine Handtasche, und ich hielt sie anklagend hoch: deswegen hats so lange gedauert?! Aber sie war schon da und schnappte mirs aus der Hand: »Das iss tabú!«, holte mir zum Trotz gleich noch den Stenoblock heraus, machte wichtig eine längere Notiz, und schobs wieder rein: »Bäh!« Erregter: »Und da heißts immer: Frauen wären· neugierich .... !!«: »Ja −: und wenn ich mirs nich angesehen hätte ....?« forderte ich verblüfft heraus. Sie sah hoheitsvoll herum: »Dann hätt ich Dich der Teilnahmslosigkeit beschuldigt. Und gewußt, daß Du Dir nichts aus mir machst!«. (Längere Zeit diese unerhörte Anschuldigung widerlegt. Dann riß sie sich aber doch noch einmal los, schnell die weißen Söckchen durchs Wasser ziehen, »Für morgen!«, und hängte sie über die Fensterflügel zum Trocknen). / »Mammalich!!«: nanu, was ist denn? Ich knipste verstört: sie kippte sich knopfäugig aus dem Bett, riß unten das Türchen auf und erbrach Alles in den Henkeltopf: »Orrrrrr«, schwülkte und pumpte blassen und farbigen Schleim aus. Ich kam betroffen herüber und hielt ihr die Stirn, gab gute Eiaworte: das fehlte allerdings! Huschte in einer Pause zur Waschkommode und bereitete Zahnputz: sie wusch sich den schlotternden Mund, gurgelte somnambul, kam und fiel aufs Gesicht ins Bett, »Och«, fuhr halb hoch und auf den Rücken (rasch das Kissen falten und dick untern Kopf;: »Du biss gutt!«). Rülpste noch einmal, und lag immer stiller, nur ihre Nase knisterte noch. (Nachsehen: war aber doch wohl bloß der reine Speckkuchen! Ja auch kein Wunder. Rausschaffen

ins Klo). Die Füße, 2 lange Klinker, standen aufrecht da. /
Dann doch ein Nachtgewitter, daß Summanus seine Freude
dran gehabt hätte (Hunde werden lebend an Holunder-
bäume gekreuzigt; die Arvalbrüder opfern nur schwarze
Lämmer). (Gegen Morgen kam es lärmend die Treppen
herauf:?:!: und sie glitt nachtwandlerisch aus dem Fenster:
»Bald wieder Du!«.)

XII

».....und dann griff der Höhlenmensch nach seiner
Selma: ......« sie quiekte hoch, im langen dunkelroten
Samtkostüm mit weißem Krägelchen, in dem das glatte
Bronzerohr des Halses steckte; atemlos: »Erstens sossdu
nich Selma sagen!...« (ich schrumpfte schuldbewußt):
»und dann: wie hießen wir wirklich?!« Nuuuu –: »Ich
Uthutze?« (sie nickte beifällig, ganz rundes Eulenange-
sicht): »und Du Pultuke!«; ein Wort wie Schokoladen-
pudding, und wir versuchten gleich, obs mundete: »Pultuke: üss der Luchs schunn woich?«; und sie grunzte finster zurück: »Nuch nüch!«, klappt also. Der einsame
Chausseebaum neben dem Loch klatschte wirbelnd in die
Blätter und zischte: ‹Pfeile mit Schlangenzähnen› fiel mir
als Waffe ein (‹Schlangen mit Pfeilzähnen›, auch so
stimmte's grausig; in schlimmen Klüften). Sie murmelte
eben den Wunsch, und ich bremste sofort: »Könntest Du
Bärenfelle butterweich gerben?« Sie konnte es nicht; gab
es aber nicht zu, sondern parierte: »Du einen 20-Zentner-
Elch mit der Hand fangen?« Vielleicht. »Tch!!« (scharf
und ungläubig). »Oder den Todfeind langsam in Scheiben schneiden?«: ihre Blicke stachen sofort wie Achat-
dolche in die Osnabrücker Ecke, augenscheinlich wußte
sie jemand Bestimmtes. Aber sie gab noch nicht auf, be-

wegte den Mund, sann –: eifrig: »Du, ich mach Dir Hausschuhe aus Wolfspelz: gefütterte!«, kam auch verführe-
risch näher, neolithisch lang lockend. »Und ich Dir Ringe
aus buntem Hirschhorn!« (Kavalier). Dankbar: »Ach
ja!« Als Spiegel?: »Na hör mal: 'n Schälchen Dümmer-
wasser! Also diese Frauen!« und sie wars gleich zufrieden. »Aber woher kriegen wir Seife?« und hing sich
ängstlich vor mich:?. Seifeseife – hn – – – (ha: da: mein
Plinius!: »Aus Holzasche und Ziegentalg!«. Ihr leerer
Blick verriet keinerlei Begeisterung; eher das Abschluß-
zeugnis »zur Steinzeit kaum geeignet«, und wir tupften
mutloser die Gesichter aufeinander).

»Gehtoch immer voraus: wir komm' ja mitn Motorrad
nach!« greinte Erich aus Kissen (was uns auch wesentlich
lieber war!). / Im Garten schallte die Amsel. »Iss Dir noch
schlecht, Du?!«. Sie nahm mich strahlend und schüttelnd bei
Hand und Mund; wir kelterten einander – – rissen uns vorn
los:!! / Autos kreisten schreiend und prustend um ihre
Ecken; unsere Kappen saßen scharmant, über Pappelmäul-
chen und Brauseohren, lustig, wie aufm Fahrrad. Ihr Kleid
flackerte junge Zeichen, der Mund zersprang zu gigantischen
Lachen; die feiste Bäuerin besah uns durch ein Reisigbündel
(und hackte später mit schartiger Stimme nach ihrem Mädchen). Die Erlen braus ten hellgrau auf, brüsselten grün
(und der Wind haschte doch tatsächlich schon wieder nach
Selmas Glockenrock!). / Bitte sehr: so sieht die Unsterblich-
keit aus! Ihr Struldbrugs.: Am Moorloch, dicht neben der
Hunte, und sie hummelte sehr enttäuscht, bis ich eben anfing zu erzählen. »Daß iss nich anders. Manche schlagen
auch Kieselsteine mit Hämmern entzwei, um, wie sie sagen,
zu sehen, wie die Welt gemacht worden ist.« / Aber nun
ernsthaft vom größeren Eiszeitdümmer: dreimal so lang

war er! Wie man das wissen kann?: durch viele Bohrungen:
der See setzte damals weiße Kalkmudde ab: wo man also in
bestimmter Tiefe auf die trifft, war damals Wasser. Von Birken
und Haselbüschen locker umstanden: weiß man durch
Blütenstaub aus gleichaltrigen Moorschichten. »Und um den
lagen diese einzelnen Blockhäuser?«; certainement, wenn
auch die Bewohner mit Germanen noch nichts zu tun hatten,
wie sich Herr Reinerth vorschriftsmäßig einbilden mußte.
Hm. Gerste glänzte; braungrün liniierten Kartoffeln zum
Waldrand; weißes Wolkenfeuer, und Wind lehnte lässig
herum und blies ab und zu hinein. »Jajasicher!: Und dann
wird es Nacht: durch die Nähte des Hauses schiebt der
Nebel die schlaffen Finger« (und sie schlug einmal schnell
auf die frechen) »oder der Wind rüttelt an der nicht vorhandenen
Tür, damit Du die Wölfe besser hörst...«, und
sie lauschte angestrengt: richtig: bloß Wind wars nich: auch
ein Motorrad plapperte fern:! / Annemie mit weit offener
Bluse; aß Glaskirschen und schnipste schon von Weitem mit
den Kernen: »Na, wo sind nu Deine Neanderthaler?«
(Erich; zog auch das mittlere Flakon »Ackersegen«, gegen
Schlangenbisse, wie er religiös erklärte, ein Kerl wie Samt
und Seide, nur schade, daß er suff). / »Ach Jungfrau-jung-
frau: das gabs damals« (zur Steinzeit; laut Erich) »überhaupt noch nich! Das iss ne Erfindung des Monopolkapi-
talismus: weeßte ooch, wie oft sonne Höhlenfrau...?«
Annemie wollte sogleich präzise Angaben:? – und verzog
nur abschätzig den Mund, »Daran soll nich schei-tärrn!«;
lächelte bosbreit: »Odu!: weißdu wie oft Höhlän-Mann...?«
und flüsterte scheinbar so unverschämte Zahlen, daß Erich
vor dem bloßen Wort zusammenknickte. / »Weeßte, wenn
man Euch so von hinten sieht: Ihr seidn Pärchen!!«. Nu
wurd's aber doch verrückt: das mußte Plattfußerich mir

sagen?!: »Denkste Du siehst aus wie Harry Liedtke? Nimm bloß Deinen Popoffka ins Schlepptau und verschwinde!« (empört!). »Na dann komm!« und gab ihr hinten einen leichten Backenstreich, den sie auch ohne weiteres vereinnahmte, sich auf den Sozius schwang, den Rock zünftig hochstrich, die geborene Motorbraut. Wichtig über die Schulter: »Wir fah-ränn wieder ins Kur Haus!«. Und wir erlöst: »Ja!«. Wrumm, wrumm. Noch einmal bog sich Erich herüber: »Übrigens schlag ich vor: die Herrschaften ziehn der Einfachheit halber zusamm'. Wir ooch.« wartete keine Antwort ab und stank davon. / (Erst ma von der Ertappung erholen). / Im blendenden Gewühl der Blätter: »Kennstu Pilze?«, und ich runzelte unwirsch die Stirn: sind wir zum Botanisieren hier?! Erzählte ihr aber zum Trost, daß Eichkatzen Pilze auf Ästchen spießen, auf einmal wachsen sie oben im Baum, das sieht sehr spaßig aus. Ameisen trugen ihren kleinen Plunder vorbei. Ich grub mit dem Mund ihre Augen wieder aus, Schmeichelaugen, Streichelaugen. / »Nach 'm nächsten Krieg iss es soweit: da lebt man wieder in Wohngruben; alle 100 Meilen Einer: Du erlebsts noch« (düsterer) »hoffentlich finnstu 'n erträglichen Uthutze.« / Sie sagte es wild vor sich hin, »Was denn?«, blieb stehen, mit dem Rücken zu mir, den Kopf gesenkt: »Dich will ich! Noch was länger.«, und wir gingen betrübt weiter. Schüttelte aber doch streng die Fantasien weg: »Ja, wenn wir reiche Leute wären« (sachlich) »dann würds vielleicht gehen. Wenn ich immer nur die Pocahontas sein könnte. Und wir keine Sorgen hätten; Angst wegen Kindern und so. – Aber dann würdest Du Dir auch noch ne Andere aussuchen. Als mich –« sie sah sich an den Ästen um nach dem dürrsten Wort: »– Vogelscheuche!«, und blickte haßvoll und flehend:?. Ich zerrte entrüstet an ihrer Schulter: kommst Du sofort mit ins Gebüsch?! – – – / »Ojunge« jappte sie völlig erschöpft und krümmte sich noch; »Och«; und: »Vielleicht finden wir doch noch die Brieftasche!«

XIII

Mein Kopf in ihrem Schoß (im hohen Gras ihrer Finger): und sie hatte grüne Flecke am Oberschenkel, blauschwarze mit gelbem Rand, alle vom Reinklettern ins Boot, um mehrere sah man sogar Zahnbogen, und ich schüttelte heuchlerisch mitleidig. Im Spinnweb geflüsterter Worte, in Wasser- und Bleiglanz. / Still ziehend ein Segel, vorm Mast die Gestalt im zweiteiligen Trikot, grün wie Hallenbad; hob ein schwarzes Doppelglas zur Stirn, sehr vornehm, äugelte auch mehrfach über uns:: (nachher sah sie aber doch knitterig aus wie die Mutter der Gracchen, klatschbasige Augen, und manworn). / Ihr Kopf in meinem Schoß: meine Hände bewohnten lange, Käfer, ihr schwarzes Haargras. Machten Ausflüge über Schläfen und Achseln; lange. Eine glatte Kupferebene; Buntsandsteinwüste mit Rippenriffen. Ein Hügelland: Thyle I, Thyle II. Lange. Eine spitze Jumarra im Süden.

Und so fuhren wir daher, allein durch den leeren See, Monos and Una, das Mädchen alle Tönungen, allein in der Riesenmuschel von Himmel und Dümmer.: »Im Boot, Du? Einfach irgendwo ins Schilf fahren?!«. Sie hob nüchtern den Kopf und sah um: – – »Nee. Geht nich. Wackelt auch zu sehr.« legte sich wieder zurück. (Erst beim Nachhausegehen war sie deswegen nicht gut auf sich zu sprechen; knurrte: »Hättens doch versuchen sollen: man iss immer zu faul!«, und ich mußte ihr versprechen, in Zukunft gar nicht erst mehr lange zu fragen). / Zusammen schwimmen: sie fing mich in blauen Wasserarmen auf, intelligent und gelenkig, und wir zogen ein paar Cassinische Kurven. – »Menschastu-kräfte« sprudelte sie durchs ölige Wasser, und: »Ich bleib noch!« / Also allein im Boot: genau gegen die Wellchen; oft klatschten und polterten sie unterm Bug (und immer Poca-hontas im Auge, my playful one; einmal gelang es mir, sie, die mächtig Ausholende, zu überfahren). / Denken. Nicht mit Glauben begnügen: weiter gehen. Noch einmal durch die Wissenskreise, Freunde! Und Feinde. Legt nicht aus: lernt und beschreibt. Zukunftet nicht: seid. Und sterbt ohne Ambitionen: ihr seid gewesen. Höchstens voller Neugierde. Die Ewigkeit ist nicht unser (trotz Lessing!): aber dieser Sommersee, dieser Dunstpriel, buntkarierte Schatten, der Wespenstich im Unterarm, die bedruckte Mirabellentüte. Drüben der lange hechtende Mädchenbauch. / Wieder schnappte es zärtlich, und eine Florfliege verschwand darin: Fische!: Zobelpleinzen, Jense, Gieben, Halbbrachsen, Alat, Witing, Sandeberl, Kilps, Tabarre, Plieten, Chasol, Döbel, Schnott: Sprechen Sie Deutsch? – – »Döbel?« fragte sie nach einer Weile träumerisch zurück: »so hieß ma 'n Chemie-lehrer....«: die Treulose! Ich sagte ihr das auch auf den Kopf, und sie gab zu, daß sie damals, eventuell – –: »Aber jetzt nich mehr, Du!« und sah treuherzig hoch: nur Knur-ren und giftige Blicke dankten ihr 's; möge es jedem offe-nen Geständnis so gehen! / Graue Gesichter erschienen am Himmel und betrachteten uns strenge; sie lag da, die gro-ßen Mahagonikämme ihrer Hände schick ins Haar gesteckt; und ich rüttelte bittend an ihr: »Pocahontas!«. (Sobald ein andres Boot auf 1 Kilometer näher kam: ein Handtuch! Und ich legte es stets selbst drüber!). / Immer wieder bis Seemitte, und hinein treiben lassen (Südost-Strömung also).

53

Hinaus – – hinein. Ansonsten Flaute: die Segelbootsherren stakten sich mißmutig umher (während ich einmal in großem Tempo dicht dahin jagte: Euch werden wirs zeigen. War das Handtuch auch...?). Knallweiß ihre Segel: also Apparat hoch: $^1/_{100}$; Blende 16, unendlich:!: »Soll ich Dir 'n paar Abzüge schicken?« Sie spielte lange mit dem See und antwortete nicht. / Himmel voll großer grauer Fässer: Wind wälzte sie polternd näher, also das obligate Nachmittagsgewitter; »Iss doch verrückt hier!«: »Komm!«. »Wenn bloß nich so viel Menschen da wärn!«, und wir jagten über das bleiige Geknitter, mitten auf den Landungssteg zu: allein sein, Seebesitzer, und alles Land 5 Kilometer im Umkreis unser: Wald, Moor, und bloß unsre weiße Villa! Sie überlegte einen hetzenden Augenblick, dann schrie sie fest zurück: »10!« (also Kilometer: gut! Von mir aus Meilen, und Dänische noch dazu!). (Dem Bootsmenschen ankündigen: »Wir kommen heut noch mal: abends; spät!«).

XIV

Auspacken helfen: ein silbernes Kesselchen, in dem etwas 4711 klinkerte; eine hagere Krummschere; lüstern biß blutrotes Mundwasser; 2 brave alte Pantöffelchen (die ich sofort mit vor mein Bett stellte: »Denkma: die hab ich gekriegt, da wa ich 14!«); der Riese Roland von Regenmantel, eine goldene Sprungfeder für den Unterarm; ein fußlanger Kamm, schwarz wie ein Tiefseefisch und mit dito Zahnreihen. Jedesmal beim Vorbeitragen verfing ich mich in ihrem braunen Geranke, Selmajoachim verschlungen, und sie gab mir scharfe Schläge mit den Augenwimpern. Ein kleines Nähetui mit erlesenen Garnen und Knöpfen. Grüne Zahnpasta: »Hier; probier ma meine – –?«: »Mm priema!« (aus schaumigen Pfefferminzlippen). Sie runzelte plötzlich die Stirn, griff nach dem Schienbein und zog sich ein grauseidnes Hautstückchen ab, fingerschmal, klagte: »Die schöne Bräune!«; hier fing es auch schon an: »Wo?!« und rannte enttäuscht vor 'n Spiegel, zeterte: »Hol lieber mein' Koffer!« Und gleich neugierig den Deckel hoch: ein Teufelskerl von einem getigerten Pyjama räkelte sich auf gebrauchter Mädchenwäsche; ein Schächtelchen »o. b. Tampon« (und sie sah erst verlegen, murmelte auch etwas von übermorgen, und schobs energisch in das moderne Handtönnchen: aus braunem Samt mit Lederreifchen, und dann griffen wir unverzüglich nach einander, carpe diem!: ihre Finger kletterten auf mir herum; sie mausten allerorten, putzten uns, knüllten mein Ohr zusammen; erfand auch eine vollkommen neue Wischelsprache mit vielen »u« und Kopfstößen, und trieb 1000 fromme Dinge. Auch oben, fern im Haus, hatte ein Bett zu stampfen begonnen: sie machte ihre Hände ganz weich, wie Heizkissen, und sagte dazu Vieles auf Neolithisch, klagte erstorben und schlug traurig verwundert die Füße zusammen, Ochone de traitor, schob sich, unaufhörlich tadelnd, weiter weg, immer lockender – – bis auch ihr Körper mich unermüdlich prellte, und wir nur noch ein paar Vokale wußten).

Vorsuppe: »ein weißer käsiger Niederschlag« hatte es im Chemieunterricht immer geheißen, na ja. Dann die eigentliche Hauptmahlzeit: Kartoffelmatsch und je 1 Kotelett; Buttersoße und 'n Haufen Grünfutter: schon bekamen wir mehr hingestellt, als die enthaltsameren Pensionäre an den Nebentischen: »Willstu wohl essen?!« (denn Selma sägte wieder zimperlich und unglücklich in ihrer Ladung herum, und schluckte lustlos. Erst beim Pudding wurde sie handlicher, »Also wie 'n kleines Mädel!«, und da mußte sie, protestierend, meinen gleich mit löffeln; und schmunzelte verwirrt, unter vielem Flüstern und Kreisblicken, ob's die andern auch nicht sähen: »daß wir Alles so teilen!« hauchte sie glücklich). / Dann zog sie zu mir um, und wir legten ihr buntes Krämlein aus: Haarklemmen, Kalodermagelee, »Ich glaub, an den Kleiderbügeln einer Familie kann man alle ihre Wanderungen und Migrationen ablesen«, ein Schuhanzieher schlüpfte durch Ny- und Perlonröllchen: »Vorsicht!«. Eine Magd galoppierte zusätzlich im Korridor – – plumpste lange treppab: »Gib den Rest einfach zum Fenster rein!«. »Was denkstu, was ich da manchmal für Schwierichkeiten hab«, vertraute sie mir bekümmert an: »Meine Größe!! Und zu kurz sintse grundsätzlich!«, hielt mir auch Glied und Hülle als Beweis hin –:!, vergleichende Anatomie, und ich hatte viel zu messen und zu rühmen: aus Schopenhauer beweisen, was lange Frauenbeine wert sind, »Ich denk, das wa'n Filosof?...«. / Ein winziges Reisebügeleisen: sie neckte es ab und zu mit der nassen Fingerspitze, bis es zischte, und ließ es dann sorglos schlittern: über einen flaschengrünen Bolero mit militärischem Stehkragen und Goldleisten: »Ziehn ma an!« Sie tat es unbefangen, und die seltsame Farbe stand gut zu ihrem braunen Fell, hielt sich auch den Rock davor:? – »Hastu etwa Schlipse zu bügeln?«. / Auf wieviel verschiedene Arten kann man einen Vierlochknopf annähen?: nun kriegte ich Unterricht, auf dem Bettrand: »Macht man sowas mit der Lehrerin?!: ich hab ne Nadel, Du!«, und schon schlich ihr Arm, lange Korallennatter, auf mich zu, die Hand hob sich hypnotisch, züngelte unmerklich – – und biß zu – »Jetzt hab ich mir 'n Nagel dabei eingerissen!« wehleidig, aber der Schaden war gleich behoben; sie atmete auf und dozierte weiter: einfach rundrum (»Daß also 'n Quadrat entsteht«). Oder so, als An-

dreaskreuz. Oder als 2 Parallele; als Z; als U; als – – »Na?
Na?« – – Tja; also nu wußt' ich weißgott keine Möglich-
keiten mehr: »Iss doch ausgeschlossen!«: »Haha!«: bis sie 's
herablassend zeigte: Als Gänsefüßchen! ! – : ! « und nähte
ihren triumfierend gleich als solches an: tatsächlich; man
lernt nie aus! / Auf meinem Nachttisch »Nigel's Fortunes«:
sie öffnete es ohne Umstände und hockte damit aufs Bett;
die Füße stellten sich achtungsvoll nebeneinander auf, der
Mund knödelte lautlos an kleinen Stückchen Englisch, die
Brille bewegte sich nicht. Jetzt zeigte ein Fingerstöckchen
hochzweifelnd auf ein vielsilbiges Wort:? ich glitt sogleich
zuvorkommend daneben und gab Hilfstellung (das heißt zuerst den linken Arm um die Schulterecken, rechte Hand am
rechten Griff, und küßte den mittelschulklugen Mund, daß
unsere Brillen leise klapperten. Sie nahm sie uns sparsam ab,
drehte sich unschuldig handlicher her, und wir gingen systematisch an die Untersuchung; »linguistisch« heißt ja wohl
»mit der Zunge«?). / Ich trieb, Brust auf Brust, in ihrem
rötlichen Teich; weiße Strünke ragten an allen unsern Ufern,
ihr schiefer Schopf klebte mir über der linken Schulter: im
Seegras klafften Augenmuscheln; ein Gebiß schwamm heran
und fraß sich fest:! daß mein Körper spitzere Wellen schlug:
da verschwanden die Emailleringe nach oben; violettbraune
Röchelstücke ringelten langsam, neben Einem, mit riesigen
Locken. / Auf meinem Handtuch stands eingewebt HUAND,
und sie rätselte lange:?: »‹Heeresunterkunftsverwaltung An-
dalsnes›: die Gegenleistung des Deutschen Reiches für 6 der
besten Jahre meines Lebens und ein komplettes Haus im
Schlesischen«, erläuterte ich zuchtlos die verblichene Inschrift, und die Nackte schauderte ungekünstelt. / Abend-
brot: Bratkartoffeln mit Sülzescheiben, homespun; als Zu-
gemüse Selleriesalat, Riesenportionen: wirklich sehr nett,

57

sehr aufmerksam, die Wirtin! / Der Himmel, gespickt mit Sternen; ein lachsrotes Ei stand auf dem Horizont, linke Kante verwaschen, unten drin ein schwarzes Ornamentenband: Mondaufgang hinter Pappeln. »Du, sowas hab ich noch nie gemacht!« (Selma, entzückt ob der Geisterstunde! Nickte aber, sogleich überzeugt: man kennt die Welt ja sonst nur halb! Das wirre Silberkettchen des Siebengestirns).

XV

Fahrt durch Nebeltunnel: schwarzer Wasserestrich, mattseidene Tonnengewölbe (einmal drohten zahllose Säbelspitzen aus der Mauer; drang ein merkwürdig scharfer Strahl in unsere Schichtwelt). Ihr Fuß kam neben mir vor, groß, glatt, kalt; versuchte, in mich zu schlüpfen, unter mich, drückte an, und bettelte mit langen Zehen um obdachne Wärme: ich zog einen nutzlosen Deckenzipfel heran, streichelte schnell, und wickelte ihn kostbar ein (mußte aber sehr aufpassen, denn schon drohten wir an der bleichen Wand zu zerschellen: herum! – Noch einmal dankte da der Streichelfuß. Als irrten wir durch den Orionnebel: glänzender Gedanke: ein Mädchen als Gepäck, eine Schnapsflasche, das Hannoversche Staatshandbuch von 1839: und dann rinn: mit m Wackelboot in den Orionnebel. Aufm Bug S 5, wie bei uns!). – Eine große Halle, von der alle diese Gänge auszugehen schienen: also in einen neuen Marmorkorridor: zurück!! –: ein Nebelboot, unmittelbar vor mir, fuhr querüber durch die Wände: der bucklige Steuerzwerg wandte sich noch nach uns um: – – und da setzte ich das Paddel doch weniger keck ein!

Im Waschblauen die roten Wolkenhaken; vor uns der Mond mit grünem seekrankem Gesicht. »Sprich nicht unehrerbietig von den Sternen!« warnte sie. Eine starräugige graue Alte wallte noch umher, vor uns, mit des Dümmers Dampfe, Schattengestalten. (Gegen Jean Paul, Band 32, Seite 14, und öfter: »Bekanntlich erscheint dem Monde die Erde 64mal größer als er uns, und das Heraufwälzen eines solchen Himmelskörpers muß entzücken«. Erstens hat die Erde lediglich den vierfachen Durchmesser, und der wirre Titan hat sich nur gesagt: Körper? also flink hoch 3! Und zweitens: man stelle sich probehalber ein Gestirn, 64mal größer als Frau Luna, vor: entzücken??!!: entsetzen würde man sich, wenn der Gaurisankar über uns drohte! Rares Gemisch von Oberflächlichkeit und Tiefsinn!). / »Am Deich hier, Du!« / Aneinander: wir erknöpften uns nochleidlichstraffe Seligkeiten, und unsere Körper schmatzten eine gute Weile miteinander. In dieser sahnigen Nachttorte. Auch ihr Mund schmeckte wieder groß und saftig: wo ihr Haar aufhörte fing Strandhafer an: aber wo war das? Wo ihre Finger endeten begannen Halme: ohne Übergang. Die Stammstücke ihrer Beine; drei moosige Winkel. In unserem Gesichterbündel drehten sich langsam Augen und Flüster. / »Vergiß den Stein nich!« (als Anker!). Der Nebel schmeckte zart und kalt und gut zum Schnaps; Pocahontas hinten im Deckengewölbe. (Wie in den »Oak Openings«; vom ganzen Mittelmaaßbuch ist mir doch als Bild geblieben: Nachtfahrt durch die Schilfwildnisse des Kalamazoo). Bald hatten wir in den Nebelsälen jede Richtung verloren. Binsenweltenwelteninseln trieben näher; es erforderte wirklich alle Kunst, nicht anzustoßen, und ich begann schon zu schwitzen. / Es segelte einmal über uns, zog Flügel an, und fiel senkrecht klatschend zwischen die Stengel ein, daß sogar die schnapsmüde Selma auffuhr: »Üprumb:

59

Üprumbüprumb!«. Wie Ochsengebrüll kam es und ganz nahe: »Rohrdommeln bloß!«, daß sie verletzt wieder in die Deckenlabyrinthe sank. Sackgassen und Dampfflöße. / Gegen 3 Uhr fand ich endlich im Nassen den Mond, der sich eben, schlagflüssig und kahl, in seine Nebelsümpfe senkte. – Graufrühe trat ein: auch an Land schwamm Alles dahin; Bäume trieben über Wiesen; Kristus trat Nebel und tauchte gewandt auf und ab; unsere Füße quakten. / Die dürre Zikade: saß steif im Sofa und drehte zeitlupig am Handgelenk; trocken klappte der Kiefer, ungefüge, zu groß (der Sprache noch nicht wieder gewohnt), unbemessen: grillte ein Kurzes, und schlief wieder davon mit offenem Augenschwarz. Von mir: wölfische Worte, langgezogene; und wieder ihr dünnes, pfeifendes Geschwirre, rippenkörbig, aus tonloser Dämmermaus, im Flederschlaf. Ich baute uns rasch ein Bettiglu, legte Uhr und Notizblock, umsehen, halt die Hausschuhe noch, und leitete die Willenlose hinein, das Gespenst, gliedertierig, wie die wanke Larve vor mir her griff. Sie legte sich gleich fröstelnd an mich, lallend vor Schläfrigkeiten, schob sofort ihre großen Füße zwischen meine und tat die Knie dazu, hängte mir Hakenhände über die Schultern, schon halb bewußtlos; aber da fror ihr der Rücken wieder, und sie drehte sich schaudernd, wölbte ganz in mich hinein, von den Hacken bis zu 'n Schultern, und ich legte noch die Arme schräg darüber, die heiße Handfläche auf den Bauch, sie atmete einmal mohnig, schluchzend und dankbar; bis das lange Wesen nicht mehr bebte. / (Zugfern: sein Schallstab war geduldig horizontal; fräste eine Rinne in unsern Halbschlaf; zog sich pleuelstangig ein). / ((Hahn schrie es haifischgroße Dreiecke auf die Schlafwand; fernere hingen Kaurischnüre dran)). / (((Wann? Dächer hatten steingrau zu wispern begonnen))).

XVI

Zu Viert allein im Gastzimmer: der Regen faselte flink
friseurhaft impotente Geschichten, von der Frau Nachbarin und wie die ihr Schäftchen vernuschelt hätte, auch
Paulpaulpaul käme nicht mehr ans Robling; also schlossen sich zwanglos Illustrierte an: auf dem Umschlag
»Salto mortale in 3000 Meter Höhe«: »Dafür fünf Jahre
Arbeitshaus!«: »Abärr wiesooo?!«. Tour de France: »Mit
den Beenen könnten se ooch nützlicher sein!«. Ein Ze-
broid war irgendwo geboren, und der betreffende Schar-
latan bezeichnete das als »äußerst selten« (dabei iss nischt
leichter!). / Wind mechanikerte am Fenster, die Wirts-
tochter putzte hinten Bilderrahmen; bald würde sie die
still saugenden Blumen draußen abschneiden. »Preußische
Kronjuwelen gestohlen; 9 Jahre ohne Mutter; Krönung
der Queen«: »Sollten fürs Geld lieber Flüchtlingsheime
bauen«, meinte Erich verächtlich. »Und die Malerarbei-
ten E. Husthusthust übertragen, was?« (Beinahe!). Nach
dem Gelächter dann den eigentlichen Sinn erklären: Amerikas Übermut und -gewicht sacht zu stoppen!: »Kucka-
ma das Gesichtel!«: ‹Herr› Manasty, Kiel, hatte sich
Pickel und Blähungen mit Klosterfrau Aktiv-Puder ver-
trieben, und wir schüttelten feixend die Backen über den
Trottel. »Auch Sie sind in Gefahr«, folglich Gaspistole
für 11 Mark 45; »In 20 Tagen wunderschöne Forma-
Brust«; Kreuzworträtsel und Schachaufgaben: »Iss denn
nischt im Radio?!«. Die Regenharfe klimperte schwächlich, verstummte aber sogleich vor dem platzenden Marsch
(und Erich wußte auch leise den Text des Trios: ‹Ich hab
noch nie son Sack gehabt, wie Müllern sein Kommie.›).

Schachspielen (mit Erich, ders im Kriege von mir gelernt
hatte, dank seines hochentwickelten Geschäftssinns ein ge-
fährlicher Gegner war) und sie verfolgte interessiert das

gemächliche Gedränge der hölzernen Gestaltchen, wie sie dahinzogen, übereinander sprangen, sich entführten und verwandelten (und Erich erschöpft: »Äußerstmerkwürdich!«, als ich, trotz eines leichtsinnig geopferten Turmes weniger, eins der glanzvollsten Remis meiner Laufbahn machte: »Ein Alterfuchs!!«). / Gute Witze, lustige Kleinkerlchen, von »Bu«, und ich lachte wehmütig und probierte ein bißchen: Buschbussebuchholzbuckinghamburckhardt? (Nachher hieß er aber H.-J. Bundfuß; sehr gut. Ebenso Sir Oaky Doaks, Fullers Bilderreihe in der New York Post: die neueste Don Quijote Variante; und eine neue Kunstform, Kurzform, diese cartoons; das heißt: könnte man draus machen!). / Ein langer Artikel: der Papst hatte endlich eine Ähnlichkeit zwischen der neuen Kosmogonie und seiner Vulgata ergrübelt, ganz aus eigener mühsam erworbener Ignoranz, und die Sächelchen dann unbefangen in Druck gegeben: wie 's in solchen Köpfen aussehen muß! / »Religiöses Gefühl?: Kenn ich nich!!« (Erich): »Hab genug mit meinen Neubauten zu tun: sag 'n Zitat, Jochen: –?« Dem Tüchtigen ist diese Welt nicht stumm; und: Den Himmel überlassen wir den Engeln und den Spatzen. / Wiederum Erich, alter Sozi: »Was würdn wa denn heute sagn, wenn der Junge vom Tischler-Josef drüben, eben issa aus der Volksschule, uns über Gottundewelt belehren wollte? Der hat doch nischt gelernt! Kann keene Sprachen, hält de Erde fürn Pfannkuchen, weeß bloß Kreisklatsch. Kunst und Wissenschaft, Mattematiek, oder wie die Brüder alle heeßen: keene Ahnung! Gelebt oder 'n Beruf ausgeübt hat er ooch nich, also ooch keene menschliche Erfahrung weiter; nischt durchgemacht –« (ein großer Schluck Bier): »was hat Der mir groß zu sagen?!«. / Radionachrichten; 25. also Homers Geburtstag: Schweizerische Käse-Union-AG: das gibts tatsächlich!. Ein Autofahrer fuhr aus unbekannten Gründen gegen eine Bahnschranke: was mag der wohl für ‹Gründe› dazu gehabt haben?! (Wenn die Leute schon nich Schopenhauer, sollten sie doch das Wörtlein ‹Ursache› kennen). / Alfred Döblin 75 Jahre: Messieurs, wir erheben uns von den Plätzen! Wie kann sich ein Volk bloß einbilden, ein Dichter wäre ‹sein›!: da müßten sie ihn zu Lebzeiten nich so traktieren! Was hilft es nach dem Tode Dem, der dann unterm Hügel liegt, und der wohl noch Trefflicheres hätte leisten können, hätte man den Lebenden mehr ermuntert – ach was ‹ermuntert›: Hätte man ihm nur Gerechtigkeit widerfahren lassen!! Neenee: geht mir weg mit dem Volk! / Jetzt Maler-Anekdoten: Wie Erich die Breslauer Unität das drittemal bloß mit reinem Oderwasser gestrichen hatte: »Was Die sich woll eingebildet ham: mehr als zwee Anstriche über'nander iss doch Irrsinn!«. Wie er der eigenen Mutter nur Flurtür und Korridor renovierte: »Weil da manchma Eener hinkam, bestellen, weeßte? Weiter ließ se doch Keen' rein!« (L'Avare: aber die Sorte bringts zu was!). »So: Bude wär vergiftet!« (Formel, am Schluß einer Anstreicherarbeit zu sprechen). »Wenn Die dann immer unten rumstehn« (die Auftraggeber) »und keen Ooge von Ei'm verwenden: so alte Weiber, beiderlei Geschlechts: da gibts een' ganz bestimmten Ruck mit der Bürschte, daße von oben bis unten bekleckert werden: den lernt schonn jeder Lehrjunge bei mir!«. / Und das Geniesel nahm kein Ende, so sehr wir auch vor die Tür guckten, ihre langen Glieder erhoben sich immer gehorsam mit, Nehalennia, in fließenden Gewändern: »Aber 14 Uhr 30 fahren wir doch mit dem Autobus ins Moor!». Ungläubiges Feixen: »Wir legen uns lieber noch ne Stunde hin«, gähnte Erich mit bedeutsamen Blicken auf Annemie; und die schmunzelte labbrig und aszidisch (tunicaten). Einige Anekdoten von Antek und Franzek

rundeten für Jene den Vormittag, Erich lernte gern (und wir
brachen nur um so hastiger auf: ich kenn das leider Alles:
.... »wird sich Ziegee schon dran gewöhnänn!....«). Die
Dachtraufen kannegießerten noch immer.

XVII

Das Erforschliche in Worte sieben; das Unerforschliche
ruhig veralbern: Ein Baum krümmte sich in der Einöde;
es drehte ihm alle Blätter um; schwarze Vögel traten aus
den Zweigen und schrien; den gleichmäßig sprudelnden
Himmel an. Sie war stumm und eumeniden genug immer neben mir: Schritte wie ein Mann, aus den Taschen
des Kleppermantels staken schiefe Arme, im rotledernen
Gesicht schnappte ein nußknackerner Spalt manchmal
sein Gemengsel Reg' und Tränen: »Pocahontas –«; sie
drehte langsam her, und heulte mienenlos stärker: – – bis
ihr mit einem Ruck das ganze Gesicht zerfiel, in Wülste,
in rote Ecke, Ohrenellipsen, das Waschbrett der Stirn –
dann riß es noch quer durch, mit einem rabigen Laut,
daß ich die tragische Maske erschüttert an meine Wange
legte, drückte, wiegte, noch immer taumelte ihre Klage
schwarze Zacken um unsere Köpfe: »Liebe Pocahontas!«.
Ein Wegweiser stürzte uns hölzern entgegen, breitete
kupplerisch drei geschminkte Arme: DAMME, OSTER-
FEINE, HUNTEBURG: zu jedem davon überreichte
uns der Regen höflich die grauseidene Schnur. Ah, die
schwere Dünung der Luft! Ein Nebelkahn schaluppte
lange im Weidenhafen, und scheiterte dann zögernd unter
Bäumen. Sie ließ die Hände zu ihren mühsamen Tränen
in das schwarze Gewässer fallen, ihre Stimme schleppte
am Boden; die Schultern konnte man sich heran ziehen,
das Gesicht noch nicht wieder.

»Immer grodut!« raspelte wieder die belegte Greisinnen-
stimme: Schürzenblau, Altfrauenmuster, zeigte ein Harken-
stiel, der zwanglos in den Armknochen überging. »Na, komm
mit.« Ins Graue. / Kaffeeschwarze Gräben luden zum Sprung,
daß ihre Hand in meiner schepperte; Tümpel von schillernden Farben: Braungrün und Eichelviolett (sehn S' ich ma
Ihre an!). Sie setzte sorgsam alle die großen roten Nackt-
schnecken ins sichere (?) Beiseite. Jede. Stand auch erschüttert vor einer Zerfahrenen. / »Nee.: Wie ich 15 war, 'n Lehrer. Aber auch bloß einmal. Und ‹Meinverlobter› hat 's
riskiert: wegen 'm ‹Hof›!« Voll schweren wehrlosen Über-
drusses. Lachte quakig unheimlich: »Und Du!: Ich muß immer drüber nachdenken, wieso.: Im Geschäft nenn' sie mich
‹die UKW-Antenne›.« / Ein schwarzes Pferd sprang aus
dem Nebel und brüllte uns an, zum Windstart: um die Bäume schwirrten sofort grüne und zinnerne Falter, ganze Wolken voll; und setzten sich wieder auf die Zweige und ruhten
erschöpft. Langsam zerriß ihr Haar, schon betastete Regen
die Baracken unserer Köpfe, haunted palaces –: »Drüben
sind n paar Bäume«. / Stämme schwarz und naß: kamm-
garnte Regen, Nebel machte Anstalten, die graue Luft wusch
langsam herum. Wir hockten mit beschlagenen Augen in der
fuchsigen Nadelstreu, Zweiglich oben, Humus unten, verrückt wer es empfunden; die Hände schnitzelten sorgsam an
Spanigem; andauernd mußte man austreten gehen vor Kälte:
selterte es im Backengesicht, witzig klatschte der Wind; ein
Gedanke schneckte am Drüben, austerte gleichmäßig flau
auch sackgässig, dann zog er den platten Hinterleib wieder
ins Gebüsch. / »'ran denkstu?«. Achselzucken.: »Du?« Achselzucken; aber ungefüge Tränen. »Komm . . . .« (Und wir
gingen vor den haushohen Schleiern her, über das triefende
Moor.) / Der Regen machte manchmal Grotten um uns; je-

65

der wandte sich verwirrt in seine ab: gelb floß uns der kalte Harn aus den pferdigen Leibern; und sie knixte hoch, und heulte blitzschnell wieder Rotz und Wasser. »Praps, praps, praps« rief die Krähenreisende, also scheinbar ne Miß. / Am Moorkanal: 1 leeres Blatt versuchte, ihn hinunter zu treiben, während sie verschränkt über die platte Brücke ging. Steinerne Umarmung. Wir besahen uns finster aus beregneten bulleyes; eine weibliche Weide, dickes dunkles Gesicht, schlug ihr Haar nach vorn, flüsterte und zitterte, strähnenüberzogen. Ich nahm ihre kalte wachsrote Hand an, und trug sie erschüttert: Kind, was tun sich die Menschen für Erinnerungen an! Vor der zementnen Himmelswand hinten ein verfallender Schuppen, bretternes Los. / Nebelhorn des Mondes, abgebildet überm Moor; in jeder Fußspur erschien Wasser; auf mittleren Hacken war sie so groß wie ich. »Im Stehen«: »Hinter der Pappel da.« Semig leckte's hinunter auf den Torf, in vier langen Tropfen, ein Rest ans Taschentuch gewischt, weggesteckt: »Komm!«. Der Abend verfiel noch hohläugiger, der Weg schlurfte entlang. / Nochmal zum See im Dunkeln? »Nee! Wär' nur schwarz.« »Morgen muß ich wieder unter die groben Leute.« / Beide (schadenfroh): »Ihr seid aber naß geworden!«.

XVIII

Rostig und bleiern (und kalt, Anus Dei!) der Morgen: »Habt Ihr Alles?!«. (Ihnen die Koffer zum Autobus tragen): spöttische Büsche hielten uns in grünen Schlankfingern triefende Buketts entgegen; ein Fohlen stöckelte teilnahmsvoll an seinen Zaun (über das Rohr eines Giftpilzes gebückt, soll man mit den Unterirdischen sprechen können!). Stimme tropfte ein bißchen; die Augen sahen einfältig und stolz durch ihren Wasservorhang. Haltestelle hielt beteuernd ihre gelbe Hand hin: H. (5 Uhr 10: »Noch 6 Minuten«). Drüben, nahefern die Windmühle, von hinten; ein Strauch wiegte nachdenklich den Kopf und fingerte rechnend in der Luft; wir sahen uns unscharf in die fleckigen Brillen: noch einmal hastig die Gesichter schräg übereinander legen, befangen, wie da nutzlos Gebein an Gebein streifte (und Erich, Lederjacke mit wattierten Schultern, schenkte Seiner indessen die Armbanduhr). Der rote Lintwurm kläffte schon von weitem und öffnete gleich einladend die Kiemendeckel: ein paar dünne Klebsilben am Türklaff:! (aber die Scheiben waren völlig beschlagen und nur Fremdes knäulte noch peristaltisch).

Das Trauerkleid der letzten Nacht. / »Vier Portionen Dümmeraal! – Ädoppelte!!« bestellte Erich sonor, und legte zufrieden die rothaarigen Hände um die Bierfilze (die sofort daraus zu entkommen suchten: Kavalier füttert seine Dame!). / Im Radio gestikulierende Stimmen, Koboldspfiffe, und endlich zerkratzt die alte Schlagerparade »Blume von Hawaii; ich küsse Ihre Hand, Madame; kannst Du pfeifen, Hanne«: ogott, da warst Du noch gar nicht geboren (und es warf mich heimlich einmal kurz in den Schultern, Irrsinn und Amüsemang! Erich flüsterte beifallheischend: »Meine hat Temperament, Du: die hat mich schonn mit Türen geschmissen! *Und* mit Schuhn!« und nickte stolz). / »Bitte sehr: –« Und wir nahmen lärmend die verfluchte Kost zu uns, Totgeschlagenes und Abgerissenes. / »Na, habbich wenieckstänns was zu beich-tänn«, stellte Annemie pomadig fest. Beichten?: ich wendete betroffen den Blick zu Selma, die, bronzen und nervös, neben mir saß, das Bein vom Gesäß bis zum Knöchel an meinem. Schüttelte aber den Kopf. »Odie!: Hat keine Schwierickkeitänn!« beschwichtigte Annemie, und klapperte fröhlich mit Gaa-bäll: »Selma?!: ist sich so gut wie Heidee: wann warrstu zuletzt in Kirchee, Du?!« und der neusilberne Vierfachblitz drohte. »Ach Kirche, – das ist Alles so unrealistisch: die Musik, die verkleideten Redner mit ihren unpassenden uralten Vergleichen. – Und dann – –« sie schauderte echt und wurde ganz leise zu mir: «dieses ‹Abendmahl›: »Das ist mein Leib und Blut« – –: mir hat als Kind schon immer vor der Blutfresserei gegraust; ich hab ma gelesen, daß Kannibalen in Innerafrika auch solche Schmiererein feiern . . . .« und dachte durch Gebärden weiter, hilflos angeekelt: »Liebste Pocahontas!!«. / «Wo Sie doch für Alles Namänn wissänn: wie heißt da Eh-rich?«; ich sah jene Beiden an: er kalkweiß und kommerziellen Gebarens – –: »Nu; heute vielleicht ‹Sodom›?« schlug ich grimmig vor. Sie lachte gurgelnd, ausgelassenes Fett, einverstanden, aus massiver Slawenbrust; dann neugierig: »Und iich?!« (Da war ich aber doch fertig!) / »Brüderleinfein: Brüderleinfein«: auch das noch! Also die Szene wo ‹Die Jugend› abfährt. Ich sah Pocahontas an:? nee, war der Einzige, ders merkte, unterdrückte aber gewaltsam alle Gedanken ans Lebermeer, und griff lieber noch einmal verstohlen über die schmächtigen Schenkel: »Wolln wir raufgehn, ja?!«. / Sie nähte mir noch den Knopf an und unterhielt sich dabei leise mit meiner Jacke. / Der erste Wecker, den wir uns für morgen pumpten, ging sofort kaputt, und die Wirtin zog ein saures Gesicht (ich hatte aber wirklich nicht dran gedreht!); mußte ein zweiter vom Bäcker geholt werden. / Packen, packen: ging Alles schwer in den Koffer, in die Tasche. Sie hastete und beschwerte sich eintönig, daß die Zeit nun wegtrappelte. / »O Jé! –« schrie leicht auf, sah verdutzt erst auf den Handtuchzipfel und dann sich an, kommandierte atemlos: »Kuck ma weck!« – – Als ich die Hände dann wieder von den Augen nehmen durfte, trug sie ein schmuckes Triangel. War auch errötet und sichtlich erleichtert. Und stolz: »Ach Du!« Und sann. Und wieder Trauer: »Ach Du.« Kam inbrünstig und drückte sich an; seufzte galgenhumorig: »Na dann atterdag.«; zog auch die Füße an und gab schnelle Tritte auf einen unsichtbaren Hintern (des Schicksals?). / »Knips Du bitte aus.« Noch einmal sah ich so eine lange Indianerin. Am Schalter. Dann ging die Unsichtbare still um mich herum. (Gleich darauf Wadenkrampf, etwa auch souvenir d'amour, und ich ächzte und zischte und massierte: teuflischer Einfall: vielleicht hält sies für Schluchzen!). / Gleich darauf raste der Wecker schon; wir erhoben uns geduldig. Sie reichte sich stumm zum letzten Biß: – »In Beide«: »Schärfer!«; prägte auch ihre Zahnreihen mächtig ein. (Schon klopfte Annemie vorsichtshalber:?: »Ja wir sind wach!«. Und hastende Stille). / »Sieh mich nich mehr an, damit ich abreisen kann!« / Erich, unverwüstlich, rühmte schon wieder die Autobusschaffnerin: »Haste die gesehn?!«: Kaffeebrauner Mantel, gelber Schal, die schräge schwarze Zahltasche, eine Talmiperle im rechten Ohr, blasses lustiges Gesicht; ich gab Alles zu. / Wolkenmaden, gelbbeuligen Leibes, krochen langsam auf die blutige Sonnenkirsche zu. Erich räusperte sich athletisch: »Na, da wolln wer erssma . . . . .« und wir marschierten zurück, »weiter penn': verdammte Fützen!«. Mein Kopf hing noch voll von ihren Kleidern und ich antwortete nicht.

DIE UMSIEDLER

I

Der frühreife Mond schob, rachitisch krumm, übern Bahn-
damm; einmal wieder Fleisch satt. Büsche noch mit etwas
frischem Regen verziert; und wieder anfang könn zu rau-
chen. Eine fette Wolkennutte räkelte graue Schultern
hinter den Abendwäldern; Makkaroni und die harte Ecke
Schweizer reingerieben. Zwei Windsbräute rannten auf
mich zu, mit zarten staubigen Mähnen, durchsichtigen
gelben Leibern; irrten verlegen näher, rafften bebend die
Schleppe, drehten sich und seufzten entzückend (dann
kam aber schon das Lieferauto von Trempenau, und sie
mußten hinterher, gezogen, mit langem mänadisch durch-
gebogenem Kreuz: Eener mit'm Auto hat immer mehr
Chancen!)

Die gesunkene Sonne hinterließ noch lange das Rot von
Löschpapier, in das von oben her Tinten der Nacht ein-
sickerten. Regen floß dann schräg um die knochigen Bäume;
Wind gab krummen Flüchtlingen Püffe in Haar und Augen,
mach daß Du weiterkommst, die Wetterhähne schackerten
auf den Firsten. Graue Siedlung mit Schiefer gedeckt; zum
teufelsten Male die Ronde um Benefeld, immer außen rum.
Im kahlen Himmel hallte der Wind sehr; Radio entwalzte
lang allen öden Dachluken: da saßen sie mit wütenden Ge-
sichtsscheiben bei 25 Watt; meine lehmigen Füße trieben
mich im Wegerinnsal, bis' Herz abgewetzt war wie der
Mantel, Salat, Salat. Kein Lastenausgleich, Hausratshilfe,
Aufwertung der Ostsparkonten (Fluch den Ministern!). Die

Sterne erschienen wie Diebe in Regenmänteln, in schleichenden Wolkengassen. Aber dafür drei Mann in jeder Stube; aber dafür Wiederaufrüstung he: was müssen das für Ochsen sein, die sich den Fleischer zum König wählen! Der schwarze Wind gebärdete sich wie ein Rasender, rempelte und schrie; den nächsten Zweig hieb er mir durch die Stirn, pfiff einem Kumpel und spuckte Regen: der kam johlend von hinten, trieb mir den Hut hoch und würgte am Schal. Aber dafür klappt die Umsiedlung immer nicht: in jedem Beruf ist ein Mensch mit 65 ausrangiert; aber der Staatsmann, Senilissimus, wird scheinbar erst mit 75 so recht reif, eiskalt, total unmenschlich, greisig gräulich griesgram Gräber grimmig. Drei graue Fledermenschen kreuzten mich in langen taumelnden Umhängen, und schon erschien der schwarze Dachkeil des Niedersachsenbauern: Niemand, der nicht Landwirt war, hat ein Recht von den Schrecken des Krieges zu reden: die ewigen Kontrollen, mein Lieber! Daß Euch der Kriwitz! Eine magere Silbereule hängt reglos im Kiefernwebicht; am Teich: wegelagern Baumkerle in Nebellumpen, Arme wie Keulen, knotig drüber gehalten. Drinnen der Tischfluch über die Sirupschnitte; verschimmelte Wände, wer kann das Loch erheizen; hinein in Wetzels Belphegor (gottlob war Beier noch nicht da); und dies ist das sogenannte Existieren, was wir jetzt tun. (Die Windschlägerei tobte draußen immer noch fort.)

II

So mißfällig betrachtete er die dritte Kiste, daß sich sein Gesicht zusammenrollte; dann wies er Müller mit der Schulter an: »Holz....?« »kopf.« antwortete Jener düster

und wölbte auch den Rücken: »Holz?.... kopf!«, bis das
Getüm in der Ecke lastete. »Das Bett erst!« und Kreis-
flüchtlingsbetreuer Schulz mahnte von unten in alle roten
Güterwagen: »Immer bis obenhin laden. – Ganz dicht.«
Auch zu uns: »Immer bis oben hin!«. An seiner Schulter
sprach Lepke sorgfältig: »Holz –« und Müller gramvoll:
»kopf«. Selbst der Wind war viel zu kalt, letzten Endes
doch wohl nur n richtiger Ausfeger, Rausschmeißer, und
dann hob sich Schulz auf die Zehen, sah in die Liste, und
schrieb mit Kreide an unseren Wagen ALZEY.

Eine Kiste (ohne Deckel) kaufte ich vom Lepke, die andere
brachte Vehlow gratis aus der Waldorfschule mit. Erst die
Bücher, das war wie Baukasten spielen. In die lange kamen
unten Zeitungen rein, und dann das bissel Anzuziehen –
Quatsch! die Zeltbahn muß natürlich zu unterst; also: Alles
nochmal raus. Holzwolle in und um die zwei Tassen, die
wiederum in den großen Topf; der Pokal hatte sein extra
Kistchen, und da gingen die Likörgläser noch in die Ecken.
Beschriften soll mans auch, so malte ich handlang mit Aus-
ziehtusche und trugs vorschriftsmäßig in die Transportlisten
ein, dreifach. Abschied nahm ich nachts um Zwölf, da sah
ich die albernen Gesichter wenigstens nicht mehr. Intensiver
Dorfbummel, for the last time once more, nur selten gab ein
Haus noch Licht, um Euch wein ich keine Träne: hatten die
‹Deutschen Rechtsparteien› nicht schon beim ersten schüch-
ternen Anlauf wieder 24 % aller Stimmen ‹auf sich ver-
einigt›?! Wind pfiff auf meinem Ohr und fummelte eilig
am Mantel; da wußte ich schon, ich sollte noch einmal mit,
auch der spitze Stern zeigte marsch in die Wälder. Die
Haidestraßen lagen um Mitternacht schön leer: weicher grau-
polierter Asphalt, oben der Lichtteich im rauhen Wolken-
moor, die Bö schob mich an und ich fror mich glücklich, floß

über Straßen, rann in verschlagenere Wege, ein fernes Motorrad stürzte plärrend seinem Lichtfleck nach, Wasser lallte
drude unter meinem Sprung und füllte mir den Schuh mit
schläfrig eiskalter Liebkosung; und der Chauffeur lachte
nur, als wir morgens die paar Kisten auf den LKW schoben
(hier fielen die Bettbretter das erste Mal auseinander, und
ich mußte rostigen Draht am spöttischen Hang suchen).
(Vorsichtshalber noch mal austreten, und mein Wässerlein
ringelnatterte unters Blaubeerkraut; verrückte biologische
Welt!) Sie kriegten jeder die Zigarette, denn Müller und
Lepke fuhren ohnehin zum Stempeln nach Fallingbostel; ich
dachte nochmals den Abschiedsfluch hausum, so, und nun
fahr zu, Schwager! Die niedersächsische Sonne strahlte aus
dem windigen blitzblauen Novemberhimmel; auch sie war
froh, daß wieder ein paar Flüchtlinge weniger wurden.
Manche standen schon und kanteten Schränke hinein, Andre
kamen angeknattert, der mit Anhänger, Einer hatte sogar
zwei lebende Ziegen im Lattenverschlag. Der Kreisflücht-
lingsbetreuer lotste uns zum G-Wagen; wir stapelten mein
Gelumpe flink in der Ecke hoch: Wiedersehn, Herr Müller:
noch aus der Kurve winkten sie bieder, eine Hand krampf-
haft am Seitenbrett. Ein sauberer Kleinlaster schnürte heran (.....) ich verhielt meinen Absprung noch (.....) kurvte
arg elegant, und die zähe Mädchenstimme fragte: »Also hier
rein!«. Sie gefiel mir so, daß ich spontan zugriff, und mit
dem Fahrer, o Du Menjoubärtchen, ihr Zeug hochholte:
viele feste Kisten (»Vorsicht: da's Radio drin!«), Schränke
Tische Stühle mit umwickelten Beinen, und sie lächelte sehr
zu meinem Lohn.

III

Die Sonne strich ihr über den karierten Rock (dahinter: schwerer Reif im Blaubeerkraut, und gefrorener gelber Sand, den man bestimmt noch leicht zerbröckeln könnte). Zwischen Koffern: »Gehn wir zur Börse?«. Ein Staubkerl erhob sich mittelgroß, walzte breit auf der Straße heran, überrannte uns schmale Rücken. Züge erschienen ernst, hielten, luden Hastige aus und ein, rauchten, schlängelten langsamschnell davon, Blauwölkchen flogen hurtig über sonnigen Gleisen: öde. Augen wie helles Vogelgeschrei. »Gehen wir?« Jetzt waren sie gekonnt erstaunt unter der entspannten Stirn. – »Ja bitte!«

Ihr Koffer war toll schwer; aber nun mußte sie, die Hände im Mantel, nur eine breite moderne Jagdtasche über der subtilen Schulter, langsam neben mir her bummeln (auch unsere Möbel standen oben listig eng aneinander geräumt!). Zwei Gastzimmer der Börse; erst halb voll; vorm Fenster lockte ein winziger Rundtisch. Ich schob die Schuhspitze an den Rand des nächsten Sonnenflecks und bat: »Sind Sie auch allein?!« Sie überlegte, gerade so wie man soll; dann wiegte sich ziervoll der Lippenkelch: »M – m.« Sah anerkennend zu, wie ich die zwei Stühle belegte, und mit den Koffern unsere Weltecke verschanzte. Ein bißchen sitzen. »Katrin,« deklamierte sie düster: »und eine arme Witwe.« (Der Mann 44 nach halbjähriger Ehe gefallen; und sie ist auch nicht katholisch.) Sie aß dann zwei schicke Brötchen Wurst und dicken Edamer mit feuerrotem Wachsrand, trank lehmigen Thermoskaffee. Am langen Rechteck nebenan zog eine Großfamilie ein: Vater, Mutter, sechs erwachsne Söhn' und Töchter; drüben beim Ofen possessiv lärmend Borck mit seiner Högfeldtserie von Zwölfen, kam klein und bucklig an und plärrte mit den Hauerzähnen. »Kenn Sie den?« fragte Katrin draußen, als wir ein Stück haidwärts zogen. »Ich war Dolmetscher an der Hilfspolizeischule, und er Kammerverwalter«. »Und jetzt übersetzen Sie Bücher.« Die Sonne kam wieder den Weg entlang, Schatten entwischten auf Feldern, die Forste hallten noch mehr von Wind. Ich breitete meinen Soldatenmantel, Sir Walter Raleigh, über den Baumstumpf, und die Queen nahm Platz. Besah den Atlas, Marburg, Westerburg, Alzey, weiter. Unvermittelt: »Sie frieren nicht!« Schwarze Stimme, Gesicht hunnischblaß, Herzjägerin der Lüneburger Haide, sauvage et non convertie, mit Brauenpeitsche und Bogenmund. Wind überfuhr uns mit sausenden Glaslasten, Zweige schlugen zarte knöcherne Wirbel, im Gras raschelte sichs zu. Die Beute neben sich, erlegt im Kraut. Ihre gelben Hände flimmerten ums eckige Buch, die breite graue Riemensandale hob manchmal sacht die Spitze und klopfte buschmännige Zeichen. O Rock und Bluse! Katrin lächelte listig und faul, an mir vorüber, abwesend, durch mich hindurch, für mich, über mich hinweg. O Rock. Blauweiß das Himmelsschachbrett mit Wipfeln bewegt. Und Bluse.

IV

Himmel schon rotblau gestreift wie ein Fuhrmannskittel, und der Wind blies uns so kalten Staub auf die Backen, daß Katrin energisch: »Ach du Donau!« zu ihm sagte; trotzdem besahen wir diesen letzten Abend, bis er wüstenrot wurde, ganz leer, und überhaupt übertrieben. Dann gingen wir hintereinander durch den steinernen Flur wieder in die große Gaststube, wo es schrecklich von Kindern schwärmte, gehenkte Mäntel ringsum; und

Stimmengulasch in gelber Lichtsoße. »Wollen wir auch was essen!«; ich sah indessen ergeben durch die Scheiben auf die eckige Nacht: also hat der rotierende Gott die Welt geliebet; tja. (Brause 30, Brühe 30, Kaffee 50).

Wulstiges Gelächter; »Äin Äi« (das ist natürlich Borck); die hagere Frau gürtet eine Schürze um und macht Schnitten für viele Kinder: die fuhren aufeinander im Saale umher und zwitscherten sich atemlos; (Eins wunderte sich gelehrt überm Atlas, wie die Länder so komische Namen hätten: ‹Eng›, ‹Nieder›, dann gar ‹Ruß›); junger Mann mit schielgelbem Mädchen, samtig grundloses Slawengesicht: natürlich: auch aus dem Kinderwagen schielte's schon sanft und versoffen; uns gegenüber der alte Mann in feierlich dunkelgestreifter Hose, seine seidengraue Fünfzigerin: würdig weidete ein Cyklopenpaar unter Rosen (?). Dem Wirt war es anscheinend ungewohnt still; er griff nur einmal nach dem Knopf hinter sich: »knack am Fänstör – des Panazzo – fallän dunkäll – note Nosön« jauchzte es geschmeidig, Geigen pfiffen sich bogig immer höher, und die Yahoos feixten und bliesen moorigen Nebel aus den Backentaschen. Viele Rentenempfänger. »Die haben sich möglichst Solche ausgesucht, die keine Arbeit wegnehmen,« flüsterte die aufmerksamere Katrin. »Warum haben Sie sich eigentlich gemeldet?«. »Och,« sagte sie (nur widerwillig noch mal dran denkend): »ich war bei einem scheußlichen alten Weib zur Untermiete, so eine ‹vornehme› Greisin, mit ner total bekloppten Tochter. Sie schwärmte immer noch von ‹unserem herrlichen Bismarck›, und wollte für jede Tracht Wasser 2 Pfennig und n Psalm –« sie raffte zierlich Mund und Nase, als sie über die bösen Erinnerungen hinweg mußte: »und Sie?« »Ungefähr dasselbe: n verschimmelter Keller zu Zweit – mitm Kolonialwarenhändler zusammen –« beeilte ich mich hinzu zu setzen, als ich sah, daß die Augen zu knistern anfingen (war aber tatsächlich so gewesen!), »Der wollte jetzt noch heiraten, und für Drei – bzw. Vier, Fünf, i. i. – war s ja nu wirklich zu eng. – Da hab ich mich als gentleman eben weggemeldet.« Mitten hinein kam Flüchtlingsbetreuer Schulz, ganz Tatkraft und Breecheshose, mit zwei Mann Gefolge: »Ich verlese jetzt die Listen,« begann er so angespannt und hinterhältig, und griff nach dem Einen, als stünde der Faustmonolog bevor. Tat's sogar zweimal, damit es spannender würde. Bei ‹Katharina Loeben› hob sie jedesmal 3 Finger und sah sich aufmerksam und vergnügt um (»Eine kleine Reise möcht ich machen mit Dir«: um 4 morgen früh solls losgehen, d. h. also wenn wir Glück haben um 6!). Kurz draußen: Mond schob sich steif und generaloberstn durch die Reihen erbleichender Sternmannschaften; der Wind murmelte und experimentierte mit Allerleigewölk; eine Lokomotive bummelte gleichmütig um den Bahnhof und pfiff sich eins: ist Alles ‹Medizin›. »Und Sie legen sich jetzt hin,« bestimmte ich, »und nehmen meinen Mantel dazu. – Ich bleib wach und paß auf.« »Ich hab doch Decken –« tat sie erstaunt. »Dann nehmen Sie ihn untern Kopf. – Ich wollte wenigstens ein Andenken haben. – Bitte.« »Und Sie sitzen dann da und frieren,« sagte sie wild und glücklich und stolz, stand auf, gähnte diskret mit den Schultern, und ich machte indessen auf dem Fußboden unterm Fenster das Lager zurecht. (Oben das Silberhermelin schlüpfte glatt durch Wolkenfugen, gierig, immer dem zitternden Blaustern nach).

V

Ein Frierender, der sich mit beiden Händen zudeckt; auf dem Fußboden der Frauenkopf in schwarzen Mänteln; traurige Einzelflamme im Ofeneck, groß und rotlockig. »Einbier« für den krätzigen Markschein und er schiebt mir noch gelbe gepreßte Groschen: wohin gehts denn? Weiß nicht. Draußen: hohlgeschliffener Mond liegt auf dunklem Samtkissen, Teil vo'm gefährlichen Besteck. Stehen mit ödem Kopf oder meinswegen auch zehn Schritte weiter. Mond Licht; Kiefer Leuchter; Nachtwolke Dach: leben wir nicht hoch?

Die letzte Schlesierecke geht schlafen (»Legt Euch ock hin. / Och, a schimpft sich Inspeckter. / Ob a so heeßt, weeß ich nich; jedenfalls unterschreibt a sich immer so.«). Der Hirnverletzte, und besoffen dazu, faselte geil (oder wie der alte Gessner sagen würde: über die Maßen vnkeusch): na, der hat n Paragraph 52, also nicht aufregen, geistig befindet man sich ja ohnehin lebenslänglich in Einzelhaft. Ich kannte mal Einen, wenn den der Ekel packte, ging er auf den Hausboden, und schlug dort ne halbe Stunde lang Nägel in ein Brett, grade und krumm, wies kam, in finsterer Kurzweil. Und war ihm dann leichter? Leerer, ja. Und s ging wieder n paar Wochen. Was war für mich an der Tages- (genauer Nacht-) ordnung? Der Schluck aus der Feldflasche: der Kaffee war nach Farbe und Geschmack, als sei er unmittelbar aus dem Acheron geschöpft. (Armut der Sprache: Einer der nichts hört, heißt ‹taub›; wenn er nichts sieht ‹blind›. Wie aber ist er zu nennen, wenn er nichts riecht? Vielleicht ‹glück-lich› schlug ich mir denkfaul vor: auf jeden Fall, was? Und wenn er nichts schmeckt, und ich blickte angewiderter in das schraubige Aluminiumloch). Mond, Horcher an der

81

Wolkenwand, schob den kahlen leprösen Schädel, mit bläulichen Lumpen verwickelt, ins Fenster über Katrin; großporig, zerbuhlt, bistDuschonaufgeklärt, frech wie Weisheit. Leise das Schenkenradio mit »Variationen über La Paloma«: die bestanden darin, daß sie das Ding abwechselnd eine Oktave höher oder tiefer und zuletzt so stotternd schnell spielten, daß man vollkommen zappelig dabei wurde. Dann lobte ein gemischtes Doppel die Kadum-Lanolinseife derart blödsinnig, daß ich doch wieder ungeduldig nach der nächsten weißen Taube verlangte, die denn auch, NWDRhaft rasch, nicht lange auf sich warten ließ: und die halten sich nun für den kulturellen Feldherrnhügel unserer Zeit! Da sei Gott vor und unsre Liebe Frau von Guadaloupe! Die alte Pelzmütze schnarchte wie ein Reißverschluß, den man pfeifend auf und langsam wieder zu zieht. (Ein moderner Totentanz: als Autobusschauffeur; als Diplomchemiker; als Kanzler; als Bobschlittenlenker; als Flüchtlingsbetreuer.) Schlaflose Glühbirne auf dem Flur; Nachrichten flüstern aus schräger Tür. Draußen: Himmel mit den Sternzinken der Astronomen beschrieben; auch der Mond lungerte noch immer durch die Nacht; (zwischen hünenhaften Wolken; und da griff ich mich wieder durch die dicke teerige Luft).

VI

Es gab einen furchtbaren Ruck, Funkiges fuhr seidenrot vorbei, und wir rollten wieder ein Stückchen. Das Licht hieb mit geschliffenen Äxten durchs Abteil, zackige Schwerterbündel rannten an uns hoch, noch floß Jedem die große Messingsäge durchs Gesicht; es sauste unaufhörlich, und wir saßen wie in einer dunklen spitzigen

Zaubermuschel. Einander. Im bauchigen Talkessel wallte Nebel; dicke Weidenköpfe erröteten. Neben mir knarrte das dicke Mannsvieh wieder im Dreiviertelschlaf, sein dicker Schenkel schwankte und zuckte, und ich war froh, daß nur ich neben ihm saß. Katrin lachte übernächtigt, blies aber vergnügt in ihre kleine Mundharmonika »Lieb Heimatland, Adé«, mit aigu.

Breites Morgenrauh war mit flacher Mondnadel an die fliehende Nacht geheftet. Dann: Himmel rotgeätzt mit Strichwolken; ihr Gesicht wurde auch ganz rot und gelb; wir lachten uns an, und peinigten unsre gefühllosen Hände. Ich grub das Buch aus der Tasche: »... Er brachte sie, auf einer Silberwolke, / auf eine Insel, die, dem Blick der Schiffer / verborgen, unter ewgen Wolken ruht.« » – schön –« dehnte sie, und lehnte sich fester an unsere rumpelnde Dreckwolke. »... Du bist dieselbige, / nach der ich oft in Mitternächten weinte! / Bei Deinem Anblick schwiegen alle Wünsche, / aus Deinen Blicken strömten Ruh und Wollust.« (Wieland: Wollust: ja.) »Ähä,« machte sie betroffen. Das Sonnenfeuer fraß sich höher in den strohigen Morgen; der graue Hagemond verschwand in irgend ein Moor: farewell Niedersachsen: bist selber schuld, warum hab ich nichts bei Dir gegolten! Katrin brachte wieder die Wärmflasche mit dem Rotenkreuzkaffee heraus, und wir aßen Jeder eine der gutgemeinten Honigschnitten. Die alte Frau erzählte im Abteil: »Ich will ja bloß ne Kirche am Ort haben, daß ich wieder jeden Morgen die heilje Messe hören kann,« und sah sich heiligmäßig um, weiße Härchen wie Nebelbausche in den Ohren. Na ja, »Wie spät wird sein?«. »No –« schätzte ich, »5 Uhr 52 Abfahrt–Eickeloh–Schwarmstedt–Burgwedel–no: Neune?« Die Leine schlängelte sich um muskulöse Hügel; nebenan

spielte Einer auf der uralten amerikanischen Patentzither
mit unterschiebbarem punktiertem Blatt (ach, ich weeß nich,
irgend was Muthaftes, und endete verdächtig nach ODeutsch-
landhochinEhren). Ein schlesischer Schuster aus Volkersdorf
kannte Katrins Greiffenberg: »Na nu!« Und die Namen
purzelten: Prenzelpark, Kienberg, Stausee, Munko-Müller,
»Rietcher ei a Sechshäusern«; und sie wandte sich zu mir
und erklärte es atemlos: das Haus in der Gerberstraße.
»Tanzpuppen hab ich mir immer gemacht,« sie beschrieb die
Pappgestaltchen genau, man zog am Bindfaden und das
Kerlchen verdrehte scharmant Hände und Füße. Ich vergalts
und erwähnte die Streichholzschachteln, die ich als Kind immer wieder gepackt hatte: mit winzigem Schreibgerät,
schmalgeschnitzten Bleistiftendchen, kurz geschäftete Stahl-
feder, auch Papierstöße von Schachtelformat, dazu Nadel
und Faden, eine gefaltete Weltkarte in Mercatorprojektion.
(Schon damals ahnte ich das Fragwürdige allen Besitzes, der
sich nich in ne Streichholzschachtel packen läßt!). Auch der
zithernde Tischler begann jetzt religiös von Loretto zu
schwärmen, und ich notierte mir zum Nachdenken ‹Sollen
Zimmerleute an Gott glauben?›. Ich jedenfalls würde einen
vorziehen, der zum Dachstuhl solcher Hypothesen nicht
bedarf.

VII

My godfather der Gestank! Von den drei Türen fehlte eine
ganz; Urin schlappte gelb auf allenallen Fliesen; braune
Haufen gedreht wie Seile, fladenschmier oder teokallisch
gestuft; brühige Wische, wahnsinnig getränkt, Hilfe,
Licht aus buchgroßen Dreckscheiben. Ich zog mir flü-

sternd balancierend vor Ekel die Hosen herunter, bloß
raus, und breitbeinig, noch Papier unterm Kinn zur nar-
bigen Steinschwelle. Wind fuhrwerkte eisern und überall
ruckten Züge. Erschöpft. Eselgrau paßten die Bahnsteige
unter ihr mageres Gedach bis dicht an die faden Miets-
häuser: das also ist der Göttinger Hauptbahnhof.

Ausgerechnet beim Essen – Erbssuppe mit einem schlanken
sehnigen indianerroten Würstchen – kam die Ansage, daß
jetzt umgestiegen werden müsse: Alzey nach hinten, Westerburg vorn. Da wir natürlich vorn waren, verbrühten und
beschmierten wir uns noch rasch, und tobten dann mit dem
Gepäck weit, weit nach hinten – – ein möglichst leeres – –:
hier! das junge Mädchen zeigte ein so böses Gesicht, als
könne sie vor Gedränge kaum noch stehen; ich knackte die
Tür, und richtig: sie war allein mit ihrer Mutter, beide
braun und wollig (»handgestrickt« hauchte Katrin fachfrau-
lich). Nach einer Minute war sie schon mit Beiden im Gespräch, Weber hießen sie, der Mann kam auch bald aus dem
klobigen Wind; bei Aufzählung ihrer Möbel war das Haupt-
stück »der handgeschmiedete Kleiderständer«: »Ich bin
Schmiedemeister.« sagte er vertrauensvoll, »n schönes Haus
wars: zweistöckig. Und Landwirtschaft dabei. Fümfundvir-
zich sind ma rausgemacht, wie da Russe kam, nach Thürin-
gen. Und in Hannover ha-ich dann in da Maschinenfabrick
gearbeit. Aber wir hatten bloß eene Stube und Kammer,
und s Dämchen iss doch nu groß.« Wir nickten: im Bilde!
»Wir wollen uns verbessern«. »Verbessern tut man sich
nie.« entschied ich kopfschüttelnd aus dem umzugsreichen
Erfahrungsschatz eines langen und übel angewandten Lebens – ein Blick auf Katrin: »Vor Allem, wenn der Anfang
so unheimlich gut ist.« Sie suchte in ihrer Handtasche vor

85

Befriedigung. (Dann ging ich, wie gesagt, nach einem Klo, und klomm über Zementbänder und schwarze Eisensehnen wieder hoch). Die Regin schluchzte untröstlich und schlug ihr Silberhaar über die Scheiben; die Dämmerung im Abteil wurde tiefer, und wir buchstabierten schon abwesend an den Reklamen; Wind fluchte abgebrochen; man rangierte uns hin, her. »Ja, s sind gute Leute.« (waren mal allein), aber: »hat schon mal Einer von ihnen bei Ludwig Tieck geheult vor so viel Schönheit? Oder sich von Hoffmann adoptieren lassen?« Ich mußte erst erklären, was ich wollte; die Akkuwagen der Bahnpost drüben summten aus einem Lichttrichter in den anderen; ein Zug englischer Halbkettenfahrzeuge harrte stumpf wie wir; mit Soldaten und Flüchtlingen können sie Alles machen! Einmal erzählte Weber, wie sie mit ihrem Auto (aha, das sollte also erwähnt werden!) an einen Baum gefahren seien, und sein breiter Kopf wandte sich langsam hin und rüber. »Ist dem Baum was passiert?« fragte ich mechanisch, und sie lachten und hielten's für n Witz. Nebenan döste ein spätes Mädchen, vor dem Webers schon einmal geflohen waren: »Bloß gut, daß Sie hier sind,« vertrauten sie uns an, und wir wurden allmählich intimer, as far as it goes. Dann kam endlich der hölzerne Knuff in den Rücken, Jeder sah hoch, ob die Koffer fielen, und ich schloß für eine Viertelstunde die Augen. Dann war die Stadt weg; viel Getümmel der Luft, nasse Lichter reisten an den Horizonten; Schattenpferde, jagten die Bäume nach hinten; die Scheibe der Dämmerung beschlug noch grauer. Jede Station henkerte uns mit Bogenlampen, hackte Hände ab, sargte die gestreiften Rümpfe hastig in zu kurze Lichtbretter; so also sah Katrin ohne Kopf aus.

VIII

Rücken wie Holz, und Nacht im Großbahnhof, öde und
lichtgerändert; Gütermanns Nähseide prahlte über
Mauerflecken; die gelbste Bogenlampe sprengte schräg
unser Abteil. Houh sang die Lok in die getigerte Nacht,
daß Katrin biegsamte, und der alte Schmied murkste. Ein
Mensch schlug verzweifelt mit dem Hammer ans Rad
unter uns und schrie eintönig »ä – ie!« Tiefer drang der
Lichtkegel in die weichenden Bänke, zwischen meine
Beine, fegte hoch an der vernutzten Wand durchs Pack-
netzgitter. In der folgenden Schwärze schlug Katrin die
Zähne in meinen Mund; der Zug stöhnte und toste nacht-
blind um uns.

Im Nebenabteil lag die Ältliche schon unter ihrem verblüh-
ten Kleid; da gingen Mutter und Tochter auch hinüber.
Katrin hatte drei Decken (eine stumm für mich), ich legte
ihr die Unterlage faltenlos glatt, dann das Mantelmädchen
drauf, und die letzte lange über Füße und Schultern gestrichen: »Liegen Sie gut?«. Also rechts oben Katrin; hinten im Rücken der Schmiedemeister. »Darf ich Ihnen noch
etwas geben?« Zwei dunkle Augenweiher, starres Wim-
pernschilf; ich atmete einmal zitternd ein, und von Norden
her zog sichs silbern, Lider überfroren die runden Spiegel.
Der ungebärdige Boden stieß mich überall; die Florlampe
schimmerte schwarz; die Tochter tastete noch einmal vorbei
ins nackte Klo und blieb lange. Die Türen meuterten in den
Rahmen, Lichtbälle trafen klein und irrsinnig, der Schmied
trat und fluchte sogleich im schweren Handwerkstraum. Aus
den Teichen schmolz das Eis; ich stützte mich schnell auf den
Arm und unsere Gesichter flüsterten sehr dichte Worte.
»Wie die Alle schlafen können,« staunte sie vorsichtig, »ich

war schon als kleines Mädel son unruhiger Geist, mein Großvater war Schuster, und die alten Leute arbeiteten ja furchtbar lange, da lag ich immer nachts wach und hörte dem Pochen zu,« ihr Mund tappte süß und einförmig durch die Erinnerungen, über mich, auf weichen Lippenschuhen, roten Samtpantoffeln: da nähte eine Großmutter für die Schürzenfabrik; Pfarrer Hein auf dem Fahrrade mit anstößig wehendem Talar; einmal wäre sie fast über die Queislehne in Wiesa gerollt, und ich hielt noch heut unwillig an den Händen fest. »Ich? Ich brauch der ihre Bettelei gar nich!« versetzte sie abschätzig: »Ich krieg doch meine Rente: 180 Mark!«. »So viel?« fragte ich erstaunt, »ich denke, n gefallener Mann wird vom Staat bloß auf 60 geschätzt?«. »Das schon,« antwortete sie abgekühlt, »und meiner war nich mal so viel wert: stellen' sich vor: im Kriege geheiratet, 8 Tage für uns; und als er das erste Mal nachm halben Jahr auf Urlaub kam, erwischten wir ihn schon am dritten Tag mit der Nachbarin, seine Mutter und ich!«, sie entzog mir knapp die Hände, bog die Schultern um, und drehte sich auf den Rücken. Da kann man sich nur hinlegen und auch schlafen. Der große Knochige hatte den roten Schal und ne Tommybluse um und sagte laut: »Von der Regierung helfen sie uns nicht, da wollen wir selber lostrecken.« Und wir beluden wieder die Wagen und flossen über alle Straßen; der Wind schlug unsere Deckenmäntel zu Falten; die Eimer klappten hinten um die entzündeten Schlußlichter. Oben auf einem saß katrindünn eine Frau, das verdorrte Kind im amputierten Arm, und blies ein gefährliches Lied auf der Maultrommel, daß die fetten Einheimischen in ihren Bauernschaften erschraken und wispernd nach Polizeien fernsprachen. Am Abend verteilte der Anführer lauter Streichhölzer, und vom vielarmigen Wegweiser schlichen wir in alle diese

Richtungen. – Gegen Morgen wurde unsere Fahrt reißen-
der. Kiefernkrüppel tauchten aus weißen Mooren; Pfützen
rannten auf Schlangenwegen vorbei; viele Birken schwebten
hinten durch die Haide. Am Kreuzweg hielt ein Fremder
mit beiden Handschuhen sein starres Rad; reifige Planken-
zäune galoppierten noch einmal ein Stück mit; dann riefen
die Wälder wieder Amok über uns.

IX

»Sieh mal: die Andern rasieren sich schon Alle!«. »Magst
Du denn nun auch ganz bestimmt keinen Mann mit Voll-
bart?« – sie krauste das Kinn vor Abscheu, und ich
stöhnte noch ein bißchen, ging aber dann doch zu der
Schlange am Wasserhahn. »Mit Kaltem!«; so mächtiger
Vorwurf war darin, daß sie mich erschreckt streichelte
(bis sie der Bühnensprache gewohnt wurde). »Du, was
iss das da drüben?!« Ich drehte entrüstet den soaphead
und beschwerte mich durch die Nase: also entweder rasieren, Du Ding, oder den Ehrenbreitstein erklären,
wähle! Als ich mich abtrocknete, stand drüben die rui-
nierte Häuserreihe; der Flüchtling fütterte seine Ziege;
und hinten kamen sie vom Roten Kreuz mit Nudeln und
Pferdefleisch (aber mehr Eingeweide und Knorpel!)

Ich lehnte ohne Zaudern ab, weil es keinen Sinn hätte, aber
Webers wollten nichts verpassen; so gaben wir ihnen denn
unsere Frühstücksmarken zum Mitbringen und hüteten dafür das Gepäck. (6) zeigte die Limburger Bahnhofsuhr, als
wir für die halbe Stunde aufs Nebengleis geschoben wurden:
da waren wir ganz allein in der alten hölzernen Laube und
flüsterten und tasteten. Wind hatte auch Sterne frei ge-

scharrt, und wir sahen eine ganze Weile zu, wie Webers das
Abteil suchten (»Die Blindesten aber sind Göttersöhne!«
zitierte ich Hölderlin, Vogel der morgens sang, und reichte
Katrin als Beleg meine starken Minuszylinder hin: also!
»O da kriegt man ja Kopfschmerzen!« sagte sie abwehrend:
»so schlecht siehst Du?!«). Die Kinder enterten natürlich
den noch rollenden Zug, der Fahrdienstleiter kreischte, Eltern galoppierten; wie immer passierte den lieben Engelchen
nichts, aber die Erwachsenen brachen sich halb die Beine in
Kaisersprüngen. Na, und der Kakao: wer hatte Recht?!
»Sieht nach Regen aus«, sagte Old Weber, behaglich die
Hände ums wärmende Kaffeegeschirr; ich überließ Katrin
das nun unvermeidlich gewordene »Schmeckt auch so«, und
sah aus dem Fenster ins vorbeirinnende Lahntal: grauseidene Hügel, und es regnete nicht, und der Strom schoß wiegend mit uns um die Kurven. (Amüsanter Einfall: wenn
sich im Lauf der Jahrtausende auch der Brechungswinkel des
Lichtes von Luft in Wasser änderte? Ebenso wie die Schiefe
der Ekliptik: ändern ja auch Tiere und Pflanzen ab! Die
Luft entweicht ja auch bekanntlich langsam, und wird also
immer dünner: ergo ändert sich mit der Dichte des brechen-
den Mediums auch der zitierte Winkel!! Ich finde Nieman-
den, der so häufig recht hätte, wie ich!). »Machs Fenster
ganz hoch.« sagte Katrin und nieste befehlend; noch einmal
(genau wies Vater Aristoteles will: für jedes Nasenloch!);
nanu: noch einmal, und das sah tatsächlich so reizend aus,
daß ich sehr zu ihrem Ärger fast bis Koblenz davon
schwärmte. Ja, das ist der Rhein: drüben floß langsam die
Mosel aus schöneren Talgewinden herbei; ich mußte von
jeder Burgruine den Namen rausrücken, und log Stammes-
sagen dazu, daß mich ein Genealogist umarmt hätte (immerhin; ob es bis Bingen reichen würde, war bei so viel unver-

brauchter Aufnahmefähigkeit und dreckigen Mauerresten
ungewiß). Vom linken Rheinufer her sah Deutschland recht
ungewohnt aus (was das Kartenbild ausmacht!); man gehörte irgendwie »zum Westen«. Es war aber doch ausgesprochen kalt so zwischen Stromduft und Unausgeschlafen-
heit, und das Rasieren eine große Plage. Wir hielten und
hielten; die Weberfrauen zogen unerschütterlich wieder die
Riesennadeln und Wolle hervor und begannen maschinen
zu stricken, zwei links, zwei rechts, und davon würden die
Pullover dann Raupenmuster bekommen, erklärte Katrin
vergnügt.

X

Der lange gerunzelte Strom, hohl und schmutzig, schwang
sich faul an uns entlang; überschwemmte Werder; trau-
ernde Gruppen von Bäumen; saure Häuserfronten wie
»Lorelei«, als sei eben ein Auto davor weggefahren; Anleger und schwarzer Schlepper Gestank; schraffiert vom
Nieselregen (auch der Güterzug auf der andern Rhein-
seite: »Wenn er 60 Wagen hat, geht Alles gut!« – – –:
»58 –?«. Sie strahlte dennoch herum: »Also: Kleine
Schwierigkeiten.« Augenbannung, Lippenhexe, Kinnzau-
ber, Beinbeschwörung, Katrin la sorcière. Ihre Finger
tanzten vor Vergnügen um die Handtasche auf ihrem
Schoß und schnippten mir's zu). Die Weinberge sahen
trostlos aus, wie ihr Kartenzeichen.

»Er schob nun einen Armsessel herbei und bat den Kurfürsten, in denselben sich zu setzen und unter keinerlei Um-
ständen sich daraus zu erheben und kein Wort zu sprechen – sonst sehe er seinen sicheren Tod vor Augen. Der

Kämmerier ward unter gleicher Verwarnung hinter den Stuhl gestellt. Darauf legte der Ungar um den Becher mit den Heidenköpfen einen Draht und führte diesen in den Schmelzofen. Demnächst zog er unter beständigem leisen Sprechen drei Kreise um den Kurfürsten und führte zuletzt von dem äußersten Kreise einen geraden Strich nach dem Schmelzofen. Die Lichter wurden in Gestalt eines Triangulums um den Teller gesetzt. Der Ungar kniete nun gerade vor dem Ofen nieder und fuhr fort leise zu beten (?). Von Zeit zu Zeit warf er aus einer neben ihm stehenden Büchse eine Species in die Flamme, worauf denn jedesmal ein gewaltiges Prasseln im Ofen entstand und die Glut aufs Äußerste zunahm. Das mochte eine Stunde gewährt haben und der Kämmerier sah, wie der vom Ofen zum Becher gehende Draht erglühte, auf dem Becher dicke Tropfen standen, inwendig aber es in den schönsten Farben blitzte und spielte, wie er es oftmals auf der Silberhütte gesehen. Allmählich gewahrte er ein Dehnen und Recken an dem Becher, der auseinander ging und an Höhe zunahm, wie auch die Heidenköpfe sichtlich zu wachsen schienen. Immer eifriger murmelte der Ungar und immer höher schwoll der Becher, bis er beinahe an die Decke mit den Rändern stieß. Da erscholl ein donnernder Knall und heraus sprangen die Heidenköpfe als Männer mit langen Mänteln und Bärten, gar schauerlich anzusehen. Sie schlossen einen Kreis um den Kurfürsten; einer der Männer fiel vor dem, der dem Kurfürsten zunächst stand, auf die Knie, zeigte auf den Kurfürsten und rief: Das ist der, der das Reich den Galliern zu überliefern begehrt! Darauf steckten die Männer die Köpfe zusammen, als gingen sie zu Rat. Zuletzt brachte der am entferntesten Stehende ein breites Schwert unter dem Mantel hervor und rief laut: Das schickt das Gesetz dem Ver-

räter! Zugleich tat er einige Schritte vorwärts, als wollte er
auf den Kurfürsten einhauen. Da rief dieser mit erstickter
Stimme: Helf, helf, Michel! – und sofort war Alles ver-
schwunden...« Sie nickte billigend; noch einmal: »und das
ist alles auf dem Ehrenbreitstein passiert?!« Pfüüüt: ein
Tunnel (Schön!) Noch atemlos: »Und wann ist das gewesen?«. Auf soviel Wißbegier ohne Übergang war nun
wieder ich nicht vorbereitet, sagte aber fest: »am zweiten
Juni Sechzehnhundertzwounddreißig.«

XI

Ein blaunasiger Bauer hockte plump vor seiner langen
Weintonne, (Kühe mit leeren Mienen), aus der bei jedem
Schritt die grüne Jauche algte. Ziegelgeschmier der Häuser, gobigelb, und wir so tief im Dreck, daß selbst der
ihr steinerner Nepomuk mitfühlend am Rock raffte. Der
Bach (natürlich begradigt!) welkte beamtenhaft durch die
flache Brücke. »Na, s'iss auch grade wieder die schlech-
teste Jahreszeit,« watete die tapfere Stimme neben mir;
aber wenn ich so die Flapsgesichter sah, den Misthaufen-
kult, und ihren ebenso sorgfältig geplätteten Wiesberg –.
Der Himmel war grau gemasert, ein triefender Bettel-
sack, und wir Flüchtlinge trugen ihn auf den Schultern
bis zum Römer.

Als wir dann bei Bingen vom Rhein abbogen, wurden Gesichter flach und lang wie die fruchtbare Öde ringsum;
manchmal trieb der platte Erdenbauch bucklige Runddör-
fer, geduckt, dächerwarzig, krötig: hier also ist das Wort
vom ‹platten Lande› entstanden. Zuerst wollten wir gar
nicht aussteigen, als sie in Gau-Bockenheim am Zuge ent-

lang schrien: ein zu einsamer Bahnhof; Nieselwetter, Nie-
mandswetter; aber das Komitee stand schon zum Empfang.
Ein Landrat, Einer vom Wohnungsamt, ein Bürgermeister,
und die schillernden Wortblasen stiegen und platzten:
»... meine Tür stets offen finden!« (das war der Landrat;
zunächst stand nur seine PKWtür offen, er ringelte sich
hinein: rrr rrr rrr: weg; hats geschafft); »... ä roin katol-
scher Oat; ... Alles gutt katolsche Leut ...« das kam zwischen dem Lodenmantel und Gemshütchen des Ortsbullen
hervor, und wir drehten einmal kurz die Augenwinkel zueinander. Für die schwereren Koffer war der Ackerwagen
hinterm Traktor da, Dieselgepoche: ein Schiff überquert den
Atlantik in 12 Tagen, wie lange brauchen 4 Schiffe: lege ab.
Dann begann der Einmarsch, 135 Köpfe, von der männlichen Jugend des Dorfes unaufgefordert geleitet. Die Straßen glitschten vor Dreck und Nässe; Häuser lehnten sich
betroffen aneinander; eine Abendglocke: dabei wars gar
nichts Beruhigendes, bloß blechernes Gehacktes und ein
Trall nach dem andern fiel hier hin und dort. (Mein Vater
war zweimal in seinem Leben in der Kirche: als er getauft
wurde, und 1926 beim Platzregen). Hundekalt auch; Katrins
freie Hand war weiß und blau wie Kartoffelblüten, die andere hielt mich brav am Arm: so soll man mich malen: ein
Buch in der Hand, Katrin in der andern, und wir wollen
nichts tun. Owehoweh die Misthaufen: »Es ist zwar wohl
nicht mehr mit Sicherheit zu bestimmen, in welcher Gegend
der Erde das Paradies gestanden hat, aber hier keck nicht«.
»Kuck ma die Figuren an den Häusern«: jaja: in kleinen
Nischen standen bunte Marien und Jesusse, Gips mit Öl-
farbe: drei Mark pro Kitsch, blieben angeblich manchmal
in Feuersbrünsten unversehrt, bedauerlicherweise. »Bäcker
Bunn«, gelbliche Ziegel, aber ein beachtlicher Wetterhahn

überm First: das erste Positivum. »Die Männer kommen bis
Montag in den ‹Römer›; die Frauen in die ‹Krone›«;
solche Lumpen! Na, Koffer und Aktentaschen flach hoch-
geschwungen (rasch die Koordinaten des Bettes einprägen;
ah, Weber kam gleich drunter), und wieder zur Katrin, die
tapfer und stolzäugig neben ihrem Kofferklumpen wartete.
»Uns zu trennen!«, und ihr Gesicht war wie eine wilde
weiße Blume über der purpurnen Tasche; der Mund zerfiel
zu feuerfarbenen Flüchen, leisen. – ‹Krone›: »Eckbett, Du,
ja? Am Fenster.« (da hat man nämlich wenigstens bloß
auf einer Seite Nachbarn!). »Ich hol Dich gleich gleich ab«
versprach sie.

XII

Willst Du leben, so dien; willst Du frei sein, so stirb! –
»Deutschland wird in der Weltgeschichte einmal den
Ruhm des Steines haben, über den Menschen mehrfach
gestolpert sind«, entgegnete ich finster Dem, der mir die
Stärke und Schönheit der kommenden neuen Wehrmacht
pries, und wir drehten uns sofort die Hintern. War
scheinbar sonst ein Tanzsaal gewesen mit der üblich nek-
kischen Staffage: Niggerjersey kratzte sein Banjo vorm
Bauch; überm ekstatisch trampelnden Gaucho steppte die
Lassospirale; das lange Mädchen, alle Hände voll mit
den eigenen Hüften, tänzelte über Miniaturhessen: der
Fluß kam ihr genau raus. Das Grubenlicht an der Decke
ließ zuerst kaum die Bettklüfte und Stollengänge erkennen.

Ich ging erst nochmal runter; auch der Mond hatte sich in
den Hof verfahren und suchte mürrisch im Gerümpel. Kurz

vor Zwanzig Uhr kamen die meisten wieder: Einwohner 1500; nur Landwirtschaft; Industrie keine. »Doch,« sagte ein Junger boshaft: »oben, bei der Kirche: ne Malzfabrik mit zehn Mann.« »In den Weinbergen giebts ganz schlechten Lohn: zwee Mark am Tage und ‹Haustrunk› frei.« – ? – Achselzucken: »So Wasser woll, mit m Schuß Wein drinne.« »Zwei Mark!«, und es schien wieder dunkler im Saale zu werden. »Von Rußland aus gesehen ist das Einkreisungspolitik. Abwürgen. Ganz klar!: Europa soll doch nur der Festlanddegen Amerikas sein, deswegen drücken die so. Nennt doch die Dinge beim richtchen Namen!« »Hastn Du soviel für de Russen übrich?!«. »Ich – nee!: aber für die Andern mitsammt unsrer Regierung ooch nich!«. Einer wollte schon heute, jetzt eben, der Dicken unten ‹das Kellerfenster eingestoßen› haben, man ließ ihn kaum zu Ende zeigen, ‹den Schritt geweitet›, der Beifall war fast zu groß: ihr denkt woll, weil wir bloß Flüchtlinge sind?! Weber saß bedrückt unten auf seinem Bett, als ich den Mantel überzog: »Schmiede hots schun Dreie« flüsterte er und suchte zu lächeln. »Lassen Se uns ersma essen gehen,« beruhigte ich ihn, und unten waren viele Damen. Das Gedam. Ich schritt in den Kreis der wartenden Schulkinder, welche führen sollten; die ängstliche Kleine las, kauderwelschte ein wenig, ging aber dann vor uns her: wieder der kleine Platz (ist doch wohl die city); eine breite Straße; vor einem dunklen gebogenen Gassenmund wies sie hinein: avi bnise gegole epetum (ein barbarischer Dialekt wieder!); na, auf dem Zettel stands ja auch, Beck, 224. Tappen auf bauernharten Steinschädeln; »Vorsicht ne Walze!«; der Mond hatte die alten Ackerwagen prall mit weißen Planen bespannt, Lichtballen lehnten überall, so daß wir in dem hellen Gewirr zuerst gar nicht die Hausnummer fanden. »Ist das auch Ihr Mann? Ihr richtiger Mann?«: ein mißtrauischer Frauenhaushalt, Viere, und ein kleiner Junge, Karl, Don Karlos. »Wir sind Verlobte«, sagte Katrin so stolz und bräutlich langsam, hatte die Katze Übung, daß sie ihr sofort glaubten; auch die Kartoffeln waren groß und heiß, und die fleckige Bauernsülze scharf und saftig. Wir erzählten dann lange von Treck und Elend, bis sie uns gerührt Woi brachten (sind aber wirklich gute Leute!). Dann kamen Nachrichten: Große Kundgebung in Westberlin »die an der Grenze zum Sowjetsektor stattfand«: also wie die kleinen Jungen, die sich gegenseitig übern Zaun die Zunge rausbläken. »Und jeder will die längere haben.« »Gut Nacht!«: das verfinsterte Malaiengesicht des Mondes betrachtete uns boxerhaft, überlegen, bong die letzte Runde, spöttisch, vom Untergang her.

XIII

Morgen im Kronenserail: es ist Keine Göttin außer Katrin! Blitzende Augen fuhren aus Haarpudeln, braune Nacken, und ein Fachwerk weißer Arme erhob sich mit lauter Seidenwölkchen darüber. Ich trat klopfherzig an meine Deckenrundung und legte die Hände vorsichtshalber am Blechrand fest. Lächelt's unterm zerzausten Herrenschnitt, daß mein Herz wirbelte. Augentief wie der Guamgraben, der Mund sprach obhin vom »Guten Morgen«; (überall weibte's im Haberstroh); eine weiße Handspange fibelte Deckenränder. Haarzeit; Elfenbeinzeit.

Schatten liefen ihr durch die Augen, der Lippenhimmel verfinsterte; ich ließ meine Hand los, die sofort ins Deckenwarm aufgenommen wurde. »Du ich —« brockte der Mund,

ihr Kopf rang einmal wild, die Nase stöhnte kurz – »weißt
Du, daß ich nur ein Fuß hab?!«, und sie stieß ihn jäh unten
raus: die saubere harte Prothese bis Wadenmitte. Am linken
Bein. »Beim Luftangriff.« Viel rote Schlüpfer leuchteten
rundum auf, sonnig, breite Haremsampeln. Fuß war nicht
mehr da. Sie fluchte rauh und hoffnungslos. »Aber sonst bin
ich ganz in Ordnung« flüsterte ein brüchiger Contralto. Rote
Mundschlucht, von Wildwässern überlaufen, aus der leise
Windstöße flossen. Ich koppelte nun die andre Hand los,
und sie sprang ihr zum Hinterkopf durch die dunkle Haar-
wiese. Sie schlug einmal schluchzend die Zähne in meinen
Unterarm, dann sprach sie stolz: »Ich kann sogar helle Knie-
strümpfe tragen. Weißt Du: ganz derbe, sportliche.« Ihre
Augen sprangen wie junge Meteore einmal durchs Saal-
geworbel; sie streckte die gelbe Armgerte und befahl: »Gieb
mir die Strümpfe – da!« Die Decke bauschte sich groß und
feierlich; noch einmal. Sie kniete, öffnete vorn für mich, und
stützte die Hände auf meine Schultern, mit schimmernden
Lichtern. Überall. Dann kamen die langen dunklen Seiden-
beine aus den groben Falten, ich fing sie beide, und stellte
das sachliche Mädchen neben mich zwischen Bett und Fenster. Ein Unterrock liante und paßte. Ein Kostüm über-
schlüpfte. Ein langer Mund plauderte: »Du ich hab ein schönes großes Radio.« »Katrin:!« Schnurren und ein hörnerner
Tausendfuß rannte durchs Haargedschungel. »Die 180 Mark
komm jeden Ersten mit der Post«; dazu beschwichtigend die
Handfessel um meinen Unterarm. Fünf Minuten allein:
die Sonne war sandiger, ruhiger geworden. (Wie herrlich
schlecht würde sie mich nachher gleich behandeln, meine
langsame Stolze!) Dann schlenderte es schlank durch die
hohen Gitterreihen heran: »Becks werden schon warten.«
Decken falten; Koffer schlichten. Da lehnt sie kariert am

Bettpfosten. Lippenrausch und Brauenzwang. Aus geschlossenem Mund: »Liebste.« Aus geschlossenem Mund: »Liebster!« Dann herrisch und angstvoll: »Bestimmt Du.« – (Den Durchmesser einer Waschschüssel in Parsec ausdrücken).

XIV

»Stell Dir vor: der Pfarrer hat mit seiner Haushälterin 5 Stuben und Küche!«. Sie lachte Feuer und Wasser: »und dann gibts da noch ein ‹Bischofszimmer›, das das ganze Jahr feierlich leer steht: der kommt nämlich einmal für ne Nacht her! Und so was lebt!!«. Wind zog den faltigen Wolkenhimmel enger zusammen; ein Leichtmotorrad stotterte vorbei: mit durchgedrücktem Kreuz saß der hurtige Affe drauf. Aus der Kirchenmauer: ein Chor von Heuchlern sang lauter Liebe und Güte, und ihr Rebellengesicht flackerte wieder weiß aus der Mantelkohle: »Allen, wie sie da drin sitzen, das Haus überm Kopf angezündet, und dann barfuß nach Niedersachsen!: Mensch, wenn doch bloß der Russe käme!«

»Und hast Du gesehen, wie der Fußboden unter Dir nachgab?«. »Stell Dir mal vor: nach jedem Eimer Wasser eine Straße weit laufen: jetzt im Winter!« Sie schauderte ungekünstelt und bewegte die Schultern: »Das Schrecklichste ist ja das Klo, Mensch! Du gingst gar nicht rein. Und ich soll das eventuell sauber machen –?« Nee, das Loch war tatsächlich für Menschen unbewohnbar. »Und hast Du die Gesichter richtig angesehen?« sie ließ die Backen hängen, blähte den Mund, und wurde frappant dem idiotischen Geschwisterpaar ähnlich, die überm Flur hausten, Steinzeittypen. (Oh, wir hattens hintenrum rausgekriegt; über Webers, die beim

99

Schwager vom Bürgermeister aßen!): »Siehst Du, deswegen sagt auch das Schwein vom Wohnungsamt aus Alzey vorher zu Niemandem, wo er hin kommt! Damit sie ja keine Ungelegenheiten haben; damit ja Niemand meutern oder sich beschweren kann. Damit sie morgen früh einfach den Leuten die Möbel auf die Straße stellen können, vor die Löcher: so, nun müßt ihr! – O diese frechen Säue!« Und auch ich hackte wild den Kopf: »Kommt-nicht-in-Frage!« schwor ich verbissen: »Wenn Die denken, sie können uns einfach überfahren! – Der iss ja morgen früh auch wieder mit da – das ist doch so ein Großer, Rascher, mit m Gesicht wie ham and eggs: da kann er Einiges hören.« Die Orgel brummte begütigend aus der Kirche, kuhwarm, das alte bewährte Christentum mit Doppelsohle und mehr geistigem Rindsleder als eben nötig wäre: »Christlich-Abendländische Kultur!?« Wenns Denen nach gegangen wäre, hielten wir heute noch die Erde für ne Scheibe mit Rom oder Jerusalem in der Mitte: aus Kant und Schopenhauer hätten sie n Scheiterhaufen gemacht, dann tüchtig Goethe und Wieland druff, und mit Darwin und Nietzsche angezündet! »Neenee, Katrin: Christentum hat mit Kultur nischt zu tun!« (Ich stamme allerdings aus einem Geschlecht, in dem für ‹verpappt› galt, wer Weihnachten in die Kirche ging). Sind Pfarrer gebildete Leute? »Wie kommst Du denn da drauf?« fragte ich verblüfft: »nennst Du das Bildung, wenn Einer statt Gott auch Deus, Theos und Elohim sagen kann? Denn darauf läufts ja hinaus.« (Laß nur gut sein: die Furcht des Herrn hemmt der Weisheit Anfang). Aber Katrin war von selbst schon beim Beweis der Kraft, ihre hübschen Fäuste wurden rund und fest vor Wut in den Handschuhen: »Hör doch ma: –« Wind rannte die Straße entlang, daß es staubte, und spielte Fußball mit Blättern: mein Vater hatte mich oft geohrfeigt, wenn ich die Schuhe so ramponierte! –: »Liebe, Liebe, nichts als Liebe« schleppte es breit aus der lehmfarbenen Flügeltür. »Und dieselben Schweine wollen uns dann in solche Löcher stecken?! Oh go to heaven: Worte, nichts als Worte!« Sie flog am ganzen Mantel, sie trat blind gegen meinen Fuß, sie schrie mich an: »Denken sich die Lumpen gar nichts, wenn sie sowas singen?!«

XV

»Dichter, die sich schrecklich um neue Stoffe quälen, könnten ja pindarische Oden auf unsere Olympiasieger machen, Jesse Owens und Birger Rüd, kuck hier!«: Dreiundzwanzig musklige Gestalten bolzten und sprangen über den struppen Rasen, köpften die schwieligen Wolken, Bälle stiegen mit Magnuseffekt ins Windgeschrei. Ich preßte das Kinn auf den rauhen Pfahl und knäulte verächtlich die Finger durch meine kalten Taschen: öde Gesichter, rübiges Gemüt, Gedankensteppe, Seelentundra.: »Die Verleihung der Literaturpreise in der Mainzer Akademie hat der Südwestfunk nicht übertragen: aber der Vater der Fußballspieler Walter wurde ne halbe Stunde interviewt.«

Das Publikum: Schützenkönige mit strammen Bäuchen, gemästete oder schwangere Weiber, Kinder, die Gräser quälten und brüllten. Hassen, hasten, rasen, rasten. Man müßte weißgott immer ne Weltkarte an der Wand hängen haben, damit man Europa nur als das zerklüftete NW-Kap Asiens sich einprägte; und n Fußballfoto für christlich-abendländische Kultur, wo se anschließend den Schiedsrichter totschlagen. Es gibt eben doch Züge, die den Charakter unrettbar enthüllen und auf ewig verdächtig machen: an Befehlen oder Gehorchen Gefallen finden; Politiker sein. Andererseits gibt es Dummheiten und Irrtümer, die kompromittieren, wenn man sie n i c h t einmal beging. »Und das wären?«. Na, zum Beispiel als junger Mensch, so bis 25, Nietzsche für n Halbgott halten; oder ‹Die Menschheit› ebensolange lieben. Sie nickte verständnisvoll, und sah noch einmal mißfällig hinten zur Menge: »Na, alt werden wir in dem Nest ooch nich!« entschied sie. Wir traten hinter die mächtige Verladerampe: ihre Zähne brannten mir in der Kehle, Nägel nesselten im Genick, der Wind blaffte entrüstet um die Ecke und fuhr uns in die Mäntel. »Lastenausgleich, Katrin, ha ha? – Wo die umgehend aufrüsten wollen?! Hab nichts dagegen, wenn Einer dafür stimmt: aber dann sofort herunter mit ihm von seinem Laborstuhl, Handwerksstube, Ministersessel, Pfarrsiebenschläfer und hinein in die Wehrmacht: 2 Jahre Latrine scheuern; ‹Hinlegen›! ‹Auf, Marschmarsch› und dazu schreien müssen: Ich bin verrückt, bis der Kleintyrann gnädig abwinkt; Gewehrappell mit der Stecknadel; und dem Herrn Feldwebel mit 4 Mann die Streichhölzer einzeln auf der Tischplatte raufbringen, die Jener aus m 4. Stock schmeißt, fuffzichmal, bis die Schachtel leer ist: 1937 hab ichs gesehen in Sprottau, meinen Kopf dafür!!: O du herrliches deutsches Volk! Und du Schule der Mannheit, Kommiß! Aber in der Regierung sitzen ja Alles Solche, die nicht mehr mitmachen brauchen; Keiner unter 60: was brauchen wir noch Altersheime, wo wir doch die Parlamente haben! – Über solche Fragen dürfte Niemand mitstimmen, der nicht davon betroffen wird« (Anderes Thema; mir stieg die Galle zu sehr). »Hörst Du, wie sie blöken? Bis hierher? Und nachher gehn sie in die Kirche« (Modernes Gebetbuch: »In Flugzeugnöten zu singen«; »Gebet mit m besoffenen

Chauffeur«; »Herr, laß die U-Bahn mich erreichen«. Ich
kann nischt für meine Natur: bei so was fangen gewisse Or-
gane in mir an zu zucken, und ich erzählte ihr gleich von
»The Book Of Mormon«, welches im Jahre 420 schon
wußte, daß John Smith aus Vermont es am 22.9.1823 auf-
finden würde.): »Es ist nichts so absurd, daß Gläubige es
nicht glaubten. Oder Beamte täten.« »Nur zu wahr, was die
Beamten anbelangt,« sagte sie weise und bitter, und wir gingen noch ein paar graue Werst in Richtung Sprendlingen.
(Weitere Unterhaltungsthemen waren: »Liebst Du mich?!«;
»Hast Du Freunde?«; »Ist die Weltgeschichte Zufall oder
bloßer Unsinn?«; »Kannst Du Schachspielen?« – und ich erzählte ihr entrüstet, wie ich damals den schlesischen Pro-
vinzmeister umgelegt hatte, mit b2–b4: Jawoll!).

XVI

da kamen wir an einen breiten Weg, der vorn zu einem
Dorfe führte; Himmel fing an, sich düster zu umziehen
und regnete; Zwei, die immer über unsre Köpfe hin-
flogen, wollten also das Geleit sein : der enge Friedhof
mit unordentlich gelegter Steinmauer eingefaßt; Kirche
mit kurzem spitzen Schindelturm; in der dicken Wand
jeder Seite nur ein einziges Fensterchen; die Tür wie halb
in die Erde versunken; hohe Grabhügel dicht aneinander
gedrängt und mit Nesseln bewachsen (Menschenmiete).
Der Horizont war schon verdunkelt, der Himmel schien
in der trüben Dämmerung allenthalben dicht aufzuliegen.

Hinter uns die Urlaute balltretender Menschheit; links dürr-
leibige Maismumien, Röcheln, trocken, unerfreulich; und
vorn sank das blutründige Sonnenunheil durch gußeiserne

Wolkenwände. Hadern: »Bratenesser, in den Sonntags-
anzug verkleidet. Stramme parfümierte Huldinnen.« Aber
Katrin erläuterte mitleidig: »Die Armen würden doch sonst
nach Stall riechen. Tatsache.« Und der schmale feste Unterarm bog mich hin zum kleinen Stellwerk: zweistöckig,
ordentliche Ziegel, Sechs mal Acht, flaches Dach, starke
Blechtüren, dunkelgrüne. Wir umzögerten's von allen Seiten, planlos und gedankenvoll. »Unten wär Küche und ein
Abstellraum. Großer.« »Oben großes Wohnzimmer mit ner
Bettnische«. Tiefer atmen, schwerer nicken. (Wenn man
bloß was anderes als Stammespossenreißer wäre; Horden-
clown, dem der Chefpithekanthropus manchmal gnädig n
Eckchen Mammutlende vor die Brust schlenkert.) Dämmerung schlich mit schweren Körben über die Felder; ich faßte
wieder in Katrin, auch frecher, und sie zuckte kaum. »Keine
Gardinen vor die vielen Fenster, oben. Ein ganz großer
Saal, Du!«. »Ja.« sprach sie zwischen den Zähnen, und zog
halb die Augen zu: vor Haß gegen das Drecknest. »Nachher
vielleicht noch mal ansehen.« Der Steg schwankte grau über
den Bach, (platte Wolkenlarven trafen sich da über jenem
Wiesberg), Wind schwang die Grasrassel, regsam, ohne
Leben. »Siehst Du sonst einen Baum?« und sie wies ange-
widert zur Binger Chaussee. »Aber der nimmt doch vom
‹guden Boden› weg«, empörte ich ironisch, »daselbst können doch Runkeln wachsen!« und schnitt Bedenken gleich
ab: »Soll doch Jeder zwei Kinder weniger haben! Da wird
sogleich Raum für Gehölze, und der Hunger hört auch auf!
Kein Krieg, kein Elend mehr! Meine Stimme kriegt die Par-
tei, die gegen Wiederbewaffnung und für Geburtenbeschrän-
kung ist!«. »Also keine?«. »Also keine.« Der Weg endete
sinnlos vor einem Feld plump verletzten Bodens: geschun-
dene Erde, abgezogen die Pflanzenhaut, zerschnitten, arg-

wöhnisch mit dornigem Draht umspannt. Voller Ekel also zurück: »Nich mal soviel Verstand haben diese Bullen, daß sie
ihr ‹ Eigen › mit menschlichen Hecken abgrenzen!« Wir preßten die verwilderten Gesichter aneinander. Der Hades begann träge zu dampfen; Dunst bezog eisig die erblassenden
Pfade; Katrin darf sich den Stumpf nicht erkälten. Ein breiter Silberhauer schwoll aus welkem Wolkenmaul: mampfte
greisig wieder zu.

XVII

der beinerne Mond gaffte aus seinem Hexenring; bleiche
Wische hasteten quer hindurch; Wind schlich vom Flie-
derbusch und tastete mir schlaff und frech durch alle
Taschen, kalter pickpocket und flink homosex: wenn man
mit dem Knüttel auf den himmlischen Bovisten schlüge,
und ich erhob ihn, platzte die gelbe Lederknolle und die
schwarze grüne Stickwolke wuppte draus: also hat

Zwischen Kruzifix und Kriegerdenkmal (noch für Marsla-
tuhr, eines von den kleinen, aufgeregten, wo Viktoria n
Doppelnelson am alten Kaiser Wilhelm anbringt); so viel
Flüche und artigste Ketzereien hatte Rabbi Jeschua wohl
lange nicht mehr gehört. »Mensch: so! N Tisch rein –:
Schluß!« zeigte Wachlinger mit Händen die Kleinheit der
Stuben am Schweinemarkt: »Wenn die Sonne rein scheint,
muß ich raus! – Wenn de lachst, stößte mitn Backen an.«
Aber aus allen Grüppchen murmelten Flüche: »Bloß Dach-
kammern und Schuppen haben die Schweine schnell leer-
gemacht.« »In der Schlafstube kannste überm Fenster die
Hand durchschieben ins Freie.« »Sie jing jar nich räin in das
Ding.« sagte Borck zu meinen 1.85, »dos sind Schränke aber

käine Schtuben; ich zieh nich hin, und wenn ich morjen bis
zum Minister nach Mäinz fahren soll.« Der Hirnverletzte
(aber auch schon wieder des vin tendre voll) erzählte laut
und traurig: »Vorne, wo meine Werkstatt war, konnt ich
direkt ins Tal runter kucken, zur Oppa; oben schliefen die
Kinder und die Großmutter...«, hier wandte Einer etwas
ein, aber er schüttelte bestimmt die grüne Schirmmütze:
»Zwölf Morgen warns, eher mehr, und gutter Boden.« Aha.
»Und mit n Tschechen konnt ma ooch auskommen: brauchst
bloß nie immer de große Fresse haben –«. Ich zog Katrin
sacht heraus. »Aus Troppau ist er; vom Sudetengau,« erläuterte ich überdrüssig, »komm; wir gehen nochmal rundum.«
Schulstraße hoch. Unterm Malzturm glühte und brüllte das
flache Tonnengewölbe, es war direkt warm an die Beine. Ich
sah zur Seite ins starre flammige Gesicht, und holte sie langsam in die dunklere Straße: »Wir ziehen auf jeden Fall zusammen. Du! Als Verlobte das geht doch!« »Katrin!« Sie
drängte mich fest in die Toreinfahrt und atmete mit den
Zähnen. »Katrin.« Sie zerriß mich mit Fingern und bohrte
die Stirne in meine Brust: »Katrinkatrinkatrin«. »Du das
wird was.« sagte sie mir gebrochen in den Mund, und
schmeckte überall fest und kalt, und schob das Kinn an meins,
daß wir schwankten. Vor der Krone: »Du, aber heiraten ent-
fällt vollkommen«, warnte sie mit klugem Blick über mein
Gesicht: »denk ma: 180 Mark Rente, das wäre ja Wahnsinn.« Stand in der Tür unter der rotbedruckten Milch-
sphäre. Schnickte einmal jung und souverän mit dem Kopf:
»Bis morgen. Du!«, und freute sich, und zitterte sportlich.
Oben am Saalfenster hörte ich sie drohend zur Bettnachbarin
Marga sagen: »Die sollen mir und meinem Verlobten ma
Schwierigkeiten machen!« Das Gespräch schien leiser und
angeregter zu werden.

XVIII

»Ein Amerikaner hat ausgerechnet, daß jede Sekunde
800 Umarmungen enden«. »Muß ja schlimmer sein, wie
bei'm MG!«, rief er entzückt: »hat er ooch noch die
Energie? Was sich Alles so damit betreiben ließe?«. »Sure-
ment« sagte ich heiter: »Die ‹Queen Mary› pausenlos
übern Atlantik fahren. Die vereinte Kraft gegen die Richtung der Erdrotation eingesetzt, würde im Lauf eines
Jahres den Tag um 6 Sekunden verlängern.« »Also denn
immer mit'm Kopp nach Westen,« abstrahierte er sich
gewissenhaft die neue Lebensregel, »umgekehrt wie die
Mohammedaner.« – und durch solche ethnographischen
Anspielungen kamen wir aus der gaya scienza allmählich
wieder in würdigere, bärtigere Bereiche.

Aber der Schnaps war schön, giftig, hellhörig, stark. Das
Licht wurde noch schmieriger, und die Abwässer der Worte
sickerten ihnen pausenlos aus den Mundsielen; ich besuchte
unauffällig jede Gruppe im Saal; es war weit hinter 22 Uhr;
alle Knaben taten, als schliefen sie. Politik (das war wieder
der Kleine mit dem kleinen Kopf): »Einigung Europas?
Aber von Westen her heute nich mehr! Sieh Dir ma die
Kleinstaaten hier an und dann Rußland!« Ich nickte ihm
bitter zu und schwebte weiter; Stühle waren nur dreie da:
standen wir eben! Hier fehlt Keinem etwas, was dem Andern nicht gleichfalls mangelte: so sind wir alle Flüchtlinge!
(Ich kann das lange: auf dem Fußboden schlafen und mit
der Kammertür zudecken!). Der Wind knitterte im Taft der
Nacht; ‹ Wein trinken macht fröhlich › stand umblümt über
den Betten; zwei Angeheiterte bogen sich lachend vorein-
ander, der Dritte kam und wurde vorgestellt: »Herr Schö-
nert – trägt rechts.« »Angenehm.« sagte feierlich der geile

Alte: »Steckimrinski.« Karbonade und Scharte auswetzen. (Ob Karbonade von Karbon kommt? Dann gibt s auch Devonade und Permesankäse). Rechts las man Nationales vor und sah mich prachtvoll stahlgewittrig an: ei, so laßt uns denn kollektiv denken, und »Nich wahr: doll«, sagte ich hinterhältig warm: hei, wie sie auflebten und s mit beteuerten. Einer brachte sogar den großen Hans Dominik raus, und sie hoben und senkten eine Zeit lang bestätigend die breiten gelblichen Stirnen, uns ist ganz kannibalisch wohl, I was condescending with all my might (aber das ist nicht allzuviel; hab wenig Geduld mit solchen Feuerwehrleuten. Schon der schönste Gegenstand kann durch das Lob eines Narren unleidlich werden, von Volksausgaben ganz zu schweigen). Noch mal im Hof; auch dieses Klo war schon fast unbrauchbar, ist ja auch gar kein Wunder: ein Ding für 65 Mann – das andere haben die Lumpen zugeschlossen. Von da erst mal vor die Tür nach frischer Luft: drüben das Pfarrhaus mit dem Bischofszimmer, und es fällt kein Blitz. Landschaft?: Nichts; also die Luftschaft (Oberwelt): Silberboje, schräg verankert im Wolkenstrom; Wind wollte etwas in der Ursprache berichten, zischelte aber diesmal zu hastig, und wir gingen auseinander. Unter meinem Bett saß Weber sehr allein im Trüben; er hob den Kopf und nickte mir eins: »Ich k a n n da nich reinziehen,« sagte er erschöpft: »ich hab sie heute Abend gesehen; s war ganz dunkel im Hause, erst gings die Treppe hoch, dann noch eene: dann n o c h eene – und finster warn die Stuben, alle mit schrägen Wänden, und zwee sinds ooch bloss« er schüttelte sich ratlos: »N Wasserhahn hats drinnen und a Becken; aber mir sein doch extra umgesiedelt, weil das Mädel doch amall anne eigne Stube haben muß; die Marga wird Fümundzwanzich, das muß doch amall sein!« Er plättete die Decken immer mit der hornigen Hand: »ich muß s n morgen sagen: ich kann da nich rein.« Noch einmal schüttete er den Mund aus: »Gleich gegenüber, wo Sie gegessen ham: mit m Schandarm ham se die Dachkammern freimachen müssen, er hot Alles zerhacken wolln.« Hess hieß der Edle. (Der Schmied mußte aber wirklich n Herzfehler haben, denn er bebte am ganzen dicken Körper): »Ich schlaf die Nacht nie« und wickelte sich ein (und oben in Niedersachsen hatte er sogar Arbeit gehabt!). Der kleine Schneider, der wie Heinz Rühmann aussah, drehte schlafe Hände aus den Decken; hinten sauten sie noch immer, endlos, der deutsche Mensch: sollen sich bloß nich dicke tun, die alten Germanen haben genauso Giftpfeile verwendet wie alle anderen Hottentotten!

XIX

»Cha, wenn die vielen schrägen Wände nicht wären –« (bis Hess wieder kochte und bauchig treppabte); dann flüsterten wir hastig umher: »Du, die sind gar nich ma so klein: – Bodenfläche – na: Fünf fünfzig mal Vier«. »Die Küche kommt nebenan hin.« »Und fließend Wasser.« »Ganz für uns hier oben«. »Und bloß elf Mark Miete; allerdings Dachluken und keine Aussicht.« – »Kannst Du denn mit Deinem Fuß die ewigen Treppen steigen?« Wetterwolkte's Gesicht. »Ich kann«. Kurzgegroll aus Bitterbösem. »Wir können auch bloß ein Bett aufstellen –« bat ich gleich ab. »De-stobesser!« knurrte die Unversöhnte fest, ich mußte gleich gehen, und bei Becks den kleinen Plattenwagen pumpen.

Und der Herr aus Alzey hatte ganz schöne Ohren gemacht, als ich ihm in klangvoll fließendem Hochdeutsch, und ich

rollte gemeinnützig die Augen, meinen Standpunkt umriß
(und hinter mir standen schon die Anderen!): »So ein' Trans-
port hab ich noch nich erlebt.«: »Dann wirds ja mal Zeit!«
Weber allerdings flüsterte nur unter dem Gewicht der Obrig-
keit, die Gewalt über ihn hat, der gottgesetzten. Ich wills
kurz machen: er sah sofort, daß, wenn er mich Rädelsmaul
beseitigte, und ich war stark genug – »Ach, das iss Ihre Verlobte?!« – und ging triumphierend mit uns zu Hess. Jetzt
fing der an: unverheiratet; anständiges Haus (war auch neu
abgeputzt!). »Nich ärgern,« sagte mir Katrin unerschütterlich, »das sind doch gar keine Menschen. Sind doch Bauern.«
Sie zog aus dem hübschen Bündel einen veilchenfarbenen
Fünfzigmarkschein, und zahlte holdlächelnd ein Vierteljahr
voraus, vergällte ihm allerdings den Besitz durch die un-
schuldige Frage: »Ratten hats keine, oder?«. »Und die Quit-
tung geben Sie nachher, ja?« Das Klo zwar im Hof, aber
mit Wasserspülung, also eine Sehenswürdigkeit des Ortes.
Ich sah mich verbissen um: ehrbar geweißte Gemüter, Gehirn wie gehabt, für Erdarbeiten hervorragend geeignet.
»Muß auch sein«, beschwichtigte sie mich, aber ich lachte
nur kurz: »'türlich,« gab ich zu, »aber in ‹ Arbeiter der Stirn
und Faust › ist das ‹und› ne Frechheit. – Glücklicherweise
ist die Geringschätzung vollkommen gegenseitig. Laß man«.
Dann holte ich mit Josef (dem Sohn) unsere Möbel; und der
Tag verging mit Kisten zerreißen, Möbel hochstemmen, Haut
schlitzen, Frieren, Nageln; als es finster wurde, hatten wir
erst die Bretter im Bett; ich schickte Katrin aus dem Wirr
noch einmal in die Krone: »für diese Nacht.« Wilder und
schwerer Abschied. + 1° und bedeckt. Ich ragte einsam und
steif im Gekist; die Skelette der Sternbilder renkten am
Himmel, oh wir komischen Präparate: ob Gott tatsächlich
(wie er's ja schriftlich gab) Ähnlichkeit mit dem alten Hess

unten hat? Eher Ja wie Nee! Schaudern, Niesen, Niesen, na: l'empereur ne soit autre maladie que la mort. Sitzen, Auf- stehen, Sitzen, Liegen, Aufstehn. Kameradschaft, Kamerad- schaft: ich halte nichts von der Gruppe der Mittelgefühle! Gegen Un- oder wenig Bekannte höflich gleichgültig; an- sonsten Liebe oder Haß (Skoteinos). Ich tastete über Wür- felkanten: war doch auch sechs Jahre Frontsoldat gewesen, Kriegsgefangner dazu, (für mein bissel Zeug ist die Bude ohnehin zu groß), aber ich hatte nur immer Widerwillen, höchstens Duldung. Licht gor um Drei, trübe Graugelbe, aus Wolken; von meiner Weltraumluke beschrak ich die ge- frorenen Dächer, im hohen abwehrenden Mantelkragen, wie die ganz da draußen, arielumbriel, planetenkalt, ich, weiß- gliedrig, seidenhaarig: nee, ich hab kein' Zweck. Hinhauen. – Katrin trat ans Bett, ich stand auf, wie ich lag, die Hände in den Taschen, sie sah erschrocken anbetend mitleidig hoch: dann legte sie mir die Hand auf die Brust und stellte mein Herz wieder an. (War noch ganz früh; Apfelsinenschnitt- chen des Mondes auf Hellrotem).

XX

»Siehst Du«, sagte Katrin triumphierend und zog mehr- mals die Schübe auf und zu, »der mittelste ist für Be- stecks.« Die geräumige Platte war mit marmoriertem Hartlinoleum bezogen; Holz hellgelb und fatal glänzend; die Rückwand tönendes Sperrholz, das genügt vollkom- men! Neusilberne Schlüssel knackten gelenkig die Türen: innen war das Querbrett ein Stück schmäler, und ich sah Katrin fragend an: ? . »Das iss prima«, freute sie sich, »da kommen vorn hohe Gegenstände rein, Flaschen und so.« Wir nickten sachlich in die flüglige Öffnung, pro-

bierten mit der Hand noch mehrfach die gerundeten Kan-
ten, und dann schoben wir dies Unterteil eines Küchen-
schrankes an die Wand, neben die Tür zum Wohnzimmer.

Überbrückungshilfe beim Bürgermeister abholen: 20 Mark
für Männer, 10 für Frauen; und Katrin war empört: immer
noch die alte Überheblichkeit! Sie murmelte unglaublich,
und ich machte galant den Übergang zum Thema ‹ Hat das
Weib eine Seele? › (natürlich nicht; aber dafür andere auch
sehr aparte devices). »Ja; und der Mann ist nur ein wan-
delnder Duweißtschonwas!«, und kam trotzig nicht mehr,
erst spät, und war lange aufsässig, dann bekam ich aber doch
einen reuigen Klaps: »Nu los: abgeholt wirds trotzdem!«
Ein speckiger Bürgermeister, ein dünner regierender Schreiber (son Verhältnis kannte ich; war beim Militär auch meine
Zeit Ia gewesen). ‹ Zu Haus › fand ich sie dünn über ein
unscheinbares Pelzchen gekaut: »Denkmal: es hat keinen
Namen! – Wo gibts denn so was?« klagte sie großäugig.
Vertrauensvollst: »Schnell Du: wie heißt sie.« Ich schob kritisch den Mund vor, und nickte lichtenbergisch, wie's unter
Katrinke's Kraulehand sprudelte, bescheiden und schwärzlich getigert. »Das Kätzchen GURNEMANZ.« (Der vor-
dere Teil des Namens schnurrt; der hintere trägt's Schwänz-
chen hoch genug). Sie nickte erlöst und ehrfürchtig: gut, der
Mann! Dann knitterte sie doch wieder mißtrauisch die Stirn:
»Den Namen hab ich aber doch schon wo gehört –?«. »Also
bittä.« sagte ich gekränkt: »wenn er Dir nicht gefällt, können wir ihn ja auch Prschemislottokar rufen, wie beim Fürsten Lobkowitz«, und sie rüttelte mich begeistert mit den
Augen. Komm hoch und komm. »Hast Du die Anmeldung
schon ausgefüllt?« und der Kugelschreiber druckte; »Haus-
haltstarif beantragen«, und der Kugelschreiber. »Eine Mark

Wassergeld im Monat will er haben.« »Geht.« Dann kam
der halbe Küchenschrank. Und ein einfältiger aber fester
Tisch. »Komm her, Katrin!« Wir verstrickten uns zur Er-
holung (vom Einräumen) in Augen, Mund und Arme:
»Du!«. »Du.« »– Ach, Du –« An die Wand dann: ‹ Otto
Kühl: Haideweg ›. »Prima, Du!« »Je länger mans ansieht.«
Es war nur eine einfache Kiste, und ich hatte Querbrettel
eingepaßt: das Bücherregal: achtzig Stück. (»Nach m nächsten Krieg sinds nur noch zehn.«). Neben den Schreibtisch.
»Katri–in.« Arm um die Schultern: »Unser Haus hat eine
Seele bekommen«. (= Bücher. Cicero.). Sie neigte sich und
fingerte und las: Cooper, Wieland, Jean Paul: Moritzcervan-
testieckundsoweiter. Schopenhauerlogarithmentafeln. »Wie
das?«

XXI

Ein sehr kleiner, schwarzer Eisenherd, ein Knautsch Sa-
nellapapier, eine bedruckte Tüte, ein Hafermehlkarton,
eine Faust voll Späne, anderthalb stumpfe Briketts, sechs
glitzernde Kohlen, eine dreckige Hand vorsichtig am
Streichholz, der grüne Wassertopf augenentlang, dabei
schwebt eine Hand die Schulter, zwei Schuhe hin und
her, eine Hand katzt im Haar, die Flamme klimmt ins
Pergament, ein Span knackt und wird fett und gelb, ein
Messerkasten rasselt erst unsentimental, dann rauht die
Mädchenstimme dazu: »Mensch bin ich froh!«

(Wie gut, daß wir kein Organ haben, um die Luftströmun-
gen zu erkennen: was meinen Sie, wie sich aus Ihrem ge-
heizten Ofen die Wirbel und Säulen drehen würden, breite
gläserne Schlangenleiber, mannshohe Protuberanzen, Cello-

phanräder: man hätte das Chaos im Winterzimmer! Und wieder einen Grund mehr, sich zu entsetzen.). Kohlenscheine empfangen: 3 Zentner Briketts, 3 Zentner Kohle; in Praxi gabs natürlich erstmal nur je einen: »Was denkst Du, wie dunkel das im Schuppen schon war; und wenn er die Körbe nur voll Nacht gehabt und reingeschüttet hat, hätt ichs auch nich sehen können, also diese Frauen! – fang Du lieber Dein Tagebuch an!« Sie kam und überlegte (vorhin hatte Sie s vor Glück versprochen): »Was kommt da Alles rein?«. »Erst mal s Wetter«, belehrte ich, »Temperatur, Barometer, Wind; Bewölkung, Niederschläge, Himmelserscheinungen«. »O Du seelenloses Automat!« empörte sie sich; zuckte wütend, dann katzenhaft weich: »Etwa außerdem noch was – –?«. »Nu: besondere Vorkommnisse«, sagte ich überlegen; prononciert: »Und bei einer wahrhaft Liebenden wird ja Alles dazu!«; wieder ruhiger: »zum Beispiel ‹Katrin war heut gutartig.›« »Oder ‹Er rasierte sich freiwillig›«, schlug die Gelehrige vor, aber ich blieb unerschütterlich: n Mönch, n Weib und n Offizier können Keinen beleidigen; dann fiel mir noch ein: »Und wenn wir uns gezankt haben – (»Oft, Du!« versprach sie begeistert) – dann schreiben wir uns Post: kleine Zettel. Und da steht drauf . . . . .« »‹Essen's fertich›«, sagte sie hochpatzig und schloß abweisend die Augen, »oder ‹Bittest Du sofort ab?!›. Oder ‹Ich geh jetzt schlafen.›«. »Und wünsche zweimal gestört zu sein« ergänzte ich trocken. Sie holte tiefbefriedigt Luft, sah zu, wie ich oben den Bettvorhang beringte und anbrachte, und begann dann die Essenberatung (an sich hatten uns Becks nochmal eingeladen, aber sie hatte s abgelehnt: Kochen soll lustig für uns sein, und der eine Tag machts nicht!); also: »Was gibt s ?«. Nu, es war ja wohl anerkennenswert, und sie kramte hochkritisch in weißen Tütchen und gelben Wür-

feln: »Frag doch mal . . .«, murmelte sie tiefsinnig, ging und
überlegte, und ich stand da gespannt und wartete, frag doch
mal, wild, was nun kommen würde: und es kam nichts, gar
nichts: las ein Rezept, und sah mich süß und abwesend an:
Keine ist was nutz! (Und nachher liefs doch auf Pellkartof-
feln und Leberwurst hinaus). »Hast Du meine Nagelschere
gesehen?«: das beim zweiten Tag Einräumen, wo doch selbst
Gegenstände bis Stuhlgröße verschwinden können! Da
schloß ich energisch die Tür (was aber auch sinnlos war,
denn die Glasscheibe drin fehlte, und Katrin stand auch
schon dran, mit grünen Taubenaugen, und maute um einen
Kuß). Abwaschen: »Kannst Du mir abtrocknen helfen?«
(das heißt auf Frauendeutsch ‹abtrocknen›!). »Bloß die
Bestecke und das Allerwichtigste –«; ich wußte zwar, es
war falsch, und das würde nun regelmäßiger als nötig geschehen, aber. »Trags wenigstens ins Tagebuch ein.« forderte ich finster. Wir klimperten also mächtig in der endlosen silbrig verschwollenen Dämmerung, und räumten
Alles schön auf.

XXII

schicken schräg gesteppten Morgenrock, weißgrüner
Grund mit fahlroten Blumen; den Wecker wollte sie
durchaus aufs Bücherregal dekorieren. »Hier um keinen
Preis die Uhr drin, Katrin: uns die Zeit zuteilen, wie
lange wir dies und das tun dürfen!« »Oder Jenes« ergänzte sie fürwitzig und sah mich überflüssigerweise
auch noch an; dann verordnete sie sich würdig: »Und
jetzt erröte gefälligst ein bißchen, Trine.« »Du?« fragte
ich, noch immer aufgebracht, »und jetzt schon?«. Und:
»Ist vielleicht Gott errötet, als er diese Welt geschaffen

hatte ? ! «. »Na dann −« bestätigte sie gleichmütig, und hatte nichts drunter, und schmeckte elastisch und sauber und hatte überall festes Haar, und wir schlugen übereinander zusammen.

Under the greenwood tree: who loves to lie with me? / Ist gar keine Frage, was, Katrin? / And turn his merry note unto the sweet birds throat. / Und wie sie notfalls pfeifen kann! − Sie machte unten viel Bodengymnastik, nur in Nylons, winkte mit Beinen und kleinköpfigen Hanteln, bog sich weißrindig und ließ entzückend Haare trauern, Blatthände taumeln. (Ist das Bett hoch!: ich komm mir vor, wie der Alte vom Berge!) / Come hither, come hither, come hither/ »Komm, Birke, komm!« und ähnliche Diakopen. Sie kam vorsichtig und ließ sich mehrfach die Bauchmuskulatur küssen, rannte aber sogleich wieder im Kreise fort: »to say nothing of you: ich trau mir nicht über den Weg!« (Also weiter: As you like it:) / Here shall he see no enemy but winter and rough weather / : »Und dagegen kaufen wir Kohle und ganz viel Holz!« Ein Kamm harfte ihr Haar, bis es kurz wie eine Kappe saß. Noch einmal fing ihr Gesicht an, auf mir herum zu klettern, Zähne häkelten und griffen, Haifischerbin, mir in die Schulter, Braunhaarwiese, mir unters Kinn. Dann wuschen wir uns in der Küche, aus zwei schimmernden Aluminiumwännchen, gegenseitig, der alte Hess fingerte unten das neue Lied vom Gesangverein aufm Klavier, starrer Himmel heißes Wasser, »hast Du eine Rückenfläche, Junge!«, wir gliederten im dunkelgrauen Teichlicht wie große glatte Silberfische, »Du machst ein Konsolchen in die Bettecke −«, die Puderbüchse staubte weiß und sorgfältig hinein, »da tu ich dann mein Nähzeug drauf −«, zwei Hände klopften und strichen sich an Hüften sauber,:

»und Du liest den ganzen Abend vor!«, wir bezogen uns langsam mit den Kleidern, selig: »Mir hat noch Niemand vorgelesen; und ich mochts immer so gern. Von Dir.« Wir stellten noch rasch die Weymouthskieferchen aufs Fensterbrett, die ich mitgebracht hatte. »Nächsten Frühling pflanz ich ne Birke und ne Kastanie« sagte Katrin tiefsinnig, »kuck ma: unten im Hof.« Und wir sahen zu Becks hinunter, wie da in der zähen Dämmerung Beide am Waschfaß standen, Martha und Pauline, in einer Hand die Zeitung, die andere pumpte mäßig am Handschwengel. »In Wöllstein iss ne Wäscherei da geben wir unsre hin«; löste sich abwesend von meiner Seite und ging in die Küche.

XXIII

Die Schreibmaschine trippelte unter ihren dünnen Fingern, wie in Stöckelschuhen, immer um mein Ohr: »Ich schreib an Frenzelheidelberg mit; gleich nach vier Dutzend; Postfach fünf-zwon-dreißig.« Ich nahm ihr mit beiden Händen das listige bleiche Gesicht von den Schultern und verschlang es. Die Ratte rannte einmal im Giebel; ihre Hände zerpflückten mein Haar; dann sank sie wieder zu ihrem Schemel. Aus dem erdigen Himmel hingen Rauchseile auf alle Schlote, kalt und still. Frost war hinter den nackten Scheiben in der Luft, hoch über der Dächerwüste, und ich zog gedankenlos den Schal enger.

Erst blies sie drüben noch ein bißchen auf der Mundharmonika (mochte in ihrer Couch hocken) fein und schwirrend: die kleine Stadt will schlafen gehn / Wenn die Abendglocke

läutet / Ol' Man River; und blies es so, daß man hörte, wie
froh wir jetzt waren. Dann kam sie schmalbeinig, setzte die
Schreibmaschine auf einen Stuhl und sich auf den Schemel
davor: »Postkarten schreiben. Verwandten neue Adresse
melden.« Murmeln und Trippeltrapp. Einmal holte sie ihren
Volksbrockhaus, 1941, den Einbaum unter den Lexika, und
blätterte mürrisch und fremdwortsüchtig; erst als ich ihr
nachwies, was das für ein Mist sei, wurde sie wieder froher
(Nur ein sparsamster Band Platz! Und dann solche Dinger
drin, wie »Bau: Tätigkeit des Bauens«; oder hier »bißchen:
ein wenig«; »keusch«; oder die Abbildung einer Axt: das
muß man sich mal vorstellen!). Trippeltrapp: »Stell ma's
Radio ein –«; und ich tat es nicht: »ich werde meine Ohren
nicht jeder beliebigen Sendung preisgeben«, antwortete ich
entschlossen. »Schreib Deiner Schwester auch wegen'm großen Webster«; denn ich hatte lange und unwillig nach der
Bedeutung von »tent-stitch« gesucht; auch im Cassels wars
nicht drin. Trippeltrapp: ihre Augen tanzten im Zehnfinger-
system um mein Gesicht: »Weißt Du schon, was wir heut
Abend lesen?!«. »Englisch odern Wieland oder die Unsichtbare Loge oder die Littlepage Manuscripts«. »Du, ich üb
jetzt jeden Tak, – Und dann kannst Du mir alles ansagen«
schloß sie tief und stürmisch; die Ratte steppte im Gebälk
(jetzt fiel mir ein, wie ich die Kakteenbrettchen in die schrägen Dachfenster schieben konnte); »Alles: Du?!«. Aus graue-
sten Krügen rann Dämmerung über den tönernen Rundling;
die Glocke verschlenkerte ihr Blechgebell wahllos; an jeden
Rennenden; vor Weihnachten war nicht mehr an Mond zu
denken; ich erlaubte mir vor Glück zu zittern. Sie drehte die
fertige Postkarte heraus, holte aus dem alten Kästchen Ber-
liner Blaue, leckte und klebte, Handwurzel drauf. Sprang in
den topper und kommandierte: »Komm zur Post. Wir täp-

sen noch n Stück«. »Und im Frühjahr kaufen wir uns n Tandem!«. (Unten wurde Gurnemanz, Gurr, Gurr, Gurrnemanz bedeutend gekurbelt.)

XXIV

DAS ROTE AUTO. Mit den glatten Scheiben, den hellen Klinken, langgesteppten Polstern, aufschwillt das Kofferfach, cul de Mercedes, wie wogt das Lacklicht übers Radgewölbe. Es wiegt sich knurrend heran, schneller als der normale Wind, und preßt mit den starken Reifen die Erde; seine Stimme ist wie der Schrei des Kasuars; vor der dicken gerippten Brust Querblitz der Stoßstange. DAS ROTE AUTO. Aus kraken Knopfaugen, fauchender Blechmandrill, schiele Katrin nicht so geil durch den Rock, begehre federnd nicht mich in deine brunstweiche Blase. Johlendes Kunsttier, du tötest den Abend, dein bläulicher Giftfortz durchschleicht alle Gassen, Zahlen am affglatten Leuchtsteiß dein Name, ein öder Vertreter die meckrige Seele. DAS ROTE AUTO.

Der hohe Wolkenbug drang wie ein Rotbrecher in die Sonnenbrandung vor, Wind schmolz kalt über meine Hand, unser Haar flatterte. Am Bahnhof beneideten wir's den Beamten: die festen schön geränderten Formulare; die klare feuerfarbene Mütze (als künstlicher Horizont); das gelbwinklige Lampenlicht im Warteraum, das er einstellen konnte, wenn er wollte: rechtwinklige Welt, eingerahmt, weingerahmt. Eine Viermotorige kroch rummend mainzwärts; schwerer kam mir Katrin ins Geärm: wir waren ja zusammen, mein Bett ist Dein Bett. Langsam promenierten wieder die Erinnerungen, Jüngling und Mädchen in Schlesien, Erinnerungen: Grüne; Graue; Schwarze; Rote. »Wo komm ich hin?«. »Rote«. Wind flog ein paarmal vorbei; der Gilbmond lehnte lang durchs Fenster der Wolkenruine. Aus zuen Läden immer derselbe Rheinsender mit seiner Musikkonserve. Vorm Aichhäuschen die Handglocke des Ausrufers, und wir horchten ernst und verblüfft, wie er durch den Fahrradrahmen erdwärts kaute: »...;...:...häzlich einklade.« o meine Sprachgenossen! Der Schriftsteller: wenn dann das arme Luder, Franktireur des Geistes, tot ist, hundert Jahre später, möchten sie ihn am liebsten mit Germanistennägeln wieder aus dem Boden scharren. Und beanspruchen ihn dann noch frech als »Deutschen Dichter«, als volkseigenen: der würde Euch ganz schön anspucken, meine verehrten Sprachgenossen! Die starre Silbermachete des Mondes schnitt durchs Wolkendschungel; die Sterne beschrieben ihre wahnsinnigen Kreise. Und das große Auto duckte am steinernen Rain, noch lauen Geifer vorm Kühler: »Möchtest Du eins haben?« fragte Katrin, dezent hineinspähend. »Hör mal: eh ich Dir eins kaufe!« (ich suchte empört nach dem größten Vergleich): »eher wähl ich CDU! Du«. »...mir eins kaufen –«, murmelte sie nach, schnurrend glücklich, ehefraulich versonnen. Und der Eigner kam sehr breit, in nackter Lederjacke knickerbockigen Ganges, finster sicher geschäftlich wunderbar, fehlt bloß n Scheitelauge; eh er sich reinstemmte, forschte er auf zum Himmelszelt, Herr Heinrich Tiefbewegt, und ich machte schnell noch die Aufnahme. »Morgen holen wir n Eimer Sirup: der kost' hier bloß 10 Mark.« (In Niedersachsen 14!) »Und auch Kartoffeln sind nur die Hälfte.« Lachten wir uns an, froh solcher Billigkeit, arme heitere Kümmerform, Pärchen ohn' Tiefgang, die Gesellschaft vom Dachboden: ein irrsinnig gewordener

Hahn kräht jede Nacht um Drei: der ist oft daran schuld. —
So leben wir zunächst zusammen; wie es weiter wird, weiß
ich noch nicht.

ALEXANDER
ODER
WAS IST WAHRHEIT

9. THARGELION: Neugierig bin ich.
Klein soll er sein, klein und untersetzt; den Kopf etwas
nach der linken Seite tragen.

Wind schmatzte an den Blättern, faselte fahrig im Gebüsch wie ein aufgeregter Trunkener, vor mir, hinter
mir, auch links: wo soll ich zuerst hinhören? Hipponax
kam aus dem Zelt; sah, wie ich den Kopf horchend
drehte, und nickte mir verständig lächelnd zu (er wird
immer sympathischer, je länger man mit ihm lebt); lud
mich ein, mit ihm runter in die Stadt zu gehen. (Agathyrsus spielt wieder den Xerxes im »Sataspes« des Kri-
tias, Monika die Atossa. Ich sah es gestern schon; treff-
liche Kostüme; am eindrucksvollsten die Stelle: wo Sataspes, eine Hand schon an's Kreuz geschlagen, sich wen-
dend, spricht:

> »... der verachtend jetzt von dannen reist,
> um unbekannte Länder zu entdecken...«

Sie ganz sparsam, jungfräulich, verhohlen – ach, Alles,
was sie wohl nicht ist. Und die elfenbeinerne Maske aus
dem Kragenkelch.)
Unglaublicher Lärm auf dem Platz: drinnen in Chalybon
ist Alles überfüllt, da hat ein findiger Wirt auf dem
Hügel hier ein paar Reihen Zelte aufgeschlagen, und
macht ein glänzendes Geschäft mit der Vermietung. (Bei
dem schönen Wetter ist's bestimmt auch angenehmer und

luftiger so. – »Die vielen Soldaten!« hat er uns entschuldigend zugeflüstert, »es soll gegen Arabien gehen diesmal. – Oder Karthago!« Amüsant diese Gerüchte. Aber auch wohl bezeichnend.)

Bummel durch die Stadt (mittelgroß nur); warum man neuerdings anfängt, sie Beroea zu nennen, war Hipponax auch schleierhaft (er reicht mir nur bis zur Schulter, aber breit und straff). Bei den Bibliokapelen erscheinen jetzt massenhaft die Artikelserien der beliebtesten Kriegsberichterstatter über den Indienfeldzug: natürlich Alles Lüge und Aufschnitt für die lieben wundersüchtigen polloi; ich habe bei Aristoteles die sachlich-redlichen Protokolle des Nearchos, Onesikritos usw. gelesen: da sieht's ganz anders aus. Geschrei wie unvermeidlich: Wasserverkäufer, Seher (jede gewünschte Art von Manteia für ein paar Obolen), Gassenschluchten, staubdurchströmt, darinnen Sonnenstrahlengebälk wie massiv, man möcht's mit der Hand anfassen und sich dran vorbeiducken.

Die Läden voller Alexanderbilder in allen Preislagen und Typen der drei einzig Beauftragten: Apelles, Lysippos, Pyrgoteles. Gipsstatuetten, Pasten, »gehört in jedes treue Haus«, (raffiniert die Alternative). Auch der unvermeidliche Alexandertempel auf der neuen Agora; A. als Sonnengott, das bekannte große Rundrelief; nett und glatt gemacht; (es ist aber ganz unähnlich, sagte mir Aristoteles, und »einen großen Mann sollte man nie persönlich kennen lernen«, als er mir den Brief gab, und ich Abschied nahm. – Sein Kinn soll massiver sein und eben die Gestalt ganz derb.) Hier werden »Alexanderpalmen« herum gepflanzt; in unsern griechischen Städten haben sie die heiligen Ölbäume. Schade, daß man mit dem großen Manne solchen Unfug treibt. »Er will es aber so; er befiehlt es ja selbst«, murmelte Hipponax. »Ja«, gab ich lachend und seufzend zu » – also genauer: das Volk will es halt so haben. Es faßt das Große eben nur im Grellen und Grotesken.« » Wäre es nicht besser – noch größer –«, wandte er vorsichtig ein, »es wahrhaft zu bilden, oder –?« ıch wurde verdrießlich; ja, ja, an sich hat er schon Recht. Natürlich.

Die Garnison exerzierte; Eingeborene unter mazedonischen und griechischen Ausbildern. Phalangisten meist und Dimachen. Es ist doch nichts Schönes oder Heroisches oder dergleichen, der militärische Drill. Das Gebrülle, die ewigen mechanischen Bewegungen, zehntausendmal ist jeder Griff geregelt. (Gestern war »Tag der Phalanx«, erzählte Hipponax. Er sei nicht gewesen. Das Publikum durfte in alle Kasernen; große Schaustellungen, Revüen.)

Spät: (Da erst frisch und kühl). Wir saßen an einem Tischchen draußen. Die Abendluft wurde gelb und rot; Wortgeflatter und Gelächter überall. Der Mond erschien, in der Gestalt eines Menschenauges, zwischen den Zelten; goldschlackig. Monika, elfischer Gebärden und Worte mächtig, als unser irdenes Gestirn vermag, saß vorm Eingang (ich neben ihr); wir aßen von Fischen, tranken ein bißchen. Ich mußte Etwas von mir erzählen; »Oh, 18 Jahre! – Und gleichzeitig Aristoteles- und Alexanderverehrer!...« sagte Agathyrsus mit Bühnenklang und anerkennend (ich schreibs auf, weil ich mich üben will, mich über Dergleichen nicht zu ärgern!) Reiseziele. Sie wollen auch nach Babylon, und zwar auf dem Flusse, weils am mühelosesten geht (und am schnellsten wohl auch noch). Ich faßte dann ein Herz (es war ja schon fast dunkel, und seit gestern kämpfte ich schon damit);

ich fragte das blasse wilde Zaubergesicht neben mir: ob ich mich vielleicht anschließen dürfe; ich hätte auch Geschäfte in Babylon, den Brief. Zuerst lächelte sie malitiös und amüsiert, aber sogleich wurden ihre Augen steinhart und kühn: »Ach, Sie haben einen Brief von Aristoteles? An Aristodemos, des Sophron Sohn? Den bei der Leibwache? – Nicht doch!?!«. »Das ist Ihr Vaterbruder?!« fragte auch Hipponax interessiert, und sie wechselten flink erstaunte Blicke. »Man muß immer vorsichtig sein«, sagte sie, und schüttelte ihren dünnen bunten Schuh aus (Sand). Wahrscheinlich meint sie die Schlangen. Oder Skorpione.

Im Zelt: Hinter dem dünnen Vorhang sieht man ihren Schatten. Wir lagen schon in die Decken gewickelt, und sahen gedankenlos ins Florlicht. Büchschen klapperten; eine Bürste harfte ihr Haar; der Schatten bog sich; er fragte: »Ja also: kommen Sie mit?« Ich richtete mich auf; ich sagte verloren, atemlos, und vertan »Ja.« Und: »Gern« Und: »Ich danke Ihnen!« Sie machte zufrieden: »Mm.« 14 Tage.

10. THARGELION: Waren schon ganz früh unterwegs, Monika und das Gepäck auf einem Zweiradkarren, wir ritten auf Eseln nebenher (Sie war völlig umschleiert; »damit die Haut weiß bleibt«, hatte sie erklärt.)

Prächtigste blühende (»lachende«) Landschaft; wogende Felder, einzelne reiche Dörfer dazwischen. (Bei näherem Hinsehen entdeckte man allerdings Spuren des Verfalls, oder vielleicht mehr Nachlässigkeiten an den Gehöften). »Die Parysatis-Flecken« erläuterte Hipponax, der immer verläßlich bekannt schien. Nie war es still auf der Landstraße; Bauern, Pferdeherden, marschierende Soldaten, Pferdeherden; Alles trotz der glasstarren Goldluft. Gegen

Mittag begann das Land sich zu wellen; wir kamen auf einsamere Richtwege, in lockere Haine, durch seltsam verschlungene grünglühende Wiesengründe, in deren einem unsre beiden Mietsknechte auf kurze Zeit abschirrten. Wir aßen ein bißchen weißes Brot und gelbes funkelndes Mus; das Wasser holte Monika, in Diploidion und roter Kappe, mit langen weißen Beinen, aus dem Bach. (Ich dachte der thessalischen Mittagslieder des Diagoras: » ... Pan schlief auf heißer Lichtung ein; / nun schweigt der Bach, stumm blitzt der Stein, / und auch mein Herz muß stille sein: / wer weiß, was mir geschieht. / Ein Märchen, ich vergaß es bald, / sagt, der wird toll im Mittagswald, / der eine Nymphe sieht. / Im Bächlein flirrt der goldne Sand; / ich geh' und kühle meine Hand. / – Was huscht herein, und leert den Krug, / und müht sich schwach und zart genug, / mit dünnen Silberarmen? / Sie schüttet in den Bach hinein / farbige Muscheln, bunten Stein, / und trägt auch Tang und Fische ein. / Ich liebe dich. Sprich: liebst du mich? / Bleibt süß und traurig ihr Gesicht ...« – Was ist eigentlich aus ihm geworden? Agathyrsus wußte auch Etwas von ihm; er hatte ihn, selbst noch ein ganz junger Mensch, einmal am Hofe zu Pella gesehen. »Zu Pella – ?« fragte ich erstaunt; und er antwortete mit einem komplizierten Mehrfachlaut, so daß mir weitere Erkundigung untunlich schien. Sie schlang mit dem Fuß aus dem Knöchel heraus einen kleinen Zauberknoten in die Luft, tappte einmal mit der roten Hacke auf, und aus war ich!)

Am frühen Nachmittag gerieten wir auf Parkwege, jetzt zwar vernachlässigt, aber immerhin groß angelegt. Schöngestaltige Bäume, straffer Rasen. Dann erschien in der Lichtung die weitläufige Villa des Statthalters Nikanor,

zur Zeit von der Militärregierung beschlagnahmt: Zahl-
meister, Offiziere, Boten; zahllose Weiserschilde: Trup-
penbetreuung, Nachrichten, Kartenabteilung, Marketen-
derwaren. Ein kleines Zeltlager zur Seite mit vielleicht
120 Soldaten (wohl auch meist Schreiber, Burschen und
Ordonnanzen).

Agathyrsus und Monika produzierten ihren Geleitschein
als Theatergruppe, und wir bekamen wenigstens gleich
einen Raum für uns, am Gehölzrand; eine Art Park-
wärterhäuschen, in dem jetzt Decken lagerten. War ja
egal. Der schlanke Intendant küßte Monika laufend die
Hand; versprach, sogleich den General zu benachrichti-
gen, arrangierte eine Vorstellung für die Offiziere (»nur
im engsten Kreise«!), schritt elastisch ab. Ich sah sie bittend an; aber die Verwilderte, Verwunschene, Gottlose
schüttelte kalt den Kopf: »Die haben Alle Geld.« sagte
sie sachlich und anerkennend, und auch Agathyrsus hatte
schon Augen wie alte schmutzige Silbermünzen neben
seiner großen gebärdenden Hohnnase. Sie suchten auch
sogleich mit Hipponax' Unterstützung ein paar Kostüme
und Tücher heraus; dann gingen wir noch ein wenig
durch das Paradeis. Ein alter Hausmeister, noch aus der
Perserzeit her, machte den Führer; nur noch wenige
zahme Tiere (»Viele sind von den Herren erschossen
worden« berichtete er ausdruckslos; »also im Suff.« stellte
Hipponax kalt fest, und der Alte ging näher auf seine
Seite). Von den Dörfern umher sagte er, daß sie »zur
Erhaltung des Gürtels der Königin« dienten, ganz im
alten Stil. Ein See tat sich auf mit ruhigen Baumsäumen,
unser Bächlein mündete ein; er trippelte auf einen kleinen hölzernen Landungssteg, und sofort zeigten sich im
Wasser viele buntschuppige Fische, denen er aus spitzer

metallener Tüte Brosämchen schüttete. »Es sind Götter«
murmelte er ehrerbietig, und erzählte ein altes Feenmär-
chen, wie einst hier eine reiche Stadt gestanden habe; die
verzauberten Einwohner seien eben diese Fische usw.
usw. Müßige Offiziere kamen uns entgegen, näselnd, rasselnd; entführten Monika Arm in Arm (Agathyrsus hinterher) über das Brückchen des Darakos.

Zurück, beim Zeltlager, traf ich Hipponax mit einem Feldwebel von den agrianischen Jägern (Lampon hieß er, wie
ich; komisch: H. scheint einen natürlichen Hang zum
Militär zu haben; immer macht er sich an Soldaten ran).
Der erzählte gerade vom Zuge nach dem Ammonium:
erst wären sie längs der Küste bis Parätonium marschiert
(nur ein ganz kleiner Teil der ägyptischen Armee, nebenbei), von da aus gegen Süden durch die Wüste. Auf der
Hälfte des Weges fing das mitgeführte Wasser an zu feh-
len, aber die in jenen Gegenden so seltene Erscheinung
eines ergiebigen Regens half ihnen aus der Verlegenheit.
(»Zeus Nephelegereta war sichtlich mit seinem Sohne«
sagte der ganz überzeugt; dabei schien's sonst ein leidlich
abgeschliffener welterfahrener Mann, obwohl von ein-
fachster mazedonischer Herkunft. Wie's in solchen Köpfen aussieht, wird unsereins nie begreifen können; aber
Hipponax verstand es, mit keiner Miene zu zucken).
Auch zeigten sich gleich nach dem Regenmirakel zwei
kleine fliegende Drachen als untrügliche Wegweiser der
ferneren geraden Straße. (Zwei Raben warens! Ich habe
alle die Reiseberichte einmal mit Aristoteles durchge-
arbeitet, als wir die Weltkarte überholten! Diese sehr
natürliche Erscheinung von Vögeln, die ihren Fraß bei
dem ziehenden Haufen suchten und ihre Richtung nach
der einzig wirtlichen Gegend zurücknahmen, wurde na-

türlich gleich als neues Wunderzeichen erklärt. Wieder ein Beispiel, daß das Volk, selbst als Augenzeuge, einfach nicht vernehmungsfähig ist. – »Die Gelehrten sind das Licht der Finsternis«; s'ist schon wahr!) Viel Aufhebens von der Sonnenquelle (welche des Morgens und Abends mit lauem, Mittags mit kaltem, um Mitternacht mit warmem Wasser hervorsprudelte), die sie schon aus Herodots Erzählung kannten, und sie auch auf die angegebene Weise fanden, weil sie sie so zu finden wünschten. (Im Grunde ist sie ja eine gewöhnliche frische Quelle, deren Wasser am heißen Wüstenmittag äußerst kühlend erscheint, in der klaren fröstelnden Nacht dann aber mehr Wärme zeigt als die Atmosphäre). Interessant war nur, daß er bei den Wenigen gewesen zu sein vorgab, die bis an den Vorhang mitdurften, und deutlich gehört hatte, wie der Hohepriester (den er ausführlich und eindrucksvoll beschrieb: langer Bart, Hieroglyphen an der Mütze) »Heil Dir, Sohn des Zeus!« gesagt habe. – Signale von der Freitreppe: er entschuldigte sich: Dienst. – Himmel mit weißen Wolkennelken bedruckt (so still hielten sie, nur ein Fliederblättchen drehte sich zuweilen hoch).

»Es war doch wohl eine Dummheit von ihm gewesen« sagte ich bitter zu Hipponax »er hat letzten Endes doch seine Absicht verfehlt, und sich das Leben dadurch verbittert; denn die vernünftigen Mazedonier« – »auf die es nicht ankommt« schaltete Hipponax ein – »kann er auch mit solchen Mätzchen nicht zur Andacht bewegen.« Er nickte mit zusammengekniffenen Lippen: »Gewiß« sagte er, »schon damals beschloß er wohl halt ganz bewußt, sich von den Griechen zu distanzieren; denn deren freimütiges Benehmen ihm gegenüber war den anders gewöhnten Asiaten unglaublich anstößig. Er wog also kalt die Machtmittel ab, und hat ja seitdem alles vorbereitet, um sich jederzeit nur auf den Orient stützen zu können. Ich wüßte...«

Aus allen Türen und Zelten trappelten hurtig Soldaten, formierten sich zu einer kurzen Linie, sechs Glieder tief, wurden gerichtet. Unser Bekannter stand vor der Front und hielt Appell. Alles mögliche: über Bekleidung, Drohung mit leichten Strafen, »Waffen vorzeigen!«, Missetäter rechts raus, Postausgabe, Kommandos wurden eingeteilt, Anordnungen verlesen. Ein persönlicher Tagesbefehl Alexanders (wir hörten eifrig zu.): die Einrichtung des »Lebensborns«: er übernimmt die Sorge für die »seinen Soldaten« von asiatischen Frauen geborenen Kinder. Diskrete Erledigung zugesichert. Die Heimat erfährt nichts davon; garantiert nichts. – Alle beantragten sofort Nachturlaub. (Hipponax lachte ironisch; aber doch auch erregt, über mein empörtes Gesicht. »Es ist unschätzbar für Sie« sagte er ingrimmig, »daß Sie die Welt kennen lernen. Ein Kommentar ist ja wohl überflüssig –« Ja; war überflüssig. Also solche Lumpen; Schweine!)

Sonnenuntergang: Sie sind immer noch nicht zurück. Hipponax kam aus dem Warenlager; er hatte ein paar feine Fackeln gekauft. Guten kaspischen Wein. »Pantomimische Tänze führen sie auf« berichtete er lakonisch »so: Apollon und Daphne; Amor und Psyche;« er zögerte unmerklich »auch Leda –« sagte er barmherzig; lachte: »Agathyrsus als Schwan ist großartig«; schüttelte den Kopf. »Nun, des Geldgewinnes halber macht man Viel«, erwiderte ich welterfahren, aber mit blinden Augen. Er nahm mich ernst: »Ja, mit Geld wird hier rumgeworfen« gab er zu »obwohl Monika wohl auch der Lust halber mitgeht«. (Ein Arzt könnte nicht vorsichtiger sein.)

Gekritzel: Beide kamen betrunken zurück. Setzten sich zu uns vors Haus. Um Mitternacht. Das Haar straff zurückgekämmt, mit breitem Band über den Scheitel gehalten; nach hinten, sommerfädige Webe, selig auseinander wuchernd. Mehr Wein mußte herbei; noch neue Fackeln. Unheilig pfiff und wortete der schmale wilde Wünschelmund. Sie wies mit dem Kopf auf mich: »Ich hab' auch eine Botschaft an Alexander« sagte sie, duckte in die Tür, und kam mit dem breiten flachen Kasten wieder; darin ein Bild »Thais ihrem angebeteten Alex« stand auf der Rückseite: Eine vom Zentauren entführte, nun auf ihm reitende Nymphe, die, schon gewonnen, den schalkhaft in beide Hände genommenen Mond ausbläst; Gebüsch und Wiesen im Abenddämmer; und meisterhaft gemalt (Apelles). Thais ist Monikas Freundin. »Ja, er liebt sie bathykolpos« sagte sie, mit frechem nacktem dünnem Finger zeigend, es mir boshaft ausmalend, und fügte so Schamloses hinzu, daß die Nase des Agathyrsus auf's Neue ihren zuckenden Kordax ausführte (aber nur über meinen errötenden Unwillen, nicht über ihre Anmerkungen) »Ich bin nicht sein Typ« sagte sie verschlagen, »aber wenn er betrunken ist, macht er Alles: denk an den Mord des schwarzen Kleitos, den Brand von Persepolis. Vielweiberei: Roxane, Stateira, Barsine, Thais«. Auch Agathyrsus wußte immer neue Namen. (Leider ist es wahr; er hat peinliche Schwächen: am Schlafbedürfnis und an der Neigung zum anderen Geschlecht, soll er neulich gesagt haben, erkenne er, daß ihn noch etwas von Göttern unterscheide).
»Nebenbei: er soll krank sein« sagte sie, den Kopf wiegend, sog an dem braunen glatten Wein, prustete auflachend: ».. in diesem Sinne –« Ich hörte ihre Atemzüge; es standen nur ein paar Kisten zwischen uns.

11. THARGELION: früh Abschied von den Laffen; Einer küßte sie schamlos in die Innenfläche der Hand. Drei Pferdegespanne fuhren nach Thapsakus, Bekleidung holen; da hatten wir viel Platz drin. Monika, schläfrig und faul, zählte Geld mit Agathyrsus; anschließend Debatte, ob man auch noch nach Barbalissus gehen sollte (ist ein Landschloß dicht oberhalb Th. am Fluß), aber Monika lehnte ab: »s' ist auch bloß MilGov da.« (Wahrscheinlich ist nur der geldgierige A. an Allem schuld!) – Ziemlich eintönige Felder draußen; einmal hatte man sogar den Versuch gemacht, Sylphion anzupflanzen, interessant. Überzüchtete Äpfel mit hektisch roten Backen.

Thapsakus: Uralte große Stadt, hauptsächlich auf dem rechten Flußufer gelegen (drüben ist nur eine kleine aber geschäftige Neustadt). Schöne steinerne Brücke über den Euphrat, sehr fest und bequem, breit.

Wir erhielten (mit Mühe!) dürftige Unterkunft im offenen Hof eines Karavanserai; in der Mitte ein freier Platz; kurze brusthohe Mäuerchen aus den Wänden teilen Boxen ab: eine davon kriegten wir. (Haben erst einmal den Mist herausgekehrt; Hipponax, bronzen und beherrscht, erzwang vom Besitzer eine flache Holzpritsche; unsere Decken darauf; das Gepäck. (Nebenan röchelten 4 Kamele, webten mit den Köpfen, Brunstblasen an den Warzenhälsen; auf der andern Seite, an der Mauer, ein paar Araber mit zwei verschleierten Frauen, alle dürr wie Leder – es ist ja der große Umschlagplatz für deren Handel von Süden, Arabia eudaimon, und der Phönizier von Westen her). Hipponax wurde beauftragt, das Boot zu mieten (d. h. er war ohne Diskussion der Mann dafür), und lud mich ein, mit ihm zu kommen.

Die runden Kähne wirken doch merkwürdig, wenn man

sie so in Dutzenden beisammen sieht; manche sind aber enorm geräumig. Nach derbem Handeln kriegten wir endlich einen für Übermorgen: die beiden Führer wollen's in einer Woche bis Babylon schaffen! (Sonst rechnet man meist 10 Tage: nun, der Fluß geht schon reißend, die Schneeschmelze oben hat dies Jahr früh begonnen. Aber teuer ist's auch; die Hälfte von meinem Geld ist weg!)

Großausstellung am Dreiecksmarkt: Der Fall von Tyrus, mit Reliefkarte, Modellen etc., tyrische Waffen. Hipponax bezahlte sofort unsere zwei Drachmen, und wir schritten durch die Schaustücke. Die Belagerungsmaschinen wirkten fürchterlich, wie Insektenriesen mit stakigen Gliedern, haushoch, friß die Mauer. Er lachte bitter: »Ja, ja: in tausend Jahren werden sie soweit sein, daß auf der Agora jeder Stadt ein Apparat mit Handgriff und dieser Aufschrift steht: Ziehe und Du zerstäubst den Erdball!« »Und wer wird ziehen« fragte ich ermüdet (vom Neuen). Er hatte die breiten Arme vor der Brust gefaltet, und sah stumm durchs Balkengewirr. »Ja: Wer.–« sagte er schnell und sachlich, zuckte die Achseln, sann höhnisch und abwesend: »...vielleicht ein Mädelchen, das eine schlechte Zensur bekommen hat; oder ein trunkener Gefreiter, der sich vor der kichernden Geliebten brüstet; oder ein neunzigjähriger Bauer, der einen Prozeß um ein Wegrainlein verlor–« Er nickte, bitter amüsiert, lachte kurz: »Oder–« aber er fing sich wieder, sah mich von der Seite an und sagte: »No – das können Sie sich ja noch viel pikanter ausmalen und formulieren – vielleicht zöge ja auch Lampon von Samos, wenn Monika es wollte –?« (Aber sein Lachen war schalkhaft, gutmütig). – Draußen fügte er noch hinzu: »Wer noch leben will, der beeile sich! –

Fürchterliche Kriege werden kommen....« Im Goldbrunnen dieses Tages.

Hinterm Feuer (Monika wollte unbedingt Eines, nur ein kleines, es sei so malerisch). Alle Anderen hatten allerdings auch welche.

Agathyrsus hatte einen Bekannten aufgegabelt, Schreiber bei einer Gesandtschaft (zu der wir schon für morgen fest eingeladen sind, ich auch; sie kommen geraden Weges von Alexander. Gut.) Beide schon ziemlich animiert. Auf dem Innenraum ein breites Geflamme: entlassene Veteranen aus Babylon; sie prahlten und johlten: »18 Jahre bin ich dabei!«; rühmten: Alexanders Mut, Größe, Güte; zeigten die Halsketten, die er ihnen eigenhändig umgehangen hat; Orden. Wie es anfing; der Übergang über den Hellespont: das Opfer auf dem Grabhügel des Protesilaos; mitten im Hellespont das Trankopfer; wie er, schon vom Schiffsbord, den Speer in die asiatische Erde schleuderte, dann als Erster ans Land sprang, und dort den Altar errichten ließ. Die Wettkämpfe an der Stätte, wo Troja gestanden hatte (wenn mans so erzählen hört, macht es einen unangenehm gekünstelten und berechneten Eindruck; wenns spontan geschehen wäre: aber so war Alles doch wohl nur übles schlaues Theater). Einer sprang auf, gröhlte gerührt: »Alles verschenkte er an seine Freunde! Für sich hat er nichts behalten; Nichts: gar nichts!!« Und Jeder schwenkte die Arme; Münder und Becher gafften hohl: auch Agathyrsus trank nochmals, prustete mokant, murmelte: »Pleite war der Bube; ja, ja! Er mußte Krieg machen; er konnte das Riesenheer sonst nicht einen Monat länger erhalten! Es fehlten sogar die Mittel zur bloßen Verwaltung Mazedoniens, sodaß er sogleich nach den ersten Beuten große Summen an

Antipater schicken mußte –« »Nach Ihrer Ansicht sind das also bloße Raubzüge gewesen?« sagte ich verächtlich zu dem Halbtrunkenen (er nickte vielmal; Monika, vorsichtig, lenkte ein, sah mich an, mit Brauen wie dunkle Amselschwingen).

Drüben ging es weiter: wie er das Wasser vergoß in der Wüste. »Ins Unendliche wollte er: das Größte! – Wir aber waren erschrocken –« fügte er treuherzig hinzu, »doch waren wir die Ersten, die den großen Ozean beschifften, Indusabwärts«, und dann logen sie von Indien. – Also: das stimmt Alles nicht!! Er wollte gar nicht ins Unendliche; ich habe bei Aristoteles denselben Geographieunterricht wie er gehabt; und der hat mir oft gesagt, wie er mit Alexander genau die Grenzen der Ökumene besprochen habe. Gleich hinter dem Indus im Osten ist sie ja bekanntlich zu Ende, und er wollte eben ganz bewußt diese Ökumene beherrschen. Zunächst. Und im Südmeer ist schon vor 150 Jahren Skylax von Karyanda gefahren, und die Araber tuns wahrscheinlich laufend im Indienhandel. – Das sind Unwissende! –

Agathyrsus sagte schnalzend: »Die gehn um Neue zu locken. – 20 Mann werden entlassen, mit Medaillen und Geschenken überhäuft – dafür lassen sich dann 20 000 verführen: Die Bändel-Methode der Großen. Und die Dummen fallen drauf rein...« Ich zwang mich, sachlich zu sein; ich überlegte: er hat schon Recht; aber er sieht nur die eine Seite. Natürlich kann man es auch Trick nennen und Spekulation auf die Dummheit des Pöbels: aber es geht um Großes, und da.... Hipponax sah mich fest an: er sagte: »Der Zweck heiligt die Mittel nicht!!« – Pause. »Was halten Sie eigentlich für den Zweck?« leise und wie zerstreut.

Im Schlaf: Was ist der Zweck? Warum schläft Alles? Der Hof hängt an blauen Rauchseilen; ja, was ist der Zweck? Das ewige Friedensreich doch wohl; oder – –? – Ein Weltreich; ja, ja. – Ich muß mir immer vorstellen, wie er schon in Thrazien die Vorbereitungen für das Troja-Theater trifft; das Altar-Bau-Kommando wird eingeteilt, so ganz kalt. – Widerlich!

Die verfluchten Kamele! (d. h. die wirklichen neben uns!)

12. THARGELION: Tag heiß; heiß. Haben über die Ecke, hinten, eine Decke gespannt, damit wenigstens ein schattiger Platz da ist. Staub und Tausendsgeschrei; ich bedauerte Monika, aber sie spannte nur abwehrend die Stirn: »Wenns nie schlimmer kommt im Leben....« murmelte sie kalt. Auch Agathyrsus schlief unruhig, ein Decken-wulst; sie haben alle Gleichgültigkeit der Vielgequälten (dabei Intellektuellen) gegen Dreck.

Beobachten wird schnell langweilig: Hipponax (der heute Abend beim Gepäck bleibt, »die Stellung hält«, wie er im Heeresstil unserer Zeit sagte), setzte sich neben mich, und wir tauschten vor lauter Nichtswürdigkeit Rätsel und Zauberkunststücke aus. Ich machte ihm ein 16 Felder-Quadrat, legte die Zahlen von 1–15 durcheinander darauf und ließ ihn, durch Verschieben über das freie Feld, die normale Ordnung herstellen (er kannte es noch nicht). Dafür erzählte er: »3 Weinsorten hat der Händler nebenan, den Krug zu 10, 3 und ½ Drachmen; hier sind 100 Drachmen: holen Sie 100 Krüge«, und fügte hinzu: »Nicht das Ergebnis ist interessant, das errät man leicht. Wohl aber der exakte mathematische Lösungs-weg, über Aufstellung der Gleichungen –« Na ja; bei der Hitze kann man nicht immer geistreich sein.

Mittags: Ein Stück zweideutiges Fleisch, zäh und brüllend scharf. (»Gut für den Durst heute Abend« meinte Agathyrsus, »wir werden ein phantastisches Gefälle haben«)
Ein kleiner Saal: (ganz feuriges hellgelbes Licht, prachtvoll).

Die Gesandtschaft ist aus Tarent; Agathyrsus kannte zwei davon. Er führte mich ein als »Lampon von Samos – bevorzugter Schüler des Aristoteles, und Neffe des Aristodemos. Von der Leibwache.« »Ach« hieß es, »Aristodemos, des Sophron Sohn?! Gut. – Nun, da sind wir ganz unter uns. –« (Scheint ein bekannter Mann zu sein, der Onkel. Beliebt.) 10 Namen blähten sich, verneigten sich, Klinias, Lamprokles, Archytas, Hippodamos, Philostratos, na, ist egal. (Namen wie Möbelwagen!)

Polster mit hellgelbem glänzendem Rips. Alles war aufgeregt; man trank viel und rasch (ich auch). In einer halbrunden Nische stand Monika in Chiton und Himation und sang. Schöne alte Lieder, mit ihrem etwas verdeckten Sopran. Er begleitete sie, abwechselnd auf der Theorbe, Syrinx. Es waren ganz einfache Gesänge ländlicher Art, kühl und bukolisch; Hü – a – ho, hü – a – hü – a – ho; hirtenstill und einförmig klang des Agathyrsus Flöte (»Phyllis, die im Kahne saß, drob des Ruderns ganz vergaß . .«)

Dann lag sie, etwa mir gegenüber, auf der Kline und plauderte klug, sehr sicher und erfahren.

Die Becher wurden größer; in jedem schwamm ein Fruchtstückchen, ein Mohnblatt. Klinias neben mir fragte nach Aristoteles: »Er soll alt und schwächlich sein? – Ja? – Die Alexanderfreundschaft ist ja wohl auch aus, eh?« Er lachte verbissen: »Tut ihm allerlei Tort an, was? – Ja, ja, er hat vergeblich versucht, dem Halbbarbaren einen Firnis von Kultur zu geben. Na, er ist ja vollständig ver-

140

rückt geworden: läßt Hephaistion in Ägypten einen
Tempel erbauen, als Halbgott; hab' ihn selbst auf der
Herreise gesehen: ein Peripteros mit korinthischen Säulen!« (Er betonte die korinthischen Säulen, als bestände
gerade darin eine besonders abgefeimte Lästerung).
Schnaufte, hielt mir beteuernd breite trunkene Hände
offen hin: »Du glaubst es nicht? Du solltest den Wahn-
sinnspomp am Hofe sehen –« Er unterbrach sich: »Hast
Du nicht gehört, was bei Hephaistions Tod geschah?
Scheiterhaufen: 180 Fuß hoch, 12 000 attische Talente
wert, Bilder, Statuen, Schmuck darauf: Alles verbrannt!!
Wochenlang nichts als Epoden und Fumigationen – ach,
es ist –« er brach erschöpft ab, trank, schüttelte den Kopf,
starrte mit sorgengepreßtem Mund gegen die Wand.
»Stell' Dir vor: das Zelt! Das Riesenempfangszelt!!«
Schon schrie es von allen Seiten: »Also in der Mitte steht
ein Goldthron – massiv; hinter Schleiern –«. »Auf 100
Sophas sitzen Favoritenreihen: hundert. Ja!« »Bei jeder
Audienz –«. »Nein: laß mich –: 500 persische Trabanten
in seidenen und purpurnen Gewändern, auf der andern
Seite 500 mazedonische Silberschilde!«. »1000 barbarische
Bogenschützen mit Zobelköchern! 1000 Mann von der
Phalanx!«. »Alles im Zelt, wohlgemerkt! – Außen herum
dann 10 000 Perser, dazwischen abgerichtete Elefanten.«
»Generale, Hofleute, Diener –«, Klinias spuckte aus:
»– nichts als Proskynesis: auf dem Bauch sind wir förmlich durch die Halle gekrochen:« er krauste wütende Lippen: »und dann durften wir leise zu irgendeinem greisen
Salzknaben flüstern, der es an den weißseidenen Vorhang
weiter gab –« er lachte giftig: »Oh, armes Griechenland,
wie geht es dir so bös –« (Das alte Spottlied). Ich hatte
auch mehr getrunken, als mir gut war.

Die Stimmung der Nachtschwärmer wurde ausgelassener: einer der Jüngeren plagte Monika um noch ein Lied. »Soll ich? –« fragte sie mich unvermittelt; ich schrak selig auf; ich sah in trunkene Mäuler um mich »– Nein –« sagte ich atemlos: sie hob bedauernd die dünnen Schultern zu dem Hüpfer: »– dann geht es leider nicht – –« (So fing sie mich!)

Politische Befürchtungen über Alexanders nächsten Zug: »Er rüstet gegen Arabien, gegen Karchedon, Rom, Tartessus, die Hyperboreer – Alles!« »Och, Rom würde es schon nichts schaden! –«. Klinias beugte sich zu mir, wie aus Schleiern; ich fühlte meine Lippen nicht mehr, wenn ich hinein biß: »– aber die Generale meutern –« flüsterte er geheimnisvoll, »es geht nicht mehr lange – denk an die vielen früheren Verschwörungen: Philotas, Kallisthenes! Offiziere – Intelligenz – Alles meutert...«; »Daß er krank sein soll, ist bekannt?? –« fragte er laut und sah Agathyrsus an; der nickte, ohne den Kiathos abzusetzen.

Später neigten wir uns: Monika schritt an meinem Arm durch die Wände; Gesichter, Hände, alles goldbespannt.
In der Nacht, in der Nacht: Wind pfiff ein Spottlied auf mich. Wir liefen leicht und schleifend im Diebesschritt einher. Rauch kroch krautig und wachsgelb auf einem flachen Dach. Kam eine Bildsäule, wurde sie auf die Zehen getippt. Worte in rot und schwarzkarierten Joppen.
Hipponax saß noch finster am Feuerrest; »Haben Sie's rausbekommen?« fragte ich ihn. Er maß mich, begann zu lächeln. Ist ein netter Kerl. (Gleich darauf wurde mir beinah schlecht, es ging aber noch).

13. THARGELION: (Im Boot). Hausknechte rumpelten uns hoch; wir standen schaudernd im Nachtrest. Rasch das

Handgepäck zusammengehauen (oben fatschten die fürchterlichen Kamellippen. Die vier Kisten waren schon im Kahn.)

Abstoßen: Rotes Grau, trostlos, öde Frierfarbe, im Osten. (Als wenns im Westen auch sein könnte!). Der Fluß schoß lautlos breit und wiegend vorbei, kalt von armenischem Eis. (d. h. die Hauptüberschwemmungen sind immer erst im Skirrophorion). Sie (die Schiffer) wollen tatsächlich in einer Woche unten sein: da werden wir wohl oft tief in die Nacht fahren müssen (und vorsichtshalber ab und zu 'ne Kleinigkeit für Kastor und Polydeukes ausgeben!).

Viele Waren in dem Rund (die Dinger sind doch enorm geräumig, wenn man so drin steht!): Töpferei, Fliesen (schöne bunte; werd sie am Tage näher besehen), Lederschläuche mit einem schwarzen süßen Kräuterwein (natürlich wurde sofort einer gekauft; Agathyrsus hat ihn als Kopfkissen: das mache angenehme Träume, behauptete er – exzentrische Leute).

Bebautes Land am Fluß (ich guckte nur mal aus den Decken heraus); zuweilen dreht sich unsre Lederschale blitzschnell in den Strudeln. – Sura: irgend son Negerdorf.

Lange geschlafen: (die Andern tuns noch). – Verworren und mürrisch über die letzten Tage nachgedacht: einerseits haben sie schon recht. Unmenschliches Verfahren, diese Selbstvergottung. Und der abscheulich säuische Lebensborn-Befehl.

Abend: Jetzt ists Gelb und Rot am andern Ende der Welt.

Maschensilber der Gestirne: hakiger Mond verfangen im nachlässig hängenden.

Drüben liegt Nikephorium (ein Flußmäulchen daneben:

der Belias); ist eine Alexanderkolonie, frisch gegründet, meist noch Holzhäuser. Am Ufer war ein hoher Steinhaufen; ich fragte den ältesten der Schiffer (der ein leidliches Griechisch zischelte): »Was ist das?« Er lächelte ältlich unangenehm, nuschelte: »Ein Denkmal.« Für wen: »Den Gefallenen der epeirotischen Phalanx, steht darauf.« Agathyrsus fiel ein; tat erstaunt: »Den Gefallenen?! – Wie das! – Er hat doch nie über 10 Mann Verlust gehabt?! – Halt doch: einmal gab er ja 115 zu!« (Ich weiß: am Granikos hieß es im offiziellen Wehrmachtsbericht tatsächlich so) – Hipponax tippte ihn an, zog ihn beiseite zu den Schiffern, kam zurück: »Ja,« sagte er stirnrunzelnd, »es ist wohl besser, wenn wir drüben am anderen Ufer anlanden. Für die Nacht festmachen also. Soldaten haben meist den Unterschied zwischen Gut und Böse doch nicht mehr ganz so fest wie geübte Bürger. – Ist sicherer.« Wir ließen uns schräg hinüber treiben; Monika setzte sich auf den nach innen gewölbten Bord und hing die geraden Beine ins Wasser; näselte ein schickes Liedchen (mit heller heiserer Stimme: vom Trinken noch, wahrscheinlich. – »Sechs bis sieben Küsse von ihr können ein Pferd töten!« behauptet Agath. Gemein).

Die Feuerschale: (drüben brannte eine Baracke ab; Geschrei und Toben; gut, daß wir hier sind!). – Zu Alexander fiel mir noch dies ein: Wer eine Feuerschale durchs Leben zu tragen hat, dem kann sie wohl einmal übersprühen (überfließen, -schäumen). Aber das wäre eher ein Bild des Dichters, dachte ich dann auch; nicht des Tyrannen: der rennt wie eine Fackel und steckt Dörfer und Städte in Brand. Gelegen und gezweifelt. (Dichtungen: Protuberanzen einer glühenden Seele. Aber die Praktiker; aber die Mouchards; Alle! –)

Monika neben mir: Wind bebte um unser Gesicht; sie öffnete
den Mund und atmete stark. Ihr Haar begann sich listig
an den Schläfen zu regen. (Lange rote Sandalenriemen
hat sie).

14. THARGELION: Geweckt; noch Nacht. Unbeirrt flirrende
Sterne: man kann nur den Kopf schütteln. Drüben glomm
noch der Schutthaufen; kleines, klares, düsteres Rot, gif-
tig dunstblau webernde Rauchstümpfe.
Im Boot war es so kalt, daß wir fast mechanisch an
Schlauch und Amphora ran gingen (in der einen war tolles Zeug, daß selbst Agathyrsus bebte; er hatte es als
»Doppeleiche« gekauft: dem Hersteller gebührt der
Ostrakismos. Aber unheimlich wirksam). Monika sagte
resolut: »So; jetzt warten wir 5 Minuten, und dann wird
gequatscht: aber chaotisch, wenn ich bitten darf!« (Dein
Wille geschehe!)
Agathyrsus weiß Alles: (Woher?) Daß Philipp und Alexander so gespannt waren, daß Keiner mehr den Andern
sehen konnte (vor allem wegen Olympias, die Philipp
wahrhaft fuhrknechtsmäßig traktierte). Natürlich brachte
er auch die unvermeidlichen Parolen: daß der Sohn habe
den Vater ermorden lassen (d. h.: es geschehen lassen!)
»Das sind Altweibermärchen« sagte ich scharf »für die
es keinerlei Beweismaterial...« »Nun, nun –« erwiderte
Hipponax etwas spöttisch: »das ist noch kein Einwand;
denn man würde es ja nicht gerade zur Einsichtnahme an
allen Kreuzwegen haben aufstellen oder durch die
Herolde ausrufen lassen. – In einer wohleingerichteten
Tyrannis geschehen noch ganz andere Dinge, und kein
Mensch bekommt jetzt oder später die ‹Beweise›. Aber
man erkennt den Schierling an vielen Zeichen –« er sah

flüchtig nach Agathyrsus hinüber, »– in den ersten 4 Monaten seiner Regierung hat Alexander sämtliche näheren Verwandten, deren er habhaft werden konnte, ermorden lassen: Amyntas . .« er hob die braunen Athletenhände, bog zählend die Finger ein; 14 Namen. (Agathyrsus grinste: »Die Andern hat er nicht erwischt«; freute sich wohlig in der Morgensonne. Was heißt das wieder?!) Ich senkte den Kopf; mir ekelte auch. – Ich hatte das Alles nicht so –. Bedacht. Ja, das war leider die Wahrheit. (Und wer das tut –. Es geht nichts über mein illuminiertes Gehirn).

Hob dann, um sich populär zu machen, die Steuern auf. Erteilte den Makedoniern den »Ehrenrang« im Heere. Die Herrenrasse. »Meinen Sie, die ganze Hellas hätte umsonst gefeiert bei der Nachricht von Philipps Tode? Ein Großtyrann war beseitigt: das war schon Etwas! Den Ehrenkranz hat Athen dem Mörder nicht nur aus politischem Haß verliehen. – Ob die Welt nicht auch jubelte, wenn endlich Alexander...«

Ich wiederholte automatisch Aristoteles: »Das höchste Ideal wäre natürlich ein harmonisches Weltreich; die vereinigte, dann friedliche Ökumene...« Hipponax wurde unvermittelt ganz wütend: »Ihr Aristoteles ist ein Idiot«, schrie er »ein weltfremder: wie kann Einer bei 100 nach Sprache, Sitte, Religion, völlig unverständigten Nationen von einem Weltreich faseln?! Allein Europa wird nie geeinigt werden können.« Er fing sich wieder; sagte kalt unwillig: »Ich hätte Aristoteles und Eure ganze Sorte für vernünftiger gehalten; aber eine Isophrene (Linie gleicher Blödheit: Witzig!) verbindet unterschiedslos alle Menschen. Und Völker.« Schön, sollst auch Recht haben! (Er hats auch! Aber wenn Alexander ein Schuft ist, was

146

sind wir dann erst?!) Aristoteles ist natürlich kein Idiot.
(Das heißt: mir wird langsam Alles möglich.)
Spärlicher: die Dörfer am Ufer. Auch ärmlicher.

Einer der Bootsführer, jung, zahnlos, angelt; träge, stundenlang. Zog gegen Mittag einen armlangen Fisch heraus; Schuppen messerfarbig; alles diese grünlichen Räubermäuler. Wie wird er schon heißen: – Alexanderfisch? – (Alles lachte. Ja, ja; symbolische Beförderungsweise, die unsrige: die Welt hat zu schaukeln begonnen.)
Zenobia.

Am linken Ufer mündet ein beträchtlicher Fluß ein; auch er hatte einen Namen, wie alle ordentlichen Dinge in dieser Welt: Aborrhos. Und nun soll dann morgen die Wüste zu beiden Seiten beginnen.

14 Verwandte: Das muß sich Einer mal vorstellen!! –

Auch Theben fiel mir ein: atomisiert wurde es. »Wer wider mich ist, den zerschmettere ich« (ist aus seiner Hellespont-Rede damals; und Alle haben Beifall geschrien! – Fast Alle). Tat mit Pindars Andenken schön, um die Griechen, die literarische Nation, zu gewinnen. War dann wohl auch nur Berechnung.

Doch schön auf dem Fluß; man hat Raum.

(Legten nebenbei an mit Dunkelwerden.)

15. THARGELION: Flußfahrt vom Mund des Aborrhos. Die Hügel wirklich schon wüstengelb, fast mehr Dünen. Einmal ein einsames Balkenfort am linken Ufer (muß auch ganz schöne Arbeit gewesen sein, das Langholz tageweit hier raus zu fahren; die armen Bauernpferde!). Die Führer gaben gleich 3 Namen dafür an: Nikanor's Stadt oder Europus sagen die Griechen, Dura die Eingeborenen; muß wohl eine große Zukunft haben.

Mindestens Tausend: das sah wunderbar aus: die rötlichen Felle und das schwarze gedrehte Gehörn, Gazellen und Hirsche gemischt. Die ersten sprangen über die Ufer-böschung, standen und prüften, und dann stürmte das ganze Heer in den Fluß, plantschte, schwamm, arbeitete hinüber auf die andere Seite. (Später auch, weit in der Ferne, trabende wilde Esel und Strauße).

Gegen Mittag: wurde die Hitze fast unerträglich. Nur alle Stunden einmal ein wirres Baumgespinste.

Die Sandebene war mit Absinth und anderen wohlrie-chenden Kräutern besetzt. Wenn man kein Glied regte und die Augen schloß, war es prachtvoll: man saß wie in geschmolzenem duftendem Golde, in durchsichtigem. Einzelne Bergkuppen kommen manchmal näher, stein-bruchartig wild, gefelst; braun mit grellfarbigen Adern, Marmor wahrscheinlich. (Zauberschlösser konnte man draus bauen, mit hohlen Säulen, in denen Wendeltrep-pen abwärts führten; sieh: sieh!)

Wind stöhnte im argen Himmel: der hatte die Farbe wie Menschenhaut; rote Wolkenstriemen, riemenschmal, wa-ren hineingepeitscht. Der Strom schnalzte ein paarmal und rüttelte am Leder; aber die Schiffer blieben ruhig; erklärten: nur oben stürme und drehe es so, käme jedoch nie herab. Aber die Fische bissen gut. Sogleich knüpften sie Leinen an dornige Bronzehaken, spießten Klumpen des sanften grauen Brotes daran, und hingens in die ge-wäschigen Wellen.

Wo ankern wir heut? »Bei Tschil-Menar.« – »Was heißt per-sisch Menar?« fragte ich um mich. (Tschil ist vierzig); träumerisch murmelte Monika: »Menar: das ist so – ach, etwa pyrgos; Menar: der Turm-, oder Pfeiler; Menaré: das Türmchen.«

Mauern, Trümmer, Säulen: An einer breiten Steinplatte legten wir an. Es war wie im Traum heut Mittag. (Und das
geht weit: eine halbe Stunde landeinwärts und nach den
Seiten. Es heißt auch: die Ruinen von Korsote). Noch ist
Alles warm vom Tage her: die Steine und der Boden. –
Sie haben ein kleines Feuer auf der Terrasse, machen
flache Steine heiß, und schmieren ihr angerührtes Mehl
handdick darauf: so wird also unser Brot gebacken. (da
wischte es hinter mir: ganz kleine Wesen bewegen sich
in Huschesprüngen, weg sind sie. – Schlangen gibts kaum
hier; ist wohl eine Art Springmäuse).

Einen nehmen: Wir beschlossen »Einen zu nehmen« (d. h.
wir fühlten Alle gleich. Die Nacht wäre auch zu schade
zum Verdämmern), und der armenische Kräutersaft
schluckt sich süß, herb und glatt und – ach. Dann Doppeleiche. Weh!

Monika: Dies war schon hinter Mitternacht. Sie wehrte den
Becher ab, glitt ins Boot, und kam zurück mit dem kleinen Kupferteller. Vom tönernen Feuerkruge strich sie
weiße Asche weg, löffelte sich ein Häufchen Glut, streute
Hanfkörner darüber (schon wieder bei uns an eine Säule
gehockt), und atmete begehrlich den Dampf ein: erst
quoll er breit und ballig, dann milchlockig, dann mündete nur noch ein breites blaues Band zwischen ihren
glatten Zähnen.

Der Mond ist in allen Kammern: Wie da Licht und Nichts
rätselhaft geschäftig am Werke waren. Flossen graue Sil-
berranken aus gittrigem Ästegekraus; breite Blattflächen
blähten sich, bogen sich, schwanden langsam gerollt. Uralte Gesichter mit tropfigen verwilderten Bärten begeg-
neten einander im krautigen Unterholz. Laufen um mich
Agathyrsus und Monika.

Drüben ist ein Raum mit bauschigen weißen Seidenpolstern gefüttert. Gut zum ehrerbietig einen Becher trinken. *Grau fror Licht im Osten:* ich blies Nasenluft, köpfeumschwebt. Odumonika. Ich schlug die Fäuste an eine Säule: da standen alte Namen ..ph. Wer betrunken ist, weiß den Weg; ich will viel trinken. Ich hob die Hand: ein weißes dickes Quadrat mit runden 5 Fingerstäben: ich winkte damit Monika! »Wir wollen eine Tür suchen. In diesen Wänden –« flüsterte ich fanatisch und golden klug: »– eine Tür! Die führt uns von Allem. Vom verfluchten Betrug.« Sie kam stählern schwankend näher an mich, sie sprach zischend und willig durch die Silberzähne: »Wohin –« Ich hob eine Hand über den Kopf und ließ sie blitzschnell magisch sinken: tief, – nach unten – durch bilderglühende Zimmer – durch die Zahl Unendlichfast – 7 Blutstropfen Sniöfiälls und ein Eulenschrei! Ich lief wandentlang, drückte in gemeißelte Vogelaugen, zog flehend an konventionellen Gewändern, einem Roß schlug ich Stirn gegen Stirn: sie schwiegen und kalt. Ich wandte mich zu IHR. Ich spannte mein Gesicht, daß es riß. Stein scheuerte hinten im Haar; mein Herz glockte. Sie trat auf mich zu. Und wir sahen uns in die Augen. Melaphryene. *Blutmäulig:* eine Scheibe Rohfleisch kam das Sonnenstück über den Lumpenstrom. Und es blökte vom Äppelkahn her: ja, ja, ja, ja, ja...! Ich faßte ihren leinenweißen Arm; ehrfürchtig; wir gingen; kindlich; schlafen. (Der Mondstachel schwirrte über uns).

16. THARGELION: Nach 2 Stunden aufgefahren, den ganzen Wein über Bord gespuckt; (Niemand hats gemerkt; bloß der wachhabende Schiffer lachte). Mir war zum Sterben gleichgültig. Alles vergiftet.

nach Mittag: Blöder Traum: wie ich als Adler mir als Mensch um den Kopf flog. Abgeschmackte Einlagen dazu: ließ mich mit Frühstücksbroten von jungen Arbeiterinnen füttern und ausgiebig bewundern. Alles Quatsch (Hätts gar nicht erst notieren sollen). – Die Anderen dösen noch immer.

Der Fluß beginnt Inseln zu bilden: sich zu winden. Sandbänke mit duftendem Gestrüpp. Oft müssen sie recht breit sein; denn erst weit östlich sieht man wieder das richtige hohe Ufer. Wahrscheinlich hat sich der mitgeführte Sand um eine Felsgruppe als Kern angesetzt; Samen wurden hineingeweht, angeschwemmt; denn sie sind verhältnismäßig viel besser bewachsen, als das andere Land (klar; der ständigen Umwässerung wegen!): viel mannshohes Buschwerk, zwar jetzt dürr, aber schon grünlich bereift; der Graswuchs muß monatelang üppig sein. Auf solchen Sandbänken immerwohnen: Nachts heimlich über den Bootsrand schlüpfen, hinüberschwimmen; mit Monika; im Duft leben (»von« Duft wohl auch, wie? ach, weg!): im Sand liegen; braun und gelb wird die Haut wie Sand und Fels: niemand erkennt uns mehr. In ihre Augen sehen; Fische darbringen; nachts um winzige Feuer sitzen, tief drinnen im Hag, oh Ewigkeit.

Belesibiblada: (bin nicht kindisch geworden!) ein Nest am linken Ufer hat den Zungenbrechernamen (Je kleiner das Objekt, desto pompöser der Titel).

Ah, wir erwachen: Erst wurden (zum Zähneputzen?) scharf schmeckende wohlriechende Holzzweiglein gekaut (dann über Bord gespien, kunstvoll). Darauf stieß sich Agathyrsus an der Kiste mit dem Thais-Bild, wodurch der ungezwungene Übergang zu einem Gespräch über heutige Kunst im allgemeinen geschaffen wurde. (Es ist aber auch übel glatt gemalt; so nichtssagende Schenkel hätte ihre Freundin nun doch nicht, mißbilligte Monika). Hier konnte ich viel mitreden (die Kunst mein' ich natürlich); denn Aristoteles hatte oft ziemlich scharf (und öffentlich) geäußert, daß sämtliche Künste, vor allem jedoch die darstellenden, durch die von Alexander befohlene Verbindung mit dem orientalischen Schwulst rettungslos verdorben würden. (Insofern wäre dann sein Tod ein Glück, zumindest für die Kultur). »Gewiß« sagte Hipponax entgegenkommend: »auch die Hauptstädte würden wieder mittelmeerwärts gelegt – denn das Reich zerfiele natürlich sofort wieder.« »Der beste Beleg ist ja seine eigene Umgebung« plauderte Monika boshaft, und erzählte dann von einem früheren Besuch am Alexanderhofe, wie er dem Choirilos (einem notorisch elenden Poeten!) nicht nur das Privileg erteilte, seine Taten zu besingen, sondern den Versemann auch so überreichlich belohnte, als ob er ein Homer gewesen wäre, und jedenfalls so, wie noch kein guter Dichter jemals belohnt worden ist. Ich erinnerte mich des Urteils eines witzigen athener Literaten, und zitierte ihn wörtlich: »Vielleicht gab es gerade damals keinen Besseren als diesen Choirilos; oder vielleicht suchte und fand dieser Bessere keinen Weg zu Alexanders Ohr. Vielleicht klingelten auch die Verse des Rhapsoden Choirilos gut ins Gehör, und Alexander, der keine Zeit hatte, darauf Acht zu geben, ob die Gedichte seines Hofpoeten im Ganzen gut oder schlecht waren, fand sie vortrefflich, weil seine eigenen Taten darin besungen waren. (Er läßt ja gerade noch Zeus Keraunos über ihm). Wären sie gut gewesen, hätte er sie vermutlich nicht besser gefunden.« »Schon möglich« sagte Agathyrsus behaglich: »vielleicht hatte er aber auch eine Schwester, die einem Liebling Alexanders gefiel. Vielleicht hatte er auch ein Gedicht auf den Schoßhund einer Geliebten Alexanders gemacht, oder deren Elster sprechen gelehrt. Vielleicht erweist Alexander der Dichtkunst die Ehre, selbst Verse zu machen, und just diesen Choirilos traf das Glück, daß er dazu gebraucht wurde, sie ihm schön ins Reine zu schreiben – und die fünffüßigen Hexameter länger und die siebenfüßigen kürzer zu machen. Und ein jedes dieser »Vielleicht« war für sich allein schon hinreichend, um den glücklichen Choirilos, wenn er auch der erste Dummkopf seiner Zeit gewesen wäre, in den Augen Alexanders zu einem Homer zu machen.«

So klatschten wir: (es war aber doch wohl mehr; die Summe all dieser Einzelheiten fängt an schwer bei mir zu wiegen). Deinokrates wurde erwähnt, der ihm vorschlug, den Athos zu einer Alexanderstatue auszuhauen, welche in der einen Hand eine Stadt von 10 000 Einwohnern, in der anderen eine riesige Schale, aus der ein nie versiegender Fluß ins Meer strömen würde, tragen solle. Seine Verehrer erzählen, er habe mit einer edelköniglichen Antwort abgelehnt; aber Tatsache ist leider, daß er ihn zum Hofarchitekten machte, und ihm die Leitung sämtlicher Bauten im ägyptischen Alexandrien (und anderen Städten noch!) übertrug: es mußte allerdings in Chlamys = Gestalt angelegt werden, als Abbild der Ökumene im Kleinen : also hatte die verfluchte faustdicke Schmeichelei doch ohne Weiteres ihre Wirkung getan – war also auf seinen Charakter berechnet gewesen. Oder Anaxarchos, der alle Untaten Alexanders (den Mord des Kleitos z. B., oder die ‹Satrapenköpfe›) philosophisch begründete und rechtfertigte. »Im Gegensatz zu

Kallisthenes« sagte Hipponax ernst »das war ein Mann!« (Der Name durfte in Aristoteles Gegenwart nie mehr erwähnt werden; seitdem datiert der Bruch mit Alexander). Astrologen, Seher; Aristander von Telmessos.

Warum legen wir an?: Anatho, eine Festung (mit vielen Häusern darin) auf einer Euphrat-Insel. Ah: die Bootsleute haben eine Ladung sidonisches Glas für einen Kaufmann des Ortes. Dauert bis Sonnenuntergang.

Gang durch den Ort: mit Monika, die sich in einen jungen Mann mit Schifferkappe und Chlamys verkleidet hat (Gelegenheit die Schenkel beliebig lang zu zeigen). Steile Gassen; Treppen meist; man kann ziemlich hoch steigen.

Gaffen über die Mauer: Hundert Ellen fast senkrecht über dem Stromspiegel. Tauben kreisen klatschend auf. In der Zitadelle langweilte sich die 20-Mann-Besatzung. Bergketten drüben (Doch wieder völlig öde, soweit der Blick reicht) »Und . .« fragte sie; wir gingen. Die Sonne zog sich lauernd zurück. Die Schiffer wollten die ganze Nacht durchfahren (sind keine Riffe hier im Flußbett); obwohl er unerhört reißend fließt, fürchten sie nichts; geht auch unglaublich schnell, die Reise. Zu schnell.

Endlich mal ein Tag nüchtern.

»Oh, ich weiß«: sagte Monika, im Boot liegend, an meiner Schulter: »woran Sie denken: die kleine Hellhaarige am Holzbottich – – ja?!« Ich mußte doch lachen: »Nein« gab ich zurück »das ist nicht das Richtige –«. »Und was ist denn Ihr Typ? – Darf man fragen – – –«; ich sah sie mit verzweifeltem Entschluß an, mitten in ihre Augen; »Oh, doch noch eine Liebeserklärung heute,« sagte sie, schon abwesend, gedehnt und listig; bettete gelassen ihre Haare in meinen Oberarm, und schlief sofort ein. Ich nicht.

17. THARGELION: Ödnis der Landschaft: nicht die erhabene
Glätte des Sandmeers, sondern trostlos störend mit trok-
kenstem Gestein verstellt. Erzeugt Kehrichtgedanken.

Ein verlassenes Dorf schwamm vorbei: (nicht verbrannt
oder so: eben einfach menschenleer). »Das zweite seit
gestern« stellte Hipponax fest »..ich komme nicht als
Zerstörer, sondern als Wiederhersteller der persischen
Großmonarchie...«. Agathyrsus feixte beifällig: »Wie
sich das anhört, nich?! Aber daß er sich zu allernächst
mal auf diesen Thron setzen wollte, das hat er nicht erwähnt, was? – Die klügeren Perser haben das ja sofort
durchschaut; deswegen zerstörten die einheimischen Ma-
gier ja auch auf Konto Alexanders das Grabmal des Kyros, um die nationale Erhebung zu schüren.« »Ja,« sagte
ich: »es bleibt immer ein Wunder, wie er von dem kleinen Mazedonien aus das Riesenreich unterwerfen konnte.
Es war ein Meisterstück der Eroberung.« Sie lachten un-
höflich (auch Hipponax). »Ich will Ihnen sagen, was ein
Meisterstück der Eroberung ist,« erklärte er »dieses
dauert und trägt Früchte, jahrhundertelang, vor allem
politischer und wirtschaftlicher Art: weil es eine neue,
längst vorbereitete, längst fällige Einheit schafft. – Hier
aber ist Folgendes vor sich gegangen: Persien, ein locke-
rer Nationalitätenstaat aus 100 Einzelvölkern, wurde
von einem starken Heere guter Berufssoldaten auf einzelnen dünnen Linien hin und her, meist sieghaft, durchzogen, sorgfältig ausgeraubt, und in einzelnen wichtigen
Plätzen besetzt. Erobert ist das Land ja gar nicht: unzählige Bergvölker, in Kleinasien, – ach überall – sind frei
wie Vögel; viele Einzelfestungen trotzen noch immer:
wer fragt am Indus oder bei den Skythen noch nach Alexander? Überall Partisanen. Das Land ist also nicht ‹orga-

nisch› erobert; zu so einer Unternehmung hätte sich ja
auch ein vernünftiger menschlicher Feldherr niemals verstanden; er hätte den Wahnsinn von vornherein einge-
sehen. Alexander, sich auf Kleinasien beschränkend, wie
Parmenion es ihm bei dem Friedensangebot des Dareios
so dringend empfahl, hätte ein Wohltäter der Menschheit werden können: da hätte er dem Griechentum, grie-
chischer Kultur überhaupt, eine neue wundervoll reiche
Basis stellen können, es für längste Zeit hinaus sieghaft
kräftigend. Nach 200 Jahren dann hätte ein weiser Nachfolger weiter gekonnt. Aber er hat damals schon die richtige Antwort gegeben: er würde dies Angebot annehmen, wenn er Parmenion wäre!! Es handelt sich eben bei
ihm nur um die Befriedigung des Ehrgeizes eines dämo-
nisch Einzelnen, vom Glück wahnsinnig Begünstigten;
bei seinem Tode wird die ganze Seifenblase platzen, und
der wahre chaotische Zustand der Dinge handgreiflich
werden. 10 Staaten, in fürchterlichen Hundertjahrkrämp-
fen ständig Gestalt und Machtverhältnisse wechselnd,
werden entstehen; eine ungeheure Summe von Leid und
Elend –« er brach zitternd ab, drehte mir ein loderndes
Gesicht zu: »Und Mazedonien-Griechenland? – Solche
Unternehmungen können nur um den Preis völliger Zer-
störung der wirtschaftlichen Kraft und des Volksver-
mögens geführt werden, trotz allem Geschwätz dilettie-
render Militärs – Sehen Sie sich doch die Heimat an: das
Land ist verödet, die jungen Männer faulen in den Alex-
anderwüsten; auf den Marktplätzen wuchert Gras; der
Rest geht in den Machtkämpfen der nächsten Jahrzehnte
zugrunde. Griechenland hat seine Rolle ausgespielt, mein
Lieber! Nach ein paar Menschenaltern kommen nur noch
Antiquitätensammler hin; Reisende, die sich in Sparta

Schauturnen ansehen, und aus Athen ein Schulmeister-
lein mitnehmen. – Haha!« er lachte aber nicht, er zitterte
wie eine Flamme; er warf seine Hand breit vor mich hin:
»Zeigen Sie mir die Stelle, wo durch Alexanders Ver-
dienst ein Grashalm mehr wächst: ich kann Ihnen für
jede 100 zeigen, wo nichts mehr gedeiht!!!« Ich wich an
die Bootswand vor dem Geschalle; ich stotterte: »..aber
die Pflanzstädte...« Er lachte wie ein Unsinniger (duzte
mich wieder): »Du bist ein Blitzkerl!! – Hast Du die
Bruchbuden mal gesehen?! – Na, wie hier am Strom ungefähr! So 50 Alexandrias hat er gegründet – nämlich,
wenn wieder mal 1000 Halbinvaliden zusammengekom-
men waren, die seinen Adlerflug unnötig hemmten! In
Palisadendörfer an die Ränder des ‹Reiches› hat er sie
gesteckt, wo sie in 5 Jahren entweder von den Barbaren
umgebracht, oder in 50 selbst welche geworden sind:
aber jeder kriegte 50 Parasangen Wind ums Haus, fürstlich, was?! –«

Schweigen: Monika zählt Gold; viel, ein feines Klingen: sie
rechnete und hielt dabei spitze helle Finger mit spitzen
hellen Fingern. (Keiner achtete auf sie; höflich). »Ja, und
was spielen wir in Babylon?« fragte sie.

Das Repertoire: den fast schon klassischen ‹Sataspes› natürlich; dann ‹Am Brunnen› (ich weiß: ein flaches Tendenz-
stück, welches die Verschmelzungspolitik Alexanders gefällig feiert und darstellt: ein mazedonischer Feldwebel
heiratet zum Schluß ein persisches Bauernmädchen); die
‹Geheimnisse von Aornos›, ein wüster Reißer mit feu-
rigen Geistern, Racheschwertern, Grabgewölben und
unendlichen Schätzen. Und ‹Mädchen unter sich›, eine
Posse für Soldaten; mit unaussprechlichen Schweinereien,
die zur Erhöhung der Wirkung den (äußerlich) kindlich-

sten der Komödiantinnen in den Mund gelegt sind; und worin Monika glänzte. Ich erzählte, um sie abzulenken, die (wahre!) Geschichte von den Schätzen des Sataspes und dem alten Skandal auf Samos; es war ihnen neu, und sie horchten neugierig zu. »Ganz schöne Summe –« sagte Agathyrsus anerkennend und süchtig »–was, Monika? –«, und sie nickte stark lobend, mit gekraustem Mund und anwesenden Augen.

In der Dämmerung: sahen wir einen Feuerschein auf dem Flusse: der schien zu schwimmen. »Is« erklärte der Alte, »– die Asphaltquellen fließen zum Teil ungenützt in den Strom, und junge Schiffer –« (er blickte mißbilligend auf seinen Helfer) »machen zuweilen die Dummheit, die schwimmenden Massen anzuzünden; manchmal brennt das ganze Wasser –«, er murrte noch und wurmisierte ungehalten in seinen Töpfen. »Ja, und was geschieht eigentlich regulär mit dem Zeug?« fragte Monika, die sich wohl zu langweilen anfing, und weit zum Bord hinaushing; »es wird im Babylonischen als Mörtel gebraucht« konnte ich auskunften. Heil der Bildung.

Ich habe viel Einzelnes gelernt, aber zu wenig gedacht.

18. Thargelion: Schon Morgens beim Aufstehen ein unangenehmer brenzlicher Geruch nach der stinkenden Teerschlacke; scharf.

Erst Hügelreihen, dann Bergzüge zur Rechten, steril und zornig gerötet: zieht sich weit, weit nach Westen, das Bergland, erzählt man.

Zur Amphora, zum Krautweinschlauch: diesmal ging ich als der Erste, resolut und erhielt erstaunten Beifall (ich wußte aber, warum ich trank; ich brauchte Mut; ich wollte nun noch mehr wissen!) Wir nahmen unser Quan-

tum, verharrten die obligaten 3 Minuten in beherrsch-
tem Stillschweigen (vielleicht war Hermes an Bord; aber
wohl mehr Bakchos) und ich fragte in die munteren Gesichter, in die scheinenden Augen: »Oh, Ihr, die Ihr Alles
wißt –« (»Hört, hört –« unterbrach Monika triumphierend »ein Schüler des großen Aristoteles – –«; aber Agathyrsus gebot bedeutend Stille: »Der meint Dich gar
nicht: der meint mich!!«). Ich wartete verbissen und forderte dann: »Nun sagt mal, haben denn nicht schon
Manche ihn ermorden wollen – – Philotas –«. »Das lassen Sie sich von Hippo erzählen.« (Also den Kopf sorgfältig zu dem gedreht; da saß er; etwas zu ernst – wir
wollen ihn Ernst nennen.)

Die Verschwörung des Philotas: Unzufriedenheit schon damals im Heere, vor allem viele Offiziere (Gründe sind
bekannt: Proskynesis-Komplex, Neid auf Einschaltung
der Perser, etc., etc.; neu war mir aber, daß Antipater,
als er von der bedenklichen Stimmung der Truppe Kenntnis erhielt, bereits zu jener Zeit ein geheimes Bündnis mit
den Ätoliern gegen Alexander schloß, um nötigenfalls
Gewalt gegen Gewalt setzen zu können). In Drangiana
reifte dann der Plan – »sieben Jahre sinds jetzt« – wurde
durch Zufall verraten, die Verschworenen verhaftet: eine
Unmenge Personen waren schon hinein verwickelt, Generale (Polemon von der Kavallerie; Amyntas, Attalos,
Simmias, alle von der Phalanx). Die eigentliche Triebfeder wurde in Philotas, des Parmenion Sohn, erkannt.
»Mit Recht nebenbei«, setzte Hipponax langsam hinzu.

Parmenion: (er wurde warm). Parmenion, einer der ältesten
und verdientesten Generale schon Philipps, und mit Antipater der angesehenste aller Mazedonier, war schon längere Zeit mit Alexander gespannt. Er mißbilligte aufs

Höchste dessen bodenlose chaotische Eroberungsabsichten; er riet ihm stets zu, die Friedensangebote des Dareios anzunehmen, und das Gewicht seiner Meinung beeinflußte Viele. Bei Arbela hatte Alexander ihm einen faulen Posten in der Schlacht zugeteilt, damit er ihm danach vorwerfen könnte, nicht voll seine Schuldigkeit getan zu haben, »erstens war es eine Hinterlist; zweitens eine Lüge; und drittens hatte er ja früher etwa tausendmal seine ‹Schuldigkeit› und mehr getan – man denke an den Aufstand des Attalos vor 12 Jahren.: Viel zu treu war er!« – Aber Alexander war des Hemmschuhes müde; des Mannes, in dessen Augen er durchaus nicht als unfehlbarer Gott erschien – nun, »der Dank der Könige ist Euch gewiß«. Jedenfalls hatte Zeus' Sohn ihn zur Strafe vom Heere entfernt, d. h. ihn als Statthalter im medischen Ekbatana zurückgelassen (auch ein dorniger Posten, nebenbei). Der greise hochberühmte Mann nun entschloß sich – nach schwerem Kampf mit seinem Pflichtgefühl, Gehorsam – dem Wahnsinn eine Grenze zu setzen: wenn es noch Einer konnte, war er es, denn Antipater war fern. So leitete er denn die Aktion, und setzte, auch hier Ehrenmann bis zur letzten Konsequenz, vor allem seinen eigenen Sohn ein.

Philotas: »Er war natürlich nicht ganz der geeignete Mann« sagte Hipponax gespannt, »stolz; sogar etwas eitel; sprach zuviel.« Er machte eine Handbewegung, die Vieles umschloß. Jedenfalls, um von Philotas ein Geständnis zu erlangen, durch welches auch Parmenion hineinverwickelt werden konnte, ließ Alexander ihn foltern und erlangte auf solche Weise, was er wünschte. Dann rief er das Heer zusammen, geilte es durch Reden auf (»Man denke sich nur, daß man den geliebten Führer, den Abgott seiner Soldaten, ermorden wollte!«) und überließ ihm dann, das Urteil zu sprechen und zu vollziehen. Steinigung. Er selbst weilte diskret im Zelte.

Ich: »Ein rechtliches Bedenken: – welche Zweifel man auch über das Ganze haben kann, so muß man aber doch wohl zugestehen, daß Alexander sich nicht gegen Philotas vergangen hat. Er war durch Zeugen überführt; die rechtlichen Formen waren bei seiner Anklage und Verurteilung nicht verletzt worden; und wenn das gegen ihn erlassene Urteil ungerecht war, so ist deshalb ja nicht Alexander anzuklagen, sondern das Heer, welches dasselbe ausgesprochen hat – oder?« – »..welches dasselbe –« sagte er höhnisch nickend: »Oh, ihr gelehrten Pedanten! –« Er schob sich vor; er brüllte: »Freilich war er durch Zeugen überführt: er hats auch für sich selbst gar nicht geleugnet! Freilich waren die ‹ rechtlichen Formen › eingehalten; sogar das Urteil war ‹gerecht›!! –« »– Aber, Mensch,« er sah sich um, nach dem Blitze: »könnte man mit solch peinlichen Bedenken dann nicht auch Theseus verurteilen, der einem myriadenfachen Mörder in den Weg springt und ihn totschlägt?! – Ein Denkmal hätt' er kriegen müssen!!« –

Nieder Parmenion: »Oh, das ist noch nichts« sagte er, boshaft gestillt. »Alexander wußte: einmal, in wie hohem Ansehen Parmenion beim Heere stand, und dann war ja noch die Möglichkeit, daß jener, sobald er vom Tod des Sohnes und dem Mißlingen des Anschlages erfuhr, die detachierten Truppen an sich ziehen konnte, und das Letzte in offener Feldschlacht gegen Alexander wagen:«, er erhob eine höhnisch nickende Hand: »daher beschloß der große Mann, seinen alten General hinterlistig umbringen – oh, nein: er hatte ja das Geständnis des Sohnes: er verurteilte ihn also bei sich zum Tode. Er schickte einen thrakischen Fürsten und zwei griechische Hauptleute in Eilritten nach Ekbatana; sie waren beauftragt, eine ‹Audienz› zu erbitten. Parmenion, noch nichts ahnend, läßt sie als Kuriere vor sich, und sie ermorden – ach nein: ein Urteil wurde ja nach Eurer Ansicht vollstreckt. Diesmal aber ohne Verhör des Verurteilten! Wohlgemerkt! Und ohne ihn nach der ‹rechtlichen Form› vor dem Heere sprechen zu lassen: das wäre zu gefährlich gewesen! –« Er stieß verächtlich die Nase durch die Luft und wandte sich ab.

Besechana: Stadt am rechten Ufer. »Also sind wir morgen Mittag in Babylon –« sagte Agathyrsus befriedigt, »– warum sie das nebenbei ausgerechnet »Himmelpforten« genannt haben – eher zu allem anderen; bei dem Betrieb da drin.«

Weiße Gewänder in goldgestickter Luft: schallende Hymnen, eine Prozession (es ist ein berühmter Tempel der Atargatis hier). Viel Pauken.

»Ja, und nun erzählen mal Sie, alter Aristoteliker,« sagte Hipponax zwinkernd und wieder jovial, »was Sie von Kallisthenes wissen –« und auch die beiden Anderen rückten näher. »Ja, Sie kommen doch von der Quelle«, meinte Monika, lässig neugierig.

Also schön: (Ich spreche ungern darüber. Ungern!) Aristoteles hatte ihn damals Alexander als – Berater, oder Lehrer – (»Aufseher« unterbrach Hipponax kalt feixend); denn er selbst konnte ja nicht mit: er war zu alt. (»Sein Glück, sonst wär er auch schon weg.«) Kallisthenes war ein steifnackiger ehrlicher Mann, der Allen – auch Alexander – manchmal derb die Wahrheit sagte, und dem Hofe durch seine ewige Sittenlehre nicht wenig beschwerlich fiel. Wie nun Alexander sich allmählich mehr und mehr – orientalisierte (»Paschamanieren und die nichtswürdige Umgebung annahm –«) zeigte K. eine Schärfe und Bitterkeit, daß er jede Gunst völlig verlor. Er trat wohl auch mit den unzufriedenen Generalen in lose Verbindung, und verweigerte eines Tages offen die Proskynesis (». . wird immerhin einigen Beifall gefunden haben!«). Dann die bekannte Rede: erst mußte er bei der Hoftafel eine Eulogie auf Alexander hersagen, und dann machte sich der Monarch den dröhnenden Spaß (»war wohl mehr als das; war wohl auf K.'s Charakter berechnete Herausforderung« brummte Agathyrsus), von ihm auch eine Anklagerede zu verlangen. Kallisthenes, von irgend Etwas fortgerissen, tat das, und zwar mit solcher Wucht und Überzeugung, daß alle Umsitzenden erbleichten (Hipponax nickte mit flammenden Augen: »Ehrlich; aber auch das, was man unvorsichtig nennt. Der hatte Mut: auch ihm ein Denkmal: notier's Agathyrsus« – – weiß Gott, der notierte ernsthaft!) Auch Alexander schwieg eine Zeitlang verlegen; das hatte wohl selbst er nicht mehr erwartet: auf solchen Widerstand zu stoßen! Endlich sagte er mit gezwungenem Lächeln: »das war allerdings wohl mehr eine Probe vom Haß des Kallisthenes, als von seinem Talent.« (»Konnte sich wohl gar nicht vorstellen, daß man im Ernst Einiges gegen ihn haben könnte!«). Nun, er soll dann ein paar Offiziersanwärter für sich und seine Ansichten gewonnen haben; wieder dasselbe Spiel wie beim Philotas: Verrat, Verhaftung, Heeresurteil, Steinigung. Das heißt: Kallisthenes als Nicht-Mazedonier wurde in Ketten gelegt und in engster Haft mit in den Tropen herumgeschleppt, bis er buchstäblich vom Ungeziefer aufgefressen wurde (»So geht es Allön, die nicht an Gott und vor allem seinen Sohn glaubön!« sagte Agathyrsus im leiernden Schülerton).

Und Aristoteles?: »Ja, mit dem ist er seitdem zerfallen« gab ich zu, »wir durften die Namen nicht mehr vor ihm nennen, wenn er sie nicht selbst erwähnte.« (*»Die* Namen, Plural« sagte Hipponax: »also: Beide! Alexander auch!«). »Ja, auch« sagte ich ehrlich; atmete tief. »Aufstand der Intelligenz« murmelte Monika nachdenklich (dem Tarentiner nach).

Pirisabora: Große Stadt am linken Ufer. Aus dem Euphrat beginnen sich viele Kanäle zu ziehen, still fließende. Anlegen an einem schönen Gartengrundstück. Abend; Flieder blüht. Gebadet. (Kurz ihren schmalen mähnigen Bauch gesehen. Mein Herz.)

19. THARGELION: Agathyrsus stritt sich schon halblaut mit den Bootsleuten im Dunkeln; wollte durchaus über Borsippa: »wegen der berühmten geräucherten Fledermäuse – oh, ihr kennt das nur nicht!« schloß er, anklagend; »die Leinwandmanufakturen – ein neues Diploidion für Dich, Moni!« rief er beschwörend; zu mir: »– und die uralte Chaldäer-Universität – Götter, was haben die Manuskripte!« Aber Hipponax stimmte energisch für den kürzesten Weg; auch mich ergriff jene rätselhafte Unruhe des Reisenden, dicht vorm Ziel. Also.

Häuser, Vorstadthäuser: Ratten in den bleiernen Kanälen. Unter Brücken: Monika studierte rasch die letzten Moden: gelbe runde Mützen schienen schick zu sein, und wieder mal Ringe an den Zehen. Sie öffnete sogleich ein Kästchen, wusch die Füße sorgfältig, schnitt mit einem winzigen Bronzemesserchen die Nägel spitz (wobei sie rücksichtlos die Schenkel hob und drehte; so daß ich wü-

164

tend wegsehen mußte); probierte eine Topas-Garnitur; hielt gelben Stoff (»gelb kann ich nicht tragen« sagte sie düster).

Soldaten exerzieren: auf einem großen Feld. Die Legion Baktriana (erklärte Hipponax) unter griechischen Ausbildern: große derbe Perserlümmel aus den Bergen, mit hoher Brust und breiten Stirnen; körperlich eine Auslese (»Alle schwören auf Iskander, wie sie ihn nennen«. Dröhnendes Marschlied: » .. 3 .. 4 ..: Sarissen hoch, die Phalanx dicht geschlossen...«) Andere Kähne um und hinter uns; Schwatzen und Gelächter entstand auf der Wasserscheibe.

Körper: danach sucht man Pferde und Ochsen aus; allenfalls noch Hunderassen (aber Plato nennt die ja Staatshunde!). Robuste Seelen. – Menschen sollte man doch nach dem beurteilen, was eben den Menschen vor den anderen Lebewesen auszeichnet: nach dem Geiste. –

»Ist das Heer nicht völlig verläßlich?« fragte ich Hipponax; der zuckte die Achseln: »Das fragen Sie wohl besser Ihren Onkel. – Die Griechen und Mazedonier halb; d. h. sie sind natürlich vollständig behämmert von seinem Ruhm, seiner Größe etc., aber sie wollen auch immer wieder gestreichelt und den Fremden vorgezogen sein, und meutern deshalb manchmal ein bißchen. Die gezwungenen Werbungen im Peloponnes haben doch auch sehr nachgelassen.« Er sah sich um, murmelte: »Man spricht allgemein davon, daß er sich der Mazedonier, die ihm zu oft gemeutert haben, ganz entledigen wolle. ‹Unzuverlässige und an Auflehnung gewöhnte Truppen› soll er sie neulich genannt haben – bei der letzten Revolte von Opis, damals...« »Deswegen läßt er eben überall große Verbände, einheimische, von verläßlichen Vorgesetzten

einüben . . .« Ich fragte zerstreut: »Ist denn Antipater in Griechenland zuverlässig . .?« Er biß sich in die Unterlippe und lachte so, lautlos.

Bab – ilu: die Großstadt. Mitten zwischen den Riesenhäusern legten wir an, im Frachthafen. (Gondeln der Reichen liegen leicht wie gebogene Mondsicheln, elfenbeinfarbig, mit zinnoberroten Ornamenten am Bug, Paddel von Seidenholz). Die Menschen wimmelten; wirrten mich (ich muß auch zu Aristodemos). Ich lief zu meinen Dreien, ich fragte Monika: »Wo kann ich Euch morgen treffen?« Sie zögerten Alle ein bißchen, aber endlich nickte Sie (ihres Einflusses auf mich sicher): »Kommen Sie gegen Abend zum Zimthändler Eumolpus; hinten am Birs Nimrud –«.

Oh, das Gefrage: (die Lichter brannten schon überall; Einer wies mich aus Höflichkeit sogar falsch). Erst nach zwei Stunden kam ich an ein riesiges Feld, eingehegt, ein unendliches Zeltlager darauf. Die Wache besah mich rasch, gab mir einen Soldaten mit (also raus finde ich mich bestimmt nicht allein!)

Im Zelt: eine Öllampe; ein mittelgroßer breitschultriger Mann; steht von einem Tisch auf.

»Lampon?!« – rief er erfreut. (Jetzt liest er den Brief).

Allein: (Lampe brennt noch, er ist eben draußen). Er sah mich an; freute sich über die Ähnlichkeit mit seinem Bruder. Wir aßen. Dann mußte ich mich schlafen legen (»Mit wem bist Du gereist?« fragte er noch; ich erzählte; er pfiff und nickte; erst zufrieden, dann nachdenklich. – Müde, müde. – Eumolpus.)

Komisch, so still zu liegen; nichts schwankt.

20. THARGELION: Soldatenfrühstück: Brot, Butter, Marmelade; etwas heißer schlechter Wein (aber mit Nelken drin, gut!)

Nachher ging Onkel Aristodemos hinaus zur Offiziersbesprechung; er hat kommende Nacht die Hauptwache im Palast. – Ich darf mitkommen. Ich fragte: »Ist Alexander nicht krank?« Er furchte langsam tief, wie erinnert, die braune Stirn: »Ja, sehr!« sagte er kurz; fragte nach Aristoteles: auch der war kränklich; kein Wunder in dem Alter. Ich mußte ihm von den letzten geographischen Ergebnissen berichten; am meisten interessierte ihn der Periplus des Pytheas von Massilia; er verlangte alle Einzelheiten, die ich noch etwa wußte (und das waren Viele; es ist ja auch äußerst wichtig) »Sieh an«, sagte er, »es ist dort oben also ständig hell – immer Tag und Sonnenschein, wie? Und doch fängt es an zu schneien, je weiter man nördlich kommt? Wie habt ihr das erklärt?« Ich legte ihm eine der neuen Hypothesen vor, und er nickte verständnisvoll: »Also die Sonne umläuft den ruhenden Erdball nicht ständig in der Äquatorialebene (was ja nebenbei schon lange bekannt ist!) sondern etwas oberhalb: daher das Licht. (Erklärt nebenbei dann auch gleich die rätselhafte Nachricht Herodots: ‹die Phönizier hätten bei ihrer Umschiffung Afrikas die Sonne zur Rechten gehabt› !) – Und da ihre Strahlen der Erdkrümmung wegen nur ganz flach auftreffen – etwa wie bei uns am Morgen, wo es ja auch noch hundekalt ist. – Hm. Das wäre dann die Begründung für die Kühle –«. Er dachte einen Augenblick nach, schob den Mund kritisch vor und nickte leise: »Ganz einleuchtend« sagte er dann abschließend, »wir kommen dadurch immer weiter in der Erkenntnis der Mechanik des Weltalls.« Er stand auf und reckte die Arme, fing sich aber gleich wieder in den Hüften: »Tja! Demnach müßte aber – – im Süden ist dann also eine Kappe ständiger Nacht – oder doch tiefer Dämme-

rung!!« Ich nickte anerkennend. Und er schüttelte den
Kopf: »Tolle Einrichtung« sagte er ablehnend; lachte:
»Nun fehlt nur noch ein Mythologe, der uns den Hades
dahin legt.« Er trat zum Zelteingang und sah hinaus:
frischer windiger Morgen, hoch und hellblau. »Hier«
sagte er, ohne sich nach mir umzusehen: »– da drüben ist
Ptolemaios; – der Große; der General, ja. Neben ihm
Eumenes von Kardia.« Sie traten herbei; er salutierte
kurz und straff, aber sicher und gleichmütig (stellte
mich Zivilisten vor); auch unterhielten sie sich lange
mit ihm. Fragten auch wohl mich einmal nach Griechenland.

Er brachte mich zum Lagertor: »Es ist ganz einfach«, sagte
er, »das Ding ist ganz regelrecht angelegt: 5 Hauptstra-
ßen, 5 senkrecht dazu, macht 36 Blocks: die werden von
links nach rechts fortlaufend gezählt: mein Zelt ist in
Block 19; denn ich bin verantwortlich für 19 bis 24. –
Wohin willst Du: Stadt ansehen oder was Besonderes? –«.
»Beides« sagte ich kalt; er belehrte mich noch, wie ich am
besten zum großen Marduktempel käme, den er mir zu
besteigen empfahl: so gewänne man den besten Über-
blick über die Stadt. (Fast alle Soldaten grüßten ihn, und
er dankte jedem; nur einmal hob er zuerst die Hände:
»Amyntas ist der Linke, von den Pionieren. Der Rechte
Zaleukos, der beste Mann der Karten- und Vermessungs-
abteilung. Dahinter Baiton der Bematist, und Diogne-
tos – die ‹Stathmoi› kennst Du?« Ich sah nur noch die
Rücken und die bunten Gewänder. »Zu Zaleukos können
wir demnächst mal gehen –«, meinte er, »Wird ihn interessieren, die Thule-Sache. – Und für Dich sind solche Be-
kanntschaften auch immer nützlich: was willst Du eigentlich mal werden – ? – « aber er winkte selbst wieder ab:

»dazu ist immer noch Zeit. Heut Nacht. – Aber sei kurz
vor dem Dunkelwerden wieder hier; es ist immerhin ein
Stück zu laufen. – Also: chaire!«)

Ungefähr ein Stadion ist er hoch: In acht Absätzen gebaut,
und außen die Treppen herum. Zum Teil gut erhalten;
von zwei Seiten sind sie schon wieder vollständig hoch;
der Steinkern muß, bei einiger Sorgfalt für seine Erhaltung, doch eigentlich unverwüstlich sein.

Können immerhin 1000 Arbeiter sein. Ich gab dem Aufseher ein paar Drachmen, und er ließ mich hinaufsteigen.

Oben; Mittag: prachtvoller Anblick!

Die Stadt ist durch den Fluß in zwei Hälften geteilt; in
der einen ich und der Turm (man beachte die Reihenfolge!), in der andern der königliche Palast.

Breite rechtwinklige Straßen; alle Wohnhäuser meist 3-
und 4-stöckig. (und 5!). Im Südosten, dicht an den Kanälen, unser Zeltlager, aha. Ein paar weiße Wölkchen flossen vom fernen Meer heran (d. h. so fern ist es ja gar
nicht); werde ihn mal nach einem Stadtplan fragen, es ist
doch zu verwirrend (ja auch kein Wunder, bei Einwoh-
nermillionen).

Etwas gegessen: (bin ungeduldig; weiß auch, warum.) Langsam wird es später. Staubig in diesen Großstädten; auf
dem Fluß wars schöner!

Agathyrsus: War noch allein in dem alten Gewölbe. (Ganz
braun in braun, mit klaren Spätlichtern und reinlichen
Schatten. Scheint Geld zu haben, der Eumolpus. Zuerst
tat er ganz albern.). »Schlechte Zeit für Uns! Schlechte
Zeit!« rief er zerstreut; ganz leise: »Alles sucht schon
Trauer raus!«. »Wir sind auf sowas gar nicht eingerich-
tet. Kostümmäßig.«

Ein Mann in extravaganter Kleidung ging vorbei, phan-

tastisch, zum Turmbau: »Eben dieses ist besagter Deinokrates« sagte A., »der mit dem Athos, – ganz recht.
Ausnahmsweise mal nicht mit Löwenhaut & Keule.«

Ganz allgemein: »Merkt denn das Volk so nichts vom Tyrannen?!« fragte ich. »Nein, nein,« antwortete er, »95
Prozent sind wahrhaft für ihn; geblendet vom Theater,
besoffen vom Gedanken der Weltmacht; Jeder will einen
der unzähligen Orden mehr, immer noch eins der Stüf-
chen höher befördert werden. Beim Soldaten muß man
das doch besonders sehen! – Er hat doch wieder einen
neuen Mannschaftsdienstgrad eingeführt: sechs oder sieben sind das allein schon; jeder mit besonderen Abzei-
chen und Vorrechten... Na!«

»I wo!« sagte er, und schüttelte überzeugt den Kopf: »Die
Vernünftigen? Die schweigen oder sterben. – Nein, nein:
von außen kann keine Errettung kommen; denn es gibt
ja keine auch nur annähernd gleichwertige Großmacht
mehr, die ihn militärisch umlegen könnte.« »Also – – ?«
fragte ich radikal. Er sah unbeteiligt in die Straße: »Vielleicht, wenn er mal stirbt...« meinte er endlich gleichgültig: er war zu tief für mich, viel zu erfahren und
überlegen. Gerissen.

Hipponax vor der Schenke: Und Monika; schmal und mäh-
nig. Mein Herz. –

Sie wollen fort nach Alexandrien: Agathyrsus war gleich einverstanden, nachdem H. im Flüsterton das Warum entwickelt hatte. »Richtig« sagte er, »ausgezeichnet und
logisch. – Hat gar keinen Zweck, daß wir hier bleiben.
– – – Richtig!!«

Abschied: Sie wollen gleich packen, und gaben mir die Hand.
Monika kam mit vor die Tür. (Daneben stand riesig,
schon schwarz, der Turmfels).

Der Mond bog sich wie ein kranker verliebter Bleichmund unter Sternenaugen: Mein Herz stampfte an ihre dünne freche Hand: Du, du, du, du, du ...

(Gerannt): »Höchste Zeit« sagte Aristodemos knapp, »geh schon voraus.«

Die Wache: Tram, tram, tram: 250 Mann stark; Argyraspiden; Kammhelme mit dunkelroten Büschen (Oh, ich bin noch atemlos). Feierlicher Postenwechsel: das dauert über eine halbe Stunde; so recht zur Augenweide für die Gaffer, die sich auch jeden Tag reichlich hier einfinden. Führer schreiten gewichtig auf und ab; das langgezogene griechische Kommandowort.

Im Palast: Nebenan zwei große Säle für die Mannschaften (von denen immer 25 gleichzeitig aufziehen, alle Stunden). Hier bin ich mit Aristodemos allein.

Prachtvolle Räume mit geschliffener steinerner Wandbekleidung; Lampen überall.

Er kam; ging nach kurzem Überlegen; kam: »Seit gestern Abend ist er ohne Besinnung. Röchelt. Nur Philippos – der Arzt – bei ihm; und ein halbes Dutzend der Somatophylakes.« »Wird er sterben?« fragte ich beunruhigt; er sah mich durchdringend an; ich murmelte unverständlich hinzu: »... hoffentlich ... «. »Wahrscheinlich –«, antwortete er; setzte sich derb. Wir plauderten.

Wieder hinaus: (er geht zu vorgeschriebenen unregelmäßigen Zeiten die Posten revidieren).

»Ja, der Indienfeldzug – « : er lehnte sich befriedigt zurück (ein Erzählender); »freilich« sagte er, »beim gemeinen Manne wurde durch allerlei Blendwerk geschickt der Anschein des Überkühnen, genial Unvorbereiteten, aufrecht erhalten. – In Wahrheit war natürlich Alles bis ins Kleine organisiert. Der indische König Taxiles hatte ja schon im

Vorjahre eine große Gesandtschaft zu ihm nach Sogdiana geschickt, ihn eingeladen, Hilfe versprochen, vor allem Informatoren jeglicher Art mitgesandt, Ortskundige-Führer-Dolmetscher, über Straßenverhältnisse, Klima etc.; sogar Magazine hatte er für uns anlegen lassen. Das wird Dir mal Zaleukos erklären; die kartographischen Vorarbeiten, und so.«

Die Porusschlacht: »Man hat uns gesagt – d. h. was an Berichten durchkam – sie sei ein Meisterstück der Kriegskunst gewesen: eine der glänzendsten militärischen Leistungen aller Zeiten: der Flußübergang ‹im Angesichte des Feindes› . . .«?

Er lachte grausam, bis ihm die Tränen kamen: »Ja, ja, Lampon« sagte er, »denn wir hatten ja nur 120 000 erstklassig ausgerüstete und jahrelang erprobte sieggewohnte Kerntruppen. Und Porus hastig zusammengeraffte 35 000! Allerdings noch ein paar Dutzend Elefanten: No, das erledigten dann die Bogenschützen und Messerschläger. – Weißt Du, ich habe da so eigentlich mehr den alten Inderfürsten bewundert, der sich für sein Land zum Verzweiflungskampf stellte.« Er winkte schon im Voraus mit der Hand ab: »Spar Dir (und mir) die heroischen Anekdoten; dafür wird Choirilos und seine Trabanten bezahlt (werden, heißt's wohl korrekt): gehaust hat er in Indien wie eine Bestie! – Ach Quatsch: Sicherung des Reiches nach Osten! Größenwahnsinn; nichts weiter!«

Und er erzählte von Massaga, der Hauptstadt des Assakanus: Alexander glaubte den Ort desto sicherer im ersten Anfall bezwingen zu können, da die Inder, welche einen Angriff gewagt hatten, sehr leicht zurückgetrieben worden waren; aber er bezahlte seinen Übermut durch eine Wunde am Fuß, und ein ganz paar Mann Verluste. Selbst die regelmäßige Belagerung brachte keinen Erfolg; auch nicht die Maschinen, der große Holzturm und so weiter. Endlich verlangte ein Teil der Besatzung freien Abzug, der natürlich sofort gewährt wurde, denn nun konnte man hoffen, die Stadt zu erobern. Die Söldnertruppe zog also ab, und lagerte sich dem Heere gegenüber –«, er beugte sich zu mir und sprach mir spöttisch ins Gesicht: »In der Nacht wurden sie auf Alexanders Befehl umzingelt, und nach der tapfersten Gegenwehr mit den Frauen ermordet. 10 000. – Die eigentliche Triebfeder für diese unglaubliche Niederträchtigkeit war lediglich seine Privatrache für die empfangene Wunde, und die Wut, daß man ihm überhaupt so lange zu widerstehen wagte! Das war die ‹neue Ordnung›, die er zu bringen hatte! In Sangala sah ich 17 000 erschlagen, und 70 000 in die Sklaverei getrieben. Eine Stadt der Brachmanen – der einheimischen geistigen Führerschicht – wurde besonders hart behandelt: weil sie von Freiheit und Abfall sprachen, und die Inder gegen ihn ‹aufhetzten›, wie er sich ausdrückte... «

»Oh, das war eine Sache«, sagte er anerkennend: »ja, sie wollten nicht weiter mit! Ein paar Gerüchte waren ausgestreut worden: es ginge »nur noch« wenige Jahre vorwärts; lediglich 14 Könige, jeder mit so 250 000 Mann wären noch zu überwinden. Vor allem viele Generale, von den alten, machten nicht mehr mit. Er tobte, hielt Reden, schmeichelte ihrem Ehrgeiz, ihrer Geldgier, zürnte, entzog sich zwei Tage ihrem Anblick; ich habe ihn damals gesehen; (hatte auch Zeltwache): er saß da wie ein Dämon, trank, mit glühenden Augen, biß sich in die Finger: mir war todklar, daß irgend ein Unheil käme! Am dritten Tage trat er heraus; sprach wieder wohlwol-

lend zum Heere, gewährte die Umkehr, aber er lachte
mir zuviel dabei. – – Augenblick. –«

Er kam wieder herein, bewegte fröstelnd die Schulter: »Frisch
draußen. –« haderte er. Gähnte unwillig: »Für jede durch-
wachte Nacht bloß 10 Drachmen: brauch ich in meinem
ganzen Leben nicht mehr zu arbeiten – !« Gähnte tönend.

»Ja so. – Ja, an der Stelle des Lagers ließ er noch 12 ungeheure Altäre erbauen, und befahl, dabei extra gefer-
tigte gigantische Gerätschaften zurück zu lassen, die nur
zum Gebrauch eines Riesenvolkes dienen konnten: seiner
Meinung nach als Denkmal der Bewunderung für die
spätesten Nachkommen. Für uns war es ein Beweis mehr,
wie es im Hirn eines solchen Menschen aussehen mußte.«

»*Oh, sag das nicht!:* Man kannte genau ihre Schrecken!
Zweimal schon vor ihm war Ähnliches versucht worden;
durch die Unternehmungen der Semiramis und dann des
Kyros, die Beide in denselben Wüsten ihre ganzen Heere
verloren! Außerdem warnten ihn ständig alle Eingeborenen, die wir über die Gegend verhörten; ich war selbst
ein paarmal dabei. Also, das ist keine Erklärung; auch
nicht, daß er das Reich habe nach Süden sichern wollen:
es wußte ja jedes Kind, daß dort unbewohnte und unbe-
wohnbare Wüste, also auch keine militärische Gefahr für
uns war. Nein, nein, nein, nein!«

Er beugte sich wieder näher, runzelte die Stirn: »Er war
seit Jahren verrückt«, sagte er leise und ruhig, »nicht nur
im bildlichen Sinne – auch wohl, ja – vor allem im mora-
lischen. Wie eben jeder Großtyrann wird. Und so sage
ich Dir: ich, Aristodemos des Sophron Sohn: er hatte in
rasender dämonischer Wut den Entschluß gefaßt, sich
des Heeres zu entledigen, welches ihn an der Beherrschung der Gesamtökumene verhindert hatte. – Paß auf!

Das Heer wurde sorgfältig in drei Teile sortiert: Nearchos mit der Flotte erhielt die Zuverlässigsten, d. h. die
Phönizier, Ägypter, Inselgriechen (auch mußten die See-
fahrer für spätere Landungsunternehmen geschont werden); Krateros mit den vielleicht noch brauchbaren Leuten zog im Norden ab. Er selbst, um die Vernichtung der
Hauptmasse zu garantieren, und sich gottsöhnlich der
Rache zu freuen, führte die Todgeweihten ins Sandmeer!
Und wie wir gingen: Du machst Dir keinen Begriff davon, was an Beute geklaut worden war! Was einzelne
Generale für wahnsinnige Satrapenmanieren angenommen hatten!! Perdikkas und Krateros, die Sportler, ließen sich auch jetzt noch Sand und Matten auf Wagen
nachführen, genug um acht Stadien im Quadrat damit
bedecken zu können!!«

Tritte draußen: Eine große Gestalt; fast fett, majestätisch,
ganz goldbetreßt. Knappe Meldung: er legte A. begütigend die Hand auf die Schulter; meine Gegenwart wurde
erklärt. »Oh, schlecht, schlecht« sagte er sorgenvoll
(Alexander meinte er); ging wogend ab.

»Leonnatos« sagte er kurz: »das war auch so einer: Der
und Meleagros: ständig hatten sie Stellnetze bei sich, daß
man einen Raum von fünf Wegstunden zur Jagd damit
umstellen konnte. Mußt Dir mal vorstellen: fünf Stunden! –« Er lachte trocken: »Einmal wurde er zurückgelassen, um Lebensmittel für die Flotte zu requirieren.
Traf ein Fischernest von sieben Hütten, nannte es auf der
Stelle ‹ Alexandreia ›, befahl durch den Dolmetscher den
40 Insassen, sich künftig so zu bezeichnen! – Spaß gabs
schon manchmal; ist aber typisch für die ganze Richtung.«

Die große Wüste: »Durst. Häufig traf man Myrrhenbäume

von schönerem Wuchse, mit reichlicheren Ausschwitzungen ihres kostbaren Harzes versehen, als irgendwo. Durst. Eine dornige zähe Ranke erregte Aufmerksamkeit – wird Dich interessieren – : unzerreißbar, selbst für mehrere Männer, aber ganz leicht zu zerschneiden, mit dem elendesten 2-Drachmen-Messer. Durst. Hier und da duftende Stauden; Wohlgeruch ging nächtens über den Sand, unsichtbar auch ungehört.« (Gewand aus Zimtduft; Schuhe aus Nelkenbaumholz fiel mir ein: für Monika).

»Ja,« sagte er: »Durst. Der Marsch ging durchschnittlich 500 Stadien von der Küste, erreichte sie aber oft. Einmal füllte sich eine leere Felsschlucht mit donnerndem Wasser, strudelte schäumte eine Stunde lang, war wieder leer: tolles Land. – Bald kam der Durst wieder.«

Die Ichthyophagen: Ihre Körper waren zottig, die Nägel unbeschnitten, so daß sie mit ihnen Fische fangen und spießen konnten. Zur Kleidung diente ihnen wohl die Haut eines großen Fisches; meist waren sie nackend, Mann und Weib; die Vermischung wie bei den Tieren des Waldes, jedes Weib für jeden Mann gemeinschaftlich. Einzelne Haufen lebten in Buchten, deren Rücken und Seiten durch senkrechte Felswände unzugänglich waren: Die Vorderseite schloß das offene Meer. Beim Werden der Dinge muß die Natur sie als Erdentsprossene an dieser Stelle haben entstehen lassen. Geheimnisvoll. – Hier saßen sie, ohne irgend ein Werkzeug zu ihrer Selbsterhaltung oder Bequemlichkeit zu haben, und warteten kummerlos auf das Geschenk der Natur, mit der einzigen Anstrengung, daß sie vor die engen Eingänge der Vertiefungen an der Küste Steinreihen legten. Die täglich zweimal erscheinende Flut füllte die Becken, und ließ beim

Abflusse durch die Steine Fische und Seegetier stummer Art zurück. Nun eilte der freudige Haufe zur Beute; warf die kleineren Fische zur Seite auf eine Felsplatte in die Sonne; gegen die großen kämpften sie mit Steinen und schweren Fischknochen. Nach einiger Zeit wurden die halbgaren Fische auf den Steinen umgewandt, endlich beim Schwanze genommen und geschüttelt; das mürbe Fleisch fiel ab, wurde auf dem glatten Gestein mit den zerstoßenen Muscheln, Quallen, zu einem Teig durchgeknetet, und gemeinschaftlich, ohne alle Teilung verzehrt: jeder holte sich von der Masse, so viel er zu essen imstande war. Vier Tage währte gewöhnlich die Schmauserei; erst am fünften kam ihnen das Bedürfnis zu trinken. Mühsam in Gemeinschaft klomm der ganze Haufe in den Klüften und suchte nach Vertiefungen im Gestein, wo etwa ein Niederschlag sich finden mochte. Auf alle Viere hingestreckt schlürfte nun jedermann, so viel der Körper zu fassen vermochte. Schwerfällig machte sich die Horde auf den Rückweg, verdünstete, einen Tag lang liegend, die übermäßige Wassermasse: dann begann abermals der Fischschmaus; und so verging ihnen die Lebenszeit ohne irgend ein weiteres Geschäft, ohne Sorge und Teilnahme für alle menschlichen Angelegenheiten.

Er machte eine Handbewegung, hob die Brauen: »Frag nicht, wie wir marschierten! Nur bei Nacht noch, nebenbei. Die aufgefangenen Wegweiser wußten natürlich auch keine Straße mehr.« Er fuhr mit der Faust ums Gesicht, gähnte wieder (brutal offen, nebenbei; dachte gar nicht daran die Hand vorzuhalten!) »Etwa ein Viertel des Heeres war jedenfalls am Ende noch übrig. – Und nun wurde gesoffen: die Tausende torkelten buchstäblich die Landstraße entlang! Alexander selbst fuhr auf einem

goldenen Wagen als Dionysos-Gott; auf den lustvoll lä-
chelnden Hephaistion gestützt. – – Wer das gesehen hat,
mein Lieber, dem langt es. Und was vorher und nachher war.«

Geht gegen Morgen: Seine Feldherrngröße. Er rümpfte die
Nase: »Na, na! Unerhörtes Glück hat er gehabt, und un-
fähige Gegner. Einer z. B., der ihn durchaus hätte stoppen können – Memnon von Rhodos – starb unvermutet,
und wurde außerdem noch als Ausländer stets durch das
mißtrauische Perserkabinett gehemmt. Antipater und
Parmenion konnten dasselbe.« Er hielt mir die Hand wie
zur Wette hin: »Stell einen fähigen Mann – meinetwegen
Eumenes von Kardia – an die Spitze guter, meinethalben
nur asiatischer Truppen, und Du wirst auch mal Mazedonier laufen sehen. Dann entscheidet nur noch der Zufall.« Er wurde nachdenklich; er fragte leiser: »Antipater
hat, wie ich hörte, schon mit den Ätoliern abgeschlossen?
Hm! Sicher ist sicher. Wird das ein Gewürge geben; ge-
nerationenlang.« Er sann; blies Verachtung: »Die meisten
sind nur Wölfe, die sich Throne erräubern wollen; Recht
hat Keiner – oder auch nur eine Art von Ideal.«

Jemand rief herein: »Wache!« Er schwang den Kammhelm
auf, ging rasch hinaus. Wieder kam er mit Augengefun-
kel: »Es geht zu Ende!« sagte er hastig. »Gleich.« Ich
richtete mich am Tische auf: »Ist es ganz sicher?« flüsterte
ich flehend halbunsinnig, » – bestimmt keine Rettung – ! !«
Er strich ihn mit der Hand: »Nichts da! Aristoteles hat
meisterhaft dosiert.« Er lachte kurz, daß ich ihn so an-
glotzte: »Wußtest Du das nicht? Kommst doch von ihm:
– ein alter Fuchs!! – Er hat das vergiftete Wasser an
Antipater gegeben, der an seinen Sohn Kassandros, und
der hat ihm vor genau acht Tagen den Becher hinein-

praktiziert. War genau berechnet. Er stirbt unter Fieber-
erscheinungen; durch immer tiefere Ohnmachten unter-
brochen.«

Schritte; Viele Schritte. Viele: Geräusch in den inneren Ge-
mächern. Die Marschälle kommen heraus: sechs, acht,
zwölf: »Alexander ist tot!!« (Entfernen sich armschwen-
kend, zankend: schon! Und ich war gekommen, einen
Heroen zu sehen!).

Einer (Offizier) löste uns ab: Aristodemos reckte sich; über-
gab die Geschäfte. Sprachen von Postenstärke. Sie murmelten. Ernst; wie es Männern geziemt.

Wollen ein Frühbad zur Erfrischung nehmen.

Ich trat ans Kanalufer: gelb und morgengrün floß das Wasser. Die Sonne quoll rostig aus dem bißchen Schilf. Ich
sah gedankenlos hinüber, fröstelnd. Leer war ich; schmal
und sinnlos. Aristodemos trocknete sich breit ab. (Schamlos, dieses Soldatenvolk!). Er blies Wasser aus der krausen Nase. Nieste;: »Prost, Onkel!«. »Jaja.«

KOSMAS
ODER VOM BERGE DES NORDENS

Verdreht hoch sehen: noch rutschte ein grober Kalkbrocken
in fettem Wolkenschlick. Graue Wimmel däuten. Wind
rieselte überall (= Säusel maulten). Also weiter schlafen.
Weiter träumen! : Tagelang gerudert (aber ohne Anhalts-
punkt: ob man vorwärts kommt! Auch der Wolkendeckel
war gleichmäßig dunkelgrau, dhu glas, so daß ich wahrscheinlich viel im Kreise herumfuhr; sicher: rechts zieht
man unwillkürlich kräftiger durch : würde ich also weite
Linkszirkel machen.) / Eine leere Büchse im Boot, gedankenlos blinkend; ein flaches Spruchband lief um ‹ $3/5$ Ge-
nie; $2/5$ Angabe› : ist wohl bei Allen so. (Auch absolut
richtig! : selbst fehlende Vollkommenheiten erheucheln,
damit der Abstand noch eindrucksvoller wird!). Eine
Schreibtafel, Herstellerfirma Laodikeia: ob sie thrakisch
kann? Ich versuchte vorsichtig, und es kam heraus ‹Den-
dritisch. Silberbaum. Arbor Dianae.› / Meine Ruder
schwammen faul nebenher. Meine. Mir fiel ein, wie der
Kahn wohl heißen mochte. Sicher nicht ‹Phobos & Dei-
mos› oder sonst was Pathetisches, das war für Aischylos
Zeiten gut; ich tippte auf ne Nummer, feldgrau vielleicht
und zweistellig. Träge außen entlang spähen: ? – : ? – :
Nichts! 'türlich. (Nur links war ein abgescheuerter Fleck,
als habe da mal was gestanden). / Und erstarrte in cha-
grinlederner Haut: ein Ungeheuer; stadienweit! Hundert
Fuß hoher schornsteiniger Hals (mit langem schlappem
Hautjabot); bleckende Zähne im riesig-wammigen Pfer-

dekopf (über dem ein schraubiges Stoßhorn wipfelte). Es beobachtete lange das mißmutige Meer um sich, die rasierspiegligen Augen drehten sich achsenfaul (während ich Treibgut kein Ruder regte). / Es rüttelte von unten am Kahn; – ; und ich erwartete, kalt, jeden Augenblick, in einen Rachen einzulaufen: – – na? – – jetzt! – – – : nichts. (Nur einmal noch klopfte es warnend, gemessen, 4 Mal, genau unter mir, am Afterrohr, das sich mündig krampfte. Intressant). / Durst: Flasche noch halbvoll (‹schon halbleer› lehnte ich ab; kostete aber doch vorsichtig und ekel das Meer: ? – nee! Nich zu machen! Das übliche grausame Gemisch von Bittersalzen; ausschütten, ‹$^3/_5$ Genius›, Nicken). / Kompliziert austreten: ich knaupelte ein bißchen am Weichen Kühlen; schlug den Kopf auf dem Bord aus: zu kalt. (Haut wieder drüber und weg: zu kalt!). / Unterhaltung mit der Sirene: nur Kopf (mit silbernem Kamm) und Hals. (War aufgetaucht). »Du bist hübsch.« entschied sie. »Du auch!« beeilte ich mich, und sie rümpfte befriedigt die Nase: »Na?« und: »Fühl ma!«. Ihre Haut war allerdings wie ganz zartes Sandpapier, aber nicht unangenehm, und ich sagte das sofort: »Wenn Du überall so wärst – – «. »Ja: wenn!.....« knurrte sie tief (seelöwig) und erbittert (beruhigte sich aber bald wieder). Nur: aus dem bleiigen Wasser tauchten 2 furchtbare Krallenfäuste auf, klafterbreit rot, mit blauen Dolchreihen besetzt. Und hakten sich gelinde über meinen Rand. (Besser schweigen). / »Oh, Sturm, nein!« (schwören also bei Stürmen). / »Wir bedeuten natürlich Böses« (gelangweilt): »aber später erst!« fügte sie beruhigend hinzu, »so in 3, 4 Tagen.« / »Willstu ihn sehen?« : 10 Schritte fern der drachige Rochenschwanz mit dem Giftstachel. Und er kam, periskopen, ja, bis zum

Bord. Ich neigte mich über das harte Dreirohr Daumes-
dick: spitz geschliffen am knochigen Ende, beinerne Nadel (»Nich anfassen!«); der wankende Pfeil verschwand,
und wir sahen uns wieder trauriger an. / (»Dorthin: –
Tschüs!«) und ich bewegte mich infusorig, mit flimmern-
dem Ruderkranz, fort von ihr, im Wimpernkahn, die mir
atlantisch nachsah. (Dann bis an die Nüstern einsank; ihr
Haar wurde breit um die Kalotte; der letzte Ruck:! und
das schwere Wasser schwappte einige Dällen dort). /
Dünner kalter Regen: ich ließ die Decke immer durch-
weichen, und drückte sie dann in die Flasche aus. (Aber
ehe die wieder trocknet! Würde nachts ganz schön unangenehm werden!). / (Einen Kahn voller Schnee fahren:
müßte auch son Vergnügen sein. Oder noch besser: ganz
dünn verschneit, körnig, daß sich gefrorenes Holz, grau
durch Glasur, zeigen kann: zum Zerkratzen schön. Und
ne papierdünne Eisschicht auf dem Wasser? ? – : ne, iss zu
knittrig!). / (Endlich die von ihr versprochenen Frost-
inseln), und ich raufte mich unwillig an dem Silbergefie-
der weiter, durch rasselnde Schilfgänge. Ein weißer Käfer, münzengroß, erstarrte zu Mimikry, und ich versah
ihn mit der Aufschrift ‹PEYO› (kein Platz mehr. Aber
von unten sah er gemein aus; die übliche Schale wim-
melnder weißer Beine). / Ein leiser Wind, und manchmal
strichen Schneeflocken vorbei. Auch die Schreibtafel gab
keinen Trost mehr. (Ganz grade sitzen! . .)

Noch grade liegen: Kaumlicht. (Also Hypalampuses Heme-
ras).

Der Hof: füllte sich mit Schallspuren: Tritte zogen knopfige
Reihen. Am Fenster vorbei. Gäule rammten Prallbündel
aufs Pflaster. (Quieke hoppelten; Rufe pendelten drüber
weg).

Rasch draußen umsehen: das Jammerbild des Mondes, Einer
der verdrossen am Eierkopf hängt, mikrokephal, schlot-
terte durch Wolkenschlafröcke; genickschüssig.

Schweigend frühstücken (Wir beten weder zu alten noch zu
neuen Göttern. Eutokios schon im Schafspelz; mein Vater
besorgt und abstrakt wie immer).

»Also gehst Du nachher rüber, Lykophron – – « und ich
mußte gleich meinen Zweig vorzeigen: Nußdatteln, vorschriftsmäßig abwechselnd mit Gold- und Silberschaum
überzogen. »Gut.« – »Daß er ausgerechnet persönlich
da sein muß, ist ja nun *einmal* peinlich!« vertraute mein
Vater uns wiederum an, und wir grunzten nur: haben
wir gestern schon oft genug erwähnt!

»Ja, ‹ *Celsitudo* › ist wohl die präzise Anrede – – Gott, er ist
nun mal Comes domorum per Thraciam.« »Ein Kerl mit
Witwentröstermanieren!« sagte Eutokios scharf: »Paß
bloß auf, daß sie nicht etwa die Pest haben, und deswegen aus der Stadt weg mußten; in Pelusium sollen
schon wieder 100 Fälle sein!«

Allein mit Eutokios (Das Blauauge des Himmels, rotgeädert,
ohne Pupille). (Nächsten Monat wird er 70; ich schenk
ihm eine Arbeit über Entfernungsmessung auf Wasser-
flächen von Hochpunkten aus). Er rieb an den mageren
Händen, machte den Mund enger, und variierte arg mit
allen Gesichtszügen: »Mach nur rasch, daß wir nachher
noch am Apollonius weiter arbeiten können! — Schriftsteller sollte man nie persönlich kennen!« fügte er noch
grollend hinzu (wer weiß, an wen er diesmal speziell
dachte; aber Recht wird er schon haben: er hat fast immer Recht!).

»Ja – also geh ich jetzt!«

Am eisengrauen Morgen der Rostfleck der Sonne. Kühe

quakten. Ein nackter Baum, dem Schweiß auf allen ver-
renkten Negergliedern stand. (Menschen haben weiße
Knochen, Bäume schwarze, manche Fische grüne; Quallen gar keine).

Haschischne Büsche kauern im Weg (hager schon, spitzglied-
rig); anstoßen: ? – –: rührten sich nicht. (Doch; der hier:
seine Zweige zischten und schlugen schwache grüne Flossen nach mir. Am Boden, schön ringsherum, Küchen-
schelle, Fallkraut, Arnoglosson, Erdgalle, Bilsen).

Ist ja immerhin eine gute halbe Stunde! (und die Sonne
grinste hunnisch aus ihrem Halstuch von rotem Wolken-
schaum).

Endlich um die Biegung: aus dem Tor lugte nach einer Zeit
der alte Villicus. »Na, Amiantos?!« Er stammelte sofort
einen Archipel von Entschuldigungen, während er mich
an den Flüchen der Hunde entlang geleitete. (Im Innen-
hof immer noch einzelne schwere Reisewagen – »– vor-
gestern angekommen –« – hauchte er. Karren, Sänften,
eine dralle Karosse).

Er sah vorsichtig über seine dicke Schulter (wie Sklaven eben
tun müssen) : »Abaskische Eunuchen hat er mitgebracht:
Thlibiae; Pueri minuti; Meretrices die schwere Menge :
‹ Gefleckte Sklaven › möcht' er züchten; durch Kreuzung
mit Äthiopiern!« »Jaja: Offizialen auch«. »Die Tochter
auch: *und* n Hauslehrer!«

Er zeigte auf die paar noch wartenden Pächter, meist rohe
Odrysen. Auch der Atrienses Beryllos, so Einer mit m
Gesichtswinkel von 50 Grad, trieb sich neugierig im
Hintergrund rum, und grinste unverschämt, als er mich
sah. Die Fensterscheiben hatten sie auch schon überall
drin. »Ja, ich muß jetzt weiter Rationen ausgeben: Ent-
schuldigt . . .« und ich sah ihm gedankenlos nach, wie er

hinüber schlürfte und jedem Sklaven den Blechnapf mit seinem Demensum füllte. (Mehl, Feigen, Oliven, Essig, Wein, gabs heute. Und die Reihe war endlos).

Portieren mit Stangen und Ringen an den Innentüren. Ich sah zu, daß ich Letzter wurde, und die Pächter machten mir höflich Platz. (Von drinnen die gewölbte Stimme des Nomenclators, der dem Patron die Namen der Besucher zurief).

Hoch auf dem thronartigen Solium, und winkte uns leutselig entgegen: so sieht also n lebendiger Finanzmann aus!

Anatolios von Berytos: na, 60 war er bestimmt. Weiß und fett. Kahl und gepflegt. (Im Raum noch mehr besetzte Lehnstühle, deren einer, drüben, auch eine fromme abgerundete Stimme von sich gab).

Ich trat hinzu (Verneigung nicht vergessen!), legte meinen Zierast auf den Haufen der anderen, und wünschte dem Herrn Celsitudo Glück, langes Leben (im Zuchthaus), undsoweiterundsoweiter (ist ja gar nicht mein Herr! : wegen den 100 Heredien Wiese, die wir noch von früher gepachtet haben! – Na, egal, ist ja gleich Schluß!) :

also ein letztes klangvolles ‹Salve› (und der Nomenclator nuschelte noch immer: hoffentlich dankt der Alte bald, und dann ab durch die Mitte!).

»Aber nicht doch! – – –« : und schon schritt er leutselig die 3 Stufen herunter, geübt entfaltete Rednerhände: » – der Sohn des clarissimus Marcellus?! : Aber das wäre doch *so* nicht nötig gewesen! — « (aber ‹nötig› doch irgendwie, eh?!). »Also das hier ist Lykophron.« »Ja sicher: der Sohn unseres Nachbars!« (die Anderen versuchten verbindlich auszusehen, als wüßten sie nun Alles : so ein Schwätzer!).

»Dies unser allgemein verehrter Gabriel von Thisoa: — — «
(artig verneigen, der Hauspfaff scheinbar. Vielleicht
gleichzeitig der Lehrer auch). –
» *— und hier meine Tochter Agraule :* — — «

Ein dunkles Haar hing um ihr Gesicht. Bleich, chloros, spitz-
nasig, mit schwarzen Blicken (Menschenaugen bilden
eigentlich Unendlichkeitszeichen; hier eine starre Formel).
Jung noch. (Das heißt also zwischen 14 und 25; kann man
bei diesen Stadtdämchen nicht gleich entscheiden).

(Aber hübscher Name: ‹Agraule› : ‹au› betont; dann noch
ein langes helles ‹e›. Da war auch die Einladung zum
Essen – muß ich ja leider wohl annehmen. Wir lächelten
also sehr).

Und schon gings in die intimeren Innenräume (ehrtmich-
ehrtmich! – Im Vorraum fröstelte der übliche Wintergott:
langes feuchtes Haar, zu den Füßen die umgestürzte
Amphora mit Hagel und Schloßen; in den ausgestreckten
Armen — »Sanktus Januarius« erläuterte Gabriel gefällig,
der meinen Blick wohl registriert hatte: tatsächlich! :
hatten sie ihm nicht ein — natürlich viel zu plumpes —
Kreuz reingesteckt? ! Bei uns ist es noch sinnvoll eine
Wildgans, die ihm eben daraus zu entkommen strebt! —
Aber immer höflich: also: »Ah!«).

Umeinander herumsitzen (und in regelmäßigen Abständen
verbindlich die Zähne zeigen) –

»Jahrichtich! : ganz da drüben am Meer––« und er (Anatolios) nickte verträumt, steuerbegünstigend, »hinter Gräben und Lagunen, jaa. – – Und da haben wir noch dies
alte ‹Wasserrecht› — — « (er sprach das Wort so welt-
fremd aus, als habe er dergleichen noch nie vernommen,
und ergötze sich nun kindlich an dem gravitätischen
Klang: dabei ist er der gerissenste Jurist und Finanz-

experte von Orient und Illyricum zusammen!) : »und
dürfen auch durch einen Teil des Grundstücks gehen.
Reiten, fahren, uns tragen lassen: sogar Vieh hindurch-
treiben — — « (also wußte er die geringsten Einzelheiten;
und lächelte noch vergnügt, dann erwachend): »Wie groß
ist Euer Gut eigentlich?«

»3 *Salti*, 1 Centurie, 22 Heredien, 2 Jugera. Und so weiter«
(was soll ich diesen Fremden alle Uncien und Siciliquien
aufzählen? Das Gelächter schallte ohnehin schon, dreifach und affig!). »Wir haben es selbst vermessen« erläuterte ich (zu?) kalt: »dazu noch 40 Stadien Strandlinie:
rund!« (1 Saltus ist Wald; geht Euch nichts an).

Aber Anatolios war schon weltmännisch am Ausbessern:
»Der geborene Agrimensor!« rühmte er verbindlich: »Du
entschuldigst uns Laien, ja?! – Ä – Du bist das einzige
Kind?« Ja. »Darf ich fragen: wie alt?« 20. (Rund: Ihr
wollt ja Alles rund!).

»*Weißt Du*, wie groß unser Gut hier ist?«. »6 Salti« antwortete ich abweisend; und er nickte nachdenklich (in
Wirklichkeit sinds genau $6^1/_2$; aber es widerstrebte mir
ohnehin . . .).

Er schnalzte mit den Fingern, ein Actor trat ein (die Kasse
unterm Arm), und Anatolios bat uns, entsetzt wie nur je
ein Gastgeber, um 2 Minuten: ! . Ließ sich auch sogleich
Akten und Täfelchen reichen (Zitronenholz und Elfenbein, fürstlich gemischt) – begann sodann lebhaft und
offen, ganz Landedelmann der nichts zu verbergen hat,
zu diktieren: »Also: ‹Im 15. Jahre des Kaisers . .›« (und
wir sahen Alle höflich weg).

Die große Schlafvase: halb schwarze Figuren auf rotem, die
andere Seite rote auf schwarzem Grund: wunderbare alte
Arbeit:

ein Jüngling mit verschränkten Armen; nachdenklich; den
Mohnstengel in der Hand; an einen Fichtenstamm ge-
lehnt; zu den Füßen Heimliche: Eidechse und Kaninchen;
einen schlummernden Schmetterling im Haar. / Hinten
die Nacht selbst: eine Mütze über den Kopf gezogen;
(sonst Telesphoroskostüm); ein Finger am Ohr; auf dem
leichten Diebesschuh ein Steinkauz. (Die oben am Rand
eingelassenen Kameen waren aber geschmacklos, und
sicherlich neue Zutat. Zumindest paßten sie nicht).

3 Tintenfäßchen standen vor ihm: gewöhnliches schwarzes
Atramentum; aber auch das grüne Batracheion; und rotes
Kinnabaris: Kaisertinte (darf also gewisse Schriftstücke
im Namen Justinians selbst unterzeichnen! Klar: ist ja sein
Hauptfinanzmanager!–Aber hier heißt es vorsichtig sein!!).

Gold klinkerte: alles dicke Solidi (und die bleichen Augen
lagen noch lange danach auf dem Tisch herum).

»Hattet Ihr nich auch mal n Bischof in Eurer Familie?«
fragte er tiefsinnig. »Um Gotteswillen!« und das kam
doch so spontan, daß selbst Gabriel sich verkniffen zu-
lächelte: »Neinein: nur immer Mathematiker, ein Comes
formarum, Architekten. Auch Ärzte: mütterlicherseits
sind wir entfernt mit Alexander von Tralles verwandt!«
(Aber keine Propheten oder so! Waren Alles einfache
ehrliche Leute gewesen!).

»Aach, richtig: richtig!!« (und schien aus irgendeinem un-
erfindlichen Grunde tief befriedigt. Dann ließen sie ihre
Reisebibliotheken kommen: wollten mich demnach er-
drücken mit all dem Glanz).

Dennoch riß es mir die Augen auf: die beiden großen flachen Zederntruhen. Und sogar noch mit einem gefächer-
ten Einsatz zum Herausnehmen! Ehrerbietig: »Schön!«
(und er zwinkerte belustigt ob meines kleinen Lobes).

»*Ja in Gabriels unerbittlichen Augen* bin ich natürlich auch
nur ein sündlich-törichtes Wesen«, erläuterte er behaglich : , : , : , : Rollen und moderne flache Codices. Alle mit
Zedernöl eingerieben, gegen Käferfraß. (Purpurfutterale
meist. Die Schlußzylinder grundsätzlich Elfenbein: die
müssen schon Geld haben!).

Der Synekdemos des Hierokles, der ‹ Reisegefährte durch
Thrakien › lag obenauf; ist ja verständlich.

Dichter: viel Neuere: Christodoros, Leontios, Paulus Silen-
tiarius; (allerdings auch die blödsinnige Ilias des Nestor
von Laranda, der in jedem Gesange den betreffenden
Buchstaben des Alphabets nicht verwendet). Dann die
Crème vornehmer Neuplatoniker, die ganze Goldene
Kette.

»*Ja das ist meine große Leidenschaft!*« vertraute er mir mit
zärtlichen Augen: alle Geoponiker: Virgil, Columella,
Palladius, Cassianus Bassus, sämtliche Halieutiker; sogar
die Veterinärabhandlungen des Apsyrtus von Prusa!
(Solche giebts! Zumal unter Großstädtern, die sich durch
dergleichen eine Art Naturersatz schaffen. Er kam mir
menschlich etwas näher).

»*Oh, den möcht ich ma lesen!*« : denn davon hatte ich schon
viel gehört, von den 9 Büchern Briefe des Sidonius Apol-
linaris. (»Tus doch: bitte!« lud er sofort ein. – Neenee!).

–»*Oh die Lumpen!* – Du entschuldigst schon, Gabriel!«
denn der Ianitor war hereingestürzt mit der Meldung,
daß die beiden ‹ Studenten ›, die vorhin Traktätchen ver-
kaufen wollten, soeben beim Wäscheklauen erwischt worden seien: ?! – : »Also Jedem 20 hinten vor!« entschied
Anatolios rasch: »aber scharfe: wenn Ihr bei 15 erst zu
zählen anfangt, schadets nicht. – Und dann auf die Straße
führen lassen. – «

Aber jetzt öffnete der göttliche Gabriel seine Lade (und mitleidig lächelnd dazu. Na, ich bin ja neugierig: ‹Das ist
was für Dich›, hatte Anatolios gar gnädig gesagt!) :

Kirchenväter: Ambrosius, Laktantius, Augustinus. (Also bis
jetzt noch nicht!) :

Des Zacharias Scholastikos Buch gegen die Ewigkeit der
Schöpfung. Über die Pflichten eines christlichen Regen-
ten. Metaphrasten genug. (Also immer noch nichts für
mich. Aber man müßte tatsächlich näher an einer Groß-
bibliothek wohnen; Alexandreia hat 700 000, Byzanz
300 000 Bände: das sind eben Vorzüge des Stadtlebens.
Allerdings so ziemlich die einzigen!).

‹*Über die Festtage* des christlichen Jahres› und ‹Von den
Himmelszeichen› : aha, das war der Bube aus Philadel-
phia, über den Eutokios immer seine Witze riß. (Aber
saubere Abbildungen; sieh an!).

»*Bei wem hast Du eigentlich* Mathematik gelernt? Von Deinem Vater, ja?«. »Bei Eutokios von Askalon« antwortete ich mechanisch (war noch beim Blättern. Sahs dann
aber doch: –)

Was heißt das?!: die beiden Globen zuckten einander zu,
wie an Schnüren gezogen! (Und ich wurde sofort hell-
wach und argwöhnisch: ‹Traue nie einem Christen!› war
ja immer noch ein Sprichwort. Diese Agraule hielt mir
ein gelbes unbewegliches Gesichszweieck hin).

»*Ach!*« (und die Priesterstimme klang falsch genug nach der
Pause): »lebt Eutokios denn noch?!«.

(*Jetzt schnell denken:* irgendwas war also ein Fehler von
mir gewesen; Blättern nochmal, als ob man nichts gehört
hätte, hoffentlich wirkts nicht zu unecht: , : aber nun war
ich doch ganz ärgerlich und kalt, als ich in die runden
Augen dort treuherzte):

193

»Ich hoffe es –« sagte ich so nachdrücklich und kunstvoll besorgt. (Hoff es auch *noch!* : kann ihm ja inzwischen was
passiert sein! Und er schlug sofort zu: »Du weißt es also
nicht genau?!« : »Nein!« – hab ihn ja schließlich 2 Stunden lang nicht gesehen; aufrichtig: »Nein!«).

»Bei dem hast Du also auch Dein Persisch gelernt! – Er hatte
ja damals die beste Gelegenheit, sich zu vervollkomm-
nen!« (und das freche Schwein grinste noch dazu! »Ja, er
ist ein großer Mann!« giftig und bestätigend, als hätte er
dasselbe gesagt!).

(Es ist aber das: im zweiten Jahr seiner Regierung schloß
der bigotte Justinian endgültig die letzte Akademie zu
Athen! – Nein, kein Ausrufungszeichen: Punkt! Ich will
sachlich sein! – 7 Dozenten hatte sie damals noch: Dio-
genes, Hermias, Eutalios, Priscian, Damaskios, Isidor,
Simplikios: sämtlich dem Christentum abhold, emigrier-
ten sie nach Persien, zum großen Chosrau Nuschirwan,
dem Beschützer der Wissenschaften; der ihnen dann auch,
*in einem besonderen Artikel seines Friedensvertrages mit
Ostrom,* die gefahrlose Rückkehr in die Heimat ermög-
lichte. Sie endeten ihr Leben in Frieden und Dunkel-
heit. – Unter den vielen Intellektuellen, die, gewarnt
durch dies Beispiel der Athener Sieben, damals massen-
weise dem geistigen Terror der neuen Religion aus-
wichen, war auch Eutokios gewesen – und nicht mit in
jene spätere Amnestie eingeschlossen: darauf spielte also
der Giaur an!).

»Oh nein! : das gesamte Gebiet: einschließlich Kegelschnitte, Evoluten und Diophantische Gleichungen!« (also
höchste Mathematik). Worauf er zahnig überlegen von
‹Eitelkeiten› murmelte. »Leider braucht man derlei
Eitelkeiten in meinem Beruf« teilte ich ihm trocken mit

(und Anatolios schien sich gottvoll zu amüsieren. – Diophantische Gleichungen ‹Eitelkeiten› zu nennen: dabei
ist es wahrscheinlich ein Weg zur Funktionentheorie,
einem ganz neuen Zweig unserer Wissenschaft!).

Aber hier solchen Mist las er scheinbar begierig: und ich
rümpfte formvoll die Nase auf die Weltchronik des Ioan-
nes Malala: in barbarischem Dialekt geschrieben, vom
engstirnigsten und spießbürgerlichsten Mönchsstand-
punkt aus, ohne solide Kenntnisse und historisch-kriti-
schen Sinn: »nie weiß er, welches von 2 gleichzeitigen
Zeugnissen mehr gilt, und warum! – Da ist Prokopios
von Kaisareia doch ein anderer Mann!« (und dagegen
darf er nicht mal was Besonderes äußern, denn Prokopios, als Sekretär Belisars, gilt augenblicklich mal wieder
viel bei Hofe!).

»*'türlich*« sagte er denn auch nur verkniffen (ohne auf den
vorliegenden Fall näher einzugehen): »bedauerlicherweise ist es bei der sich so nennenden Intelligenz zum
Teil ja noch heutzutage schick, den ewigen Wahrheiten
gegenüber eine kühle Haltung einzunehmen: Gott wird
sie schon strafen! – Aber –« und er verzog triumphierend den glatten Predigermund: »ein *kleines* Stückchen
sind wir den Herren Naturwissenschaftlern schon doch
noch voraus: – – « griff kurzsichtig in seinem Kasten
herum, öffnete ein besonderes Ehrenfach, und hob sorgfältig einen dicken Band heraus, auf dem in Purpurbuch-
staben zu lesen stand ‹Kosma Aigyptiu Monachu Christianike Topographia› : er hielt ihn mit ausgestrecktem
Arm von sich ab, und besah ihn entzückt und ehrerbietig : !

(‹Christianike Topographia›?! : allein der Titel ist ja ein
Ding für sich: ungefähr, als wenn ich ‹Thrakische Ma-

thematik› schreiben wollte! Aber dergleichen ist ja typisch für die ganze Richtung: das muß ich heute Abend sofort Eutokios erzählen! – – Ja? : ach, der Cellarius rief zu Tisch, endlich).

Anatolios schlug sogleich das große silberne Acetabulum mit dem Stäbchen an (‹Der Ton des Erzes ist die Stimme des innewohnenden Dämons›); im Laufschritt kamen Dienerschaft und Hauskapelle an; die Tafel deckte sich wie von selber; der Progeustes kostete graziös (und nach dem Takte der Musik) vor. – (Und da huschte auch noch ein Viertes auf den leeren Platz halb hinter den Hausherrn:

die Meretrix vom Dienst: groß und wohlgebaut; einen Gitterkamm in der gelben Lockenwoge; getuschte Augenbrauen; am Halse das unvermeidliche Splenium: ein winziger schwarzer Pfeil, der mitten in den sehenswerten Busen zeigte. Korallenarmband und goldbronzierte Fingernägel. Das Parfüm scheinbar Krokuswasser, was Anatolios nebenbei während der Mahlzeit noch mehrfach zusätzlich im Raum zerstäuben ließ. »Na, mein Thesaurus?!« bemerkte er tadelnd über die Schulter – wohl wegen der Verspätung).

»Jaja: sogar ich plane schon, ein statistisches Handbuch über Hämimontus zusammenzustellen – –« seufzte er kokett: »vor lauter Langeweile – –« (dabei ist er erst den dritten Tag hier. Will also länger bleiben?). Drüben griff Agraule mit Stöckelfingern in den Salat; löffelte in einem Ei: husch, schoß ein sehr schwarzer Blick her. (»Nicht so viel Salz –« murmelte die Buhlerin unterwürfig ihren Rat: gefährdet nämlich angeblich die Keuschheit; sie muß es ja wissen!).

Stolz brachte der Cellarius jetzt eigenhändig die Seebarben herein: noch lebend, in einem großen gläsernen Behälter;

wies sie im Kreise herum: – , – und gab die Tiere dann
den Frauen (die größte verlangte der Gourmand Anatolios!), die sie in ihren Händen sterben ließen, um sich an
dem prachtvollen Farbenspiel zu ergötzen. Sofort nach
erfolgtem Tode schoß er damit wieder in die Küche –
und kaum 5 Minuten später wurde das köstliche Fleisch
aufgetragen. (»Ne gespaltene Zunge müßte man haben,
wie ne Schlange: die leckerhaften Tiere können die Freu-
den des Mahles doppelt genießen!« seufzte Anatolios;
steckte einen Amethyst an den Finger, und soff dann wie
Bacchus persönlich).

Hände abspülen und am Tischtuch abtrocknen: Gabriel zog
sich den Gesundheitszahnstocher aus Mastixholz (Mono-
gramm am Silbergriff!) aus dem Mundloch, und versetzte (noch immer einmal mit der Zunge nachbohrend):
»Zur Hälfte erst!« und zu mir: »eine kleine Abhandlung
über die Menschenopfer der Paganen . . . «

Achilles: opfert dem Schatten des Patroklos 12 Troerjüng-
linge. / Depontani: zur Zeit der römischen Republik
wurde, wer unnütze 60 war, von der Brücke in den Tiber
geworfen. / Julius Cäsar läßt 2 Menschen auf dem Mars-
felde opfern. / Noch Augustus nach der Eroberung von
Perusia 300 Besiegte feierlich schlachten. / Undsoweiter:
Christenverfolgungen! – (Er bohrte und lächelte mit ver-
nichtender Güte, seiner Sache sicher; und ich senkte erst
den Kopf, was er befriedigt beobachtete. Während Anatolios sich von seiner Konkubine die abschließende Dosis
Hippomanes, getrocknet und pulverisiert, reichen ließ. –
Dann begann gar noch eine hitzige Debatte über Blasen-
steinzerstückelung; wie es bei defekten Alten untereinander scheinbar unerläßlich ist).

Während langsam die Lichter erloschen tat sich in der **Wand**

ein Vorhang auf (war schon ein reizendes kleines Privat-
theater!). Hübsche Buschkulissen, zwischen denen Pan-
tomimen den Epilenios aufführten (wo alle bei Weinlese
und Mostkeltern vorkommenden Arbeiten dargestellt
werden) : die Frauen natürlich so nackt wie möglich. Die
Männer in Masken; vor allem der Hapalos in vortreff-
licher Charakterisierung. Ein Gewitter zog zierlich auf,
wobei Bärlappmehl und Bronteion nicht geschont wurden (und immer dazwischen die Biographie des Großen
Blasensteins vom 4. Juni 541!).

»*Ist freilich nicht* mit Theodora und Chrysomatto zu vergleichen« schloß Anatolios behaglich: »aber mir gefällts!«
Herausfordernd. Und ich nickte ihm zu Gefallen so lange,
bis er befriedigt schien.

»– *Alte Leute!* – – –« bat er unwiderstehlich: »aber während
wir ein Stündchen ruhen, muß Dir Agraule noch Haus
und Hof zeigen : !« Sie erhob sich mager und engelstill:
»Der Wille meines Vaters ist mir Gesetz« sagte sie leise.
»Nanu?! : das wär' aber auch das erste Mal!« rief Anatolios so perplex, daß wir Alle feixen mußten, auch das
fromme Töchterlein blitzschnell einmal, während wir gewandt aus der Tür schlüpften.

Aufatmen! (Draußen in der Halle. Prachtvoll die Treppen
und Wände: meergrüner Marmor aus Karystos, weißer
mit breiten schwarzen Adern, die riesige Säule im Zen-
trum hell mit feuerroten Flecken). Schon kam sie wieder,
hatte nur rasch eine Palla umgeworfen. (Ah: auch andere
Schuhe. Mit Flügeln hinten, um den Eindruck des schwe-
benden Ganges noch zu erhöhen).

»*Du bist 20?* : Ich werd bald 17.« sagte sie genäschig, »bin
sogar an einem Schalttag geboren!« (herausfordernd; wo
sie doch genau weiß, daß das für fatidik gilt!).

»*Persisch hab ich auch gelernt:* – falls man ma n Perser heiratet; man weiß ja nie!« (selbstbewußt. Gewiß, es kommt
vor: Chosrau hat auch eine Christin unter seinen Neben-
frauen). Aber Thrakisch konnte sie doch nicht. »Wozu
wohl auch?« fragte sie geringschätzig: »auf m Land mag
mans ja brauchen können« achselzuckend: »für die Bauern
und so . . .«

»*Und wenn Du nun nach Thrakien* heiratest?« (Galant, was?!
Aber sie blieb unerschütterlich: »Dann lern ichs noch.«)

Ein Riesenarmarium, mit Citrus furniert, Prunkgefäße darin.
Alte merkwürdige Waffen. »Intressiert Dich son Zeugs?«
fragte sie neugierig, und musterte mich immer wieder
flink (bis ichs zurücktat, und wir Beide lachen mußten).
»Eines der Badezimmer –« (Selbstredend mit Dampfhei-
zung und Dusche; das kreisrunde Labarium hatte mindestens 10 Schuh Durchmesser. »So raffiniert ist es bei uns
freilich nicht«, gab ich gutmütig zu, »aber Wasserspülung
haben wir auch!«).

Und so weiter (mindestens 50 Räume hat die Villa allein!).

Sie zog einen dreizahnigen Schlüssel: irgendwo aus sich heraus; aber ich hielt sie erst noch an, und wir besahen gemeinsam die eingelegte Schilderei der Tür: eine luftige
Gestalt in einem weißen (über einem schwarzen! : toll
gemacht!!) Gewande; dunkle Fittiche – und natürlich
wieder das Kreuz: einfach außen auf die Hand geklebt!
»Ein Schutzengel« half sie mir flink; aber ich wehrte entrüstet mit dem Kopf: »Sieh doch ma genau hin – da!«
und da entdeckte auch sie das ursprüngliche ebenhölzerne
Füllhorn: »das war mal ein Morpheus, Du! – Also so
eine Geschmacklosigkeit!!« (Aber sie hob nur gleichmütig
die dünnen Achseln: »Na wenn schon – –: das sind meine
Zimmer : !«).

Meine Zimmer: (ein kokettes Biest!): Erst die Garderobe: ein großer rahmenloser Silberspiegel zum Verschieben. Die Schränke unordentlich offen. Schuhreihen: Sandalen aus feinem grünem Filz mit dicken Korksohlen (um größer zu wirken); sogar weiße Hetärenschuhe. (Eine kleine rundliche Frau mit kecken Augen; also die Dienerin-Amme).

»*Wonach riechst Du eigentlich so gut?!*« : sie lächelte geschmeichelt und führte mich zum Toilettentisch: »Hier! — heißt ‹Kinnamomum›. Kostet enormes Geld: Comito hat mirs geschenkt!«. »Ja ganz recht: die Schwester der Kaiserin; die, die den Dux von Armenia geheiratet hat. — Theodora verwendets selbst gern.« und sie ließ mich nochmals an dem Büchschen schnuppern; interessant!

Aber sonst lag Alles wild durcheinander: ein Trilinum von Perlen. Eine Kalamis zum Haare brennen. (»Mach das bloß nicht!« und sie nickte mir anerkennend entgegen). Ein Tympanum. Alte etruskische Bronzetropfen als Ohrgehänge; Myrthensalbe zur Handpflege; Daktylien und Sphragide. (Auch ein Strophium; und sie beobachtete boshaft und gespannt, wie ich wider Willen so rot wurde).

»*Darf ich ma?* — « : und sie las natürlich die Äthiopika; den Achilles Tatius; ‹Hisminias und Hismine›. »Ja, ich habe gesehen!« (als sie mir auch gefällig die erotischen Briefe des Aristainetos herauswühlte; während sie ohne Eile mit dem Fuß einen wunderbar gearbeiteten erzenen Nachttopf unter den Schrank schob).

Von allen Seiten: Gold-Gründe, aus denen Heilige orthodox und verlegen grinsten. (Lag aber nur an der fromm-primitiven Technik der herrschenden Malerschule; dennoch wirkte die grundlose Heiterkeit dieser Leute — zudem alle von eiserner Familienähnlichkeit, wie eineiige Hundert-

linge – deswegen nicht weniger befremdend: die beten
sich nu untereinander an!).

»*Schöne Bilder, nich?!*« (langsam und prüfend). Wir sahen
uns kurz an : ? – Tja, was soll man da sagen? Vielleicht
knapp: »Viele.« Und sie nickte gewichtig: Viele!

»*Hier schlaf ich: – *« : und wies mit verrucht spitzem Finger
auf das flache bunte Nest. Die vergoldete Ecke. Ein run-
der Teppichklecks: violett. Pantoffeln züngelten. (Und
der Finger zeigte unerbittlich: ! – – bis sie meinen Atem
hörte und befriedigt hm schnurrte. »Na, komm!«).

Wieder vor ihrer Tür (»Also mach bloß dies Kreuz runter!«: »Na hör ma...« erwiderte sie sparsam entrüstet).
Gleich gegenüber wieder die Säulenriesin, die von unten
bis oben durchs ganze Haus ging: »Das ist aber ein
Ding! : muß doch ein unerhörtes Gewicht haben! – Du,
das würde mich interessieren: hat der Baumeister für die
nicht ein extra Fundament legen müssen?«. Sie sah mich
eigentümlich, fast betroffen, an, blieb aber stumm und
entschloß sich nur zu ein paar spöttischen Angelikon-
schritten (weiß es also nicht. Keinerlei Ernst bei diesen
verzogenen Früchtchen).

»*Es stinkt aber!* – Na, wenns Dich durchaus intressiert? – –«
meinte sie zweifelnd, stieß naserümpfend die Tür auf,
und ich beugte mich erregt über die großen flachen
Tische : ? – –: »Ja, das sind Maulbeerblätter« mußte ich
enttäuscht sagen (sah wirklich zuerst nicht viel mehr;
war zu ungeübt). »Ist es denn nun wirklich eine Spinnen-
art?« : »M, m: es ist *ganz* anders! : Kuck ma hier: ! «
und nun sah auch ich die winzigen Würmchen, da und
da. »Einer muß sie Tag und Nacht füttern. Und ganz
trocken muß es dazu sein: dann verpuppen sie sich – wie
unsre Schmetterlinge ja wohl auch.« (Was heißt hier

‹wohl› ? : »Hast Du noch keine gesehen?« aber die Do-
zierende trommelte ungeduldig mit den Hacken): »und
das Gespinst des Kokons ergiebt dann eben die Seiden-
fäden!« und sah mich abschließend an, à la ‹hat sonst
noch jemand eine Frage?›.

»*Na isochrysos* ist sie jedenfalls nicht mehr. — Immerhin
müssen — theoretischtheoretisch« (fügte sie begütigend
hinzu) »80 Prozent der Rohseidenernte abgeliefert werden: Verordnung von Papa« und sie wies mit dem Kopf
in ein geistiges Hinterland. »Wenn Du etwa n paar Eier
haben willst — ? : Ich zeigs Dir — « (ganz Großmut: gelt,
Ackermann, da staunste? !).

»2 *nestorianische Mönche* haben die ersten mitgebracht: via
Persien, in ihren hohlen Wanderstäben. — — No — ungefähr 6, 8 Jahre werdens sein«.

Draußen zwischen mächtigen Scheunengestalten (auch die
Fructuarien meist massiv; aber so ein ganz leichter Hauch
von Verlotterung über Allem. Aus der Leutekranken-
stube kam wichtig ein Arztsklave geschritten, knickte jedoch ein und floß schneller fürbaß, als ihn der kalte Blick
der jungen Herrin scheuchte). — »Das ist meiner!« (ein
zweirädriger hoher Luxuskarren, exzellent gefedert, er
wippte beim bloßen Anfassen): »dazu weiße Maultiere
und vergoldetes Geschirr. Eure Bauernstraßen hier sind
doch *so* dreckig: da müssen die Räder so hoch sein, meine
Freundinnen haben mirs geraten.«

»*Laß doch* den armen Kerl in Ruhe!« : denn sie wollte eben
einen Stein für den armen Gecko aufklauben, der sich an
der Mauer sonnte. »Gabriel sagt: ‹sie wären so boshaft,
daß sie nach der Häutung ihre Haut selbst auffräßen,
nur damit solch herrliche Arznei für die fallende Sucht
dem Menschen nicht zuteil werde› ! « und sah mich er-

wartungsvoll an. »Bei uns sind sie als Fliegenfänger be-
dienstet. – Glaub doch nicht all den frommen Unsinn!«
aber sie wiegte sich, sehr zweifelnd: Gott bleibt Gott,
mein Lieber!

Auf den Steinplatten zuckten sie um ihre Buxbaumkreisel,
rissen Peitschergebärden hoch, kleine Schreie nadelten
blitzschnell die Luft; erstarrten im Gaffen, als sie uns
sahen, riefen sich gassenjungig zu, huschten ab: Beide in-
fibuliert, Knabe und Mädchen. Zehnjährig etwa; Pueri
minuti; Ratten. »Oikotribes« sagte sie mißbilligendent-
schuldigend, als sie meine Entrüstung bemerkte: »Die
nehmen sich immer mehr raus. – Wir haben Viele: Ihr
auch?« (Ich mußte Eine zugeben. »Von meinem Vater«).

Da waren sie wieder, atemlos, und präsentierten uns mit
höhnischen Affengrimassen das flache Lederetui: ich
wischte sie mit der üblichen Handschwenkung fort; aber
schon hatte der Junge grinsend den Deckel geöffnet:
Olisben! : vom fingerschmalen biegsamen Stäbchen an,
bis zum künstlich aufgerauhten rotledernen Oktodakty-
los! Zog ich den Arm also weiter nach hinten durch, und
hieb dem Frechling eine solche Ohrfeige, daß er umfiel
und mit offenem Maul reglos liegen blieb (während das
quieke Mädchen schon rannte). »Das war recht!« sagte
Agraule, zutiefst befriedigt: »endlich ma!«

»*Gehörten* nebenbei der Dicken drinnen.« (Soso).

Lieber die seltene schwarzhaarige Hyazinthe im Treibhaus;
auch rote und weiße Leirien blühten hier noch. Levkojen.
Granatbäume in Kübeln ...

Ein stechender Schmerz neben mir: so hing die Wespe am
Handgelenk und fraß mich wütend (während der Gärt-
ner Entschuldigungen stotterte, und sie mich erschüttert
hinauszog: »Ochdu! ! «).

203

»Hierher Thymos! : Kommstuhierher!« denn der mitge-
brachte byzantiner Windhund hatte den alten vierschrö-
tigen Molosser herausgefordert, kriegte natürlich unmenschlich Prügel (obwohl Parpax auch schon blutete!)
und wurde nun – obwohl völlig grundlos – bemitleidet:
»Oh, das sag ich Pappa: erschossen wird das Biest! ! «
(erregt). »Du: wenn Du das tust! ! – « : »Was *dann? :
Was* dann? ! « hetzte sie giftig, aber ich hatte mich schon
wieder gefangen: »Du wirst es also nicht tun.« entschied
ich: »versprichst Du s?«. »Denk gar nich dran!« maulte sie
noch empört, kam aber doch wieder näher, und murrte
nur noch ab und zu (streckte ihm auch, während ich »Guter Parpax!« und streichelte, die Zunge raus. Mir fiel ein:
»Hast Du eigentlich schon mal so einen Seidenschmetter-
ling gesehen?« : »Denk gar nich dran!«). –

Mitten im Garten ein großes Bassin: Rettungsringe und
Schwimmgürtel, dick aus Binsen geflochten. »Viel zu kalt
jetz: Kannstu schwimmen?« Ich lächelte nur rechts:
»Während eines Bulgareneinfalls bin ich mal in voller
Montur mitten durch den Delkos geschwommen. Sep-
tember wars dazu noch.« (Sie sah so verständnislos aus,
daß ich ihr erst erklären mußte, was das sei, wo, und wie
groß der See wäre: »Ihr parfümiert natürlich das Wasser – und träumt vor- und nachher auf dem Hemiky-
klion« : »Ja sicher!«.)

Ballspielen im Sphairisterion: die weißen Höfe waren von
ihrer schmächtigen Stimme besessen: »Ich bin Basi-
leiaaa! ! ! « (Also ich wieder der Onos; aber bei der Phai-
ninda macht es tatsächlich das tägliche Training: sie gab
den raffiniertesten Effet, den ich noch gesehen hatte! –
Auch ein bißchen Trigon mit der Aya, die aber gleich
wieder ging).

Urania: die Luft um uns war voller Hände und Gelächter. Sie schnellte lang hoch, hing einen Augenblick am Ball, und sah – zumal mit ihren Talarien – aus, als wolle sie mit ihm davon fliegen! »Bin ich denn ein Engel in Deinen Augen?« (kokett); aber ich lehnte verstockt ab: Kenn ich nich! : »Eher wie ne Nymphe«. : »Waren die hübsch?« : »Na, so hübsch wie Eure Engel auch noch!« : »Was heißt hier ‹Eure› ? : seid Ihr etwa verkappte Paganen? !« (Also Distanz wieder!).

»*Das kennst Du auch nicht?* – Ihr wißt auch gar wenig!« (abschätzig); aber ich war zu sehr über das gepolsterte Kistchen gebeugt, in dem die neuen Tiere lagen, 3 große und 3 ganz kleine. »Nö, größer werden die nich mehr!« ; sie nahm Eins heraus, ordnete die Gliederchen in ihrem Arm, schmeichelte ihm übers Fell (und innen im Tier begann es eigentümlich zu surren, während es grüne Augen halb zuschlitzte, und behaglich ein Pfötchen öffnete: sieh da: ein Krallenfächerchen erschien!).

»*Und die sind besser als Wiesel?*« : »Viel besser!« erwiderte sie nachdrücklich, «der Villicus sagte erst gestern wieder: er wüßte bald nicht mehr, wie ne Maus aussieht!« – »Und ‹Katzen› nennt ihr sie – ?« : »M, m: sind noch ganz selten! – Das heißt: in Byzanz haben wir auch noch 2: schneeweiße. – Die kriegen viel Junge: frag ma Pappa; vielleicht kannst Du gar ne Große haben.« –

»*Aach das Landleben!* – « und gerührt die kahle Kugel nach links (zitierte auch schwärmerisch den Pastor Corydon, der sich einen schönen Hering briet. Hinter den Beiden der Leibsklave mit 2 Klappstühlchen: trug der alte Salonthrakier nicht genagelte Sandalen? ! Aber mit Goldzwecken! ! ‹Ach das Landleben› ! – Und Agraule sollte angeblich so tierlieb sein, daß sie noch den Schatten einer

Mücke beerdigen möchte? Vorhin hatt' ich eigentlich nicht den Eindruck).

Aber der Spitzmausgarten! ! : (mal abgesehen von dem penetranten Moschusgeruch zwischen den Nußbüschen) : balgten sich, gefräßig zwitschernd, mit einer Eidechse um ein großes Insekt. Duellanten kugelten im Schatten. 6 Kleine hatten sich in die Schwänze gebissen, und so tappte die Reihe vorsichtig hinter der führenden Mutter zur Tränke (schlucken wie Vögelchen!). »Sie sind sonst lichtscheuer. Aber das Wetter wird wohl schön; da kommen sie raus – « er lockte huldvoll mit Haselkernen und griff sich eine Handvoll Samtpelzchen: besonders im Licht irisierten sie wie der Purpurreif auf Eierpflaumen; vom lebhaftesten Rotbraun zum glänzendsten Schwarz. – (Dann noch die Schneckenbeete mit der Sprühanlage drüber; wer Geld hat, kanns machen!).

»*Wir* haben ein großes Nessotropheion: Vater ist Spezialist für Entenzucht.« und er lauschte gespannt, nickte, mit eingezogener Unterlippe, nach Einzelheiten, nickte: »Cha *das* sollte man auch haben!« (eigentlich hätte ich ihn nun wohl gleich einladen müssen; aber ich wollte doch lieber erst zu Hause fragen . . .).

Heimweg: und Wolken von Wolken verfolgt. Ein Flug Rebhühner rauschte aus dem Acker. Die klobige Dämmerung; Mischling von Tag und Nacht. (Und das Mehlsüppchen würde mir baß tun nach all den Leckereien; auch dieser sonderbaren ‹Katze› hier, die sich angstvoll-ruhig im Korb tragen ließ).

Hinter grauem Wolkenrost das stille Abendfeuer: na, Algedonas ophtalmon sind sie Alle nicht! Und ab morgen soll ich an diesem ‹Kosmas-Kursus› teilnehmen? : Agraule habe es ohnehin eben im Unterricht, hatten

sie gesagt: das fehlt mir noch in meine Sammlung! !
Die Hoflaterne, gelb, pflichtete mir brav bei; die Linde
beugte sich rasselnd über mich.

»Na? ? « – – –

»Ja und warum sind sie eigentlich hier? ! « (Die Katze war
schon auf dem Heuboden zur Ruhe gebracht worden
– natürlich zuerst mal aus ihrem Korb entflohen – nachdem ich dem Obermelker eingeschärft hatte, dem kostbaren Tier morgens und abends ein pralles Schälchen Milch
an diese Stelle zu setzen). »Ich kanns nicht sagen: aber ich
frag morgen gleich die Kleine!« ; er kniff das große Grei-
sengesicht zusammen und schob lange am Kiefer: »Die
Kleine? – ach, die Tochter – « erklärte er sich dann abwesend.

»Ach was! Ihr denkt immer noch viel zu gut von den Brü-
dern!« (und dann ging Eutokios wieder mal los, gegen
Thron und Altar: Lassen sich Kittel schneidern, in denen
sie aussehen wollen wie Gott. Oder zumindest wies
Schicksal. / Sprechen in einem Ton, etwa zwischen dem
Winseln eines Bettlers und dem Zuschnappen einer Stahl-
falle. / Das muß ein schlechter Kerl sein, der erst durchs
Christentum gut wird! / Wer christliche Schriften liest,
hat so viel Zeit verloren, wie er darauf verwendet. / Haben sie immer noch nicht ausreichend nachgewiesen, daß
ein Nichtgläubiger auch ein Nichtswürdiger sein müsse?).

»Ja selbstverständlich mußt Du sie morgen *wieder* einladen« (mein Vater, während Eutokios auf seinem Stuhl
zischte).

»Laß Dich ja nicht von der Finanzhyäne beeindrucken: selbst
die Räuber nennen ihn ‹Räuber› ! / Der ist genau wie
sein Kaiser: habsüchtig, geil, von niedriger Pfiffigkeit,
gemüts- und gewissenlos! / Justinians Vorgänger? :
konnte weder lesen noch schreiben! Unterzeichnete ver-

mittels einer durchbrochenen Schablone: wobei man ihm *noch* die Hand führen mußte! ! : Bildung bei Hofe! / Der Schwiegervater war tatsächlich Bärenwärter bei den Prasini; und was die Kaiserin war, weißte ja selber!« (Eutokios).

»*Gabriel von Thisoa?! «* : da bog er sich und wurde lang und dünn. Pfiff rostig. (Auch mein Vater war ganz blaß geworden). »Hast Du erwähnt, daß ich hier bei Euch wohne?« und ich berichtete kurz: Beide schüttelten trotzdem besorgt: es gefiel ihnen gar nicht!

»*Jaja, wir kennen uns.*« (trockenes Gelächter) : »noch von der Schule her.« (War der also auch schon 70? Der sah aber viel jünger aus – naja: Pfaffen haben keine Probleme, regelmäßiges Leben ohne Nahrungssorgen; das macht viel).

Vorm Fenster der Wulst der Nacht; die Lichter gingen eins nach dem anderen aus (wir verlöschen sie nie): »Über heidnische Menschenopfer schreibt er grade? : Hättest ihm Hypatia entgegenhalten sollen, die vor 100 Jahren auf Anstiften des Fanatikers Cyrillus vom christlichen Pöbel in Alexandrien gesteinigt wurde. Oder Sopater von Apamea, den Konstantin ausdrücklich als Heiden hinrichten ließ. Die ewigen Ketzergesetze. Oder gefragt, ob die Vandalen vor oder nach ihrer Bekehrung greulicher gehaust haben.«

»*Ach Christenverfolgungenchristenverfolgungen! :* das hatte fast immer andere als religiöse Gründe. Die Alten kannten noch keine Gesetze gegen anders *Denkende:* das zu erfinden blieb seiner Kirche vorbehalten! Wohl aber gab es welche, worin alle Zusammenrottungen, und besonders nächtliche, bei schwerer Strafe untersagt waren: ‹ Si quis in urbe coitus nocturnus agitaverit . . .› : darauf hielt die Polizei, und mit vollem Recht; und wenn die Christen das übertraten, wurden sie eben bestraft: *nicht wegen ihres Christentums, sondern als verbotene Untergrundbewegung, mit dem offen eingestandenen Zweck der Weltrevolution!* – Außerdem war ihre Hartnäckigkeit gerade hierin nicht im geringsten begründet – durch ihre Evangelien, oder so; da heißt es ja ungefähr: ‹Wo ihrer 2 oder 3 in meinem Namen versammelt sind....›. Aber selbst *wären* solche nächtlichen Hetärien ihnen vorgeschrieben gewesen, hätten sie ja nur offiziell beim Magistrat um Erlaubnis dafür einzukommen brauchen: das hatten z. B. auch die Juden tun müssen, und prompt für ihren Gottesdienst Befreiung erhalten! : aber die Christen *wollten* stänkern! Sie wollten nicht *Duldung für ihre Religion* – die hätten sie durch einen einzigen Antrag erreicht! – sondern die *Weltherrschaft*, die sie natürlich geschickt als ‹Das Reich Gottes› darzustellen wußten!«

»*Nee mein Junge:* wer die Erde als Scheibe ansieht, *weil* eine 1000 Jahre alte verworrene Chronik das verlangt, mit dem gibt es keine Verständigungsmöglichkeit! Schon *daß* man an das Vorhandensein eines von Gott diktierten unfehlbaren Schmökers glaubt, zieht eben den Strich! Unfehlbar ist nichts, und Gott schon gleich gar nicht: die traurige Beschaffenheit einer Welt, deren lebende Wesen dadurch bestehen, daß sie einander auffressen, ist wohl nur im Witzblatt als das Meisterstück kombinierter Allmacht, -weisheit und -güte zu bezeichnen!«

»*Siehstu: auch das ist typisch!* Aber es hat den ungewollten Vorteil, daß der Wissende den Inhalt sofort an der Überschrift kennt: mach Dir getrost Notizen von seiner ‹Christlichen Topographie› ; ich hab früher schon davon gehört; aber als geschlossenes System tritt es wohl zum ersten Mal auf. Bereite Dich nur auf knollige Hypothesen vor: bestimmt ist die Sonne lediglich als Leuchte für Mutter Erde erschaffen; da darf er freilich nicht wissen, daß ihr weniger als 1 Milliardstel der Gesamtstrahlung zugute kommt!« kicherte; aber faltete doch nervös an den Händen.

Draußen: Mond in einem Ringwall von Wolken; verrenkte Lichtglieder lagen überall; der Wind riß aus wie ein Hengst.

Drinnen: hörte ich meinen Vater fragen: »Ob wir etwa das gesamte Gesinde informieren? : Niemandem zu sagen, daß Du hier bist?« : »Um keinen Preis! *Das* machte erst Aufsehen!«. Pause. »Auswandern müßte man können; aber wohin? Wenn England noch Britannien wäre! – Jetzt bleibt wieder nur Persien.« Und ich lauschte entsetzt: *mein Lehrer! ! :* Soll ich ihn wegen Denendadrüben verlieren? ! Die Hauswände blähten sich vor; ein graues Licht; zogen sich wieder zurück.

» ‹ *Ich* › *? :* das ist, wenn man erst mal 40 war, nur noch ein Sortiment von Schrullen und schlechten Gewohnheiten. – Ja, geh schlafen, Lyko: 'nachtmeinjunge!«

Traurig und lächerlich zugleich: ein Mensch der betet! : Soweit wirds mit mir nie kommen! (Der Mond sprang immer noch durch seinen eisigen Reifen).

Mitternacht: es zog. Zog durch den Mondschlot.

Morgen: wie ein Mohnblatt glitt er eben in die Büsche. – »*He – to – the – o:* Kai arnio: esphagmeno: eulogii – a / : doxakaieucharistiiii – aaa!« (‹Hell wie der Stern vorstrahlt zur dämmernden Stunde des Melkens› ; und Amiantos hob entschuldigend die Hände: »Soll jetzt jeden Morgen sein: Andacht – « ging, mit Diplomatengesicht).

(Also hübsch ist sie beim besten Willen nicht!) : »Duhr-i
särät bigär där!« und sie antwortete persisch-verbind-
lich: »Muhäbbät-i-tu käm nä schäwäd.«

»Einen ganz kleinen Augenblick noch – « (Gabriel im Or-
nat): »nur noch den justinianischen Hymnus ...« (Vom
Kaiser persönlich gedichtet und eingeführt; ich kannte
ihn absichtlich nicht, wurde also vom Mitsingen dispen-
siert, verschränkte aber entgegenkommend die Finger –
und schon gings los – und herausfordernd laut dazu):
»Homogenes Hyios / kai logos tu theu .... « (Tausend-
zweiundsiebzig. Tausenddreiundsiebzig. Oder ma Entfernung bis zur Kanzel schätzen).

Ein helles sachliches Zimmer: er am Pult, Einer der sich
selbst erhöhte; wir, betont, am leichten Tischchen nebenan: so dicht nebeneinander, daß er Agraule eine Weile
mißbilligend anstarrte (die war aber auch dickfellig; und
meine Gedanken sammelten sich wie Spitzbuben einer
Bande). (Aber was war das neben ihm wieder? : ein
kopfgroßes struppiges Gebilde, kugelig und starkbraun).

Er setzte die Fingerspitzen aneinander: – –

»Ich sehe ihn noch vor mir – – : ein fast kleiner untersetzter
Mann. Still. Verinnerlichte Augen – « (‹querer wächser-
ner Jesusblick› hat Eutokios mal formuliert) : »Ich habe
manche Monde um den Meister sein dürfen – auch ein
wenig an seiner unvergänglichen Arbeit teilnehmen –
und weiß deshalb Einzelheiten, die zum Teil noch nicht
einmal im Buche stehen – «

Weitgereister Mann, der Kosmas, zugegeben! ; » ... Indien
und Selediba« (also nicht mehr Taprobane; ist aber wohl
nur der Persername, bei denen ‹Dib› ‹Insel› heißt) :
» ... dann die ersten Regierungsjahre des Kaisers Justi-
nus« (der mit der Unterschriftsschablone von gestern,

der Onkel des jetzigen, nischt wie Istock und Biglniza)
»im Reiche Axum.« (Schön, das soll seine Legitimation
sein). »Ganz zu schweigen von seinen Kommentaren
über das hohe Lied und die Psalmen!« (Ja, solche Arbeiten sollte man als Geograph allerdings besser verschwei-
gen! Hat wohl mit der Bibel in der Hand nachgesehen,
ob die Erde noch stimmt? – Allerdings Kaufmann auch:
hat also vielleicht erst nach der Pensionierung ‹ Gott erfahren › ; na, ma abwarten!).

(*Aber jetzt wurde s intressant!*) : »Die genähten Barken von
Rhapta; ohne jeden Nagel, ohne alles Eisen: die elasti-
schen Bretter mit Kokosbindfaden zusammengefügt«
(ach, das ist eine Riesennuß? : und ich wog die Argellia
fasziniert in der Hand: müßte man mal stecken, und den
Baum sehen können. Innen scheint Flüssigkeit zu schlen-
kern. – Und daß die Schiffe praktisch sind, glaub ich
schon: beulen sich beim Anstoßen ein, ohne zu zerreißen;
können selbst dann leicht geflickt werden –). / »Damit
also fahren sie zur Insel Menuthias, holen die Schild-
kröten ab, die man dort in enormen Netzen, aus Weiden
geflochten, fängt – – « (und gleich wieder so groß, daß
12 Männer Mühe haben sollen, sie zu überwältigen und
zu tragen! Allerdings: wo es auch solche Nüsse gibt – –
– ? ?). / » ... das unschätzbare adulitanische Monu-
ment ...« (Jaja: wo der Anfang nicht zum Ende paßt.
Aber immerhin, das war eine wissenschaftliche Tat, daß
er und Menas das Ding kopiert haben!). / Indische Wun-
derfische: die aus ihren Mäulern den Menschen bedenk-
liche wasserhelle Tropfen in die Augen schießen. Saug-
fische benützt man, an Stricke gebunden, wie Hunde zur
Jagd. »Kosmas beteuerte mir, daß manche dieser Fische
auf Palmen klettern, sich dort an Palmwein berauschen,

und wieder in ihr Element zurückgehen!« (der letzte Satz
war laut und strafend gesprochen worden, denn Agraule
hatte ungeduldig mit den Beinen gewackelt. Setzte es
auch, gestärkt durch den Gedanken, daß der Tadel sich
heute auf 2 verteile, diskret fort).

Und jetzt das eigentliche Lehrgebäude: großer Irgendwer,
im wahrsten Sinne des Wortes: ich gaffte nur immer die
ungeheuerliche Zeichnung an. Und er freute sich gnädig
des Eindrucks, den mir die Stiftshütte Mosis als Erd-
modell machte –

»*Die bewohnte Erde* ist ein Rechteck, doppelt so lang als
breit – 400 Tagereisen, beziehungsweise 200. Oder« (er
steigerte sich, herablassend komisch, prudelbackig, für
mich Mathematikerlein) »genau: 11 790 Millien auf der
Linie Tzinitza – Gades; 6300 von den Hyperboräern bis
Äthiopien.« (Maaße stimmen annähernd). / »Ringsum-
her fließt der Ozean, welcher sich noch 4 Eingänge in
diese Innere Erde macht« (und er zeigte: mittelländisches
und kaspisches Meer; arabischer und persischer: schon
recht: wo aber bleiben Sinus Gangeticus und Magnus?). /
»Außerhalb des Ozeans befindet sich gegen alle Welt-
gegenden ein anderes, zusammenhängendes, festes Land,
in welches die Menschen nicht mehr kommen können, ob
sie gleich einst auf demselben wohnten: denn auf der
Ostseite befand sich das Paradies, und noch jetzt strömen
die 4 großen Flüsse, welche einst Eden bewässerten, durch
unterirdische Kanäle in unser Festland – aus Gottes un-
versieglicher Gnade! – Nach dem Sündenfall mußte Adam
zwar aus dem Garten, durfte aber mitsamt seinen Nachkommen noch am Ufer wohnen bleiben: bis die Sündflut
dann die Arche mit dem Noah in unsere Erde versetzte.«
(er mochte wohl mein Stutzen bemerken, denn schon

fügte er strahlend den ‹Beweis› an): »Noch treibt den
Völkern Kattigaras zuweilen Strandgut aus dem Paradiese her: unsere Gewürze, Nelken, Zimt: in der Tat,
wie? ? « (Das haben Euch wohl die gerissenen arabischen
Kaufleute des Inneren Indien, in Hedschas und Yemen,
aufgebunden, was? Hat Agraule also Paradiesesduft
oben? Gut riechts ja! – Ihre Finger züngelten dünne
Flammen. Wirbelte lautlos Punkte untern Tisch, ganze
Reihen. Rollten sich, weiße Schlänglein, ein. Der Rha
war mit dem modernen Namen ‹Atel› eingezeichnet; in
India extra Imaum ‹Weiße Hunnen›. An der Nordost-
ecke Hippophagen: also wahrscheinlich Reitervölker).
(Tatsächlich: auf den Ostrand hatten sie ‹Paradisus› hinge-
schrieben). »Hier im Norden die Regio Procellarum,
Wolkenwerkstatt und Aufenthalt der Stürme. Im Westen
ein dämmriges stilles Land; eben; Weiden, nie von einem
Wind bewegt, trauern um graue Bäche. Nebel tasten sich
mit blinder Silberstirn durch die Täler; Krähen und feiner
kalter Regen.« (Schönschön: aber woher weißt Du?) :
»Im Süden eine Wüste: rastlos durchschweift von feuerfarbenen Dämonen: die Spitzen der Mehrfachhörner vergiftet, mit Geißelschweifen und fetten Zinnoberbrüsten«
(unwillkürlich mußte ich zu Agraule hinsehen; dann erst
nach dem Gruppenporträt, das er auch hiervon besaß:
aha, trugen noch eine Art Mistgabel in den Hakenfäu-
sten; die Meisten auch rote scharmante Fledermausflügel).
»Warum man das Äußere Meer nicht beschiffen kann? – «
(und nun kam es immer abwechselnd: Schlamm, Seetang,
Ungeheuer von heroischen Proportionen; Windstillen
wechselten mit Wirbelstürmen, Finsternisse; Eiswälle, mit
Nebeln bemannt; agressi sunt mare tenebrarum quid in eo
esset exploraturi): »Tiefer als 10–15 Stadien ist es nirgends«.

214

Unter dem Allen, in Felsenkammern und qualmigen Arenen
die Inferi: alte Götter, Heiden und Verdammte, in trübem
Feuer und Rauchwirbeln, geselliges Beisammensein, Stöh-
nen und Zuckungen: »das unterirdische Feuer ist ja satt-
sam bewiesen durch die italischen Vulkane — wohl eine
Art Esse dieser Höllen. — Gewiß: natürlich: auch durch
die häufigen heißen Quellen, ja!«

(Ein anständiger Mensch würde die Umrisse des Außenkon-
tinentes ja punktiert gezeichnet haben, um die Unsicherheit anzudeuten! Nach seinem eigenen Geständnis war
doch noch Niemand dort gewesen: und hier sah ich Flußmündungen eingetragen, Höhenzüge und mehr Einzelheiten: wenn wir solche Methoden mal bei der Kata-
strierung von Kirchengütern anwenden wollten: die
würden sich ganz schön beschweren! – Also das lehne
ich ab!).

Ich wollte gerade den Mund hierzu auftun, als er sich vor-
beugte und lächelnd die gespreizte Hand über das Blatt
deckte: »Genug für Heute.« (Das kann man wohl sagen!) : »Wir sehen uns also morgen hier wieder.« (und
dann brachte ich noch meine Einladung an. Wobei Agraule
mit größerem Interesse zuhörte, als sie je seit heute früh
gezeigt hatte: »Ja gern! – : Na*tür*lich!«).

(Schade: nach dem Riesenberg hätt ich noch gern gefragt.
Na dann morgen!).

Wieder im Park mit Agraule (auch Anatolios hatte mit feiner Begeisterung angenommen, und sich sofort die dick-
ste Schreibtafel ‹mit fliegenden Händen› zurechtgelegt:
Notizen für die Entenzucht! ! – ist einerseits rührend
nett von dem Alten, wegen mir so ein Theater zu veran-
stalten!) : ein mandelfarbener Doppelchiton mit buntem
Saum (»Meine Lieblingsfarbe« hatte sie ihn vorgestellt);

rotes Haarnetz; hinterm rechten Ohr züngelte eine Gold-
natter hervor.

(*Ach richtig, eh ichs vergesse!*) : »Warum seid Ihr eigentlich
ausgerechnet zum Winter hergekommen? Da ziehen, im
Gegenteil, die Reichen doch sonst grundsätzlich in die
Stadt? !« Sie schniefte gleichmütig: »Ach weißtu, das ist
so: Pappa ist doch Hofkammerdirektor beim Kaiser. Ja,
auch erster Chartophylax und Alles Mögliche. Mit kon-
sularischem Rang –« (aha: daher immer die purpurver-
brämte Toga!) : »aber seine Hauptaufgabe ist eben, Geld
ranzuschaffen. Da hat er nun scheinbar die Steuerschraube
etwas überdreht, so daß zu viele Beschwerden eingingen,
und Justinian pro forma ein Exempel statuieren mußte:
hat er ihn eben für n halbes Jahr auf seine Güter ver-
bannt! Obwohl er durchaus mit ihm zufrieden ist: er
führt ja auch von hier alle Geschäfte weiter.« (also rele-
gatio ad tempus). »'n paar Pestfälle sind übrigens auch
wieder aufgetreten; da paßte's ganz gut.«

»*Ach*, das hat gar nichts zu sagen! : Nächsten Mai wird Justinian 60, da giebts bestimmt ne große Amnestie, und
wir können wieder zurück. — Hier iss es langweilig,
nich? ! « (ließ mir aber keine Zeit zu Protest und Gegen-
beweis; jetzt war sie dran):

»*Hast Du* gar keine Geschwister weiter?« : doch; eine Schwester hatte ich in Cherson gehabt; war aber schon 2 Jahre
tot. (Agraule ist das jüngste von 5 Kindern: 2 Schwestern,
»längst verheiratet«; 2 Brüder von Anfang 30. Die Mutter,
wie meine auch, viele Jahre gestorben: »Pappa hat so 3 Dutzend dicke Planipeden, mit denen er immer wechselt«).

»*Hastu viele Kinder?*« : ich drehte entgeistert den Kopf ob
solcher Zumutung; beschloß aber, mich der Abwechslung
halber mal nicht zu entrüsten, hob also bloß die Brauen

und verhieß: »Du bist unmöglich!« »Aber Du hast welche? !« (unbeirrbar). »Also! ... : Natürlich nicht! ! « :
»Das ist kein Grund zum Schreien«, versetzte sie wohlgefällig: »Ach was! : meine Brüder sind auch nicht verheiratet, und haben – och, *zich* Stück!«. »Haben aber schon
Alle ihr Erbteil weg: ich krieg mal das Gut hier mit«.
»*Hach: überall schon!*« und sie bog zählend die Finger ein:
»In Berytos bin ich geboren. Hierosolyma. Alexandreia.«
(3 Finger waren erst weg; sie zauderte; ein Seitenblick;
dann befreit): »Athen!« und kniff großzügig beide Fäuste
ein: »Warstu schon mal verreist? – Ich kann stenogra-
phieren!« (Eine Logik ist in dem Volk! Aber ich verstand
die Absicht schon!).

Ja, in Cherson war ich ein halbes Jahr gewesen. Und Umgebung: Pantikapeion. Eben bei meiner Schwester damals. Das große Flachmeer Mäotis, mit seinen Watten
und Sandbänken: »ohne Lotsen kann man da überhaupt
nicht fahren!« ; die endlosen Sümpfe und Schilfdickichte:
»im Winter friert Alles zu, so daß man mit voll bepack-
ten Lastwagen rüber fährt. Sogar ein Treffen soll mal
drauf stattgefunden haben«. Dann Details vom Pelz-
handel, und das interessierte mein Modedämchen sehr.

Aber ein großer Park hier! : Röhrichte, in denen Pelikane
gründelten; fern im Dunst das Schindeldach; eine Schaf-
herde murmelte vorbei; im arbustum würgten armdicke
Reben ihre Trägerbäume.

Auf der Wiese der einsame Gnomon der Sonnenuhr: auf
marmorner Platte ein Bronzepfeil; die Kurvenschar sorgfältig eingelegt; ebenso die Inschrift ‹ 6 Stunden widme
der Arbeit; die übrigen: lebe! › (»Als Feldmesser mußt
Du grundsätzlich ein Prostahistorumenon mit Dir führen! – Ist das ein Tempel da drüben?«).

Sie runzelte die Stirn; sie sagte schwächlich: »N Kapellchen natürlich. Mama liegt drin begraben«.

Noch brannte die Grablampe innen (wurde laut Testamentsverfügung alle Kalenden, Iden und Nonen angezündet); die Relieffelder des Sarkophags zeigten abwechselnd Szenen des alten und neuen Testaments und der Jahreszeiten. Sonst wie ein Kirchlein in Miniaturformat, mit Narthex und einem lebensgroßen ‹Guten Hirten› in der Halbrundnische hinten. »In der Hagia Sophia hat allein das Thysiasterion 40 000 Pfund Silber gekostet!« (So gehn unsere Steuern weg! !). »Ihr verbrennt Eure Toten? ! : Oh Pfui! ! « und sie schritt indigniert voraus, zurück.

Die gelben Herbstblätter ihrer Hände lagen weich auf dem grauen Marmor der Rundbank. »Pflanzen sind ebenfalls mit Vernunft und Erkenntnis begabt: das lehrte schon Aristoteles!« aber sie seufzte ablehnend: »Wenn man danach gehen wollte, dürfte man überhaupt nich mehr essen: und ich hab schon *son* Hunger!« (Also zarte Andeutung, daß sie meiner Anwesenheit entraten könne; gehn wir folglich etwas schneller. Aber sie hielt mich lässig an der Handbremse).

»Und Du lernsts auswendig, und plappersts nach!« : »Ja sicher!« sagte sie ungeduldig, »er iss doch nu ma mein Lehrer! – Iss es denn nich absolut wurscht, ob die Erde ein Ei ist?«. Ich versuchte, mit Nachsicht, ihr zu erklären, warum – – aber sie lauschte zu mißtrauisch und entschied viel zu früh: »– also zumindest fürn paar hundert Jahre iss es noch völlig gleichgültig: was *willst* Du denn da bloß immer? ! « (und, jetzt voll ungnädig) : »Wenn Du n Kavalier wärst, wär Dir meine Figur viel intressanter als die der Erde! ! «

»Also kommst Du heute Nachmittag wohl gar nicht mit zu

uns?« fragte ich, heuchlerisch bedrückt; erhielt aber nur einen hoheitsvollen Blick: »So üppig wuchern die Zerstreuungen bei Euch in Thrakien wahrlich nicht, mein Lieber, daß man auch die ärmlichste leichtfertig auslassen könnte!« – –

»*Und den Lychnuchen laßt ja drin:* was meinst Du, was Gabriel sich giftet! – « (mit diesem letzten Ratschlag entfernte sich endlich Eutokios, und wurde für den Rest des Nachmittags unsichtbar). »Was haben die Christen nur gegen solche Lampenbäume? : sind doch phantastisch gearbeitet! – ich möchte mal alle 360 brennen sehen!« : sie hingen an feinen Kettchen von den Ästen des Bronzebaumes, apfelförmig, mit Sprüchen und mythologischen Szenen über und über graviert; küßlichrunde Dochtmäulchen lockten; aber mein Vater schüttelte bedauernd den Kopf: »Was denkst Du, was das kostet! – Wir haben ihn bisher nur zweimal angezündet, unten in der Halle: bei meiner Hochzeit. Und als Du geboren wurdest. – Stehen bleibt er selbstverständlich!«.

Sind sie das etwa schon? ! : ich räumte gerade mein Zimmer etwas auf. (Nicht etwa extra für die!).

Essen (Ja, Leckereien bekommst Du hier nicht!) : Alicagraupen; Rotkohl; Fische in Oxygaron. Selbstgebackenes Brot im Bauernformat, so knusprig, daß es unter dem großen Messer sprühte (Anatolios begeistert: stand es nicht so bei Virgil? – Aber unser Pistor war gut; auch für einfache Kuchen!) ; dazu bitterer einheimischer Honig (»Also genau wie sardinischer!« Anatolios höflich; dabei hatte Eutokios giftigen pontischen für ihn vorgeschlagen, nicht unsern schönen Acapnon!). Zum Nachtisch dann gerösteten Mohnsamen mit frischer Butter. Die Anderen kosteten unsere dicken schwärzlichen Weinsorten; wir

Beide tranken wohlerzogen Melikraton, Honig in jungem Most, 1 zu 9, (sie tunkte erst entsagungsvoll ein spitzes Schnutchen in ihren epheubekränzten Pokal, trank aber dann wacker weiter).

»Fastentag« hatte Gabriel sonor angekündigt, und mehrfach nach der Biberkelle in Apostelsoße gegriffen (gut fressen wollen sie aber trotzdem!). – Nanu: auch die Ringelgans? ! : »Ä-sie entstehen ja bekanntlich aus Entenmuscheln, und sind also erlaubt« informierte er Anatolios, (der vorurteilslos die Hände schwenkte. Und mein Vater – alter Entenspezialist, wie gesagt – erschrak nicht wenig ob solcher Probe klerikaler Bildung und Kasuistik: sind geschickte Leute!).

»Es ist Phasiswasser« pries mein Vater seine Grille: »erst mit dem letzten Schiff gekommen. – Es ist doch viel leichter und süßer als das hiesige! Zwar etwas bleifarbig; aber wenn es sich einmal gesetzt hat, äußerst rein und gesund: hält sich mehrere Jahre ohne zu verderben! Ein Götterwasser, und geht mir nie aus!« –

»Ach, hier ist das Entengehege ! ! « : Alle davor: die 20 Fuß hohe Mauer (»außen und innen glatt verputzt und weiß getüncht« murmelte Anatolios zwischen Oberzähnen und Unterlippe, flie-gend-no-tie-rend: »50 Schritte im Viereck? ? – – Achtund-vierzich!«) Dann traten wir ein: oben mit Netzen überspannt; in der Mitte ein Bassin mit Wasserpflanzen und Schilf; 20 Fuß breite Rasenbahnen um diesen Teich. (Gabriel entdeckte eben voller Abscheu unsere Wetterfahne: ein beweglicher Triton, der mit seinem Dreizack gegen die Windrichtung drohte). Anatolios untersuchte drüben die zahlreichen, viereckigen bedeckten Steinzellchen (».... auch gekalkt sein....«) zum Nisten; die meisten halb versteckt in Strauchwerk und

kleinen Schatten: »Ja, also das *muß* ich einfach haben!«
(inbrünstig; Gabriel umging indessen wie beiläufig unsern alten tätowierten Entenpfleger – – kam zurück:
»Auch noch n Pagane, gelt?« : »M – zum Teil!« lehnte
ich ab (und er wollte aufzucken: zum Teil? ? ! !) : »freilich werden auch Bendis und die Aloiden noch ab und zu
verehrt. – : Otos und Ephialtes, 2 Dämonen des Saat-
landes –« erläuterte ich voll Behagen dem Inquisitionsge-
sicht: »trinken nachts ma bei den Steinen Bier; das ist
Alles.« : »Ach? : Das ist Alles? ! « fragte er, fleckig vor
Wut und sogenannten schneidenden Hohnes).

An feuchten Stellen Rohrpflanzungen anlegen? : »Ja, das geschieht bei mir auch.« / »Ach, Ihr hängt Wespenzweige
zwischen die Feigenbäume? Hilft es denn tatsächlich so
viel? ! « ; und mein Vater erklärte ihm geduldig, wie
durch das Anbohren mit dem Legestachel die Frucht gereizt würde, mehr Saft ströme zu, sie geriete größer und
zarter. – »Ob man das auch mit der Hand machen
kann? ... «

Aber hier wußte Anatolios tollen Rat (wir hatten ihm unseren schönen Schimmel gezeigt, und über sein unauf-
hörliches ‹ Weben › geklagt: *war* auch erbarmungswürdig
anzusehen, wie das geängstete Tier mit gespreizten Vor-
derbeinen stand, und Kopf und Oberkörper zwangsmäßig hin und her schwang!) : »Das machen wir sofort! :
Habt Ihr – ä – Teer; oder n Eimer mit Ruß? ! « Er
klomm persönlich auf das Mäuerchen der Box, und pin-
selte sorgsam den handbreiten senkrechten Balken an die
Wand: dem Pferde mitten vors Gesicht! Wir sahen uns
ungläubig an (während er sich die Hände in einem Tränk-
eimer wusch). – – »Aber jetzt hört doch Alles auf! – « :
der Schimmel stutzte noch immer; unterbrach seine Be-

wegungen; drehte den Kopf fragend nach uns her: ?
wollte weiter weben – es ging nicht! Er legte die Ohren
nach vorn, pustete, scharrte: den Schwanz hoch: tcha, es
ging nicht mehr! ! (Und Anatolios stand stolz daneben,
die Arme cäsarisch verschränkt: ? : ! – Aber das hätt ich
nicht geglaubt: kann doch was!).

Allein mit Agraule (beim ‹Hauszeigen›). »Kränze aus Ep-
pich oder Selinon hätten wir aufhaben müssen!« aber sie
grunzte abfällig: »Selinon kann ich nich riechen!«

Der Mosaikfußboden der Halle: ».... auch ma wieder ab-
schleifen lassen....« maulte sie; wurde aber heiterer bei
Untersuchung der schweren Holztreppen: »feine Ver-
stecke drunter!«

»Und hier wohnst Du?« : zuerst verfiel sie der Riesenwelt-
karte des Ptolemaios (aber nach der exakten Anweisung,
mit gekrümmten Meridianen!), die mit ihren abstrakt
vielfarbigen 10 mal 6 Fuß, im hellsten Licht, ich hatte sie
mit Eutokios gemeinsam gezeichnet, alles erschlug:
»Hübsch, Du! ! « (da kann man nur den Mund kurven:
wenns nichts als hübsch wäre? !).

» Wer ist das hier? ! « (unwirsch, und ich errötete leicht):
lebensgroß in der Ecke ein hurtiges schlankes Mädchen,
leicht auf den Zehen dahinschlüpfend, das grüne Gewand mit der Linken gerafft. Langes offenes Haar; Lilie
und Granatblüte in der hängenden Hand; im Kleidsaum
ein Muster von ‹unklaren› Ankern: »Elpis? – – : Sie
sieht *mir* ähnlich.« sagte sie kurz. (Da möcht ich aber
wissen, wo!).

Der Fußboden mit gefärbtem und wohlriechendem Säge-
mehl bestreut; große weinrote Kreise als grobes Muster
drin: »Extra für uns machen lassen, was? ! « schlug sie
ironisch vor, aber ich gabs sofort beleidigend zu: »Selbst-

verständlich. Sonst giebts hier solchen Unfug nich!«
Pause. »Mein Vater wollte s auch bloß.«
Wie dem auch immer sei: »Man sieht jedenfalls, daß ne
Frauenhand fehlt«, behauptete sie wichtig (ja, mitleidig:
wo mag sie *den* Kalauer aufgeschnappt haben!). »Sieht
Dir wohl zu ordentlich aus? ! « fragte ich höhnisch. Sie
bohrte vornehm und unzufrieden mit der Schuhspitze,
und stellte sich dann, splendid isolation, in einen roten
Ring für sich. Noch fiel mir ein: »Ich heirate überhaupt
nicht.« und, gewählt: »mein Lebensplan schließt dergleichen (sic!) aus.« : »Meiner schon lange!« erwiderte sie
patzig: »passen wir ja wunderbar zusammen!«.
Kerzen? : aus Wachs und Talg, als Docht eine Binse. »Darf
ich Dir erklären? — — « und sie gähnte mir übellaunig ihre
Einwilligung zu.
Feldmesserinstrumente in der Ecke: Groma; Decempedator;
eine Kanalwage für Nivellementsarbeiten; ein manns-
hoher Holzzirkel (Spannweite genau 1 Doppelschritt)
zur Rohmessung der Felder (mit geschickter Hand während des Abschreitens an einer ausgespannten Schnur entlang geschwenkt). »N Abacus kenn ich ja nun *auch!*«
(immer noch sanft gereizt).
»Damit wäschst Du Dich? ! : Du Armer!« : Bimsstein; und
sie war ehrlich entsetzt. »Nur die Hände; wenn sie mal
sehr schmutzig sind –« beruhigte ich, »sonst zum An-
spitzen der Schreibrohre. Oder zum Abradieren von ge-
brauchten Pergamentblättern.« – »Was iss Bimsstein
eigentlich?« (tiefsinnig. — »Lavaschaum« : »Ähä«).
»Du kannst singen? – Ich nich!« also drehte sie die Laute
aus einer Schildkrötenschale tadelnd in der Hand; dann
fiel ihr ein: » . . . aber als Kind hab ich eine *so* große Bade-
wanne gehabt : ! «

»Ja, das Notgepäck muß bei uns immer fertig stehen!« (wegen der Bulgareneinfälle; Grenzerleben. Und sie wurde wieder nachdenklicher.)

»Das sind Deine Bücher?« : sie begann höflich in den Formeln zu blättern: Heros Geodäsie; die 60 Bücher Ethnika des Stephanus von Byzanz (»Das ist, so komplett, ein rares Stück, Du!«); Sergius von Zeugma; natürlich die Megale Syntaxis; ein Computus paschalis; Priscianus', des Lyders, Schrift über die Sinne; zuletzt, zögernd, die geheimnisvoll anonymen Bücher Dionysius' des Areopagiten (aber sie dachte sich gar nichts dabei; trällerte auch während der ganzen Zeit, mich gebührend zu kränken, mißtönig letzte Schlager: ‹Büzantieni – schänä – chtä / kannstuniemals värgä – ssän...›)

»Das ist ein Bett??« : sie legte übermütig den Kopf um, und zwang mich, es fast ganz auseinander zu nehmen: Gurte; eine magere Decke; der Schafspelz drüber? Mein rauhes Nachtkittelchen wurde ausgelassen bei beiden Ärmeln genommen (in beide Arme; und ich stand finster daneben: s gab immer Neues, sich zu mokieren!). »Das ist Dein ganzer Kleidervorrat? ! «. An 2 Haken, ja. Aber die Laena gefiel ihr: wie beim Winterhimation der Einheimischen auf einer Seite dichte Wollzotten; sie schmiegte wohlig seufzend das magere Gesicht hinein (und dachte scheinbar gar nicht mehr daran, von meinem Bett aufzustehen!). –

» Wer wohnt denn hier? ? « (betroffen; denn neben der Tür von Eutokios' Zimmer stand seine Insomnia, Göttin der Schlaflosigkeit : längliches, unglückliches Lächeln; Gesicht mit krankhaft hoher Stirn; ihr Peplon kunterbunt von Zahlen und pervertierten Wortstücken bedruckt; die Hände zupften nervös und knickten verstümmelte Halme;

am schludrig geschnürten Schuh lehnte ein rundes Schach-
brett mit dreieckigen Feldern, eine Maus rannte im Kreis:
»– das sieht ja doll aus! ! – : n alter Mann? ? ! « (ehrlich
erschüttert).

»Alles voll Dämonen bei Euch, ja?« (grollend). »Nächtliche
Gottheiten eben.« (ich, kühl). Dann, als sie immer noch
rebellierte: »Du hast grade Grund, Dich aufzuregen!« :
»Wieso? ! « ; und erzählte ihr, boshaft ausführlich, wer
Agraule eigentlich gewesen war: im kyprischen Salamis
wurden ihr bis vor kurzem noch regelrechte Menschenopfer dargebracht: der Priester durchbohrte am Altar
einen Jüngling mit der Lanze! War ja auch die wildeste,
heftigste Schwester von den Dreien. Sie horchte animiert,
und nickte immer zustimmend; leckte sich die Lippen:
Jünglinge: »Das hab ich noch nich gewußt! — So ungefähr, was? ! « : sie machte gleich weiße knirschende Fang-
zähne und gelbe Hakenkrallen; die Augen rollten der
Jünglingsfresserin nach allen Seiten aus dem Gesicht, im
Haar bebte's: – »Na? ! « (Genau so!).

Eine weiche rötliche Luft draußen: schon wimmelte der Hof
von etlichen 20 Sklaven, die ihre Reisigbesen in den Graben hinten tauchten, und Platz und Wege vorm Fegen
mit Wasser besprengten. Von hellem ausgelassenem Gelächter umkreist, wirbelten sie Alles sauber, plapperten
sämtliche Sorten Räubersprachen, und wir sahen nach
Herrenweis' zu.

»Gotinnen habt Ihr auch dabei? ! « : »Ja, 2; ne Alte und ne
Junge: ‹ skapjan matjan jach drinkan › « lachte ich un-
lustig (die Junge hatte mal Annäherungsversuche gemacht); und sie wunderte sich: »Goten gelten im Augenblick was in Byzanz: werden viel geheiratet! Sind ja auch
massenhaft Geiseln und Emigranten da: Witiges, der

Exkönig, lebt mit seiner Frau Mataswintha in ner Villa,
bei Regio draußen: aber wie! — Sie poussiert auch längst
mit Germanus, dem Neffen des Kaisers.«

Und lachte schmetternd auf: »Du müßtest den Verein mal
aus der Nähe sehen!« (dann ausgiebig Hofklatsch: wie
Belisar von seiner 18 Jahre älteren Antonina immer noch
laufend betrogen wird: »Mit Theodosius, m Halbmönch:
der dann dran gestorben iss«. Listig. Sie gluckste hurtig,
wie wenn Wasser aus ner kleinen Flasche läuft. Ränke
des Narses und der Pfaffen. (Na, der ‹Weiße Zar› ist
auch nicht besser : 'n eitler Bauernjunge, der sich 'n sla-
wischen Fürstenstammbaum erfinden läßt !)).

Bunte Luftgewebe: ja, das Landleben! »Sieht komisch aus!«
(nämlich die Daker mit ihren langen Hosen; nennen sich
‹ Arborigenes = Baumgeborene ›).

Catenaten: »Wir haben auch Viele« sagte sie wegwerfend:
»unser Ergastulum iss immer gestrichen voll.« (lüstern):
»Was macht Ihr mit den weiblichen Verbrechern? Unsere
werden in die Salzbergwerke geschickt; wenn sie da wie-
derkomm', fressen sie aus der Hand. – Zur Zucht kann
man sie ja nicht gebrauchen; schlechte Eigenschaften ver-
erben sich zu schnell.« (Kennerin).

Schellenklang: die Herden kamen heim; wir, unter abgeern-
teten Pfirsichbäumen, Aprikosen, Birnen, Äpfeln; die
Dämmerung sah uns schlitzäugig zu.

»‹ *Männer* › : das heißt bei Dir scheinbar nur: hemmungs-
lose Trinker, Brüller, unermüdliche Haremsbesucher — — ?«
sie nickte mir freundlich zu, anerkennend, »Ganz recht«,
und : »Wozu brauchtet Ihr wohl sonst soviel von *dem*
Zeug? : ! «, stichelnd, und kaute verträumt schielend die
Zweigspitze (Juniperus sabina; kriechende Sträucher;
rautenförmige Blätter mit einer Öldrüse auf dem Rük-

ken, und blauschwarzen, überhängenden Zapfenbeeren).
»Gott, er wächst nu ma hier!« sagte ich, völlig überrum-
pelt von dem Angriff: die kann Ein' zur Verzweiflung
treiben! (Übrigens hat Aristoteles den Anbau ausdrücklich empfohlen, und die Amblosis dazu; zur Verhütung
der Folgen allzugroßer Fruchtbarkeit. Wenn Justinian
jetzt auch, Novelle 22/16, Verbannung und Bergwerk
drauf gesetzt hat!).

Ihre Hände anemonten langsam im Strauchwerk, Gift zu
Gift; Bärenklau und die Wicke Arakos. Kühler. Es knus-
perte in der Erde; Mond langte die krumme Bettlerhand
aus fleckigen Lumpen; ihre Schultern schnatterten einmal vor Frost.

»*Hier: Siehst Du!*« : da stand er am Graben, in welken Binsen: kein Kreuz in den Händen, sondern eben die Wildgans (und sie gestand verdrossen ein, daß es besser, ‹orga-
nischer›, aussähe; drückte dabei mißmutig die lange Nase
in ihren Strauß von Totenblumen).

»*Also, Agraule!*« (ich; empört): »Das *ist* es doch eben! : Eine
Religion, die Kunst und Wissenschaft als ‹Eitelkeiten›
verleumdet, *kann* doch gar keine Kunstleistungen her-
vorbringen! Nur unsere großen Alten umschneidern! –
Ja, allenfalls internationalen Kitsch, wie Euren wolligen
‹Guten Hirten› drüben!«

Bitte, bittä! : Beweise genug: »Weißt Du nicht, daß das
ganze Industriezweige in Byzanz sind – und auch anders-
wo: Athen, Rom, Pergamon – wo serienmäßig in Werk-
stätten antike Statuen umgearbeitet werden? Seit Konstantin macht man aus geflügelten Niken prinzipiell Engel;
auf die Theodosiussäule wird der arbeitsscheue Apostel
Petrus gepflanzt; Triumphbögen aus trajanischen Mate-
rialien zusammengesetzt. ‹Unverwendbares› in Kalköfen

verbrannt: das ganze severische Museum! – – – Hier: das
ist ein Standbild der ‹Eirene›« (die jugendliche Frau mit
Füllhorn, Ölzweig, Ährenbukett) : »meißel' ihre Attri-
bute raus, und gib ihr Euren heiligen Säugling in n Arm:
fertig ist die ‹Jungfrau Maria› ! « ; sie zogs abfällig in
der Nase hoch; beim Weiterschlendern; murrte auch was
von ‹Zungensünden›.

»Dichtkunst? : lach ma Du ! ! : hast Du mal den ‹Christos
Paschon› des Gregor von Nazianz gelesen?« (gesehen
hatte sie ihn, ja!) : »das Schauspiel ist von A bis O aus
Versen der attischen Tragiker zusammengeflickt: 10 Zei-
len Eigenes! – Oder das Kentron der Eudokia vom ‹Leben Christi› : 2343 halbe und ganze Homerverse haben
die Philologen darin nachgewiesen! Christentum und
Kultur? : das ist wie Wasser und Feuer!«

»Aber hier, gelt: das ist Kultura? ! « : sie blieb dicht davor
stehen und zeigte hohnvollst: ein Feldgott, wie üblich mit
Mennige gestrichen, stand, einen Schurz voll Früchte,
hoch im Grünen; grinsend über seinen enormen beweg-
lichen Phallus geneigt: »Ja, *das* ist Kultur! ! « ; und
schwamm, eine Siegerin, hinter der spöttischen Perispo-
mene ihres Mundes, zielbewußt durch die blühenden
Astern davon, aufs nahe Haus hinter den Bäumen zu.

Dort wartete man schon, gutmütig, in lebhaftem Gespräch:
» – ah, da kommt unser Pärchen! – «. 2 Lampadarii hatte
er mitgebracht; wir gaben ihm noch den dritten dazu;
die Lichter fröstelten schon hinter ihren bemalten Horn-
scheiben in den Handlaternen; der Anaboleus durfte wieder zurücktreten: sie waren in Sänften gekommen. –

Meine Ohren: erfuhren Abschiedsschritte die Augen gafften; Hände froren Marmormuster; Füße standen: wer
war ich? Haar lebte, Finger kratzte, Herz gluckste:

alles auf einmal. (Haut stank sicher. Unten. Aus Falten.)
» – *Na ? !* – « *:* Eutokios mit nacktem Grimassenkopf.

»*Redliche Gemüter ? !* « (die Christenpriester): »ja, wenn sie
nicht zugleich so fanatisch wären! Beschränkt sind sie:
von zartester Kindheit an werden ihnen phantastische
Hypothesen so systematisch eingetrichtert, daß sie ihr
‹ Gottesbewußtsein › später buchstäblich für eine ange-
borene Grundidee des menschlichen Geistes halten; und
sich einfach nicht mehr vorzustellen vermögen, wie man
dergleichen ablehnen könne, ohne ruchlos oder wahnsinnig zu sein!«

» ‹ *Mythologie* ›, ‹ *Glaube* › ? *:* das sind Arbeitshypothesen!
Die hunderttausend Jahre ausgereicht haben mögen.«

»*Ach, sieh da!* : Justinian hat angeordnet, daß der 25. De-
zember von jetzt ab offiziell als Geburtstag Christi zu gelten hat, und in allen Kirchen gefeiert werden muß? : siehst
Du, wird wieder der alte natalis solis invicti geschicktest
benützt! Methoden sind das! – – Nee; kein’ Zweck heute,
Beobachtungen anzustellen. Iss noch zu wolkig.«

Wind: eine Geschichte (zum Fenster herein. Meine Finger
knaupelten an mir rum; dazu zerrmäulig atmen: mä’lche
Beine; haargeschwänzt; kurze Wippknospen; wippen; im
Armknoten: achschluß! – Die Schwimmblase des Mondes
in Sargassowolken).

Und schon wieder im Osten: häkelte bunte Wolle; grüne
Fussel, gelbe Schlingen, rote Fäden, (der Knäuel lag noch
unterm Horizont), blaue Schals. »Heut Abend wirds klar:
komm dann aufs Observatorium, ja? ! « : »Gern, Meister!« (und er lächelte hager und verkniffen erfreut).

In rosigen Schuhen vor einem Heldentenor von Hahn: die
schräge Hand hielt ihren Chiton zusammen, den der Wind

aufzublättern suchte. »Er staubt noch seine Reliquien
ab« benachrichtigte sie mich federleicht.

Reliquien: der übliche Span aus dem Kreuz des Erlösers; von
der heiligen Hilde, die Ölquellen in den Brüsten gehabt
hatte, ein Fläschchen voll; Petri linker oberer Augenzahn;
nu, Jeder hat seine Hobbies, mit denen er ‹ selig › ist: er
breitete, sammlerverklärt, die runden Arme, und deto-
nierte im Gesang (dem Agraule zuchtvoll – und mit
einem schlauen Augenklaps zu mir – respondierte: macht
bloß Tempo!).

(Und weiter die sublimen Enthüllungen): »In den entferntesten Grenzen der Äußeren Erde (der unbewohnten!)
erhebt sich auf allen 4 Seiten eine ungeheure, äußerst
hohe Mauer: auf diese gestützt ist der Himmel als ein
Gewölbe über beide Erden weggesprengt. Über diesem –
neinnein: ein Tonnengewölbe! – hat Gott seinen eigentlichen Sitz. Im Himmel befinden sich die Auserwähl-
ten – – « (wen das schon interessiert! Sein astronomisches
System will ich hören: Mathematik regiert die Welt, mein
lieber Seliger!).

»Also« (und er schaute mich ganz unbeschreiblich dumm-
klug an): *»können* die Gestirne gar nicht senkrecht die
Erde umkreisen! ! «

Der Berg des Nordens: »Auf der nördlichen Seite der Inneren Erde befindet sich ein ungeheuer hoher – ä 12 000 Millien: gleich der Erdlänge – kegelförmiger Berg: um diesen ziehen Mond und Sonne ihre kreisförmigen aber
exzentrischen Bahnen« (Pause. Sein dozierender Zeigefinger ragte hell, fett, ringgeschmückt – ich war ganz verwirrt, man muß sich ja erst darein finden; also die Zeichnung näher und die Faust ans Kinn –).

Der Berg des Nordens: »Sein Schatten auf der Inneren Erde

ist ergo das, was wir ‹ Nacht › nennen; im Sommer steigt
sie (die Sonne) höher, der Berg ist oben schmaler: folglich werden die Nächte kürzer, die Abend- und Mor-
genweiten größer – weil sie hinter der Spitze nicht lange
verborgen bleiben kann! Je mehr sich die Winterszeit
nähert, desto *tiefer* sinkt sie: der Berg wird breiter, folglich die Nächte länger!« (Beim Mond umgekehrt; der im
Winter steigt, während die Sonne flach übern Südwald
schleicht).

Der Berg des Nordens: (und ich konnte den Blick nicht von
dem monströsen Gebilde wenden: welch ein Einfall! !) :
»Bei Sonnenfinsternissen tritt der Mond, der die Innen-
bahn hat, vor das Tagesgestirn –« (ein ‹ reinstes Licht-
und Feuerwesen › nannte er sie; hat Der 'ne Ahnung :
vor 6 Jahren hat sie 14 Monate lang nur mit halber
Kraft geschienen, so schwarzen Ausschlag hatte sie !) » –
bei Eklipsen des Mondes zieht er durch den konischen
Schatten des Berges: daher die verschiedene Dauer.«
(Beide Bahnen leicht gegeneinander geneigt, so daß ‹ Knoten › auftreten? : das wollt ich Euch auch geraten haben!).

»*Ja ganz klar!* : die Völker am Südrand der Erde, die schat-
tenlos unter der Sonnenbahn leben, sind Ascii; die unsri-
gen fallen grundsätzlich nördlich: wenn aber im Sommer
die Sonne höher steigt, verkürzt sich damit automatisch bei uns die Schattenlänge!« (Sol hibernus und Sol
aestivus).

Der Berg des Nordens: »Engel sind es, welche die Gestirne
um ihn her leiten! – Ihres Geschäftes nebenbei herzlich
überdrüssig, den sündbefleckten Menschen, den undank-
baren, unaufhörlich die Tröstungen des Lichts zu bringen: und selbst das selige Dasein am Throne des Ewigen
entbehren zu müssen – aber die Pflicht, die Pflicht – – «

(er schmatzte bedauernd und ‹webte› eine zeitlang).
»Sonne und Mond – beides verhältnismäßig kleine
Körper – werden dicht über der Erdoberfläche hinge-
führt.«

Im Norden und Nordwesten wie gesagt der Aufenthalt der
leuchtenden Lufterscheinungen, Meteore und boreali-
schen Auroren, der Wolken und anderer Himmelskörper, alle bis zu 40 Stadien hoch. Haarige und bärtige
Sterne als warnende Prognostika, Ruten und Geißeln,
Gründe zum Krieganfangen – – ich konnte bald gar nicht
so schnell mitschreiben, Jott, was wird sich Eutokios
amüsieren! – »...und der Mond ist in großer Nähe.«
(D. h. winters, auf der Nordseite) : »Die heißesten Länder erzeugen natürlich infolge der Sonnenglut auch die
herrlichsten Edelsteine, die buntesten Vögel, die stärk-
sten vierfüßigen Tiere.« (‹Die giftigsten Schlangen, die
meisten und schädlichsten Insekten, die gemeinsten Seu-
chen› hätt er zwanglos auch noch anfügen können; aber
auf die Sonne läßt er nichts kommen!)

Der ganze Kasten steht übrigens auf nichts: »...denn ob-
gleich die Körper schwer sind und in die Tiefe streben,
so will im Gegenteil das Feuer nach der Höhe. Die Erde
würde bis ins Unendliche fallen, die ätherischen Teile ins
Unendliche steigen: aber *die Mauer* knüpft beide Stre-
bungen unauflöslich; die Kräfte heben einander grade,
und Alles bleibt in unverrückter Ordnung.« (in ‹ver-
rückter› Ordnung meint er wohl? Und wurde finster,
unheildrohend, seine Augen blähten sich stellvertrete-
risch) : »Beim Jüngsten Gericht« (eindrucksvolle Pause;
ich trommelte ungeduldig mit dem Stylus, ich, Lykophron neben Agraule: Mensch, wer die Bulgaren hat pfeifen hören, zittert auch vor Göttern nicht mehr!) : »wird

das Lux Infinitum die Erde *ganz* verzehren –« (Hei, die
Betonung!) : »die Hölle stürzt nach unten, in immer
düsterrötere Abgründe, ein ewiges Fallen« (s gleich g
Halbe t Quadrat; v gleich g mal t) : »der Ewige Himmel konstituiert sich; die Engel, Sterntreiber, ihres Dien-
stes entlassen –« (Hallellujah, und dann fängt Eure ewige
Liedertafel an, ich weiß: aber ohne mich! Mir sind Di-
kaiarchos und Marinus von Tyrus interessanter!).

Schluß also?? : Nee, erst noch Ptolemaios n bißchen lächerlich machen; über die angebliche Rotundität der Erde
spotten: steht ja auch nichts davon in seiner Bibel: Gott
erhalte Dir Dein Terrarium! Wir schwenkten die Hände
so verbindlich, eiei: ja, die Skrupel für übermorgen, und
er lächelte herablassend und siegesgewiß – : »Morgen
gehn wir ja Alle zum Jahrmarkt – mnjaaa –«.

Flüstern: »Nee, wart Du lieber hier, Agraule!«

»Ihr habt Euer Gut wunderbar in Schuß« lobte Anatolios
träumerisch, schnalzte und hatte augenscheinlich gar tiefe
Gedanken: »Jaaaa – – «; dann, erwachend: »Ja *sicher*
darf Agraule mit!«. Da Gabriel mißbilligend zu blicken
anhob: »– auf dem Lande: kann man doch die Etikette
etwas lockern!« (noch was von ‹ solider Familie › gemur-
melt, ‹ solider junger Mann › : soll ich wohl sein! Hatte
gefragt, ob Agraule heute Nachmittag mit ans Meer
kommen dürfte, die Miesmuschelbäume nachsehen).

Sie lungerte schon hungrig unweit der Tür: »?« und: »Prie-
maa!!« : »Zieh Dir aber feste Schuhe an. – Und–war–
mes–Zo–heug!« –

Wolkenschatten: die Sonne entwich nach allen Seiten; sie
lamentierte schon jetzt, daß die ollen Schuhe so schwer
wären!

»Und: was macht Deine Katze?« da mußte ich doch lachen,

und schilderte ihr, wie unser Gesinde darauf reagiert
hatte: *Kobolde* gabs jetzt bei uns! ‹Hausgeister› ! :
Man muß ihnen Näpfe mit Milch hinstellen (ein ganzes my-
thologisches Gebäude war in den paar Tagen entstanden;
die junge Gotenmagd hatte mirs schaudernd berichtet).
Werden sie – die sich nur selten als ‹kleine grauliche
Männer› zeigen – gut behandelt, so bringen sie manches
Glück: spinnen des Nachts ganze Spindeln voll (das
Schnurren!); helfen den Mägden in Stall und Küche (weil
sie beim Melken leckermäulig von Box zu Box mitgehen;
oder nach Speiseresten betteln kommen!); tragen Korn
auf die Speicher (negativ richtig: weil sie die Mäuse vom
Fruchthaufen fern halten!). Bei schlechter Behandlung
werden sie tückisch: poltern nächtens, und wecken die
Leute durch allerhand Unfug (als ausgesprochene Nacht-
tiere!); schleichen als Stimmen hinter glimmenden Augen
herum; drücken als Alp die Mädchen (weil sie gern men-
schennah im Heu mit schlafen, und sich lautlos auf Bein
und Brust legen; bei mir war sie gegen Morgen auch mal
kurz gewesen!) : so beobachtet und folgert also ‹das
Volk› : wieviel solcher Zeugen wiegt da ein einziger
helläugiger Gelehrter auf?! (Katzentürchen muß man
ihnen überall einsägen; merken!).
Aber merkwürdige Stimmen haben sie schon, zugegeben:
»Haben Deine eigentlich Namen?«. Sie senkte den Kopf;
sie druckste eine Weile – – : » ‹Mauz & Murmel› « gab
sie verschämt an. Also die Eine Mauz; die Andere – – ? :
»Nein: *Eine* heißt so – die Gefleckte.« (und war erleichtert, als ich lobend und langsam nickte: gar nich ma
schlecht, bei den Stimmen! – In einem Gestrüpp von
Zwergmandeln; rothaarige Weiden angelten am Bach;
die gelbe Fußmatte aus Gräsern).

Auf dem Bauernweg: »Wetten, daß sie *nicht* nach Byzanz
fahren?! – : Na, wohin, alter Chronos?!« – der Fahrer-
sklave hob vorsichtig den Kopf, erkannte mich aber
scheinbar und zeigte mit der Peitsche: »Es tan polin.«;
die Räder greinten und röchelten. »Paß auf: in 100 Jahren heißt sie *nur* noch so!«

Äugte der Himmel aus wütender Tigerpupille (und die rup-
pigen Wimpern der Wälder. Sogleich ergriff mich Un-
behagen ob dieser Metapher, und ich mußte sie mit
dem Kopf wegrütteln. : »Direkt noch ma heiß heute.« :
»Ja, und ich hab Palla und Kapuze mitnehmen müssen!«
flammte sie hoch: »übrigens bekomm ich Ausschlag von
Miesmuscheln!« : »Sollst ja heute gar keine essen.«).

Schon fingen einzelne Dünen an: Wolkenalbinos und Agraule-
fragen; die Flachküste gefiel ihr ungemein: Sümpfe, Lagunen, die endlosen wirren Sandfelder mit den Kanälen
dazwischen, die sich manchmal erweiterten, Sinus Iridum,
Tümpel, Strandhafer und einsame Vögel.

»Nee: Ebbe und Flut giebts im Pontos auch nicht. Aber von
Norden her kommt eine Strömung die Küste herunter,
die all den Sand und Schlamm absetzt: daher die Haffbil-
dung.« – »Neinnein: die Schiffahrt hört erst im November auf, wenn die Plejaden untergehen«. (aber etwas
mußte sie doch beanstanden; also: »Wenig Betrieb hier!«).

»Ach kuck ma! : Iss n das? ! « ; vor dem alten mannshohen
Stein, und tippte mitten in das grob eingehauene Triangel. »Das?? : Die Strandrechtsgrenze von Horkys.« Sie
hatte dergleichen noch nie gehört: wenn in Sturmnächten
hier Schiffe scheitern, eilen die Dorfgemeinschaften zum
Strand, und suchen so viel wie möglich zu bergen: damit
man sich mit dem Nachbarort nicht ins Gehege kommt,
sind diese Steine hier gesetzt worden; so giebts kaum

noch ernsthafte Streitigkeiten: ganz wie in der Äthiopika, wie? »Überholt?! : Oh, denk bloß das nich! Im
Winter ist hier allerlei fällig: einmal haben wir selbst
500 der feinsten Rindshäute für ein Spottgeld aufge-
kauft. Und die Bewohner heizen das ganze Jahr durch
mit Schiffsplanken – vom Schmuggel ganz abgesehen.«
»Aber sag Deinem Vater ja nichts!« : »P!«.

Auf dem Kamm der höchsten Düne: weit draußen glitzerte
unruhig der Axeinos: »Siehst Du: von *der* Ecke hier hat er
eben den alten ungastlichen Namen!« : »Wie sieht es eigentlich hier so im Winter aus?!« fragte sie grüblerisch.

Im Winter? : Dichte Nebelmassen. Fürchterliche Orkane aus
Nordost. Unter Eisdecken erstarrende Flüsse. (»Alles
vom Berg des Nordens her« murmelte sie gelehrt). In
der pfadlosen weißen Öde die seltenen Höfe, kaum am
Rauch sichtbar: »Vor 4, 6 Wochen hättest Du mal die
Störche sehen sollen: zu Hunderten! Tagelang! Dazu die
vielen Eicheln dieses Jahr: das wird ein übler Winter,
meint auch Eu...« (verdammter Husten!) : »Eukrates«.
(»N oller erfahrener Knecht –« erläuterte ich noch hastig;
vorsichtshalber. Noch mal eindrucksvoll a–hemm!).

Sie bibberte jetzt schon entsetzt: »Hör bloß auf: wird Ei'm
ja kalt vom bloßen Zuhören! – Und ausgerechnet der
einzige Winter, wo wir hier sein müssen, soll so hart
werden?? : Na, einmal und nie wieder!« Heftiger: »Auch
Euer olles düsteres Haus von gestern: diese Insomnia
kann Einem ja im Schlaf einkommen! Brrr. Und Dein
Bett: hab dran denken müssen, wie ich abends in meinem
lag. – – – Ach, geh weg mit ‹Halkyonische Tage›, bin
doch kein Eisvogel!«

Im Fischerdorf: sie kannten mich Alle, lachten und nickten.
(Der Sardellenfang war schon schlecht, sicher: ab Sep-

tember verschwinden sie ja grundsätzlich. Atherinen in Körben; Rochen mit entferntem Stachel; Taucher hatten bei dem ungewöhnlich warmen Wetter noch mal Schwämme geholt, es stank und halbnacktete).

»Iss n das, Du?!« : sie stieß mich heimlich an; aber der alte Krates, rauh und bärtig wie nur je ein Triton, hatte s doch gehört und schmunzelte: »Sehn Se ma her, junge Frau! : « (sie wollte erst, entrüstet ob der Benennung auf; dann losprusten; dann wurde der Mund spitzbübisch, und sie hing sich wie beiläufig bei mir ein – natürlich nur ganz Auge für den greisen Seemann) : er hob einen fußlangen Kalmar an den schlanken Armen empor, ein leichter Stich mit der Messerspitze – : ! : wie ein Blitz fuhr ein Farbengewölk von Gelb und Violett über die helle, fein gefleckte Haut: Malakia! (Schon löste er mit einem Schnitt den weißglänzenden Rückenschulp aus einem andern, entfernte, das Tier wie einen Beutel einfach umkrempelnd, Eingeweide und Tintenbeutel, und griff zum nächsten). (»Daß die homerische Skylla ein Riesenkrake war, weißt Du, ja?!« Sie schüttelte sich immer noch; erst nach einer Pause verblüfft: »Ja gewiß.«).

Mit dem Dreizack? : stechen sie Polypen und Seegurken, Alles Mögliche. Aber sie wollte auch nicht dahinten bleiben, und erzählte, wie sie mal im Bosporos den Thunfisch Palamydes hätte fangen sehen: »in *solchen* Netzgebäuden!«

»Die Delphine jagen gemeinschaftlich in Trupps mit den Fischern; umstellen halbkreisförmig die Flußmündungen, und treiben die Meeräschen den Menschen zu. Erhalten auch dafür einen Teil der Beute, *und* kommen zurück und fordern mehr, wenns zu wenig war!«

Aber jetzt war sogar ich fertig: »Was habt Ihr denn hier

gefangen?!« ; sie standen mißmutig drum herum, und betrachteten ihn –

Am 3. Oktober 541 also strandete an der Küste nahe bei Salmydessos ein Fisch von 15 Fuß Länge, den bis dahin noch keiner der dortigen Fischer gesehen hatte: schmal wie ein Band, 2 Spannen hoch, 3 Finger breit, etwa 50 Pfund Gewicht. Totweiß der Fransenleib (mit fäulnisgelbem Flossensaum; einzelne schwarze Schrägbanden); eine dürre Knochenkrone auf dem Haupte (das sich auf eine hohe Flossengabel stützte; das zahnlose Maul senkrecht gespalten: sie schüttelten bedenklicher: der bleiche Riemen gefiel ihnen gar nicht! »Also ein Riemenfisch!« schlug ich resolut vor – erst mal n Namen geben, dann ists schon so gut wie bekannt! und: »Den müssen wir untersuchen: schickt ihn morgen zu uns rüber: kriegts bezahlt!« Sie rhabarberten erleichtert, daß sie das Vieh los waren. »Igittigitt!« = die ‹ junge Frau › !).

Oben die blaue Himmelsqualle mit grauem wallendem Saum (und uns hatte sie unter sich gefangen! Riemenfische der Wolken).

»*Müssen wir denn unbedingt* rein?!« : sie stampfte ungnädig und zeterte halblaute Einwendungen; aber s war nu mal unser Pächter, wenns auch noch so sehr nach Zwiebelkuchen roch! (Schwarze Bohnen auf der Schwelle; wohl für Lemurenarten.).

»*Son Krach!!*« (zischend ärgerlich; denn man wehklagte drinnen und heulte ‹ ai, ai › und ‹ eleleuleu › : war der Stammhalter also doch schon da): »Na, Gelon?!« und er, ganz freier Mann (hatten nur ein Strandstück in Pacht) : »N Junge!«. (Flüchtig Agraule erklären, daß man hierzulande das Neugeborene beklagt; und den Toten, der die ganze Schinderei hinter sich hat, lachend entläßt).

Am Bett der Wöchnerin: mein großer Klapperstein, schon vor Wochen geschenkt, lag vorsorglich auf dem Ehrenplatz. Der Säugling wurde gerade in einem Kessel gewaschen: davon bekommt er eine helle Stimme! Der Vater hob ihn eigenhändig heraus, und überwachte drohend das Einwindeln: » – wollt Ihr wohl aufpassen! ....« (daß er nämlich nicht auf die linke Seite gelegt wird: davon wird er sonst linkshändig! – Ich steckte ihm den mitgebrachten goldenen Doppelsolidus ins Fäustchen: »Der erste von ner Million!«, und die Eltern grinsten vergnügt; indes Agraule flehend die Schüssel mit dem Seehasen abwehrte: 1 Pfund schwer lag die höckrige Riesenschnecke im Essig. »Das Enthaarungsmittel auf Deinem Toilettentisch ist die farbige Ausscheidung von ihr!«; aber sie mochte es trotzdem nicht).

Also: »Meibomeinos foskomeiton! – Gelon: wir treffen uns morgen Mittag im Wachtturm: Waffenkontrolle! Aber nur ganz kurz, ob Alles da ist – in ner Stunde bist Du wieder zuhause!«. (Der Weißkohl im Garten hatte zwar schwarze Trauerflecken; aber er trat den einen Kopf überlegen um!).

Die geflickte Alte segelte ihr Wrack darauf zu, spreizte Rahenarme, und scheiterte an einem Sonnenfleck: »Komm ssu Oma!«; die verräucherte Lade ihres Mundes; schnappend schloß der eine Zahn: ab! (Wäsche hinterm Haus: Togen machten Riesenwellen; Ärmel gestikulierten; man blähte geile Bäuche; Unterhosen traten sich in die Hintern, fußballerten und knufften; Hemden deklamierten und machten zum Abschluß einen effektvollen Kopfsprung; Schürzen drallten, büsteten; usw.).

»Nu laß sie doch getrost Glaukos Pontios und die Alexikakoi verehren: ist doch bei Euch genau so!«

Wieso?! : Bitte sehr: »Sind Eure Heiligen und Engel nicht ebenso Minister mit eigenen Ressorts? : wir beobachten eben die Regierungsbildung! Einer allein (Gott, oder wie Ihr das Dings nennt) kann halt doch nicht überall zugleich sein: deswegen verwalten seine höheren Beamten Feuer und Zahnschmerzen, Mondschein und Artillerie. Welche Unverfrorenheit der Christianer, frech und gottesfürchtig, von ihrer krausen und knolligen Mythologie zu behaupten, sie sei etwas ganz Neues, oder Anderes, als die der alten Völker! : anstatt des antiken Namenskrimskrams kriegen die Leute lediglich einen gräkosemitischen eingepaukt! : Siehst *Du* einen anderen als phonetischen Unterschied, ob ich bei Bauchweh Sankt Erasmus anrufe oder Hera?! Ich nich!!« und wir marschierten, uns empört anschweigend, durch die Stockfischgerüste, zu den Sandbänken hinunter. »Im Herbst fängt er Nachteulen!« erklärte ich, grollender Gastgeber, den Vogelsteller im Röhricht; und sie, als stieße sie schwere Beleidigungen aus: »Ach nee!«.

Wir liefen unsere Tierfährten über die Sande: kleine glokkenhelle Töne quakten noch um einen Teich; (»Molche!«); es wurde stiller und schmieriger; gelb und grün.

Kähne von uralter Form: flacher Boden, steile Seitenwände; mit spatenförmigen Rudern. Dazu ein völlig richtungsloser Wind, aus jedem Kanal ein anderer: »Müssen im Augenblick gar keine Wolken aufzutreiben sein.« –

»*Also nun sei kein Hasenfuß*, Mädchen!« : denn sie weigerte sich fast, in ‹ son Ding › rein zu steigen: » Und wenn nu Porphyrio ankommt ? Oder wenns umkippt?!« : »Ich denk, Du *kannst* schwimmen?!« : »Gewiß«, erwiderte sie mit Würde: »aber *so* reinfallen tu ich trotzdem ungern« (lauernd) : »würdest Du mich rausholen? – « (und schul-

terkokett). »Aus dem Dorf hier faßte Dich Keiner an!«
wich ich geschickt einer bindenden Erklärung aus: »sie
glauben nämlich, daß es Unglück bringe, einen Ertrin-
kenden zu retten – – – « :

»*Hier: ich blut' schon!*« (wehleidig, und zeigte mit tiefem
Vorwurf den lädierten Zeigefinger: ! : »Soll ich pusten?« :
»Rohling!«; sah sich aber doch neugierig um, räkelte
schon die Füße; faßte beide Seiten an, und lehnte sich
an die Decke, die ich ihr faltete; beim damenhaften Hin-
tenüberlegen fiel ihr ein: »Kannstu Brücke machen?«).

Ihre langsamen Finger schlugen weiße Wirbel; tiefer rut-
schen; wir glitten und lavierten; sie hing die Troddeln
ihrer Hände ins Wasser.

(A propos: Hände!) : »Siehst Du die Muschel dort?!« :
»Wo? – « (sie hatte s für n großen Stein gehalten) : »Aus
dem Byssus kann man allerlei Webarbeiten machen:
willstu n Paar Meerhandschuhe? Als Andenken? – An
mich?« (Gott, man muß ja wohl mal galant sein!). Sie
überlegte künstlich und lange. – »In der Muschel lebt ein
kleiner Krebs, der Pinnophylax, der sie bei Gefahr kneift;
damit sie sofort zumacht. – – Nein: erst müssen wir n
paar Bäume kontrollieren!«

Der Wind wurde langsam stärker; bei jeder Biegung fauchte
er uns entgegen: » –Ach, sei nich so empfindlich, Agraule!
Du müßtest mal einen richtigen Nordoster erleben: so
einen, der Dir die Ohren abbläst« (schon hielt sie sie
empört fest) »und Dir die Nase auf die Backe umlegt:
3 Mann müssen Dir das Haar auf dem Kopf festhalten:
Dir sogar 4!« : »Oh, Du Schwindler, Du!«.

»*Machs'n jetz?*«; denn ich hatte den kleinen Diopter zur
Hand genommen, visierte und brummelte – 1 Stadium
weiter nach links also; etwa – : »Ich peil die ungefähre

Richtung, damit ich weiß, wo die Dinger in dem großen
Becken zu finden sind — «

Aha hier! : ich nahm die Stange und trieb sie mit dem Holz-
hammer in den Grund (daß wir dran festmachen konnten!). In dem ruhigen Wasser – noch lagen 5 Reihen
Sandbänke als Wellenbrecher zwischen uns und dem offe-
nen Meer – sah man sie genau,

die Miesmuschelbäume: Ellern, von ihren dünnsten Zweigen befreit, angespitzt, unten groß die Jahreszahl ein-
geschnitten, waren mit Gabel und Tau ins Seegrasniveau
gesetzt worden. » ‹ Gezogen › werden sie erst im Winter,
direkt vom Eis aus; dann schmecken die Muscheln am
besten, und sind auch völlig ungefährlich: dann könntest
Du sie *auch* essen: sie sind nämlich nur zu Zeiten giftig! – – Na: wieviel sind dran?!« – – Sie schob die Unterlippe weit, weit vor, und bestaunte den über und über
schwarzbucklig verkrusteten Stamm: » – Na – : Tausend??« : »Sag getrost: 30 000! Alte! Und doppelt so viel
ganz winzige Junge – wird ne gute Ernte diesmal: in
Manchen sind Perlen drin!« ich ließ den Baum, und jetzt
perlten die Fragen, langsam wieder in die Untiefe (»Ach,
wir kippen nich um!!«) – so – : »Rund 500 haben wir;
ergibt mehrere Wagenladungen voll: nach ‹ Estanpolin › «.

In Kanälen (fast still standen wir) : dunkelroter Tang, gift-
grüner Seelattich, hellere Ulvenblätter. Borstenwürmer
aus Gängen und Röhren; rosenfarbene Fischeier in Säckchen; lederne wulstige Totenhände lagerten auf dem
Sand: überall strudelten Wimpern, schlugen Geißeln,
Fleischfädchen sollten in Stachelmäuler ködern (und sie
wurde ganz aufgeregt von so viel Violettheiten).

Übereinander: ein Stoß Glasschüsseln mit gelapptem Rand;
die obersten voll mit duftigen Herbstblättern und zarten

gekrausten Bändern, gefältelte Armgardinen wehten: »Jungquallen«. »Das Horn der Badeschwämme essen, ist das beste Mittel gegen Kropf.«

Überhaupt die Schwämme: ich holte ihr die gelben finger-langen Säulchen heraus: alle berührten Stellen liefen in der freien Luft sogleich grün an: »Nee, wart ma!« : lang-sam machte es die ganze Kolonie nach! (Unterdessen waren die angefaßten Flecken schon kräftig blau – und auch hier folgte der Rest. – Wieder reinwerfen).

Eine Schnecke zog im Schatten von Wasserpflanzen dahin, zwangsweise, immer auf dem Abbild ihrer Ranke ent-lang: »Sie vermögen sich stundenlang, bis die Nacht einbricht, nicht von der vorgezeichneten Bahn los zu machen!« (Willenlos; ein Spielwerk äußerer Einflüsse; gnothi seauton; ohne ‹Zweck›; sie zwirbelte mißmutig ihre Zehen).

Eine große glasige Narbe auf dem Knie: »Da bin ich als Kind ma hingefallen« (vorwurfsvoll) *»das* hat vielleicht geblutet!« und nickte der Stelle zu. – »Nö: Sonnenbrand krieg ich nie: bin zu brünett.«

Seeigel: auf so was darf man möglichst nie treten: »die Stacheln sind spröde wie Glas; haben dazu noch Wi-derhaken, und man muß die Wunde ganz tief aus-schneiden!« (Ja, und Korallen nesseln; wenn auch schwach).

Auch Brassen haben Giftstacheln: im Herbst kommen sie zum Laichen an die Küste: »Eine ganz besondere Zunei-gung haben sie zu den Ziegen; kommen, wenn sie diese meckern oder die Hirten singen hören, truppweise her-bei, springen lustig an den Strand, schmeicheln und lek-ken das Vieh, und jammern, wenn ihre Spielgefährten zu Stalle getrieben werden: deshalb hüllen sich die Hirten in Ziegenfelle, und machen am Ufer allerhand Sätze, um die Betörten zu fangen.«

Sie räkelte die dünnen Armzeiger in die hellblonden Wolken. Gähnte: »Hastu ma Muränen gegessen?« (tat leckrig; gab aber zu, daß es im allgemeinen so berühmt nicht schmecke). Nixentäschchen und Seemäuse in Geranke verflochten: im Innern konnte man schon die Fischgestaltchen erkennen, und wie sie sich bewegten. (»Ach!« betroffen; dann, unsicher: »Süß.«; dann Fragen: a): werden die groß?, b): kann man sie essen?. – Sehr weißes trockenes Fleisch; aber n Genuß ists auch nicht). Aus Seegurken guckten 3 spitze Fischköpfe: einer glitt, gallertisch hinfällig, heraus, herum, wieder hinein. Seepferdchen standen senkrecht vor ihrer Wasserpflanze: »Das gilt als Arznei gegen den Biß toller Hunde. – 'türlich Quatsch! – In einem großen Wels hat man die rechte Hand einer Frau mit 2 goldenen Ringen gefunden!«

»Ganz leise, Du!« – wir erstarrten im Kahn (jetzt kannst *Du* Gabriel mal was von Wunderfischen berichten!) : ich nahm ihren Kopf am Haar, und bog sie rückwärts (»Aua!« : »Ruhichdoch!«), bis eins ihrer Ohren auf dem Wasser lag – – :

ganz deutlich eine leise Musik!! : Bald höher, bald tiefer, bald fern, bald nah: schalmeiende Töne; auch glockig und gesanghaft; man unterschied leicht verschiedene zusammenklingende Stimmen. Manchmal waren sie so laut, daß man meinen konnte, der Kahn erzittere; verstärkten sich überhaupt allmählich, und verbreiteten sich endlich über den ganzen Boden und die Seiten des Fahrzeuges. (»Am besten, man taucht den Kopf rückwärts bis über die Ohren ein – ich halt' Dich –« ; und in die Augen sehen kann man sich auch noch dabei: Umberfische). – – »Wun-

244

derbar genug –« sagte sie zögernd: »wie Fröschequaken
würd ich sagen. Oder Harfentöne –« ; und ergriffen:
»Schööön!!«.

Oder hier: ein riesiger Zitterrochen, so groß wie sie, lag
lauernd im Schlick (»Komm bloß weiter!« haspelte sie
erst ängstlich). »Das ist das seltsamste Tier, was es gibt –:
was *ich kenne«* fügte ich, Wille zur Korrektheit, anstän-
dig erzogen, hinzu: »wenn Du ihn nur anfaßt, fängt das
betreffende Glied sofort an zu zittern, schläft mit einem
scharfen Ruck ein, wird kalt und unempfindlich. Sogar,
wenn man ihn nur mit einer langen Rute von weitem
berührt. Oder im Netz hat. Aber wiederum nur, solange
sie lebendig sind: wenn man mit der Angelschnur an sie
kommt, fällt Einem die erstarrende Hand am Leibe herunter – « Sie sprang ekstatisch auf: »Das lügst Du! –
Oder« (das kam ihr noch wahrscheinlicher vor): »nur,
weil Ihr ihm nicht die Kraft des Gebets entgegensetzt:
dem widersteht nichts!«, sank auch sofort, Herausforderung und Triumph, auf ein Knie, ganz Konzentration
und Pater hemon: »Das überwindet jeden Zauber!«.
Schon reichte ich ihr zuvorkommend die Stange, zum
‹Beweis der Kraft›: sie tipptttttttt . . . . .

Na, ich rieb ihr das Ärmchen, lange und mit Genuß; und sie
war bis in ihre Grundfesten erschüttert: so groß also ist
die Macht des Satans! (Oder so schwach der Christen-
zauber: wie wär das?!). Lachte dann aber doch: »Das
müßte dem Alten ma passieren!« : »Und wenn er ein
Dutzend Kreuze um hat, seine ganze Knochensammlung
mit, und sich von oben bis unten mit Weihwasser ein-
reibt – – : sogar kräftige Männer können wie gelähmt
werden, und beim Baden ertrinken: nicht nur der alte
Scheich!«

Seenelken (»Wie findest Du Dich bloß hier zurecht?!« wunderte sie; und ich erklärte ihr, daß ich jeden Frühling,
sobald die Winterstürme vorüber seien, das Gelände neu
aufnähme; schon zur Übung. Aber die Seenelken) :

Aus einer quoll weißer Rauch: eine zweite folgte; und schließlich stießen alle männlichen Exemplare solche Wolken
von Sperma aus, daß die Mulde milchig getrübt wurde – –
ich erklärte es vorsichtig, und sie hörte fachmännisch zu:
Sperma muß sein! (Auch wie der Tintenfisch einen Arm
abstößt, der zum Wurm Hektokotylos wird, sich dem
Weibchen nähert und es befruchtet – ihr schien nicht
wohl, nicht wehe).

Die Hütte: wir sprangen nur kurz auf den Sand, und ich
zeigte ihr das Schüppchen: »Zum Übernachten während
der Wildgansjagd. – Oder überhaupt.« (schamhaft, ungeduldig; sie besah mich aufmerksam; auch die einfachen
Geräte, das Schilfdach, wieder mich: Freiheit, gewiß!).

Der Abend heuchelte ein Dutzend reine Farben zusammen;
Laub schnitzelte Schwarzwolken: »Agrau – leeeee!« :
»Lüüüü – kophron –« antwortete mein Echo (im Gespen-
sterwald: die Düne war einmal 100 Jahre drüber gewan-
dert; wir rankten uns durch die Totenglieder, mit weiten
Augen, an Handketten, Sand in den Zehen, hinkauern
und groß ankucken. In Baumnetzen).

Hindurch gebrochen: ganz drüben, weit in den Nebelbergen,
2 Lichter: sie fröstelte beherrscht und ersann Jene.

»*Nö: mein Vater* hat in Athen studiert!« : »Also n unzuver-
lässiger Ketzer« faßte sie kalt zusammen. (Ein Engel
warf sofort 1 Stern nach einem Dämon !).

» ‹*Die Gedanken sind frei*›*?* : Das kriegte man nich raus?? – :
Die würden Euch einfach Achaimenidon eingeben!!«
(Dann die Beschreibung: ein bernsteinfarbiges blätter-

246

loses Zauberkraut Indiens, dessen Wurzel, zu Kügelchen
geformt und bei Tage eingegeben, Verbrecher nachts
durch Qualen und Göttergesichte zu unumwundenem
Geständnis zwingt – – sie sah besorgt und mitleidig herüber).

Karneval der Nacht: die wächserne Nase des Mondes zwischen papiernen Wolkenschlangen. Konfetti der Sterne
drehte sich steif vorbei: »Na, wars schön?« (Beim Ab-
liefern am Tor. »Nuuuu –« sie seufzte wichtig; plötzlich,
erleuchtet: »Nu, man gewöhnt sich dran!«. Ja, gute
Nacht. – Halt: »Schön' Gruß an Mauz & Murmel!« :
»Und Du an Fräulein Elpis! – : Hol mich ja morgen ab! :
Tschüs!«).

Heimweg: ‹*Nacht ist wie ein stilles Meer*›?? – also los:
Glitzernder Sternenlaich. Wind schlug Wellen. Das hor-
nige Haifischei des Mondes, überall aufgehängt in schwarz-
korallen Bäumen. Wolkenquappen, geschwänzte. Ein
fleckiger Roche glitt eben davon, drehte schleimige Flos-
sensäume, machte flach, und legte sich am Horizont auf
die Lauer. (Dann die Treppe rauf zu Eutokios).

Er hatte Tharops (unsern alten Knecht, der Venus als Sichel
sehen konnte!) im Verhör, und ließ ihn wieder mal die
Mondflecken zeichnen. Als er hinuntergepoltert war: »Na,
stimmts wieder?« (Stimmte).

Bios brachys, techne makra: so maaß ich wieder einmal,
heute ungeduldig, den Monddurchmesser, indem ich ihn
einen senkrecht ausgespannten Faden durchwandern ließ,
und mit der Sanduhr verglich: 98 Teile; also in unserer
Nähe (zwischen 100 und etwa 87 konnte er schwanken.
Eutokios hatte die Methode seinerzeit bei *seinem* Lehrer, dem Mechaniker Isidoros, kennengelernt; wir maa-
ßen und plauderten).

»Wer die Wahrheit liebt, muß Gott hassen – beruht natürlich auf Gegenseitigkeit. / Für solche Herren sind ganz
andere Sächelchen maaßgebend: etwa, was der ‹scharf-
sinnige› Augustinus, der ‹große› Kosmas, oder gar
‹Jesus selbst› gesagt hat – von Ptolemaios wissen sie so
viel, als hätte er 100 Jahre nach ihnen gelebt! / Wenn ich
nur die Mathematik auf meiner Seite habe, lasse ich dem
Gegner gern Kirche, Patres und beide Testamente! Ja:
auch sämtliche Apokryphen und Antilegomena, einschließlich Nikodemus und dem Hirten des Hermas! / Durch
das Gebet wird nicht Gott beeinflußt, sondern der Be-
tende: Jeder giebt sich die Spritze, die er braucht. / Wenn
s besser werden wird?! : Wenn alle Menschen bis 20 in
die Schule müssen, und der Religionsunterricht weg-
fällt! / – Es giebt nichts schärfer Erregendes für meine
Phantasie, als Zahlen, Daten, Namensverzeichnisse, Sta-
tistiken, Ortsregister, Karten.«

Eine gläserne Trommel (oben; und die Wespen der Sterne
schwirrten) : Buschskelette mochten unten scheuen;
Bäume rieben sich ratlos die Knochen (also ‹ein Windstoß› und Mastwolken rutschten hinterleibig wieder ein
Stück weiter).

»Mein lieber Junge – « er stockte und wiegte die breite
Stirn: »das ist das Fundament des Lebens: Landschaft;
Intellekt; Eros! – Im Alter rechne noch, getrost und
müde, gutes Essen hinzu: was bei Dir körperliche Bewegung ist. – Laß Dir das nie verleumden!«

(Und gleich wieder, schamhaft, die Wissenschaften) : lachten wir eine Weile über das System des Kosmas, und
stellten die schlagendsten Gegengründe für übermorgen
zusammen. Dann : / Meteore : sind vielleicht Produkte
der Mondvulkane! / »Ach, Lyko: was meinst Du, was ich

schon an Kosmogonien überlebt habe! – Einmal sollte
die eine Seite der Sonne blau und schillernd sein und nur
ganz schwach leuchten! Einmal hieß es: die beiden Hälften der Erdkugel paßten nicht ganz genau aufeinander,
weshalb sich am Äquator ein Rundumwasserfall von
100 Fuß Höhe bilde, den kein Schiff passieren könne! –
Einmal kannte ich Einen« (und wurde doch finsterer:
Eklipsis des Gedankens durch die Phantasie; *ist* eine Gefahr!) : »Der wollte behaupten, daß wir in einer *Hohl-
welt* lebten. Von 75 000 Stadien Durchmesser: *einer Blase
im massiven steinernen Weltall*, in der Sonne und Gestirne umliefen: stell Dir das vor!!« / (Stell ich mir vor;
leider).

Vorm Einschlafen: Eutokios: der Mann muß eine Seele
haben wie eine Mondlandschaft! –

Meine Gedanken agraulten noch ein bißchen. –

Aber im massiven Weltall irren: stöhnende Unendlichkeit;
Steintunnel saugten mich entlang; tasten und sichern; erst
allmählich tappten Schritte fester.

Eine armdicke Silberflamme: brusthoch, ragte unbeweglich
mitten im Gang. Davorstehen. Stammelte mit hoher pfei-
fender Stimme; bei Schnalzlauten öffnete sich oben ein
Stummelkranz. Brusthoch. (Danach wurden die Wände
feucht und nackt. Wasser scharrte. – Umdrehen: wie aus
einem Walmaul sah ich die Flamme; durch hastige Silber-
barten wisperte sie noch immer!).

Ein kopfgroßer Goldklumpen lag als Schemel an der Wege-
gabel: also setzen. – (So weich war die Masse, daß ich-
man die Messerspitze einschlagen konnte. Schnitzte aber
nichts hinein. Keinen Namen auf ‹A›. Ich nicht).

Aus einer Spalte zur Rechten hing farbloser Nebel: ich
drängte den zarten Schatten vorsichtig mit der Hand bei-

seite: innen war das Gewölk weiß gefüttert und dichter. (Gedanken schwammen im Nebel. Gedankenschwämme. Im Nebel. Müde um Felssimse stützen. Unter Felssimsen schlafen. Träumenaufstehnlaufenviel).

Wenn man ganz still hielt (den Mund etwas offen, die Brauen leicht drücken: so –) – – hörte man fern, aus Raumtiefen, das dumpfe Sausen. Sprudeln. Rauschen. Brausen. Rollen. Donnern: schon 1000 Fuß davor warfen mich die Böen hin und her!

Aber ganz vorsichtig: ich schob mich fingerzäh an das zakkige Steinmaul, aus dem die Sturmstöße prellten, und sah dicht unter mir die Stromschnellen dahin jagen; sie glitzerten wie Bündel abgeschossener Pfeile. Brüllend. Ein Fauch blies mich weg, rollte mich in Tüchern hin und her (und ich kroch entsetzt räsonnierend, auf allen Vieren weiter, durch Schallschläuche, bis das Johlen wieder verklang).

Das Licht nahm eigentümlich ab: Füße, unten, meine, mahlten schwarzen Sand, lange; auch kohligen Staub; lange. Erst nach vielen Tagen beschrieb ein metallischgrüner Faden seine Hexenschlingen in der Wand. : Zunicken. Weitergehen.

An der Wand begannen die Abdrücke von Bäumen: kriegerisch gespreizte Glieder; Keuliges duellierte; Krummsäbel verzweigten sich; Fasern spleißten; manchmal über die ganze Decke weg. Fächer träumten Ocker; Büsche machten Männchen. Aus Grasguillochen.

Schatten von Vögeln waren in der fossilen Luft erstarrt. Selten höhlenbärten Tierglieder. Hinter Laubportieren. Haariges sohlengängerte; Schuppenkegel; ein Mund krallte. In Fischabfälle.

Erst der Grundriß eines Menschen = 2 Fußabdrücke. Dann

250

lief der Galeriewald lange leer, aber unermüdlich. Auf
Haiden machten Steine Popos. Braune Eisblumen eozoo-
ten. Kauft gehörnte Ammoniten.

Aus Ranken und Kapseln: so trat das Herbarienmädchen zur
Wahl; nur mit einer dünnen Hüftkordel. Ich-man. Im
verschobenen Gesicht, wedelumwickelten, der Schriftzug
eines Nasenmundes. Der Bauch mit versteinerten Küssen
gemustert: ich bückte mich, und fügte sorgfältig eine neue
Tätowierung hinzu, rostig schmeckte der Raseneisenstein
(auch nach Tinte; bis sie zufrieden hinter ihren Vorhang
blich).

Giftgrün und 1000 Schritt im Durchmesser: eine Taschen-
welt! – Felsblöcke (mit zahllosen rauhen Grübchen über-
tropft; also manchmal Höhlenregen!); ein paar Hundert
Bäume, hagere hohe Wesen (mit handlangen Beuteln
statt der Blätter, elastisch zu drückenden, anscheinend mit
ganz weicher Flüssigkeit gefüllt. Er blieb mir in der
Hand, und ich legte n in die Nephritschale).

Aber das lauernde Licht kam schräg von oben. Also hin-
klettern! –

Neben dem Scheinwerfer: kaltes Leuchten aus irgendeiner
großen Edelscheibe; Mineralmineral. Wenn ich mich davor aufbaute, noch breiter den Mantel, war da unten
Sonnenfinsternis! Kopfschütteln. Runterhangeln. Hinein
in den neuen Gang. (Zuerst kamen noch ein paar schwarz-
grüne Finger hinterher geströmt).

Der neue Gang war durchaus ungleichen Querschnitts. Keuchend. Durch Felsdärme zwängend. Röchelpresse. Zwischen Steinwurzeln. – –

1000 später erschien die Laterne im Gang. Ich drückte mich
in einen Basaltnabel und polypte Augen übern Rand:
völlig verwirrt schien der Alte (ich noch nicht!!) : plap-

perte und sang. Vor seinem Handwägelchen, beladen
mit Gegenständen, von weither, Neundorf-Gräflich,
schwatzte das Faltenmaul und lillte (war wohl sehr unterwegs! – ich ließ ihn lange genug vorbei, und kroch dann,
straff, weiter: ich noch nicht!!).

(Dann noch die ‹Stadt der Vergnügten›; aber das ist ein
Buch für sich). – –

Keuchend hoch: der Mond schwamm, schon halb aufgelöst,
in gelben Lichtbrühen. Ein Trupp besoffener Nachtwinde
randalierte drüben im Obstgarten, hieb sich mit Zweigen und pfiff zuhältrig: hoffentlich bleibts schön morgen! (Umdrehen: lag schon ein langes Mensch aus Mondschein bei mir auf der Decke!).

Vor ihrem Tore: wir hingen unsere Brotbeutel schräger (mit
Käse und Trauben drin), die lederne Feldflasche an die
Seite, nahmen Knotenstöcke in die Hände, und betrachteten uns wohlgefällig. (Die Alten wollten sich später
hinterher tragen lassen. – Eine Katze erschien vorsichtig;
sie wischte sich das Gesicht mit der tauigen Erde, rieb
den Kopf schnurrend im Gras: »Giebt ander Wetter!«).

Ein Himmel aus wirren weißen Wolkenstrahlen: Nein, Ölbäume gediehen hier nicht mehr, und Aquädukte ge-
brauchten wir nicht! »Ja, den Hadrianischen hab ich ma
gesehen: mein ä – Urgroßvater hatte ne Zeit lang die
technische Oberaufsicht«. Mühlen an Bächen: genau wie
im reißenden Bosporos, jawohl!

Auf dem Mäuerchen eines alten Puteals sitzend; während
ich dozierte, schlenkerte sie vergnügt mit 2 dünnen Beinen: »Also daß es n Brunnen *nich* iss, sondern n Stein-
kreis einfach auf die Erde gesetzt, seh ich ja auch noch!«

Also: »Wenn früher der Wetterstrahl irgendwo in ein Feld

geschlagen hatte, wurde der Bidentalis gerufen – n Spezialist; n Priester – der las das vom Blitz aufgeworfene Erdreich auf, und vergrub es unter religiösem Gemurmel an der gleichen Stelle in den Boden. War ein Mensch dabei mit erschlagen worden, durfte man ihn nicht höher als kniehoch aufheben, oder sonstwo bestatten: er wurde, als zu den ignis gehörig, mit an der Stelle vergraben. Dann wurde geopfert – eben ein Bidens: woher der Name ja kommt – und der Platz mit einer Mauer umgeben: aber ein Dach durfte er nicht erhalten! Er galt dann als unbetretbar, nec intueri nec calcari, und wer ihn zerstört, den bestrafen die Götter – « (sie machte Zelotenaugen und spielte sichtlich mit dem Theatergedanken: denk an den Zitterrochen!) : »Vom Blitz getroffener Wein macht wahnsinnig. – Nee; hier liegt Keiner drin« tröstete ich: »An Quellen bestatten wir unsere Toten gern: damit die dort Erquickung Findenden den Namen lesen, und so die Erinnerung erhalten wird.«

»Siehst Du! : das hatte früher auch kein Mädchen gewagt: die Schwarzfeige ist ein ausgesprochener arbor infelix!« ; aber sie brach doch einen unglückbringenden Zweig, bog das Reis, und setzte es sich mit fester Hand ins Haar: »Glaubstu solchen Unfug tatsächlich?« : »Natürlich nicht! : Aber ich an gar keinen, während Du . . . . . «

Ein alter Bauer mit Fuchspelzmütze, ganz langlebiger Thrakier, zeigte uns seine getötete Schlange: aus der aufgeschnittenen kroch eben eine Kröte hervor: *die Hinterbeine bereits vollständig verdaut! ! !* » ‹ Und siehe, es war Alles gut › : oh derLumpderlump! ! ! «

»Agraule!« ich nahm sie hart bei beiden Schultern: »ist denn das ein *Lieber* Gott? ! – – In der Hinsicht waren die Alten klüger als Ihr!« : »Was Ihr hier aber auch für Saumoden

habt!« grollte sie, und machte sich rechts los, der Mund
glitt ihr wütend im Gesicht herum, sie hätte beinah
brechen müssen; und da lachte ich doch auf: »Iss das n
Ausdruck für ne Ministerstochter?« : »Iss ja auch keine
Umgebung für ne Ministerstochter!«

Eine Eidechse: einst hätte man sich bei Demeter einge-
schmeichelt, wenn man sie tötete.

Eine Säule: ‹76 Millien› (nämlich vom Milliareum aureum,
dem geodätischen Zentralpunkt in Byzanz, aus: der Landmesser reinigt die Welt; von Wirrnissen, von Unüber-
sichten, von Nurmythologischem. Aber jetzt war ihr
Stichwort gefallen) :

Das goldene Byzanz (‹goldig› sagte sie sogar) : Über 1 Million Einwohner hatte's. / Im Hafen kommt die spanische
Silberflotte an. / Die Hagia Sophia war ein halbes Stadium lang, breit und hoch; auf dem großen Platz davor
das Reiterstandbild Justinians. ! / A propos: Reiter: das
Hippodrom! ! ! – – :

Das Hippodrom: Sport regiert die Welt, und nicht erst seit
dem Aufstand der Nika. Die 4 Parteien: Albati, Russati,
Prasini, Veneti (angeblich entsprechend den Jahreszeiten:
Winter, Sommer, Frühling, und blauschattigem Herbst:
»... und die machen Krach! ! « Glaub ich ohne weiteres:
»Ich geh grundsätzlich nich zu so was!« : »Bist schön
dumm!«). / Schon um Mitternacht eilt man zum Zirkus,
um nur noch einen Platz zu erdrängeln; Buchmacher,
Programmverkäufer, Limonaden und Sweetmeats. / Die
Rennwagen: »Die sind so leicht, Du: Du kannst die Ka-
rosserie mit dem Finger einbeulen!« / Am Start, der
Aphesis: sämtliche zweiflügligen Gattertore (»Hinten
vor den Garagen, weißt Du?«) springen automatisch zugleich auf; und die Viergespanne rollen, ausgerichtet

nebeneinander, auf die mit Calx geweißte Startlinie (»die Moratores müssen haarscharf aufpassen, daß keiner der Fahrer sich vormogelt!«). / Ein Tubenstoß: – – und schon springen die 200 000 auf, brüllen, prügeln sich mit Armen *(und* Beinen), schlagen auch n paar Linienrichter tot / : und dann erst, beim zwanzigsten oder dreißigsten Rennen, wenns um den Großen Preis von Byzanz geht – und in der Nordkurve ist Öl! : *die Stürze* an der Meta! ! (Wo auch die Denkmäler berühmter Rennpferde stehen, Aura und Parthenia: schwarze sind unbeliebt, und werden ausgepfiffen. : »Dabei sind die im Kriege grade praktisch!«. / Oder die berühmten Rennfahrer: Clanis, der viermal auf'm Antiochia-Ring gesiegt hat. Oder Eubulos, der auf seiner Heimatbahn in Sinope unschlagbar ist: » . . . die müssen aber auch trainieren! . . . .«. / Also: Training: Hilfspersonal en masse: Gymnasten, Hypokosmeten, Aleipten; Salber, Trainer, Masseure, Sportlehrer. Nachts legen sie sich Bleiplatten auf die Brust, um Lunge und Atemmuskulatur zu verstärkter Tätigkeit zu zwingen. Gewichtheben; Umgraben; den Korykos stoßen und wieder auffangen; Langlauf und Seilspringen. – »Ä-Enthaltung von Liebe« fügte sie schlau hinzu. / Besondere, von Sportärzten genau überwachte, Schlankheitsdiät: frischer Käse, Mohnbrot, getrocknete Feigen, sparsam Ziegenfleisch; absolut verboten sind Kuchen und Alkohol: » . . . und die Frauen sind vielleicht hinter denen her ! ! « / »Och, das giebts auch massenhaft.« nämlich Frauenklubs und Sportlerinnen, die öffentliche Wettbewerbe abhalten und Athletenkost genießen. – »Na Prost: *ist* das nicht Wahnsinn, das Ganze ? ! « ; aber sie spitzte, absichtlich völlig verständnislos, den Mund: »Das macht doch Laune!«.

Nach links bogen wir ab, in den Feldweg (eigentlich ein limes actuarius und die vorschriftsmäßigen 12 Fuß breit). Spitze Wolkenschädel, Geronten mit Eierköpfen, besahen uns von allen Himmelsrändern, wie wir da in unserer Tellerwelt herumliliputanerten. Teilten uns dazu ein Pilzchen, roh, und das kalte löschpapierne Fleisch beizte uns wenig. Von ihrem säulenheiligen Daniel wollte sie noch händelsüchtig anfangen, der 36 Ellen hoch in der Luft saß, übern Rand schiß, und sich leidenschaftlich in alle Konzilien und orthodoxen Stänkereien mischte. »Marienerscheinungen? ? : Was denkstu, wie oft den Alten Athene erschienen ist! / Gottes Sohn ? ? : Das kam im Altertum in jeder Besseren Familie, die n bissel was auf sich hielt, mindestens einmal vor! : Denk an Herakles, Helena, die Dioskuren etcetera! / Gemeinschaft der Gläubigen? ? : hättest ma ne Dionysosfeier mitmachen sollen! Oder in Eleusis! : *Das* ist doch Alles nischt Neues ! ! «

Drüben auf der Heerstraße Soldaten: norische Schützen zu Pferd, roxolanische Reiter in Lederpanzern, sogar Kataphrakten. (Dann auch die Schnellpost von Hadrianopolis, zehnelang: »Die machen über hundert Millien am Tage!«).

Vorm Wachtturm: »Freilich: Ihr wohnt hinter den Langen Mauern! – Der hat immerhin schon seine 2 Dutzend Belagerungen ausgehalten! – Nee; ich hab erst 2 mitgemacht; ich hab die Hälfte der Artillerie, zur Straße rüber.«

»Loslos komm! : hier helfen keine Grübchen in der Stimme mehr. Nichts wie ad clipeum und rauf!« ; denn sie machte mondäne Schwierigkeiten wegen der engen Leiter: »Dein Vater hat ständig Angst vor Erdbeben, und

Du stellst Dich wegen dem bißchen Kletterei so an....«:
das finstere Gewölk ihres Stirnhaars; Blitze äugten; der
pausenlose Mund borborygmosierte an Böslichkeiten –
»...und dabei siehts so schlank und elegant aus!...«
(ich, versöhnlich: sie trat blindlings nach mir Nachstei-
gendem).

»*Na endlich!*«: auch Gelon trollte über Feld und Gräben
heran, betont linkisch, eine Stierblase als Kappe über
dem Igelhaar, und konnte absichtlich nur thrakisch.
(»Man kontrolliert uns nämlich bestimmt demnächst von
Herakleia-Perinthos aus« bedeutete ich Agraule).

Rasch durchsehen: Feigenholzschilde mit Leder bezogen? :
»45«. Wetzsteine zum Schärfen der Schwerter? :
»Stimmt.« : »Sag bloß Allen, daß sie ihn beim Probe-
alarm nicht wieder vergessen!« Tragegestelle für Ruck-
säcke (ist freilich meiner Ansicht nach Quatsch, für uns
hier; aber Vorschrift).

Lassos; ein Wurftuch mit Kugeln in den Ecken: »Alanische
Spezialitäten: das wickelt den Kopf zum Ersticken ein,
und blendet – während die Kugeln den Kopf zerdre-
schen – ; wir haben Einen, der damit umgehen kann. –
Nee, ich brings auch nich!«. / Schleudern, und die plom-
bierte Kiste mit den 10 000 Bleigeschossen dazu: »Du
wirst Dich umkucken! : Gelon kann Dir nachher mal
vormachen, wie man auf 50 Schritte einen handgroßen
Kreis trifft: und mit einer Wucht, daß sich die Spitze
platt drückt! : ich hab mal Einen damit von vorn nach
hinten durchschossen gesehen! – – Der Stempel drauf? :
bedeutet, daß die Munition aus den großen Waffenfabri-
ken von Hadrianopolis kommt«. / Die Lebensmittel: »Das
eine Mal waren wir 30 Tage hier eingeschlossen; zum
Schluß ganz ohne Wasser: *wir* sahen vielleicht aus ! ! « :

Getreide in Rationssäckchen; Bucellatum, die eiserne
Zwiebackration; »Füll die Ledereimer nochmal mit Wasser, daß sie zur Übung dicht sind« ; Wein, Medizin, Ver-
bandszeug, Decken: »Ja, manchmal flüchten auch Frauen
oder Kinder mit rein; die nicht mehr zu Land oder See
ins Auffanglager nach Philias kommen«. / Im oberen
Stock die Semeia: Rauch- und Feuersignale. 2 große, flach
hohlgeschliffene Schilde zum Blinken bei Sonnenschein:
»Wir geben die vereinbarten Zeichen nach Süden weiter,
zu den Bergen – ja, vom Dach: während die Belagerer
nach Dir zielen! – Und die dann weiter zur Makra
Teiche.« / Dann endlich meine Artillerie: »Drüben, die
Batterie nach dem Wald zu, kommandiert mein Vater.« :
ein Tormentum mit Mörserflugbahn; 2 Katapulte, Rie-
senarmbrüste für Flachbeschuß; ein Aerotonium, das
Pfeile durch Preßluft schleudert. »Schußweiten? ? – Na,
die große Balliste da wirft so einen Stein hier 5 Stadien
weit: jaja! ! «. – Brandgeschosse in versiegelten Stein-
töpfen.

» ‹ *Seit dem Eintritt der christlichen Religion* ist der Zorn
der Götter über die Menschheit gekommen › « übersetzte
ich ihr zuvorkommend Gelons Ansichten: »die Barbaren-
stämme aus den dunklen Wüsteneien des Nordens (Germanen & Hunnen; ist *eine* Firma!) und den roten des
Südens (Perser sind gemeint!) berennen uns von allen
Seiten: das war früher nich!« : sie überschlug die Histo-
rie der letzten 200 Jahre: etwas ist dran, wie? ! , und
dann stiegen wir wieder in den Sonnenschein.

(Gelon stieß mich bauernschlau auf thrakisch an: ? ? ; aber
ich verbot ihm entrüstet den Mund: was heißt hier ‹ Zukünftige › ? ! : »Kümmer Dich um Du!«. »Hab ich ja
schon!« griente er, und: »nää: ich machs lieber gleich

heute noch« (das Wassereinfüllen) »später hab ich keine
Zeit.« (murmelnd und möglichst stupide): »Morgen
Abend kommt n Schmugglerschiff vorbei; n Küsten-
tramp: da geh ich an Bord, als Lotse bis zur Istrosmün-
dung – « – –

Schon von fern: eine untersetzte Schenke, aus derem schlag-
flüssigen Klinkerprofil muntere Fenster zwinkerten. Eine
Trompete gellerte sich in immer giftigere Seligkeiten,
Grünspan mit Spucke — : und dann platzte die gesamte
Blechmusik los, daß die Hügel wieder eine zeitlang Echos
kauten.

Auf dem Anger: Jongleure; Neurobaten auf dünnen, Eunam-
buli auf dicken Seilen; (»Ich weiß: in Byzanz brauchen
sie gar keine! «) ; Thaumatopoioi! Boxer mit schrecklich
anziehenden Blumenkohlnasen und ausgefransten Ohren.
Ein Neurospast ließ im Marionettentheater seine Hampel-
püppchen zappeln. Der Bänkelsänger hatte angeblich bei
einem Schiffbruch sein gesamtes Vermögen verloren, und
zog jetzt mit der gemalten Schauerhistorie durch die
Lande.

Aber das hier gefiel ihr: ‹ein Bißchen› : die Rüpelposse vom
Dionysos. Klodonea und Mimallona, in Felle des Hirsch-
kalbs gehüllt, kleine Handpauken schlagend, den Thyrsos
schwingend. Dann und wann brüllte ein Knecht dazu
wie ein Stier. Mädchen trugen krokosfarbene Kleider
(um die Bärinnen der Artemis darzustellen, die hoch und
hager, bestimmt die längste Megäre von Europa, in ihrer
Mitte ragte). Kleine Jungen tobten, mit Pinienkränzen
im Haar; gebärdeten sich, und schmissen sich blitzschnell
die Fäuste in die Augen. Dann baten sie um Gaben.
»O Gott, kann der brüllen! — Naja: Stentor war ja wohl
aus Thrake.« fügte sie resigniert hinzu).

Die kleine Stadt: (Ich mußte zum Wechsler, der sich heute einen unheimlichen Collybus abzog. Sie bestaunte die Prägung der Münze von Bizye: Artemis, die einen Pfeil zur Erde wirft; in der Linken eine lange Fackel, vor ihr, archaisch erstarrt, ihr steifer Hirsch – »Och!« ; ich schenkte ihr eine ‹ zum Andenken an die Wilden in Thrakien damals › , und sie hielt mich Erinnerung gerührt fest). (Dann noch für 10 Sekunden zur nächsten Urinamphora ins Sackgäßchen geschlüpft.)

»Komm: ne Bratwurst essen!« erst zierte sie sich, wählte dann lange zwischen Allas und Physke; aber endlich standen wir lachend und beißend umeinander, links die Brotscheibe, rechts die Blutwurst. (»Ja, nach Knoblauch stinken sie mächtig, ob Fischer oder Bauern! – *Ich* kann den Geruch ja auch nich vertragen!«). – An der Würfelbude verlor ich dreimal, grundsätzlich Canis damnosus; beim vierten Mal trat Agraule resolut dazwischen, stülpte pautz den Becher um: Iactus Veneris! ! (Also 3 Sechsen, und sie wählte sich kritisch eine der kunstvollen Crinalen aus Rohr. »Solche Haarnadeln dürfen aber nur Verheiratete tragen!« warnte ich – sie winkte lässig ab, und bargs in ihrem Säckchen).

Aha: viele Füße schmatzten heran (asselten): die Lecticarii (12 Mann hoch in brandroter Livree). Außer ihrem großen Fourposter hatten sie noch eine kleine, leicht gezimmerte, für Agraule mitgebracht. Anatolios tippte mich lebenslustig an die Schulter (während Gabriel salbungsvoll eine dicke Wolkin beblickte: Eitelkeiten ringsum!) :

ein Busch öffnet sich oben (auf der Festwiese wieder): dem grünen Zittermund entschlüpfte sogleich seine Tänzerin; eine andere fiel ihr vom Himmel entgegen: sie machten Reifen aus ihren Armen und drehten sich selig darunter. /

Ein Düsterer: wurde nur Auge und Hand. Umhaartes Funkelauge; spitze Marmorhand — : und sein Pfeil zitterte längst drüben in der pendelnden Gurke: gar nich mal schlecht! / 2 Fischer, Freiwillige vor, verschnürten lustvoll den kleinen stillen Mann; ein Dritter untersuchte ihn wiehernd nach verborgenen Messern, hob ihm die Zunge — öffnete den Duldenden hinten: ? — (dann zwängten sie ihn in den Sack und rolltens beiseite). / Ein langes Mädchen, riemenschmal, glitt um einen Baum herab; sie rollte sich lachend ein, daß ihre Glieder völlig durcheinander lagen: der Kopf in der Mitte sah uns listig an (umgeben von Fingern und Füßen, die rhythmisch Kußhändchen warfen. — Anatolios winkte sie burschikos zu sich in die Sänfte, aus der sie nach einer Viertelstunde heiter wieder hervorschlüpfte). / 2 Athletinnen rangen sich zu einem fetten Riesenknäuel; mit breiten Oberarmen verschient. Beine hebelten dazwischen, Muskeln beulten, Brüste buckelten, sie handhabten sich wie Säcke. Eine wuchs langsam aus der Matte, dicke Stücke der verwulsteten Gegnerin über der Schulter, im Arm, zwischen den Beinen: ! : unter dem donnernden Beifall des Volkes rissen ihnen — endlich — die Trikots — jappend ließen sie sich los, und verneigten sich vielemale, künstlich verwirrt und immer freigebiger. / : Drüben der Sack wurde lebendig: faltete sich ein, beulte und höckerte — — binnen Kurzem zerfiel er, und der Lächelnde trat gelassen heraus: ? ? (Später zeigte er uns, für Geld, wo er das Messer barg: am linken Kleinfinger hatte er nur noch das unterste Glied; an den Stumpf war die kleine haarscharfe Klinge geschnallt, ein künstlicher Finger darüber gestülpt).

Auch der Magistrat erschien geschlossen gegen Abend; Ana-

tolios hatte die Ehrerbietigen sogleich vor sich führen
lassen, und begann endlose statistische Unterhaltungen.
(Allerdings sahen sie, inklusive des heiligen Gabriel, auch
diverse Male zu uns herüber: na, wenn man uns nächstes
Jahr die Steuer erhöht, weiß ich, woher s kommt!).

Unbeweglich auf rötlichem Gefieder schwebte der Mond
über den stillen Buschreihen; die Engel peitschten ihre
silbernen und goldenen Kreisel um den Berg.

Neben Agraules Sänfte (die Hand auf dem Rand: so hatte
sie es bestimmt gefordert. Hinter uns die 2 letzten Fackel-
träger: eine Weinrebe mit Pech bestrichen; eine aus sühn-
kräftigem Weißdorn. – Ihr Mund zwinkerte mir zu; das
Tändelmäulchen plapperte; ab und zu, bei einer besonders wichtigen Stelle, nagten ihre Finger die meinen).

Vor uns schwankte die große Lectica: hei, da gings lebhaft
zu! Sie debattierten drinnen, daß die Vorhänge wackelten, Gabriels theologischer Zitterbaß, und die gedämpf-
teren Zischer ihres Vaters; wir blieben noch weiter zurück).

Astronomieexamen: »Die 7 Dreschochsen«, sagte sie stolz,
»und n Orion!« Unsicherer: »Die Plejaden – « ; man
sah mich erwartungsvoll an –

»Sag die Planeten auf! « : 7 magere Fingerchen erschienen
hochzweifelnd, verschwanden Einer nach dem Anderen:
»Selene, Stilbon, Eosphoros. – : Helios! – Pyroeis. :
Phaeton Phainon!« und »Hastu voriges Jahr den großen
Kometen gesehen ? ! « (Jawohl; 40 Tage lang; im
Schützen).

Aus weißen Wolkenplatten ein Weg quer über den Himmel
gelegt; wir gingen mit mattierten Gesichtern und langen
Fingern; es spitzte unsere Schatten an (»Och schon da? ? :
Och!« und sie tippte mich sehr zum Abschied).

Anatolios (Gabriel war schon mit pausbäckigem Talar hinein gerauscht; haben sich anscheinend gezankt!) : aber
   auch der hier schien verlegen: »Naja: gewiß – « hü-
   stelte vorsichtig bejahrt, und scheuerte sich die Nase:
   »Tschaaa – –«

Plötzlich aber leuchtete sein Gesicht auf; er schien sich entschlossen zu haben; nickte und klopfte unverdrossen
   meine Schulter; rieb sich auch die Geschäftshand an der
   Toga warm: »Also bis morgen! – Aber Du kommst *bestimmt*, Lykophron, ja? ! ! «. Ja sicher, gern! (und ich
   gefiel ihm unverkennbar: !).

Am Jahrmarktshimmel: glühende und gefrorene Steine flogen da langsam durcheinander, meinetwegen auch Metall-
   blöcke und Eissplitter. (Oder, wie der Christianer hinten
   wollte: pastellfarbene Bälle, mit denen die Engel Golf
   spielten!). – –

Graugestrichener Morgen (mit schwarzen abstrakten Kle-
   xen): die trägen Stimmen der Knechte schalten Dunkel
   und Grau; Stiere murrten; der Hahn wieherte unerbittlich.

Unter einer kahlen Allee (oder: Himmel völlig von schwarzen Gängen zerfressen. Oben, parallel, die Nebelströ-
   mung: eine blasse Untiefe drin).

Nanu ? ! ! : Agraule zusteifst in einer Art Kirchenstuhl
   gefangen. Gabriel eisig-weich, die Hände in den Ärmeln:
   »Bittö?« (also meinetwegen bitte!):

Einwände gegen Kosmas:

Erstens: Die Schiffer in den Meeren ums Prasum Promon-
   torium (unter 15 Grad *südlicher* Breite!) berichten ein-
   stimmig, daß sie am Südhimmel einen neuen ‹Polarstern›
   erblickten, um den die Sphäre dort kreise: also ein
   zweites Rotationszentrum! Und Dioskoros war ein ver-

läßlicher Mann! — »Die Berichte sind doch wohl noch zu unsicher«, antwortete er unbewegt: »schließlich führt Kosmas ja nicht umsonst den Beinamen des ‹Indikopleustes› ! « . Schön; ist also noch zu klären (ebenso die Meldungen, daß im höchsten Norden die Sonne im Sommer nicht untergehe, ja?).

(*Agraules Gesicht,* schneeweiß, schwarz und weiß, zerriß einmal so grausam schnell, daß ich erst aufwollte, und ihr helfen — aber sie schüttelte angstvoll drohend die Augen – bildete lautlos ein Wort: ? : ‹Ga–bel–› : ? ? Ich hob kurz die Schultern: Kannitverstan!).

Zweitens: Bei Mondfinsternissen geht Selene also durch den Schatten des Berges? Augenscheinlichement. Tief unten ist der Berg breiter: sie dauern länger. Oben kürzer. Streift er nur die Spitze, ist die Eklipsis partiell. (Er nickte erhaben pikiert). »Nur: es kommen Finsternisse vor — hundertfach observiert — wo der *obere* Teil der Mondscheibe verdunkelt erscheint! Der untere Teil von der Sonne beleuchtet! . . . . . : ? «

Er (eindeutig um Zeit zu gewinnen!) sagte runzelhastig: »Ich habe nicht verstanden — — ? « (Also noch einmal das schöne Spiel!).

Er war fertig! (und ich wußte, wer Recht hatte, Kosmas oder Eutokios!). Er schluckte. Erstickt: »– es ist – ä – : eine Höhle im Berg! Durch die Sonnenlicht fallen kann. –« (erlöst! Nur: eine solche Höhle müßte ein langes Rohr im Gestein sein, und bei der geringsten Verschiebung der beteiligten Gestirne könnte kein Sonnenlicht den Mond mehr treffen! : »außerdem ist sie auch gar nicht eingezeichnet!« schloß ich triumphierend).

Als er sah, wie ich sah: nämlich, daß er sichs notierte, brummte er was von ‹mal bei Kosmas direkt rückfragen›.

(Würden also ‹mit Gott› die neue ingeniöse Korrektur einarbeiten!).

(Sie lachte nicht! Weder kameraden noch sonst. Blinkte auch nicht zustimmend mit Augen!).

Drittens: Bei Halbmond bilden Erde—Sonne—Mond ein rechtwinkliges Dreieck (mit dem rechten Winkel am Mond; er gabs zu) : mißt man nun von uns aus den Winkel vom Mond zur Sonne, so müßte er — bei Eurer Voraussetzung der annähernden Gleichheit der Bahndurchmesser — stets dicht unter 45 Grad liegen. Er ist aber (tausendfach seit Aristoteles nachgemessen!) so klein, daß er praktisch noch unterhalb unserer heutigen Meßgenauigkeit liegt: und folglich die Radien von Sonnen- und Mondbahn sich *mindestens* wie 60 zu 1 verhalten müssen! (Ja, notiere nur, Schätzchen! Wenn auch mit abfällig geschürztem Gemien!).

Aus weitestem Mund: sie formte entsetzt ‹Ka› : ‹Pel› : ‹Le› ! ! ! Ich verstand zuerst nicht; um ganz sicher zu gehen, meditierte ich, wie in zähen Gedanken: » . . . . ja, und diese Stiftshütte *oder Kapelle* dann . . . . . « — ein weiter transzendenter Blick an die Wand zwischen den Beiden — : ? : sie ließ tief bejahend den Kopf sinken).

Viertens: (Kleinigkeiten nur noch: wem 1 bis 3 nich langt! —):

a) Die ‹Reinheit› der uranischen Körper: der fleckige Mond! (schon Plutarch hat ja, aus der unregelmäßigen Schattengrenze, auf Bergzüge geschlossen!).

b) Ebenso ‹Reinstes Feuer› ? : die hat n ganz hübsch syphilitisches Gesichtel, die Sonne! : Bei Aufgang in dünnem Gewölk (oder mit Blendgläsern) kann man mit bloßem Auge wechselnde Flecke in ihr erkennen! Eine Gruppe erschien 18 Monate lang Tag für Tag: und lief um den Flammenball herum! Erst am West=

dann am Ostrand der Sonne: *Unvollkommenheit der Himmelskörper! !*

c) Was wird zuerst beleuchtet: Fuß oder Gipfel des Berges? ! / Oder: was sieht man auf dem Meere zuerst vom Schiff: doch wohl die Mastspitze? ! / Warum ist Phosphoros zuweilen dreimal heller als sonst? (Oh weh: s war ihm noch nie ein Problem gewesen!). / »Wie erklärt Kosmas, daß die Planeten manchmal rückläufig werden? : vielleicht eine Laune des betreffenden Seraphs, der back=spin giebt ? ! « (er tötete mich mehrfach mit orthodoxen Giftaugen).

»*Könnte man* — als Kompromiß — diese ganze ‹ Innere Erde › mitsamt dem ‹ Berg des Nordens › nicht als die arg verzeichnete, abgeschnittene Nordhalbkugel des Ptolemaios betrachten? « — Er zuckte auf; er zwang grimmig an sich herum (Warum spie er mir nicht ins Lästerantlitz? : war doch die bequemste und bei Euch beliebteste Methode der Widerlegung? ! Wenn kein Gegengrund mehr einfällt, bleibt immer noch der Scheiterhaufen!). »Ja, das behaupten die Exothen« sagte er, wieder abgekühlt. (Müssen demnach schlaue Leute sein, diese ‹ Unchristen ›.) »Du glaubst also der Bibel mehr, als Deinen eigenen Augen?« : »Ich breche die Unterhaltung ab!« (giftig= fromm).

Dann konnte er sichs aber doch nicht verkneifen: Von der Äußeren Erde: »Gegen Ende seines 7. Buches muß ja auch Euer Ptolemaios zugeben, daß von Kattigara aus sich Land weiter gegen Süden, und dann gerade nach Westen richtet, so daß es mit dem festen Lande von Afrika zu einem Ganzen werde; das dazwischen liegende Meer zum größten Binnensee. Und weiter: daß sich von der Südspitze Afrikas auch gegen Westen hin Land ziehe! Nun

266

trenne einfach Afrika los — nach dem Bericht Herodots ist es ja umschifft worden! — und Du hast den Südteil der Äußeren Erde!« (Und sieghaft ‹bewies› er mirs weiter, aus ‹meinen eigenen Autoritäten› : »Zur Zeit, da Quintus Metellus Celer Prokonsul in Gallien war, wurden an der Küste von Armorica mehrfach Leichen von rothäutigen Dämonen angetrieben: mit Schnabelnasen, und Adlerfedern statt der Haare!« — ich kannte die Stelle im Pomponius Mela wohl: aber die Phantasie dieser Leute! !). / Auch: »Hat nicht Eratosthenes bestätigt, daß das Mare Caspium ein Busen des Nordmeers sei?« / Dann die alten Witze gegen Antipoden. – (Anstatt einzusehen, daß die Welt der Erscheinungen anfänglich verschiedene naive Erklärungen erlaubt; allmählich aber, je größer der durchforschte Raum wird, treten Phänomene auf, die dergleichen Träume nicht mehr gestatten!).

»*Du hast alle diese* — zum Teil nicht unfeinen — Einwände: *selbst* ersonnen? ? « : »Nein. Mit meinem Vater« : »Soo : *mit Deinem Vater! !* « wiederholte er verzerrten Gesichts (biß auch die Unterlippe zurück, die eben ausplaudern wollte).

Und die Streiche fielen, daß unsere Zungen klirrten: Unwürdige Vorstellung der Heiden von ihren Göttern? : Kümmert Euch um die Erotika des Hohen Liedes, und alttestamentarische Huren! / Widersprüche der antiken Mythologien? : Klärt erst mal Eure in den Evangelien! / Eitles Götterpack? : Aber wenn sich ungelernte Tischlerjungen Haar und Bart salben und kräuseln, was? / Überhaupt: »Ist Kosmas nicht eigentlich Nestorianer? ! « (scheinbar harmlos; aber *das* Messer saß, so bäumte sich der fromme Alterszwitter auf: »Das tut wohl wissenschaftlich nichts zur Sache! — Es giebt ja viel schlimmere

Ketzer! ! « und wies stammelnd vor Wut so etwa auf mich: ! — Waren *seine* Lästerungen des ewigen Olymps etwa sachlich gewesen? : »Nur, daß sein Bild nich auch mal von Justinian ins Kopron geworfen wird: geht ja schnell bei Euch!«).

»Ich bedaure übrigens, den Unterricht durchaus abbrechen zu müssen! Wichtigste Arbeiten im Dienst unserer Mutter Kirche — — « (und hämisch wogte sein Maul: von mir aus gern! Ich weiß längst genug von Eurer Kultur: wem *die* Probe noch nicht genügt! — Formelle Neigung zu Agraule: die dippte hastig den Kopf: ‹Ka—pel—le› !) . —

Stumpfe Mongolengesichter machte die Sonne aus dem Nebel; wäßriges Licht teichte umher; drüben von der Tenne stäubte's im Pumpertakt (bin ja bloß neugierig, was los ist!).

Vor der Kapelle: Im flachen Matsch stehen, wie in geschmolzener Zeit; am Hutrand hing still ein milchiger Tropfen (ich faßte zweifelnd die schwammige Luft an, und sah dann unentschlossen herum: giebt noch mehr Nebel!) :

: sie warf sich schnaufend an mich, krümmte sich vor Anstrengung, ihre Blicke rutschten von allen Gegenständen ab: »Ochch! ! ! «

Der eisige Windstoß wollte uns beide skalpieren. Er packte Agraule beim Schopf, daß sie die Stirnhaut zusammenbiß, und sich an mich duckte; guillotinierte von hinten — und sie floh entsetzt vor uns her, schwere Schwarzflammen ums ganze Gesicht: »Komm mit rein! : Iss sicherer!«

» Wo bistu eigentlich hergekommen? ! « *:* der ‹Gute Hirte› stand plötzlich seitwärts im Raum! Und dahinter ein dunkler Klaff, in den ich ohne weiteres hineingestürmt wurde: »—Zieh zu hinter Dir!« —

Mit platten Händen an die Wand gefallen war sie: im breiten
ledernen Stirnband glomm ein Tonlämpchen; ihre Zunge
schlug blindlings zu, ihre Worte schallten auf mir:

»*Der Gang?*« (ging die Atempfeife): »bis in die Villa: die
Säule iss doch *hohl*, Mensch. Mit ner Schneckentreppe im
Innern. — — Nee: Familiengeheimnis; Gabriel hat keine
Ahnung!«. Die Einäugige jappte am ganzen Körper:

»*Gabriel:* hat gestern vom Magistrat in Salmydessos irgendwie rausgekriegt: daß bei Euch n berüchtigter langgesuch-
ter Großketzer lebt. Gegen den noch n altes Urteil zu
vollstrecken ist! : Und Du hast ihn auch belogen! Da hat
er gestern Abend noch n Eilkurier nach Byzanz abgefer-
tigt: heute Abend kommt die Polizei!«

»*Dein Vater iss auch geliefert:* wegen wissentlicher Beher-
bergung eines Verbrechers. Auch ‹Vermögenseinziehung
unter dem Vorwurf des Polytheismus› hat er vorgeschlagen —« die schmale Brust keuchte langsamer:

»*Nein! :* sie müssen sofort Beide fliehen! – Halt: Lyko! ! « :

»*Pappa läßt Dir sagen:* Du mußt hierbleiben! Dein Vater soll
aber sofort das hier unterschreiben —« stieß noch im
Reden den Stein auf, und schob mir das Elfenbeinröhr-
chen wie eine Stafette in die Hand. Warf mir in fliegender
Eile, Wiedergutmachung, ein Dutzend Streichelfinger ins
Gesicht. Dann drohend-treuherziges Fauchen: »Willstu
wohl laufen, Nihilist! ! «

Wolkenfratzen galoppierten ringsum: windzerfressen, Grau-
jauche speichelte: fahrt zur Hölle ringsum, Götter und
Himmelserscheinungen! (Aber das zottige Pack blieb und
sabberte weiter).

Voll braunglitzerndem Schleim: flog die Straße vor mir her,
und ich trommelte rasend darauf entlang (und wenn mir
die Waden platzten; oben bleiche Feuchte, zog der hän-

gende Schneckenwanst weiter seine Schleimspur, amöbte
und schlurrte: 25 Stadien in 15 Minuten!) :

»*Wo ist Eutokios! !* « (»Ja, oder mein Vater, ist egal!«)

Sie lauschten immer noch: — ihre Arme ragten aus der Tisch-
platte — dann wandte er sich scharf ab — »Wohin? :
Meister! ! « — der greise Emigrant sah nicht mehr her:
»Packen!« (erbarmunglos!).

»*Im Ruderboot?* Jetzt im Oktober? ! « — Oder durch die
Schluchten des Hämus? : »Da finden Sie uns sofort mit
Hunden! « —

Halt! : Da! ! : Fiels auf mich ein! ! ! : Das Schmugglerschiff!
Heute Abend ! ! — — Und mein Vater nickte bald: gut,
zum einstigen Schwiegersohn nach Cherson. Erstmal.
(Etwas Wäsche und ein Bücherkistchen. »Geh sofort
Lyko, und erledige das! — Falls es nicht klappt!«).

Die Sonne machte sich schlammigere Teiche; Fetzenfische
hasteten; qualligquallig: Alles bewegte sich oben. (Und
ich unten; der Regen wusch und schwarz und grün und
Zäune und Zotten).

Im Schatten von vorbeieilenden Fässern: könnte man, Dio-
genes, wohnen; liegenschnarchen; christlich lauern; zu
Stuhle gehen; (meinswegen auch Dithyramben schmieden
oder ‹knieebeugt› machen; hinter Fässern. Aus der Mauer
zeterte leise das Küchenrinnsal).

»*Gee – lonn! !* – « : er hörte mißtrauisch zu und schwankte
erst lange: das war riskanter als ein bißchen Schmuggelei!
(Und ich verhehlte ihm keine Gefahr!).

»*Also beim Nordkanal* die dritte Einfahrt rechts?« (Dritte
vom Meer aus gerechnet!) »Wir holen Euch mit dem
Langboot ab: aber *ganz* wenig Gepäck, Du! Und ge-
schwärzte Gesichter, wenn ich bitten darf! — Ja, meinetwegen auch Kapuzen mit Augenschlitzen: und pünktlich!

Wir fahren bloß zweimal hin und her!«

»*Noch eins, Gelon!* : In seinem Gefolge befindet sich ein Zollbeamter, sein schärfster Spürhund: als Priester verkleidet! Mit dem Spezialauftrag, *Euch hier* zu kontrollieren! Wenn Ihr ihn in der Nähe rumstreichen seht, wißt ihr Bescheid: sags weiter!« er machte bereits Fäuste vom Umfang eines Kinderkopfes.

Ein Zaun im Nebel? : Skias onar anthropos; umbrae somnium homo: eine Grenze. Also voltigierte ich rücksichtslos über das neblige Gesetz!

Ich ruderte den Kahn, endlos durch immer enger werdende Gräben, wie gut, daß ich alle Biegungen kannte, so dicht wie möglich ans Haus: blieben immer noch 1000 Schritte (wenn nicht mehr; und der Nebel wurde dichter!).

Pflöcke und Leine! : *Ich* schlug sie mäßig ein, und spannte sie — die Nacht war feucht genug — ganz locker. Sträucher hatten sich in der Trübe um mich zusammengerottet: wo war jetzt der Ausgang? (Eventuell noch irgendwelche Winkel bestimmen? —).

Letzte Gespräche (zwischen aufgerissenen Schränken und ärmlichen Säckchen. Mein Vater trübe und gebeugt! Eutokios kalt und aufrecht; fast Freude des Umziehenden? ?):

»*Hat das Unterschreiben* überhaupt Zweck?« — in dem reichgeschnitzten Zylinder das kalligraphische Blatt: mein Vater hatte mir angeblich bereits vor 3 Jahren das Gut übertragen! Mit notariellem Siegel und 2 Zeugenunterschriften (alle von Anatolios' Personal sicher). / »Ist doch sinnlos!« (Eutokios): »*bereichern* will er sich an uns: wie wunderbar kann er sich arrondieren!« / Ich (mir fiel eine Bemerkung Agraules ein): »Nein! : er legt — zumal im Augenblick — allergrößten Wert darauf, besitzlos zu erscheinen: damit widerlegt er jeden Ankläger!«

Und wie sorgfältig Alles verschnürt war: » — das ist kein Blitzeinfall gewesen: das hat er stundenlang vorbereiten müssen — : noch einmal, Lykophron: *was* hat das Mädel genau gesagt? ! — « / »Ja: warum läßt man uns *überhaupt* warnen? ! ! «

»*Tja — dann* giebt es wohl nur *eine* Möglichkeit! : — —« verstummte, sein Gesicht wurde scharf; einmal sah er flüchtig zu mir herüber; rechnete wiederum: — — und lachte kurz und gellend auf: »Pffff: klar! : Mensch! ! ! — — Geh mal n Augenblick raus, Lyko — «. —

: »*Du wirst wahrscheinlich* Agraule heiraten sollen — « (Eutokios sachlich; schob auch schon abwehrend die Hand vor: ichweißichweiß): »Du mußt Dich opfern! : nur so kann unsere finanzielle Grundlage, das Gut — *scheinbar, ich weiß es nicht genau* — erhalten werden!« / »Sie hat eingestandenermaßen von ihrem Vater den Auftrag, Dich — also uns — zu warnen —« (und die sich ergebenden Korollarien; er suchte mich schwerfälligen Auges ab, scharf, ironischer, wurde stiller; traurig; nickte (schon wieder beim Packen)). / Ach was!: er kriegt als Schwiegersohn n graden unverdorbenen Burschen, wie er ihn in ganz Byzanz nicht wieder findet: die Typen aus ‹ seinen Kreisen › kennt er nur allzu gut!«

»*Gabriel von Thisoa?* : Wenn ich ihn haßte, könnte er mich vielleicht noch vorschriftsmäßig lieben — aber so haßt *er mich* — das geht selbst über Christenkräfte!« / »Und vergiß die Mondfinsternis am Siebzehnten/Achtzehnten Elften nich!«

»*Wir? ? :* Wir gehen durchs Kaspische Meer nach Persien!« (Vom Tanais aus führt ein 3500 Stadien langes See- und Flußsystem durch schilfreiche Sümpfe, Bifurkationen und moorige Weiden bis ins Mare Hyrkanum: der halbe Indienhandel geht ja habituell diesen nördlichen Wasserweg! Schon Seleukos hat die Fahrt mit einer Camarenflottille gemacht. – Sogar der große Oxianus Lacus, noch weiter im Osten, hängt damit zusammen, so daß man den Jaxartes oft den ‹Östlichen Tanais› nennt: Alexander hat seinerzeit mal aus Spaß von Baktrien aus Gesandte *zu Wasser* ans Schwarzmeer geschickt: im Herbst fuhren sie ab, und waren im Winter wieder zurück; brachten auch zur Bestätigung Kaufleute aus Kertsch mit).

Wie weiter? : »Na, zunächst zur Insel Talka, dicht vor der Südküste.« (Feueranbeter: auf einer Landspitze dort steht ein kleiner Tempel, an dessen Altar aus einer großen Röhre immerwährendes blaues Feuer hervorbricht, das die Hand nicht versehrt. Mit hohem singendem Ton. (Wie damals im Massiven; aber die war silbern!)). / »Dann weiter über Zadrakarta zur Universität Madain; ich hab da Bekannte genug unter den Dozenten: von früher noch!«. (Feueranbeter? Reinster Dienst? : »Ja; nachts bricht die Flamme aus der Kuppel des Gebäudes hervor: sieht phantastisch aus! – Andrerseits nehmen sie auch wieder rituelle Waschungen mit Kuhurin vor, und treiben leidenschaftlich Seeräuberei – ich sag Dir s ja: wie s in frommen Köpfen aussieht, können wir uns einfach nicht vorstellen: da ist irgendwie eine achselzuckende Schranke – «) / »Oh, wir müssen uns beeilen! : November bis April ist dort oben Alles zugefroren!« (und pakken, packen, packen; ich stemmte indes das vermauerte Wandfach zum Geld auf).

»*Du versuchst jedenfalls* zunächst das Gut zu halten! : Wenn alle Stränge reißen sollten, kommst Du irgendwie nach.

Unsere Anschrift hinterlegen wir bei – nein: nicht notieren! Nichts schriftlich! – bei ‹Ssalal–ad–Din; Rektor in
Madain›. Auch eventuelle Geldsendungen, ja.«

6 Uhr abends: Wir verließen die zerfleischten Räume (in
lichtgrauen Mänteln; dunkles Geäst drauf geteert, zur
Tarnung).

Zum letzten Mal durchs Hoftor: mein Vater! ! Er mußte
sich eine Sekunde am Pfosten weiter fassen, krümmte
auch den Mund und spie Tränenrotz (während Eutokios
Flüche dachte) – – : »Iss das nich – – « : Pferde-
getrappel ? ? –

Der Nebel: war grausam und kroch. Rollte und wellte und
kroch. Übern Sand – »Moment!« / Langsam fuchtelte
Grauweißgrau. Eine zinnerne Scheibe, Wassergalle,
schwappte aufs abs. Totenköpfiges löcherte: verflucht? :
Gebell? ? ! ! (Erstarrung oder Totschlag) –

Aber es war Parpax, der Alte! : ich zupfte mit fliegenden
Fingern am Schinken und stopfte ihm den leise trom-
melnden Mund, ‹ja, guuutes Kerlchen: sosooo› – er
nickte, machte ein paar freundliche Gebärden und ver-
blaßte wieder–– »Nein, die Pflöcke rausziehen! ! « (Und
Eutokios: »Guut, Lyko! ! « – wenn *ers* sagt, *bin* ich gut!).

Gemisch dreier Elemente: im dicken Abendmorast. Ein
Baum tastete sich knirschend heran, wir stolperten uns
in die Zweige, Wasser rann von uns – schlugen uns zitternd zurück: verflucht, nimm Dich zusamm' !

»Nein: schief! – Der Proviantsack muß nach Backbord!«
(einstemmen, die Brust ran, das schwarze Flattertier der
Nacht schwebte über uns; einmal hatten wir eine Heh-
Stimme gehört).

Eine Einfahrt links: Wind drückte mit kalten weichen Händen ums Gesicht; zweite links (jetzt mußte sofort eine

rechts kommen: ? – – : gut!) ; hoffentlich haben sie
schwarze Segel am Schiff; die dritte links: und das Ruder
durchziehen! – –

»Mensch: Tempoooo!« : Gelon zischte dampfpfeifig, im Bug
des Zwanzigrudrigen Langbootes. (»Quatsch: erst die
Säcke natürlich!«).

Eutokios sagte: »Noch einmal siegen die ewig Unheilbaren.
Die nicht begreifen können, daß die 100 000 Jahre der
Metaphysik vorbei sind, und die der Physik angefangen
haben: Wir, Lykophron, wissen, wohin wir gehören!« –
Er schwenkte die Knochenhand hoch, würdevoll, eine
strenge Raumkurve – und ich riß den Kopf: da standen
wir: Menhirs in christlicher Nacht! – (Wind schob sich
gleich dazwischen; unsere Boote jankten; Blödheit der
Geräusche; ein Fluch schlitzte mir den Mund: erzeugt
Paradiese: aber ohne Mich! ! (Möchten die Christenpriester einst Gleiches erfahren! Unsere Rächer trinken zu-
kunftssicher ihren Kumys im Imaus!). – – –

Im Traumsumpf molchten Nebel herum (daheim störe ich
jetzt nur die Haussuchung: also zur Hütte. – Oder noch
warten – –)

Warten: der Nebel wurde dünndicht, dünndicht. – – Warten – –

Da! ! : ein Stern beschrieb eine Parabel am Himmel: rot,
also das Zeichen, daß sie sicher an Bord sind! – (und ich
floß langsam, rechts-links, durch die Priele) –

Ich robbte unhörbar die Sandbank hoch: – – : »Agraule!«
(und die Hand vor ihren Mund! Wind schlug auch um
sich, daß uns die Fetzen der Luft um die Ohren klatschten: »Lyko ! ! «)

(»Ganz leise, Mensch: 20 Schritte entfernt stehen die Sänf-
tenkerle! – «)

»Drüben an der Ecke waren zuerst noch 2 Fischer« (also Schmiere stehen!) : »die haben, als sie uns sahen, Gabriel, als heiligen Mann, gebeten, doch mitzukommen: in einem Schuppen, 5 Minuten landein, befände sich ein Todkranker. – ? : Ja, er ist sofort mitgegangen!« (und sie erschrak vor einem hysterischen Kehllaut).

»Oh, Du mein Widersacher!« : sagte sie kraftlos – und kam mit; pfropfte mir tapfer ihr Fäustchen in die Hand, und kletterte zaghaft hinten rum – bis sie endlich ganz an mich rutschte, und sich zufrieden festhielt.

Windrassel im Ried; ein ‹wo sind wir eigentlich› (bei der Jagdhütte natürlich! Sie tastete sich hinein, am Geländer meiner Arme. »Bloß kein Licht: der Nebel steigt ohnehin schon!«).

Auf Decken: sie nahm meinen linken Arm und wickelte sich hinein:

»Morgen Vormittag werden wir getraut: Du kommst um 11 zu Uns. – Nö, n fremder Kaplan!« / »Sofort nach der Trauung kriegst Du unser Gut übergeben: Wir leben hier! Pappa meint auch, das Hofleben wär nichts für Dich, so Ambitus und Nepotismus, das will gelernt sein: Du bekommst allmählich die Aufsicht über die ganze Landmesserei in der Provinz!«.

Ihre Hand schmolz einmal über mein Gesicht; ihre Stimme feixte: »Du, das war gestern vielleicht kullig! : Pappa hat Gabriel das lahmste Pferd und den doofsten Boten gegeben – und 1 Stunde später dann seinen besten Mann hinterhergejagt: er hat auch gleich Gabriel durch den Patriarchen versetzen lassen, in irgend einen unreinlichen Weltteil : Du brauchst ihn nicht mehr zu sehen! – Klar! : wenn er (Gabriel) nochmal auftaucht, hau ihm ordentlich eine rein: für mich gleich mit! : Pappa wird jetz

offiziell Minister, da kann er gar nichts mehr machen –
sonst läßt er ihn einfach zum Ketzer erklären, und in die
thebaische Wüste schicken.« (Beim Gähnen hielt sie sich
meine Hand vor! !).

Hätten sie mein Gut nicht einfach einziehen können? : sie
schnaufte nur mitleidig: »Dann wär s doch an' Staat gefallen! : So behältst Dus, und meins kommt noch dazu – –
so hat Pappa immer ‹im Dienst sein Vermögen zuge-
setzt› ; und kann, wenn er will, bei ‹seinen Kindern›
wohnen.« –

Pause. Unsere Atem pendelten.

»*Iss es denn so schlimm,* mich mal anzufassen? ? ! ! « schrie
sie schneidend – »Dann wirds allerdings fein! ! « und
heulte einmal kurz auf.

Also: Griffe: wir verfilzten uns düster, wir waren Anfän-
ger, mit Gesichtern; Wind mischte sich ein; Finger würgten und bohrten, meine Hand wußte mehr als ich – bis
sie einen Gächzer tat und treuherzig bat: »Ich kanns
auch noch nich. : Aber morgen Abend machen wirs richtig: bei Licht! Och!« / »Wir treiben am laufenden Band
ab, Du« schwor sie entschlossen »und wenn ich ganze
Sade*wälder* kauen soll! « . / »Du kannst mich ja als Feld-
messerin ausbilden – ich mach *Alles* mit, Du!« und ihr
großer Mund begann glücklich zu wellen – nahm ich sie
also wieder höflich bei Bausch und Bogen; ich, von gelben Fingerschlangen überlaufen.

»*Nu werd ich ne Landfrau* – – « hörte ich sie tiefsinnig
murmeln. Behaglich seufzen. – –

Ihr Körper ballte sich langsam um mich zusammen; Hände
lagen weiße Brettchen; ihr Gesicht schlief auf mir ein,
flach, mit verleimten Augen, schwarze Zottendreiecke
sägten die niedrige Stirn.

Der Öltropfen des Mondes löste sich 'hutsam aus seinem Wolkenschlauch, zog sich lang, wupp, und schwebte nach unten. (Agraule im Schlaf: faselte mit hoher impotenter Stimme und lachte schnappend und widerwillig. Ihre Hände maulwurften tiefer um mich herum und nahmen mich weg; ich schob sie wieder ins Deckenetui, aber sie hielt, zähe Besitzerin, fest).

Rücksichtslos: würde ich Geld herauswirtschaften, aus dem neuen Doppelgut! Und Dreiviertel davon hinschicken: sie hatte genug grüne Schuhe! (In dem Schlafgesicht links begann es zu winseln: aus der Mundrinne schloff ein Flüsterhaspel; dann plättete sich die grauleinene Fläche wieder).

‹*In 10 Jahren* wäre Gras über die Sache gewachsen› hatte sie behauptet: ‹da könnte ich sie ja wieder zurückholen, *wenn ich durchaus* wollte› ! ! : Oh Captain, my Captain! ! ! –

Ihre Nase entschloß sich, fein zu schluchzen; erst süß und eintönig; dann derber – : und dudelsackte auf einmal gar munter: das würde ich also nun manche Nacht hören! – – – –

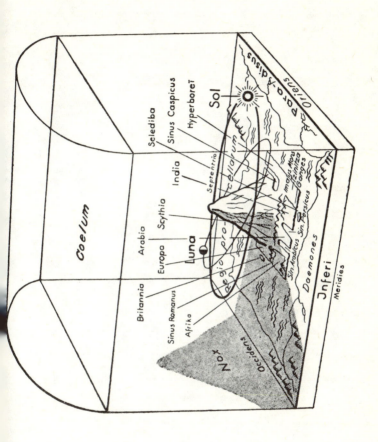

BERECHNUNGEN

BERECHNUNGEN I

»Nemo geometriae ignarus intrato«

§ 1. Unsere bisher gebräuchlichsten Prosaformen entstammen sämtlich spätestens dem 18. Jahrhundert; auch sind bereits in jenen Jahren Musterbeispiele für jede einzelne davon gegeben worden.

Kennzeichnend für sie alle ist, daß sie ausnahmslos als Nachbildung soziologischer Gepflogenheiten entwickelt wurden. Der Erzähler im lauschenden Hörerkreis war das Vorbild für Roman und Novelle. Die tägliche Übung der Korrespondenz lieferte zwanglos die vorbildliche formale Lösung des Briefromans für das Problem, mehrere geographisch und geistig von einander geschiedene charakteristische Lebensräume organisch in Beziehung zueinander zu setzen. Das Gespräch zwischen mehreren (nicht allzuvielen!) Partnern erwies sich als optimale Möglichkeit, einen Gegenstand von verschiedenen Seiten her zu beleuchten (ideale Biografie!) Das »Tagebuch« war der erste Ansatz zur Bewältigung innerer Vorgänge.

Ich hebe ausdrücklich hervor, daß diese Formen keineswegs etwa »überholt« oder »veraltet« sind! Für die angeführten, meist sehr umfangreichen Themenkreise, sind sie durchaus die optimale (und also stets in solchen Fällen anzuwendende) Erledigungsform.

(Man vergönne mir, hier noch einmal auf Wieland hinzuweisen, der gerade als Berechner der äußeren Form Vorbildliches und bisher noch nicht recht Gewürdigtes geleistet hat; Bücher, wie sein gigantischer Briefroman vom »Aristipp«, die gleichzeitig eben so reinlich das Stahl-

skelett der Trägerkonstruktion zeigen, wie die »Fülle«
menschlicher und geistiger Ereignisse bewältigen, gehören in allen Literaturen zu den größten Seltenheiten, und
sollten von jeder Schriftstellergeneration immer wieder
studiert werden.)

»Großer Roman«, »Briefroman«, »Gespräch«, »Tagebuch«, sind also nicht deswegen zu verachten, weil sie seit
Jahrhunderten unbeirrt verwendet werden; sie *mußten*
sich einfach dem denkenden Prosabildner als erste echte
Formungsmöglichkeiten für viele konkrete Fälle aufdrän-
gen, weil sie, wie oben schon angedeutet, sich in der
»Gesellschaft« bereits organisch entwickelt hatten.

Es wäre aber für die Beschreibung und Durchleuchtung
der Welt durch das Wort (die erste Voraussetzung zu
jeder Art von Beherrschung!) ein verhängnisvoller Fehler, wollte man bei diesen »klassischen« Bauweisen stehen
bleiben!

§ 2. Besonders nötig nun war und ist es, endlich einmal
zu gewissen, immer wieder vorkommenden verschiedenen Bewußtseinsvorgängen oder Erlebnisweisen die genau entsprechenden Prosaformen zu entwickeln. (Ich
betone noch einmal ganz ausdrücklich, daß ich im Folgenden lediglich von der äußeren Form [dem »Gerüst«]
spreche; von meinen subjektiven Versuchen einer konformen Abbildung von Gehirnvorgängen durch besondere Anordnung von Prosaelementen. Nicht aber vom
sprachlichen und rhythmischen Feinbau dieser Elemente
selbst.)

Bis jetzt habe ich mir die theoretische Durchforschung
und praktische Wiedergabe von 4 solchen Bewußtseinstatsachen gestellt (es gibt aber mehr!). Die Anfänge von

zwei Versuchsreihen liegen dem Publikum bisher zur Nachprüfung im Druck vor; ich beschränke mich daher in der Erörterung zunächst auf diese beiden.

§ 3. Ausgangspunkt für die Berechnung der ersten dieser neuen Prosaformen war die Besinnung auf den Prozeß des »Sich-Erinnerns«: man erinnere sich eines beliebigen kleineren Erlebniskomplexes, sei es »Volksschule«, »alte Sommerreise« — immer erscheinen zunächst, zeitrafferisch, einzelne sehr helle Bilder (meine Kurzbezeichnung: »Fotos«), um die herum sich dann im weiteren Verlauf der »Erinnerung« ergänzend erläuternde Kleinbruchstücke (»Texte«) stellen: ein solches Gemisch von »Foto-Text-Einheiten« ist schließlich das Endergebnis jedes bewußten Erinnerungsversuches.

Selbstredend hat der Autor, um überhaupt verständlich zu werden, dem Leser die Identifikation, das Nacherlebnis, zu erleichtern, aus diesem persönlich-gemütlichen Halbchaos eine klare gegliederte Kette zu bilden.

Daß meine Überlegung korrekt ist, belegen auf die frappanteste Weise alle Selbstbiografien. Ich greife den unnachahmlichen allbekannten Kügelgen heraus: ihn, weil sein unvergleichliches Malerauge (Foto!) diese Perlenschnur von Miniatüren aneinanderreihte; und er vor allem ehrlich genug war, auch äußerlich lauter kleinste Abschnitte zu machen. (Goethe andererseits hat mit seinem üblichen formlosen Prosabrei alle Suturen verschmiert; gerade bei dem hier vorliegenden Konstruktionsproblem ist solche Tünche doppelt der ölfarbige Tod aller Architektur).

Dieser Erinnerungsprozeß, eine der anhaftenden Eigentümlichkeiten unserer Gehirnstruktur — also durchaus etwas Organisches, und gar nichts Künstliches! – wurde bewußt zum Ausgangspunkt einer ersten praktischen Versuchsreihe gemacht, die einerseits das Kristallgitter der betreffenden »Erinnerung« sichtbar lassen, zugleich aber auch ungeschwächt die Bildintensität »von damals« vermitteln sollte: im Leser würde theoretisch solchermaßen zwangsweise die *Illusion eigener Erinnerung* suggestiv erzeugt werden!

(Natürlich muß man ihm hierzu auch schärfste Wortkonzentrate injizieren; cela va sans dire!)

§ 4. Als Beispiele dieser ersten Neuform, für die ich die Bezeichnung »Fotoalbum« vorschlage, habe ich bisher vorgelegt: »Die Umsiedler« und »Seelandschaft mit Pocahontas«. Diese beiden Stücke (sowie die ihnen wenn möglich später noch folgenden), erlauben mir, die weitere Unterteilung einer solchen Versuchsreihe hier einmal wie folgt näher anzugeben. — Für Anzahl und Länge der Fotos und Texte, sowie deren rhythmischen und sprachlichen Feinbau, sind das Entscheidende:

Bewegungskurve und Tempo
der Handelnden im Raum!

Es ist ja ein fundamentaler Unterschied, ob ich etwa einen Ort

rasch
durchfahren
muß

oder ihn

langsam
umkreisen
kann.

Im letzteren Falle sieht man ihn nämlich von allen Seiten, unter vielen, länger anhaltenden Beleuchtungen; man »hat« jedesmal automatisch eine ganz andere »Zeit«, ein anderes Verhältnis zu den Begegnenden, und dem Schicksal (oder wie Sie das Ding nennen).

Es ergibt sich beispielsweise sofort, daß im ersteren Falle (der geradlinigen, zwangsmäßig raschen Bewegung der »Umsiedler«) eine wesentlich größere Anzahl von Fotos zur Bewältigung des vielfältigeren durchmessenen Raumes nötig sein wird; sowie auch daß diese kürzer, die Sätze selbst hastiger sein müssen, als im zweiten der erwähnten Fälle, der hobbema'schen »Pocahontas«.

Jeder Art der Bewegung im Raum (gesetzmäßig festgelegt und geregelt durch die Urexplosion des Leviathan) entspricht sogleich ein sehr scharf umrissener Themenkreis. — Ich bediene mich zur Bezeichnung dieser Bewegungskurven der präzisen Namen, welche die Mathematik (zur Hälfte ja eben eine Wissenschaft des Raumes!) längst festgesetzt hat; nicht, um diesen meinen Notizen ein kokettes pseudowissenschaftliches asa foetida zu verleihen, sondern weil ich meiner Zeit schon sehr gram sein müßte, wenn ich die unübertreffliche Klarheit solcher Formulierungen unbeachtet ließe, und dafür eigene Umschreibungen zusammenstotterte.

Ich gebe also nachstehend die Tabelle, die *ich* mir für meine praktischen Handübungen in »Fotoalben« angelegt habe; für die ersten beiden Fälle wurden, wie bereits erwähnt, schon Exempel vorgelegt, so gut *ich* es eben vermochte. (In der »Pocahontas« habe ich, um die kristallinische Struktur des Textes ganz unmißverständlich zu machen, die einzelnen Kleinbruchstücke noch durch Schrägstriche voneinander abgetrennt.)

Bewegungskurve der Handelnden	Tempo	Themenkreis	rhythmische, sprachliche, inhaltliche, Konsequenzen
Gerade; vorwärts	schnell	»Transporte«. (Zwangsbewegung durch weite Räume: Auswanderer; Gesellschaftsreisen; Flößer Schweiz – Holland; Truppentransporte; etc.)	Etwa 25 kurze Fotos und Texte. Knappe Sätze. Worte wie Vieh vor sich her treiben. Dynamisch; aber die Unfreiheit des Willens wird sichtbar.
Hypozykloide	langsam	»Kleine Welt«. (In sich geschlossene Paradiese oder Höllen: Sommeraufenthalte; Kindheiten; »Im Werk«; etc.)	15 – 20 längere Einheiten. Ausladende Sätze. Statisch. Niederländisch.
Epizykloide	hastig	»Verbotener Bezirk«. (Spionage; eingesperrte Geliebte; und andere Speisekammern.)	Am Ende der meisten Einheiten (viele sind es, kleine, etwa 30, trial & error) eine »Spitze«, die das »Aufprallen« auf die »Chinesische Mauer« spürbar macht. Gestauchte Sätze.

Punkt; rotierend	gleichförmig	»Lynkeus«. (Individuum und distanzierte Kreiswelt: Leuchtturmwärter; Schornsteinmaurer; Flakwache; Voyage autor de ma chambre; Fußballspiel; »Ich bin Karussellbesitzer«; etc.)	Rund ein Dutzend große Einheiten; tortenhaft sektorengleich; panoramisch. Stimmung beschaulich erregt; aber kein Eingreifen möglich.
Spirale; einwärts	sich beschleunigend	»Zur Katastrofe«. (Sei sie gut oder böse; einschließlich ihrer selbst: geplanter Mord; der erste Beischlaf; Fronteinsatz mit letalem Ausgang; etc.)	Einheiten kürzer werdend. Nervöse Breite bis Kugelblitz. Sätze und Worte von fahrigfaseriger Länge im Anfang bis zu stilettartiger Konzentration.
Spirale auswärts	verebbend	»Die Überlebenden«. (Sich langsam »neu« oder »wieder« einrichten; nach: Krieg, Tod, Feuer; ebenso wie nach Heirat oder Riesenerbschaft; etc.)	Einheiten dehnen sich. (Die Katastrofe selbst bleibt ungeschildert!) Trichtermäuliges Ende. Metaphern: »dislimning«.
Lemniskate	regelmäßig wechselnd (d.h. langsam im Null-(Schnitt-)punkt)	»Das geteilte Leben«. (Etwa pendelnd zwischen ruhiger Häuslichkeit und raschem Erwerb: Vertreter; Lokomotivführer; Dr. Jekyll und Mr. Hyde; etc.)	Einheiten entsprechend länger oder kürzer. Rhythmen dementsprechend. Pendelschlägiges Kismet.

Wem solche Überlegungen auch nach diesen Erläuterungen immer noch zu gekünstelt oder abstrakt erscheinen, der möge, vielleicht zu seiner peinlichen Überraschung, zur Kenntnis nehmen, daß das Problem der heutigen und künftigen Prosa nicht der »feinsinnige« Inhalt ist – der psychologischen Pünktchenmuster und anderen intimkleinen textilen Varianten werden wir immer genug besitzen – sondern die längst fällige systematische Entwicklung der äußeren Form.

Es ist heute ja leider allgemein dunkelmännisch-beliebt geworden, viel mehr Dinge ins »Unterbewußtsein« zu verdrängen, als nötig wäre; es ist natürlich viel bequemer, die »Primitiven« zu verehren, und flink einen »Bankerott des aufklärerischen Intellekts« festzustellen; viel behaglicher, in der beliebten ägyptischen Finsternis eines »Neuen Mittelalters«, eines metaphysiktriefenden, herumzutappen, als sich schneidend eindeutig darüber klar zu werden, daß das Zeitalter der Physik nicht nur nicht « am Ende » ist, sondern im Gegenteil kaum erst begonnen hat! –

§ 5. Eine zweite »neue Prosaform« ergab sich mir aus folgender Überlegung: man rufe sich am Abend den vergangenen Tag zurück, also die »jüngste Vergangenheit« (die auch getrost noch als »älteste Gegenwart« definiert werden könnte): hat man das Gefühl eines »epischen Flusses« der Ereignisse? Eines Kontinuums überhaupt? Es gibt diesen epischen Fluß, auch der Gegenwart, gar nicht. Jeder vergleiche sein eigenes beschädigtes Tagesmosaik!

Die Ereignisse unseres Lebens springen vielmehr. Auf dem Bindfaden der Bedeutungslosigkeit, der allgegenwärtigen langen Weile, ist die Perlenkette kleiner Erlebniseinheiten, innerer und äußerer, aufgereiht. Von Mitternacht zu Mitternacht ist gar nicht »1 Tag«, sondern »1440 Minuten« (und von diesen wiederum sind höchstens 50 belangvoll!).

Aus dieser porösen Struktur auch unserer Gegenwartsempfindung ergibt sich ein löcheriges Dasein –: seine Wiedergabe vermittels eines entsprechenden literarischen Verfahrens war seinerzeit für mich der Anlaß zum Beginn einer weiteren Versuchsreihe (Typ Brand's-Haide-Trilogie). Der Sinn dieser »zweiten« Form ist also, an die Stelle der früher beliebten Fiktion der »fortlaufenden Handlung«, ein der menschlichen Erlebnisweise gerechter werdendes, zwar magereres aber trainierteres, Prosagefüge zu setzen.

(Ich warne besonders vor der Überheblichkeit, die hier vielleicht das dem Bürger naheliegende schnelle Wort von einem »Zerfall« sprechen möchte; ich stelle vielmehr meiner Ansicht nach durch meine präzisen, »erbarmungslosen«, Techniken unseren mangelhaften Sinnesapparat wieder an die richtige ihm gebührende biologische Stelle. Gewiß geht dabei der liebenswürdige Wahn von einem singulären überlegenen »Abbilde Gottes« wiederum einmal mehr in die Brüche; die holde Täuschung eines pausenlosen, »tüchtigen«, Lebens, (wie sie etwa Goethe in seinen Gesprächen mit Eckermann so unangenehm geschäftig zur Schau trägt) wird der Wirklichkeit überhaupt nicht gerecht. Eben dafür, daß unser Gedächtnis, ein mitleidiges Sieb, so Vieles durchfallen läßt, ist meine Prosa der sparsam-reinliche Ausdruck.)

§ 6. Die oben bereits angedeuteten weiteren 2 Bewußt-
seinsvorgänge (jedem ebenso geläufig wie die vorher
behandelten, »Erinnerung« und »Löchrige Gegenwart«)
für welche die gültigen Prosadarstellungen zu erarbeiten
ich mir vorgesetzt habe, betreffen den »Traum« und das
»Längere Gedankenspiel«. (Die mathematischen Sinn-
bilder hierfür wären – ich kann es nun einmal nicht
lassen – : Kurven und ihre Evoluten; beziehungsweise
die w- und z-Ebenen der konformen Abbildungen). Da
jedoch die hierfür entwickelten Transformationsgleichun-
gen noch nicht an, dem Publikum vorliegenden, Veröf-
fentlichungen erläutert werden können, habe ich jetzt nur
der Vollständigkeit wegen darauf hinweisen wollen. –
Ich beeile mich zu erklären, daß ich die Reihe der nicht
nur möglichen, sondern in naher Zukunft unbedingt erforderlichen Prosaformen hiermit keineswegs für abgeschlossen, oder auch nur die von mir bisher gegebenen
Paradigmata für absolute Muster halte. Auch hätte ich
selbst diese vorliegenden Erläuterungen niemals abgege-
ben, wenn mich nicht die befremdlichsten Urteile, sogar
von »Fachleuten«, von der Notwendigkeit einer Darlegung meiner Arbeitsmethoden überzeugt hätten; mehr
noch aber schrieb ich sie nieder für etwaige zukünftige
größere Nachfolger, nach denen sich wahrhaftig niemand
mehr sehnen kann als ich.

BERECHNUNGEN II

> *»And am I wrong, to worship where*
> *faith cannot doubt, nor hope despair,*
> *since my own soul can grant my prayer?*
> *: Speak, God of Visions, plead for me,*
> *and tell why I have chosen thee !«*

§ 1. Wenn ich in meiner ersten, der Erkennung und Handhabung von Prosakurzformen gewidmeten Untersuchung
mich auf das »Musivische Dasein« und den Gehirnvor-
gang der »Erinnerung« beschränkte, so lag das daran,
weil beiden das Kennzeichen der »einfachen« Handlung
gemeinsam ist.

Um der »Wahrheit« willen – d. h. um einer konformen
Abbildung unserer Welt durch Worte näher zu kommen –
ersetzte ich die unberechtigte Fiktion des »epischen Flusses« durch die bessere Näherungsformel vom »epischen
Wassersturz«: der von Stufe zu Stufe schäumt, Zerfall
als Voraussetzung überlegenen Schauspiels, der aber, siehe
da, eben so sicher unten ankommt, wie Ol' Man River.

Ebenso mußte der Vorgang des Sich-Erinnerns in seine
zwei natürlichen Komponenten (erster Lichtstoß als Ini-
tialzündung; und spätere reflektierend gewonnene Klein-
kommentare) zerlegt, und Grundsätze für seine Abbildung
durch eine entsprechende Anordnung von Prosaelementen gegeben werden. Im letzten Paragraphen deutete ich
damals an, daß ich zwei weitere Versuchsreihen beabsich-
tige: den »Traum«, und das »Längere Gedankenspiel«.

§ 2. Das wichtigste Bestimmungsmerkmal dieser neuen Gruppe ist, daß in beiden Fällen eine »doppelte Handlung« vorliegt, Oberwelt und Unterwelt, Laputa und Balnibarbi; woraus sich sofort ergibt, daß die konstruktive Arbeit komplizierter, die praktische Ausführung ungleich schwieriger werden dürfte, als bei der früher abgehandelten Gruppe. Der Unterschied zwischen Traum und Gedankenspiel liegt bekanntlich darin, daß zwar die objektive Realität (eben die »Unterwelt«; oder, wie ich sie im Folgenden nennen werde, die Erlebnisebene I, abgekürzt E I) bei beiden annähernd die gleiche ist; die subjektive Realität (Oberwelt; Erlebnisebene II = E II) beim Traum jedoch in ausschlaggebendem Maße passiv erlitten wird (wir erfahren darin oft unerwünscht-empörendste Rücksichtslosigkeiten, Alpträume, mythisches Grauen); während beim Gedankenspiel das Individuum wesentlich souveräner, aktiv-auswählend, schaltet (natürlich ebenfalls »konstitutionell beschränkt«). Diese Definition mußte vorausgeschickt werden, da unser Sprachgebrauch hier wieder einmal völlig unscharf verfährt: was man nämlich im allgemeinen einen »Träumer« schilt, ist in Wahrheit weiter nichts, als ein süchtig-fauler Gedankenspieler; die »Traumspiele« der Weltliteratur sind Gedankenspiele.

Bei der Schwierigkeit des Gegenstandes und dem Umfang, den eine solche erste Untersuchung füglich haben muß, beschränke ich mich hier auf die Diskussion des längeren, oft durch Wochen hindurch fortgeführten, Gedankenspiels (zukünftig LG; im folgenden wird also verstanden: LG = E I + E II).

§ 3. Das Gedankenspiel ist kein seltener oder auch nur extremer Vorgang, sondern gehört zum unveräußerlichen Bestand unserer Bewußtseinstatsachen: ohne der Wahrheit Gewalt anzutun läßt sich behaupten, daß bei jedem Menschen die objektive Realität ständig von Gedankenspielen, meist kürzeren, nicht selten längeren, überlagert wird — wobei sich dann natürlich die wunderlichsten Interferenzerscheinungen à la Don Quijote ergeben können.

Wie tief die Neigung zum Gedankenspiel geht, ist schon beim Tier unverkennbar, etwa wenn sich die Katze, immer wieder bereitwillig, die tanzende Feder am Faden als einen Vogel ausbittet. Von da ist nur ein gradueller Schritt zum Disney-Land der Näherin am Fließband.

Die billigste Art ist das Gedankenspiel nach Vorlagen, sei es der abendliche Zeitungsroman, der, zumal vorm Einschlafen, gern übernommen wird, sei es der zuletzt gesehene Film. Obwohl in dem einen Fall die Anregung vom gedruckten Wort, im anderen vom Bildgehusche herkommt, ist der Unterschied nicht wesentlich; jedesmal hat ein nur wenig überlegener Kollege »vorgespielt«; und es ist dem Range nach ziemlich gleichgültig, ob die trübschillernde Bildertunke durch das Diaphragma der Buchseite oder einer ausgespannten Leinwand aus einem Kopf in den anderen diffundierte. Die für den Faulen ideale Kombination legen in endlosen Bildstreifen die amerikanischen Cartoons vor: hier braucht der Mitspieler nur noch das vorgekaute schale Ragout von schematisierendem Kleinholzschnitt und Stummelworten zu schlucken.

Eine Stufe höher (»höher« im Sinne der für die vorliegende Abhandlung entscheidenden literarischen Brauch-

barkeit seines LG's) steht schon der Mann der Selbst-
gespräche, der in verkrampften imaginierten Redeschlach-
ten die Probleme einer nörglig-verwickelten Zukunft
sinnlos »löst«. Höher steht der Beinamputierte, der sich
zum mächtigen Direktor einer Butterfabrik ernennt, und
in seinem Werk natürlich lauter Kriegsbeschädigte be-
schäftigt. Wobei es ein Kriterium, weniger für die Rang-
ordnung als für die Klassifizierung der Geister ist, ob
man mehr vermittels Worten oder Bildern spielt.

Wie geschickt diese unsere unausrottbare Neigung zum
Gedankenspiel kommerziell ausgenutzt wird – etwa von
Baufirmen, die dem Leser ihrer Prospekte das beliebte
umbüschte, von wohlgeratenen Kindern umtanzte
»Eigenheim« vorspiegeln – ist bekannt; und beweist
die Realität des Vorgangs nicht minder, als die von der
Regierung begünstigten (oftmals sogar von ihr einge-
führten) Vorlagen religiöser oder nationaler Art, wie
sie gern vor verbotenen Gedankenpfaden als ablenkende
Richtungsschilder aufgestellt werden: die Kriegswochen-
schauen z. B. waren solche amtlich befohlenen, ausgesprochen verniedlichenden Prospekte in usum delphi-
ni. –

Selbst die Grammatik erkennt die Existenz des Gedankenspiels so bedingungslos an, daß sie das ganze
Riesengebäude eines besonderen Modus dafür erfunden
hat: den Konjunktiv! Jeder Gebrauch eines »hätte, wäre,
könnte« gesteht das Liebäugeln mit einer »veränderten«
Realität, und leitet so recht das LG ein. Man kann den
Konjunktiv natürlich auch eine gewisse innere Auflehnung gegen die Wirklichkeit nennen; meinetwegen sogar
ein linguistisches Mißtrauensvotum gegen Gott: wenn
alles unverbesserlich gut wäre, bedürfte es gar keines

Konjunktivs! (Woraus eifrige Theologen älteren Stils gern den Schluß ziehen dürfen, daß Adam ihn erst nach der Vertreibung aus dem Paradies ersann).

§ 4. Wenn man auch nicht fehlgehen wird, Werke der Dichtung allgemein als Gemische aus E I und E II ihres Autors zu betrachten – und es sind hinreißende Mixturen hier möglich, etwa Ludwig Tiecks » Vogelscheuche « – so schwer ist es, reine Beispiele von E I oder E II beizubringen; wobei es noch äußerst nachdenklich stimmen muß, daß die reinen E I sogar die wesentlich selteneren sind – ich entsinne mich im Augenblick eigentlich nur des alten Brockes (und, allenfalls, noch Coopers' »Pioneers«). Exempel der anderen Gattung »halbierter LG's«, zu denen uns leider E I fehlt, sind ziemlich unverkennbar:

Edgar Poe: Gordon Pym	(3)
Klopstock: Gelehrtenrepublik	(2)
Brontë: Wuthering Heights	(3)
Schmidt: Schwarze Spiegel	(3)
Wells: Zeitmaschine	(3)
Verne: Reise zum Mittelpunkt der Erde	(1? 3?)

(Die eingeklammerten Zahlen finden später ihre Erklärung; es sind die Spektralklassen der Geister.) – Mit absoluter Zuverlässigkeit weiß ich es vom vierten Titel: es war das E II meiner Kriegsgefangenschaft, 1945, im Stacheldrahtkäfig vor Brüssel, there was a sound of revelry by night.

Diese reinen Typen des E II (bzw. E I) sind einer Schachpartie zu vergleichen, von der nur die schwarzen Züge (oder weißen, wie man will) notiert wurden. Um jedoch ein formal vollständiges Kunstwerk, ein LG im Sinne der hier vorgetragenen Theorie, das komplette Porträt eines Menschen in einem gegebenen Zeitraum x vorlegen zu können, müßten E II und E I nebeneinander erscheinen! Es darf jedoch nicht Wunder nehmen, wenn Prosamodelle strenger Art bisher nicht vorliegen: die formale Klärung war (vielleicht aus der instinktiven Scheu des Dichters, dem, an sich wohlbekannten, offizinellen Autismus bewußt gegenüberzutreten) nicht erfolgt; zudem wäre die ehrliche Angabe von E I nicht nur ein Akt der Unklugheit (vor allem gegenüber der eben wieder entstehenden Inquisition), sondern auch der aufreibendsten und wahnwitzigsten Selbstverleugnung, den das zeitgenössische Publikum nicht wert ist (und höchstens in Geheimschrift beizugeben. Die Selbstbiographie eines Autors ist nebenbei kein Ersatz für E I. – Vielleicht ist es ja auch eine nur um so reizvollere Preisfrage, eines Sherlock Holmes der Philologie würdig, zum Gordon Pym das E I hinzu zu konstruieren).

Im großen lebt etwa E. Th. A. Hoffmanns Werk von dieser Spannung zwischen E I und E II (Prinzessin Brambilla). Cervantes begann im Gefängnis den Don Quijote. Mörikes »Orplid« ist ein Paradebeispiel, ebenso wie die »Gondal-World« der Brontës, oder das »Ardistan und Dschinnistan« Karl Mays, eines Mannes, dem auch noch nicht die gebührende literarische Gerechtigkeit widerfahren ist.

§ 5. Erkannt und genehmigt worden also ist das Gedankenspiel durchaus; ebenso sind von Zeit zu Zeit Versuche zur formalen Bewältigung wenigstens des untersten Typs unternommen worden; obwohl meist unbewußt, und immer ohne zureichende theoretische Überlegungen: von Lukian »Das Schiff oder die Wünsche« bis zu James Thurbers »Walter Mittys Geheimleben« führt eine leider nur horizontale Linie. Beide behandeln zudem, wie gesagt, nur die künstlerisch unergiebigen Mikrotypen, und auch diese noch völlig einseitig nach der um eine entscheidende Spur zu flachen Formel des si j'etais Roi.

Das bedeutendste, obwohl formal ebenfalls durchaus »unreine« Beispiel der Weltliteratur ist Johann Gottfried Schnabels »Insel Felsenburg«. Der Biographiensymphonie, vermittels deren hier E I bewältigt wird, steht das E II der »Inseln im Südmeer« gegenüber. In völliger Übereinstimmung mit der noch zu entwickelnden Klassifizierung ist E II bei Schnabel nicht mehr bejammertes Exil (wie bei dem im Vergleich damit arg zusammenschrumpfenden »Vorbild« des Robinson Crusoe), sondern utopisches, heilig-nüchternes Asyl. Dieses Buch so lange – und immer noch! – wenn auch weniger der »Lesewelt«, so doch den Fachleuten unzugänglich gelassen zu haben, ist ein Tatbestand, der jedem unserer »Großen Verleger« die Schamröte ins Gesicht treiben sollte.

§ 6. Die konstruktiven, durchaus dem Kalkül und der werkstattmäßigen Handhabung zugänglichen Probleme sind also nunmehr: Ein Prinzip der Klassifizierung der LG überhaupt muß gefunden, und eine den einzelnen Gruppen angemessene Konzentration der Sprache angegeben werden.

Weiterhin ist das Mengenverhältnis der imaginären und realen »Hälften« zu untersuchen und annähernd festzulegen.

Schließlich muß man sich für die suggestivste typographische Anordnung einer kombinierten Darstellung von E I plus E II auf einer zweidimensionalen Fläche (der Buchseite) entscheiden.

§ 7. Bei der, in »Berechnungen I« des näheren erläuterten, Versuchsreihe »Erinnerung« ergab eine Gliederung nach den Bewegungskurven der Handelnden im Raum brauchbare rhythmische und formale Unterscheidungen (die »Richtigkeit« solcher Klassifizierung ist hier eine Frage untergeordneten Ranges; die Brauchbarkeit als Arbeitshypothese entscheidet). (Für das »Musivische Dasein« gab ich damals keine Tabelle, weil ich die Grundsätze, mir seit zwanzig Jahren geläufig, für selbstverständlich hielt; ich bin jedoch inzwischen auf diese Lücke hingewiesen worden, und werde sie später einmal ausfüllen.) – Die Grobeinteilung für das LG muß, der doppelten Handlung wegen, von denen dazu die eine entscheidend vom Individuum abhängt, von anderen Gesichtspunkten ausgehen; am organischsten also von der Bedeutung, die das LG für seinen Spieler hat (wodurch sich dann gleichzeitig das quantitative Verhältnis E I : E II überzeugend regelt). – Es lassen sich so 4 recht scharf getrennte Typen unterscheiden:

1. Typ, »Bel Ami«: Das E II besteht hier aus den normalsten Flitteridealen; Illustrierten, Filmen, Schlagersuggestionen, entlehnt. Als Gegengewicht zu einem ehrbareinförmigen Alltag übernimmt der Spieler grundsätzlich die egoistische Heldenrolle, ist immer der verwaschen-allmächtige Superman; der Staffage fällt meist nur die Rolle bewundernd gaffender Augen und Ohren zu. Nichtswürdige, menjoubärtige Eleganz; das Leben als

Modenschau; dabei bemerkenswert, daß keine Ahnung von erstrebtem Hochberuf vorhanden: eine Tänzerin ist eben nur ein auf- und abschwebender, blau angestrahlter Glanzwisch. Charakteristisch für diesen, meist nur kürzerer Gedankenspiele fähigen, Typ, daß grundsätzlich *Kontrast* zu E I gewählt wird.

2. *Typ, »Querulant«:* Hang zur Rhetorik, mit dem Angstzwang zur endlosen Zukunftsdiskussion. Der schon bei der entferntesten Andeutung von Verwicklungen (fast immer beschränkt-persönlicher Art) sogleich lange Rededuelle mit verfälschten Gegnern ersinnt; auch er schneidend-überlegen, mit Staatsanwaltsgebärden. Selbstgesprächler; weitgehend auf Worte angewiesen. Unsicherheit; Gefühl ständiger Exponiertheit. In reinster Ausbildung (Hesse, »Steppenwolf«) fähig, sich nach der Lektüre eines historischen Werkes etwa eine Audienz bei Friedrich dem Großen zu erzwingen, an der aber auch alles dran ist. »Die Wahrheit sagen.« Meist Parallele zu ihrem E I; oder doch nur beamtenhafte »Entwicklung«: etwa Vorwegnahme von Beförderungen; impotente »Auseinandersetzungen« mit Vorgesetzten, usw.

3. *Typ, »Der Gefesselte«:* dem in tödlichen Situationen ein E II das Überleben bzw. Sterben erleichtert, manchmal sogar erst ermöglicht. Gekennzeichnet dadurch, daß das Subjekt höchstens noch als verdüsterte Hauptperson auftritt; oft sogar ist seine Anwesenheit nur noch nötig, wie die eines verläßlichen Reporters, der dem Leser die beunruhigende Gewißheit der Autopsie verschafft. Hier, bei einem auf eine finstere Null geschalteten E I, tritt das E II als pessimistische *Steigerung* auf; ins bedeutend Allgemeine gewandt, tiefsinnig, utopienverdächtig. –

An sich erschöpft sich mit diesen 3 Typen das der literarischen Formung zugängliche LG, und ich erwähne die
vierte Klasse nur der Vollständigkeit halber: das Kind
ist ebenfalls ein berufener Gedankenspieler! Der künst-
lerischen Wiedergabe durch Worte ist sein LG jedoch
äußerst schwer zugängig, da die werkgerechte Handhabung des erforderlichen umfassenden Wortschatzes
beim Kind einfach nicht gegeben ist: wo aber kein Be-
wußtwerden stattfindet, da gibt es auch keine objektive
Mitteilbarkeit, zumindest nicht durch Worte. Was im
allgemeinen an kindlichen LG serviert wird, ist entscheidend verfälscht durch mühsam-spätere Reflexion, die
den urzeitlich-primitiven, unberechenbaren Assoziationen
kaum gerecht wird. Vielleicht sind Frauen zur Wiedergabe geeigneter; ich persönlich halte diesen, deshalb ausdrücklich von mir als Typ 0 bezeichneten Spieler, für
literarisch nicht erfaßbar. –
Wahrscheinlich muß jeder Gedankenspieler des einen
Typs im Lauf seines Lebens die vor ihm liegenden ebenfalls durchmachen: Typ 0 als Kind. Für Typ 1 sind selbst
hochbegabte, zur weiteren Entwicklung verdammte junge
Menschen anfällig. Schon zur bloßen »Übung« erscheint
eine solche Entwicklung unerläßlich: während bei Typ 1
durchaus die unreifen, wenig geformten Embryonen
dominieren, nehmen die E II gegen Typ 3 hin an Länge
wie an Gewichtigkeit zu. Anmerkenswert vielleicht noch
(als »Rückschlagerscheinung«), daß Typ 3 in normalen
Situationen durchaus in Richtung 2 konvergiert; erst bei
extremer Gefährdung gewinnt er im allgemeinen die
letzte Höhe-Tiefe.
Ich füge diesem Bericht die tabellarisch-kurze Übersicht
bei, die ich mir für meine Handübungen in dieser neuen

Versuchsreihe entworfen habe (in der also gleichzeitig
die Themen der geplanten Modellfälle erscheinen.

§ 8. Die Frage, welche Druckanordnung diesem Tatbestand
zweier einander im allgemeinen ablösender, selten durch-
dringender, Erlebnisbereiche am gerechtesten wird, erledigt sich sehr einfach: die Buchseite muß, um dem
Fachmann die Erkenntnis der Struktur, dem Leser (Nach-
spieler) Unterscheidung und Übergang aus einem Bereich
in den anderen zu erleichtern, in eine linke (E I) und
eine rechte (E II) Hälfte geteilt werden. (Da wir in
Europa von links nach rechts schreiben: schrieben wir,
wie die Chinesen, von oben nach unten, dann wäre es
möglich, die Buchseite durch einen mittleren Querstrich
optisch noch überzeugender in eine Ober- und Unterwelt einzuteilen). Diese Halbierung der Seiten ist gar
nichts neu zu Beschreiendes: Jedem sind vom Konver-
sationslexikon her die zwei Spalten geläufig! Selbstverständlich muß, sobald E II einsetzt, E I abgeschaltet werden, d. h. leer bleiben. Allenfalls dürften in dem freien
Raum Kleinstwiederholungen das Fading einer mechanischen Tätigkeit andeuten – z. B. wenn ich einem kauf-
männischen Lehrling, während seiner Abwesenheit in
E II, verstatte, in E I automatenhaft die Hände zu rüh-
ren; also, etwa bei der Erledigung der Firmenpost, ein-
zudrucken:

Falten,
Einschieben,
Falten,
Einschieben,
Falten,
Einschieben . . .

Typen

Problem	Typ 1: Bel Ami LG als beglückender Spaziergang. 65 % der Bevölkerung	Typ 2: Querulant Debatte als Vehikel zu heilsamer Ermüdung. 30 % der Bevölkerung	Typ 3: Gefesselter »Entmüdung« des wertvolleren Subjektteils nach E II; rettende Schmerzverlagerung. 5 % der Bevölkerung
Qualitativ. Verhältnis E I : E II	Kontrast (bis zur Lächerlichkeit = Hohlheit)	Parallele (Fortsetzung)	Steigerung (oft ins Allgemeingültige)
Quantitativ. Verhältnis E I : E II	3 : 1	2 : 1	1 : 2
Psycholog. Grundhaltung	optimistisch	mißtrauisch	pessimistisch
Einstellung	unscharf-subjektiv	scharf-subjektiv	scharf-objektiv
Färbung / Konsistenz	rosa / semig	grau / brödelig	schwarz / kantig

stilistische Konsequenzen	Langweilig-ehrbar; vermischt mit dem Wortpudding des Tages / schuldbewußte Erotica / Gestalten mit undeutlichen, »fließenden« Gesichtern / Rhythmus: undulatorisch-schlabbrig.	rednerisch-dialektisch; nervösfaserig; kränklich-kleinlich / Ordnungszwang / advokatenhafte Freude an der »Selbstbewegung der Begriffe« / knittrig-taftige Wortarten heraussuchen / (Klippe: Versuchung zur Beamtensatire)	E I stumpf-schrecklich, aus »erblindeten Fenstern« gesehen (Sp. 4). Vom Gequälten her zwar mit Gallenfarben getingiert, aber im wesentlichen korrekt / Schädel als behaarte Kapsel des inneren Planetariums / Rücksichtslos, da »vor die Kanone gebunden«.
Rollen in E I u. E II (Themen; Titel bis auf*) noch ungewiß)	Kaufmännischer Angestellter – Entführung der »Prinzessin von Ahlden« (Filmanregung). Oberprimaner mit »Sehr gut« in Deutsch – Nobelpreisträger (mit Stellen, die den künftigen großen Schreiber wittern lassen)	Prozessierender – Wortschlachten und Fluchtprojekte. Schutzmann – Kämpfe mit Vorgesetzten (Offizieren und anderen Riesenfischen). Buchhalter-Gesandter-Diktator einer imaginär-siegreichen Macht an Friedrich den Großen.	Gelähmter – Betrieb in zwei aufeinander zufahrenden D-Zügen (vor dem Zusammenstoß). Gefangener – Wallebene Plato. Die Feuerstellung – Die Stadt der Vergnügten.*)
Ende	meist durch Stoffmangel und die daraus resultierende Verlegenheit (= Wiederholung, Ermüdung) bewirkt: es »hört eben auf.«	erfolgt nach mühsam erreichter Überzeugung von Sicherheit, Überlegenheit spitzfindig vorgeführter Macht: luftschnappender Rückzug (Pyrrhussieg).	da großer Fond an Phantasie vorhanden, hängt ein Ende meist von Beendigung der Existenz in E I ab – sei diese »Beendigung« Tod, Heilung oder Entlassung.

Eine Bestätigung für die Berechtigung der oben vorgenommenen Klassifizierung ergibt sich überzeugend aus dem quantitativen Verhältnis von E I und E II. Der »Bel Ami« verweist, philiströs völlig konsequent, das LG auf den ihm im bürgerlichen Daseinsbereich gebührenden Stehplatz: Mengenverhältnis also etwa 3 : 1. Beim letzten Typ, ludus remedium, tritt die eigene, auf ein Unwürdigstes erniedrigte, Existenz in E I zurück, vor der in E II apokalyptisch-grandios erlittenen Sorge um das Ganze: Mengenverhältnis 1 : 2.

Einige Angaben zur Technik: es versteht sich, a posteriori Jedem bekannt, von selbst, daß, wenn es in E I »gegen Abend« geht, E II mengenmäßig zunimmt und in größeren, geschlosseneren Textstücken auftritt, als »am Tage«. Zu Anfang ist eine längere Darlegung des E I unerläßlich, aus der sich langsam-konsequent dann das E II entwickelt, Topf und Kaktus.

Die »Fabel« des E II, bald Wadi also, bald Wassersturz, bewegt sich, wie in solchen ludischen Prozessen üblich, in Wirbeln, eddies and dimples, entlang; Assimilierbares wird aus E I nach der biologischen Regel von trial and error aufgenommen, und nach »persönlichen Gleichungen« transformiert; daneben aber gleichwertig auch die »Selbstvermehrung« von E II durch Sprossung, Teilung, usw. Ständig zu beachten die merkwürdige, Ichverändernde Kraft: das LG vermehrt durchaus den Schatz (? wohl besser Schutthaufen) der Erfahrungen.

Die sprachlichen, rhythmischen, metaphorischen Konsequenzen, bereits in der Tabelle angedeutet, sind verhältnismäßig simpel zu erarbeiten, so daß jeder Experimentator das Arrangement selbst vornehmen kann.

§ 9. Hier nun, am Ende, befinde ich mich in der unangeneh-
men Lage, theoretisch eine Prosaform angekündigt zu
haben, von welcher dem Publikum bisher keine Modell-
anordnung im Druck vorliegt: das ist nicht meine Schuld.
(Und ich verwahre mich ausdrücklich gegen alle heroischen Formulierungen und Forderungen; vom »In großen Dingen genügt es, sie gewollt zu haben« (Nietzsche)
an, bis zum »Wie Sie es machen, ist Ihre Aufgabe; daß
Sie es machen, ist unerläßlich« (Alfred Andersch)). –
Ich habe mir für die Versuchsreihe I (Musivisches Dasein)
15 – formal selbstverständlich scharf von einander unter-
schiedlich zu behandelnde — Themen entworfen, von
denen ich bisher 8 erledigt habe (Nr. 8, »Das steinerne
Herz«, hat inzwischen einen Verleger gefunden; die durch
Zufall erhalten gebliebene Jugendarbeit »Pharos« rechne
ich nicht). Versuchsreihe II (Erinnerung) weist 8 Themen auf, von denen bis jetzt 2 im Druck erschienen sind,
»Umsiedler« und »Seelandschaft«.
Versuchsreihe III (das im Vorangegangenen besprochene
LG) sieht bis jetzt 8 Themen vor. Ich habe erst einmal
zögernd die Hand in dergleichen geübt (»Gadir«); jedoch
war bei dem 1948 erschienenen Stück, in jener papier-
armen Zeit, an eine raumverschwendende Druckanordnung gar nicht zu denken; so ließ ich denn E I und E II,
beide überhaupt noch mit ungenügender Technik gehand-
habt, nach alter Art zusammendrucken. Jetzt, dix ans
plus tard, würde ich im allgemeinen abraten, historische
LG zu wagen: die hier notwendigen, besonders überzeu-
gend-flüssigen Assoziationen sind uns heute nicht mehr
geläufig. Gestern Abend etwa sah ich von einer Chaussee
aus die nicht allzuweit entfernten Reihen von Obst-
bäumen gegen einen nächtlich dunklen Himmel; die schla-

gende, uns Heutige sogleich überzeugende Metapher
hierfür wäre gewesen:

»Schwarzer Güterzug (auf Stelzen), ungleich beladen mit
Kabeltrommeln, verhangenen Panzern, stand drüben,
zerbombt, und wartete, um mit mir weiterzufahren.«

Mit was aber hätte sie Goethe verglichen, er, der nicht
Güterzüge, Panzer noch Kabelgetrommel kannte? Oder
gar Homer?: Hier stehen wir vor einer Schranke, die unsere historisierenden Shatterhands allzu leichtfüßig über-
springen! – Von den in der Tabelle angeführten Titeln
ist der mit einem Asteriskus*) gekennzeichnete so weit
vorbereitet, daß es »nur« noch der Niederschrift, der
Punktschweißung des vorhandenen Materials, bedürfte,
d. h. eines Zeitraums von schätzungsweise einem Jahr –
vorausgesetzt, daß ich mich ungestört solcher Arbeit wid-
men könnte, was schwerlich der Fall sein wird. –

Versuchsreihe IV (Traum) bleibt einer künftigen Fort-
setzung dieser »Berechnungen« vorbehalten.

VON ARNO SCHMIDT ERSCHIENEN
BISHER IM STAHLBERG VERLAG

DAS STEINERNE HERZ
Historischer Roman aus dem Jahre 1954
1956

DIE GELEHRTENREPUBLIK
Kurzroman aus den Roßbreiten
1957, z. Z. vergriffen

DYA NA SORE
Gespräche in einer Bibliothek
1958, z. Z. vergriffen

KAFF, AUCH MARE CRISIUM
Roman 1960

BELPHEGOR
Nachrichten von Büchern und Menschen
1961

SITARA, UND DER WEG DORTHIN
Eine Studie über Wesen, Werk und Wirkung Karl May's
1963, z. Z. vergriffen

KÜHE IN HALBTRAUER
1964

DIE RITTER VOM GEIST
Von vergessenen Kollegen
1965

TROMMLER BEIM ZAREN
1966

DER TRITON
MIT DEM SONNENSCHIRM
Großbritannische Gemütsergetzungen
1969, 2. Auflage 1971

ZETTELS TRAUM
Faksimilewiedergabe des Typoskripts
1970, z. Z. vergriffen

TASCHENBUCH-EINZELAUSGABEN
DER FISCHER-BÜCHEREI
Die Gelehrtenrepublik (685) – Seelandschaft mit
Pocahontas (719) – Tina, oder Über die Unsterblich-
keit (755) – Das steinerne Herz (802) – Sitara, und der
Weg dorthin (968) – Sommermeteor (1046) – Kaff,
auch Mare Crisium (1080) – Orpheus (1133) –
Nachrichten von Büchern und Menschen
I (1164), II (1217)

FOUQUÉ,
UND EINIGE SEINER ZEITGENOSSEN
Biographischer Versuch
1958, z. Z. vergriffen,
Taschenbuchausgabe bei J. G. Bläschke, Darmstadt

ARNO SCHMIDT
Text + Kritik, Heft 20, 2. Auflage
Mit Beiträgen u. a. von J. Drews, K. Podak, J. Grau,
H. Heissenbüttel
Richard Boorberg Verlag, Stuttgart